COLLECTION FOLIO

E. M. Remarque

Un temps pour vivre, un temps pour mourir

Traduit de l'allemand
et préfacé par
Michel Tournier
de l'Académie Goncourt

Gallimard

Titre original :

ZEIT ZU LEBEN UND ZEIT ZU STERBEN

Né en 1898 à Osnabrück (Basse-Saxe), Erich Maria Remarque se destine à l'enseignement quand il est appelé sous les drapeaux et envoyé sur le front ouest, dans les Flandres. La paix revenue, il exerce divers métiers : instituteur, journaliste, rédacteur publicitaire et poursuit la rédaction d'un roman ébauché durant la guerre, *La baraque de rêve*. Publié sous le nom d'Erich Remark, ce premier roman passe complètement inaperçu. Hanté par la guerre, il écrit un deuxième livre, *À l'Ouest rien de nouveau*. Ce roman, qui évoque la Première Guerre mondiale telle qu'il l'a vécue, assure immédiatement à l'auteur une renommée internationale. L'arrivée d'Hitler au pouvoir en 1933 et l'inscription de son roman dans la liste des autodafés l'obligent à fuir en Suisse puis en France. Déchu de la nationalité allemande, il quitte l'Europe pour les États-Unis. Devenu étranger en son propre pays, il ne s'y réinstallera pas après la guerre. Il meurt en Suisse en 1970.

Ses différents romans, *L'obélisque noir* (Folio n° 4404), *Arc de triomphe, Un temps pour vivre, un temps pour mourir* (Folio n° 4403), *Les exilés, L'étincelle de vie* expriment un pacifisme viscéral, en alliant la fiction à une extrême vérité historique. Remarque est l'un des grands écrivains de son temps et l'un des premiers témoins de la folie meurtrière du XXe siècle.

PRÉFACE

Certains écrivains s'efforcent de tourner le dos à leur époque et de situer leur œuvre d'emblée dans l'éternité. D'autres au contraire cherchent à s'enraciner dans l'histoire qu'ils ont vécue ou pour le moins connue, et veulent que chacun de leurs livres soit un témoignage. Tel est le cas assurément d'Erich Maria Remarque. Né le 22 juin 1898, mort le 25 septembre 1970, cet Allemand fut d'abord et avant tout le romancier des deux guerres qui ensanglantèrent l'Europe du XXe siècle.

Il passe son enfance et sa première jeunesse dans sa ville natale d'Osnabrück (Basse-Saxe) où son père exerce la profession modeste mais raffinée de relieur. On l'envoie au séminaire catholique royal qui prépare les professeurs de l'enseignement libre.

Et c'est la guerre. Le 21 novembre 1916, il est incorporé et envoyé sur le front ouest dans les Flandres. Grièvement blessé par un éclat d'obus, le 31 juillet 1917, il est transporté à l'hôpital de Duisbourg où il reste jusqu'à la fin de la guerre.

Sa vocation d'écrivain-témoin de son temps est consciente, mais il faut d'abord vivre, et Remarque fait divers métiers. Il vend des pierres tombales, fait la publicité de la Gutta-Percha Compagnie, donne des leçons de piano, s'exerce au journalisme de théâtre et d'actualité. Enfin il touche au but : du 10 novembre au 9 décembre 1928, le quotidien *Die Vossische Zeitung* publie en feuilleton son roman *À l'Ouest rien de nouveau* qui paraît en librairie le 31 janvier 1929. Le succès est d'emblée retentissant, tellement que toute son œuvre ultérieure sera en grande partie obnubilée par ce roman initial. Pourtant cette œuvre est considérable, et *Le chemin du retour, Aime ton prochain, Arc de Triomphe, L'obélisque noir, L'étincelle de vie, Un temps pour aimer, Le ciel ne connaît pas de favoris, La nuit de Lisbonne, Les ombres du Paradis* constituent une fresque immense du XXe siècle occidental.

Il est évidemment intéressant de comparer *À l'Ouest rien de nouveau* avec des œuvres françaises également consacrées à la guerre de 14-18. On songe au premier chef au *Feu* de Barbusse (1916) et aux *Croix de bois* de Roland Dorgelès (1919). La supériorité du roman de Remarque paraît évidente. Sans entrer dans les détails — ce qui en vaudrait pourtant la peine — on observera simplement que, pour bien décrire une guerre, il importe de se trouver dans le camp des vaincus. Pourquoi ? Parce que la guerre est le mal absolu, et que toute guerre est perdue, même pour ceux qui l'ont apparemment gagnée. Seulement les vainqueurs ont la vue toujours quelque peu brouillée par l'ébriété de leur triomphe, et s'ils en parlent ou en écrivent, c'est avec une lucidité moindre que ceux auxquels elle n'a apporté que du mal. On citera en exemple le roman le plus lu du XXe siècle, *Autant en emporte le vent* de Margaret Mitchell (1936), dont le grand mérite est d'avoir été écrit du point de vue des Sudistes, vaincus de la guerre de Sécession.

La lucidité amère d'*À l'Ouest rien de nouveau*, le refus absolu dont il témoigne de toute illusion patriotique, valut à Remarque des attaques qui finirent par l'interdiction pure et simple et l'exil de l'auteur lorsque les nazis arrivèrent au pouvoir. Rappelons que l'une de ses sœurs, Elfriede Scholz, devait être condamnée à mort pour « atteinte au moral de l'armée » et décapitée à la hache à Plötzensee le 16 décembre 1943.

Son second roman de guerre, *Le temps d'aimer, Le temps de mourir* porte sur la Seconde Guerre mondiale et souleva en Allemagne lors de sa parution, en 1954, des critiques d'une autre nature. Le soldat Gruber profite d'une permission de deux semaines. Il s'aperçoit alors que sa ville natale est détruite au même degré que les localités proches du front, ce qui signifie que la notion même « d'arrière », si importante en 14-18, n'existe plus. C'est l'idée nouvelle de « guerre totale » qui s'impose. En même temps il a une conscience torturante du caractère criminel de la cause pour laquelle il se bat. Ce roman met à mal à la fois la distinction entre civil et soldat, et l'innocence de principe du soldat. La guerre étant un crime, le soldat qui la fait n'est-il pas un criminel ? Cette question fut à la base du procès des Criminels de guerre de Nuremberg.

Remarque avait fait la guerre de 14-18 et y avait été grièvement blessé. On ne manqua pas de lui reprocher d'avoir écrit ce second roman, les pieds bien au chaud dans ses pantoufles américaines. De quoi se mêlait-il ? Il s'agit là d'un vaste procès que les Allemands firent à nombre de leurs compatriotes ayant fui en exil le régime nazi et revenus dans leur patrie après la guerre. Les griefs étaient d'autant plus amers envers ceux qui avaient revêtu l'uniforme ennemi. Marlène Dietrich avait fait la tournée des popotes américaines déguisée en GI. Elle passa le reste de ses jours à Paris, et c'est clandestinement qu'elle fut enterrée à Berlin en 1992. Klaus Mann — le fils de Thomas Mann —, qui faisait partie des troupes américaines en Allemagne en 1945, ne put jamais retrouver sa place dans son pays. C'est sans doute l'une des raisons de son suicide. Erich Maria Remarque ne put pas davantage se réenraciner dans sa patrie. Son œuvre tout entière avait fait de lui un Allemand à part, irrécupérable, marqué à tout jamais par ces cinq lettres EXILÉ, mais d'autant plus précieux à nos yeux.

MICHEL TOURNIER

P.-S.

Alors que j'étais étudiant, je gagnais ma vie par nombre de « petits boulots » dont aucun, par chance, n'était dépourvu de profit désintéressé, si l'on peut dire. Je traduisais ainsi de nombreux livres de l'allemand, et notamment deux romans de Erich Maria Remarque : *L'étincelle de vie* et *Un temps pour aimer, un temps pour mourir* (titre auquel j'avais préféré *L'île d'Espérance*, je ne sais plus trop pourquoi). Le « profit désintéressé », c'était l'excellent exercice de français que constitue, surtout pour un apprenti-écrivain, le travail de la traduction. Car il ne faut pas s'y tromper. Traduire une langue étrangère *x* en français, cela suppose avant tout une connaissance et une maîtrise du français. La langue *x*, on peut l'éclairer par des recherches et notamment interroger des personnes la parlant de naissance. Mais le français, c'est le vôtre et personne ne vous aidera à l'améliorer. La plupart des mauvaises traductions pèchent par la médiocrité de la langue d'arrivée, non par une connaissance insuffisante de la langue de départ.

Cette médiocrité de la langue d'arrivée tient souvent à l'influence destructrice qu'elle subit de la part de la langue de départ. J'ai vu des écrivains, possédant un style remarquable de souplesse et de richesse en français, me remettre des traductions de l'anglais ou de l'allemand rédigées dans un lamentable sabir. J'avais trouvé un procédé efficace pour mettre mon français à l'abri de cette distorsion. Le temps de mon travail, je m'imprégnais d'un grand écrivain français ayant une affinité avec mon auteur étranger et je traduisais sous son influence. Si mes souvenirs sont exacts, c'est en lisant Zola que je traduisais Remarque. Je pense que cette influence doit être perceptible dans la présente traduction.

M. T.

Il y a un moment pour tout
et un temps pour chaque chose sous le ciel :

un temps pour enfanter et un temps pour mourir,

. . . .

un temps pour aimer et un temps pour haïr,
un temps de guerre et un temps de paix.

L'ECCLÉSIASTE, 3. 1-8
Traduction : Éditions du Cerf, 1975.

I

La mort n'avait pas la même odeur en Russie qu'en Afrique. En Afrique, il arrivait aussi, sous le feu intense de l'artillerie anglaise, que les cadavres demeurassent longtemps exposés entre les lignes ; mais le soleil travaillait vite. La nuit, le vent apportait leur odeur, douceâtre, sucrée, lourde, écœurante, — les gaz soulevaient les corps en décomposition, et on croyait les voir sous la clarté de constellations étrangères se dresser pour un dernier combat mené solitairement et sans espoir — mais dès le lendemain ils commençaient à se recroqueviller, à épouser tous les reliefs du sol qui les portait, comme pris d'une immense fatigue, comme s'ils voulaient s'enfouir d'eux-mêmes dans le sable — et lorsqu'on pouvait enfin aller les ramasser, on en trouvait certains déjà secs et légers, ou même — quand ils avaient attendu plusieurs semaines — réduits à l'état de squelettes habillés de parchemin qui craquaient comme du bois sec dans les uniformes trop vastes. Le sable, le soleil et le vent faisaient la mort sèche et pure. La mort russe était grasse et nauséabonde.

Il pleuvait depuis plusieurs jours. La neige fondait en boue. Un mois auparavant, il y en avait eu un mètre d'épaisseur. Le village en ruine qui se réduisait au début à quelques toits calcinés émergeait un peu plus chaque nuit de la neige qui fondait. Les hauts des fenêtres étaient apparus les premiers ; quelques nuits plus tard on avait vu surgir l'arc des portes ; puis les marches étaient sorties une à une de la blancheur pourrie. La neige fondant toujours, les morts avaient surgi à leur tour.

C'étaient des morts anciens. Le village avait plusieurs fois changé de mains — en novembre, en décembre, en janvier, enfin tout récemment, en avril. Il avait été pris, puis abandonné pour être repris encore, et les chutes de neige s'étaient succédé et avaient recouvert les cadavres d'un tapis souvent si épais en l'espace de quelques heures que les infirmiers avaient perdu leur trace. Chaque jour avait étendu une nouvelle couche blanche sur le paysage de ruines, comme une infirmière jette un drap immaculé sur un lit sanglant et boueux.

Les morts de janvier apparurent les premiers. Ils gisaient en surface et se trouvèrent découverts dès le début d'avril par les premières fontes. Les corps étaient durcis par le froid, les visages semblaient sculptés dans la cire. On les emportait comme des mannequins de bois. Sur une éminence, derrière le village, la neige était moins épaisse qu'ailleurs ; on déblaya la terre gelée et on entreprit d'y creuser des tombes. C'était un travail long et pénible, et on décida de n'enterrer que les cadavres allemands. Les cadavres russes furent entassés dans une étable ouverte. Dès que la température s'adoucit, ils commencèrent à sentir et il fallut les recouvrir de neige. On persistait à ne pas vouloir les enterrer parce qu'on savait que le village ne serait pas tenu longtemps. Le régiment battait en retraite. Les Russes qui avançaient pourraient bien se charger de leurs propres morts.

Avec les morts de décembre, on trouva les armes qui avaient appartenu aux morts de janvier. Les fusils et les grenades s'étaient enfoncés plus profondément que les corps ; les casques aussi parfois.

L'eau ayant amolli l'étoffe des uniformes, il était plus facile de la couper pour découvrir les marques distinctives des corps. Ils avaient la bouche pleine de neige fondue comme s'ils étaient morts noyés. Les membres dégelaient parfois avant le reste du corps, et quand on les emportait, on voyait un bras ou une jambe se balancer lentement dans un geste d'une indifférence affreuse, presque obscène. Dès qu'un rayon de soleil les atteignait, leurs yeux dégelaient les premiers. Ils perdaient leur éclat vitreux et la pupille devenait gélatineuse. Des larmes épaisses s'en échappaient lentement.

Il y eut une soudaine poussée de froid qui dura quelques jours. La neige se couvrit d'une couche de glace et cessa de baisser. Mais bientôt le tiède vent du printemps se remit à souffler.

On ne vit tout d'abord qu'une petite tache grise dans la blancheur souillée. Une heure plus tard, une main crispée apparut.

— Encore un, dit Sauer.

— Où ? demanda Immermann.

— Là-bas, devant l'église. On essaie de le dégager ?

— Pas la peine, le vent s'en chargera. Il y a au moins encore un mètre ou deux de neige. Ce sacré village est construit dans une dépression de terrain. À moins que tu tiennes absolument à attraper encore dix litres d'eau dans chacune de tes bottes.

— Pour ça non !

Sauer regarda en direction de la roulante.

— Tu as une idée de ce qu'il va y avoir aujourd'hui ?

— Du rutabaga. Du rutabaga avec du porc, des pommes de terre et de l'eau. Rectification : pas de porc.

— Du rutabaga ! Ça va faire la troisième fois cette semaine !

Sauer déboutonna sa braguette et se mit à uriner.

— Il y a seulement un an, je pissais encore loin, fièrement, à la militaire, comme il faut, quoi ! constatat-il avec amertume. On se sentait bien. Une roulante de première. Et on marchait ! Tant de kilomètres par jour. Je pensais que je serais bientôt chez moi. Maintenant, je pisse comme un civil, honteusement ; le cœur n'y est pas.

Immermann glissa une main sous son uniforme et se gratta avec une satisfaction visible.

— Ça me serait bien égal de pisser d'une façon ou d'une autre, si seulement je redevenais un civil.

— Moi aussi. Mais on commence à croire qu'on restera soldat éternellement.

— Bien sûr, on est des héros ; les héros, c'est fait pour crever. Il n'y a plus que les SS qui pissent loin.

Sauer reboutonnait son pantalon.

— Ils peuvent. On fait tout le boulot, et ils ramassent les honneurs. On se bat deux ou trois semaines pour une ville de malheur, et au dernier moment les SS se ramènent pour y entrer musique en tête. Tu as vu comme on les soigne ? Les capotes, les bottes et la bidoche, ils ont toujours tout ce qu'il y a de mieux.

Immermann ricana.

— Mais maintenant les SS n'entrent plus nulle part musique en tête. Ils foutent le camp. Comme nous !

— Pas tout à fait. Nous, on ne tue pas avant de partir tout ce qui nous tombe sous la main.

Immermann, impressionné, cessa de se gratter.

— Qu'est-ce qui te prend tout à coup ? Tu deviens sentimental ? Fais attention que Steinbrenner ne t'entende pas, sinon tu pourrais bien te retrouver un de ces jours dans une compagnie de discipline. Tiens, la neige vient de s'effondrer devant l'église. On voit le bras du copain.

Sauer se retourna.

— Si ça continue, on va le retrouver accroché à une croix demain matin. Il a bien choisi son coin ; en plein cimetière.

— C'est un cimetière ?

— Bien sûr, tu ne savais pas ? On connaît le patelin pourtant ; on y était fin octobre, au moment de la dernière attaque. Tu n'étais pas encore avec nous ?

— Non.

— Où étais-tu ? À l'hôpital ?

— Non, en compagnie disciplinaire.

Sauer siffla entre ses dents.

— Bigre ! Pourquoi ?

Immermann le regarda.

— Ancien communiste, dit-il.

— Hein ? Et ils t'ont relâché ?

— Il faut ce qu'il faut. Je suis mécanicien de métier. Ils doivent avoir davantage besoin de cela ici que dans les fortifications.

— Je m'en doute. Mais tout de même, envoyer un ancien communiste en Russie ! D'habitude ils choisissent un autre front.

Sauer regarda soudain Immermann avec méfiance. Immermann ricana. Il savait ce que pensait Sauer.

— T'en fais pas, va ! dit-il. Je ne suis pas un mouton et je n'irai pas répéter ce que tu viens de dire des SS. C'est bien ce que tu pensais, hein ?

— Moi ? T'es pas fou, non ?

Sauer ramassa sa gamelle.

— Vite à la soupe, sinon il ne nous restera plus que de l'eau de vaisselle.

La main émergeait peu à peu. Ce n'était plus, semblait-il, la neige qui baissait, c'était la main qui poussait comme un blême et menaçant champignon, comme un appel à l'aide pétrifié par le froid.

Le capitaine s'arrêta en l'apercevant.

— Qu'est-ce que c'est que ça ?

— Un cadavre russe, sans doute, mon capitaine.

Rahe écarquillait les yeux. Il voyait maintenant un bout de manche délavée.

— Ce n'est pas un Russe, dit-il.

Les orteils du sergent Mücke se crispèrent dans ses bottes. Il ne pouvait pas souffrir le capitaine. Certes il demeurait figé dans un garde-à-vous respectueux — la discipline était plus forte que les sentiments personnels — mais pour manifester son mépris, il remuait secrètement ses orteils dans ses bottes. Pauvre crétin, pensait-il.

— Sortez-moi ça, dit Rahe.

— À vos ordres, mon capitaine.

— Mettez-vous-y tout de suite avec quelques hommes. Ce n'est pas beau à voir.

Mazette, pensa Mücke, péteux ! Pas beau à voir ! On dirait que c'est la première fois qu'il voit un mort !

— C'est un soldat allemand, dit Rahe.

— Sûrement, mon capitaine, mais depuis quatre jours on ne trouve plus que des Russes.

— Faites-le toujours déterrer, on verra bien.

Rahe regagna ses quartiers. « Espèce d'enflé, pensait Mücke, ça a une maison, un poêle bien chaud et la Croix de Fer autour du cou par-dessus le marché, alors que je n'ai même pas le Mérite. Comme si je n'y avais pas droit autant que lui avec toute sa batterie de cuisine !

— Sauer ! appela-t-il. Immermann ! Tout le monde ici ! Apportez des pelles ! Gräber ! Hirschland ! Berning ! Steinbrenner, prenez le commandement ! Vous voyez la main là-bas ? Sortez le cadavre et enterrez-le proprement si c'est un Allemand ! Moi, je parie que c'est un Russe.

Steinbrenner s'avança en traînant les pieds.

— Tu paries ? Combien ?

Il avait une voix de jeune garçon qu'il s'efforçait vainement d'abaisser d'une octave. Mücke hésita un instant.

— Trois roubles, dit-il enfin. Trois roubles d'occupation.

— Cinq. Au-dessous de cinq, je ne parie pas.

— D'accord, cinq roubles, mais aligne-les !

Steinbrenner rit. Ses dents brillèrent dans le pâle soleil. Il avait dix-neuf ans et le visage rond d'un angelot gothique.

— Les aligner ? Et puis quoi encore ?

Mücke le détestait, mais il en avait peur et se tenait sur ses gardes. Steinbrenner venait de la SS et il avait la médaille d'or de la *Jeunesse hitlérienne*. Il faisait partie maintenant de la compagnie, mais tout le monde savait qu'il servait de mouchard à la Gestapo.

— Bon, bon, ça va !

Mücke sortit de sa poche un étui de merisier décoré à la pyrogravure.

— Cigarette ?

— Bien sûr !

— Steinbrenner, le Führer ne fume pas, fit observer négligemment Immermann.

— Ferme-la !

— Fais-en autant !

— Tu as l'air d'aller rudement bien, hein ?

Sous ses longs cils blonds, Steinbrenner observait obliquement son interlocuteur.

— Tu as la mémoire courte, on dirait ?

Immermann rit.

— Elle est bien assez longue pour ce que tu veux dire, Max. Mais de ton côté, n'oublie pas ça : le Führer ne fume pas. C'est tout ce que j'ai à te rappeler. Et j'ai quatre témoins. Tout le monde sait que le Führer ne fume pas.

— Assez de bêtise ! dit Mücke. Au travail ! Ordre du capitaine.

— Alors allons-y, dit Steinbrenner en allumant la cigarette que venait de lui donner Mücke.

— Depuis quand fume-t-on pendant les heures de service ? demanda Immermann.

— Il n'est pas question de service, dit Mücke furieux. Allez au travail. Toi aussi, Hirschland.

Hirschland s'approcha. Steinbrenner ricana.

— Du fin boulot pour toi, Isaac ! Un cadavre à déterrer. Excellent pour le sang juif. Ça donne du cœur et des os. Tiens, prends cette pelle.

— Je suis aux trois quarts aryen, fit observer Hirschland.

Steinbrenner lui souffla la fumée de sa cigarette au visage.

— Que tu dis ! Pour moi tu es un quart de juif —

et si tu es admis à combattre aux côtés de vrais Allemands, c'est un effet de la bonté du Führer. Allez ! Déterre ce cochon de Russe ! Il offense les narines du capitaine.

— Ce n'est pas un Russe, dit Gräber.

Il venait de jeter des planches jusqu'au cadavre et avait commencé à dégager les bras et le buste enfouis dans la neige. L'uniforme détrempé était maintenant visible.

— Pas un Russe ?

Steinbrenner s'était élancé avec légèreté et assurance sur la passerelle tremblante et s'était accroupi près de Gräber.

— C'est pourtant vrai. Il a un uniforme allemand — il se retourna — Mücke ! C'est pas un Russe ! J'ai gagné !

Mücke s'avança lourdement et regarda dans le trou où l'eau commençait à monter.

— J'y comprends rien, gronda-t-il. Voilà près d'une semaine que nous ne trouvons plus que des Russes. Ça doit être un mort de décembre qui s'est enfoncé plus profondément.

— Il est peut-être aussi d'octobre, dit Gräber. Notre régiment est passé par là à cette date.

— Pas possible. On l'aurait ramassé.

— Pas forcément. On s'est battu la nuit. Les Russes battaient en retraite et nous avancions à marche forcée.

— C'est vrai, déclara Sauer.

— Mais non ! L'arrière-garde a sûrement ramassé tous les morts.

— Pas sûr. Fin octobre, il neigeait déjà ferme et nous avancions très vite.

— Ça fait la seconde fois que tu le dis.

Steinbrenner regardait Gräber.

— Je peux le dire une troisième fois, si tu veux. Nous avons contre-attaqué et fait un bond d'une centaine de kilomètres.

— Et maintenant nous reculons, hein ?

— Maintenant nous sommes à nouveau ici.

— C'est donc que nous battons en retraite, oui ou non ?

Immermann poussa Gräber du coude.

— Nous avançons, peut-être ? demanda Gräber.

— Nous raccourcissons nos lignes de communication, expliqua Immermann en fixant Steinbrenner avec insolence. Ça fait déjà un an que nous procédons à cette opération stratégique qui va nous faire gagner très bientôt la guerre. Tout le monde sait ça.

— Il a un anneau au doigt, dit tout à coup Hirschland qui venait de dégager la main droite du mort.

Mücke se pencha au bord du trou.

— C'est exact, dit-il, et en or encore ! Un anneau de mariage.

Tous regardaient. Immermann s'approcha de Gräber.

— Fais attention, murmura-t-il, sinon le salaud va faire sauter ta permission. Il va te dénoncer comme défaitiste. Il n'attend que ça.

— Il fait le malin, mais prends garde aussi à toi. Il t'en veut plus qu'à moi.

— Moi, je m'en fiche, je n'ai jamais de permission.

— Voilà les insignes de notre régiment, dit Hirschland qui continuait de creuser avec ses mains.

— Alors, c'est toujours un Russe ? triompha Steinbrenner tourné vers Mücke.

— Évidemment non, gronda Mücke.

— Allez ! Cinq roubles ! Dommage que nous n'ayons pas parié dix roubles. Aligne !

— Je n'ai pas l'argent sur moi.

— Tu veux peut-être me faire un chèque ? Aligne, je te dis !

Furieux, Mücke sortit son portefeuille et en tira cinq roubles.

— Aujourd'hui tout va de travers ! Bon Dieu !

Steinbrenner empocha l'argent.

— Je crois que c'est Reicke, dit Gräber.

— Hein ?

— Le mort, c'est le lieutenant Reicke de notre compagnie. Tiens, ses épaulettes. Et il lui manque une phalange à l'index droit.

— C'est idiot. Reicke a été blessé et évacué sur l'arrière. On l'a appris plus tard.

— C'est Reicke.

— Dégagez la figure.

Gräber et Hirschland se mirent au travail.

— Attention, dit Mücke, vous allez lui défoncer le crâne !

— Pour ce qu'il sent ! fit observer Immermann.

— Fermez-la ! C'est la dépouille d'un officier allemand tombé pour la patrie, sale communiste !

Le visage apparut. Il était trempé. Des paquets de neige bouchaient les orbites, et il ressemblait étrangement à un masque de plâtre aux yeux inachevés, encore aveugles. Une dent en or brillait entre les lèvres violettes.

— Je ne le reconnais pas, dit Mücke.

— C'est sûrement lui. C'est le seul officier que nous ayons perdu ici.

— Nettoyez les orbites.

Gräber hésita un instant, puis de ses mains gantées il essuya doucement la neige.

— C'est lui, dit-il.

Mücke devint nerveux. Il prit lui-même le commandement du kommando. Puisqu'il s'agissait d'un officier, il fallait qu'il paie de sa personne.

— Pour tirer ! Hirschland et Sauer, les jambes, Steinbrenner et Berning, les bras. Gräber, attention à la tête. Tous ensemble : un, deux, trois !

Le corps eut un sursaut.

— Encore une fois ! Un, deux, allez !

Le corps eut un nouveau sursaut. À chaque effort un bruit de succion goulue s'élevait du trou.

— Sergent, le pied qui lâche ! s'écria Hirschland.

La chair d'un des pieds rongée par l'humidité du cuir venait en effet de céder. La botte se balançait, retenue par quelques fibres.

— Posez le corps par terre ! cria Mücke.

Trop tard. Le corps bascula, mais la botte resta dans la main de Hirschland.

— Le pied est dedans ? demanda Immermann.

— Posez cette botte et allez chercher un brancard, ordonna Mücke. Il fallait se douter que le corps était mûr ! Immermann, taisez-vous ! Un peu de respect devant les morts !

Immermann regarda Mücke avec une expression stupéfaite, mais il se tut.

Quelques minutes plus tard le corps reposait près du trou où l'eau s'accumulait lentement. Ils trouvèrent dans l'une des poches de l'uniforme un portefeuille avec des papiers. L'écriture était à demi effacée, mais on en pouvait lire assez pour identifier le mort. C'était bien le lieutenant Reicke qui avait commandé une colonne en automne.

— Il faut faire tout de suite un rapport. Restez ici, je reviens.

Il gagna la maison qu'occupait le capitaine. C'était la seule du village qui fût encore habitable. Avant la révolution, elle avait dû appartenir au pope. Rahe était assis dans la grande salle. Mücke eut un regard de mépris envieux pour le feu qui brûlait dans le vaste poêle russe. Sur la banquette de bois qui l'entourait, dormait le berger allemand de Rahe. Mücke fit son rapport et ressortit avec le capitaine.

Rahe observa une minute de silence devant le corps du lieutenant.

— Fermez-lui les yeux, dit-il ensuite.

— Impossible, mon capitaine, répondit Gräber, les paupières se déchireraient.

Rahe se tourna vers l'église à demi détruite.

— Portez-le là-bas en attendant. Est-ce qu'il nous reste un cercueil ?

— Les cercueils que nous gardions pour les cas spéciaux sont tombés aux mains des Russes, répondit Mücke. J'espère bien qu'ils auront l'occasion de s'en servir.

Steinbrenner éclata de rire. Rahe ne rit pas.

— On peut en fabriquer un ?

— Ça durerait trop longtemps, mon capitaine, dit Gräber. Le corps est déjà tout décomposé. Et d'ailleurs nous trouverions difficilement un bois qui convienne dans le village.

Rahe acquiesça.

— Mettez-le sur une toile de tente. On l'enterrera comme ça. Creusez une tombe et faites une croix.

Gräber, Sauer, Immermann et Berning s'acheminèrent vers l'église avec le corps. Hirschland les suivait, très gêné d'avoir à porter la botte pleine de boue et de chair.

— Sergent Mücke ! appela Rahe.

— Mon capitaine ?

— On va nous amener aujourd'hui quatre guérillas russes faits prisonniers. Ils doivent être fusillés demain matin. La compagnie a été désignée. Demandez des volontaires pour le peloton. Si vous n'en trouvez pas, le bureau désignera les hommes.

— Bien, mon capitaine.

— Dieu sait pourquoi c'est nous qui avons à faire ce travail ! Enfin, au milieu de tout ce désordre !

— Je suis volontaire, dit Steinbrenner.

— Bien.

Rahe ne broncha pas. Il gravissait laborieusement la neige accumulée hors du trou. « Allons, retourne à ton poêle, pensa Mücke. Mauviette ! Quelques guérillas à fusiller, qu'est-ce que c'est que ça ? Comme s'ils n'avaient pas liquidé des centaines des nôtres ! »

— Si les Russes arrivent à temps, on leur fera creuser la tombe de Reicke, dit Steinbrenner. Ce sera toujours ça de moins à faire. Faut savoir s'organiser, pas vrai, Mücke ?

— Oh, moi, vous savez !

Il regardait s'éloigner la longue silhouette de Rahe. Un intellectuel, un instituteur, cette longue perche à lunettes ! Il avait été promu capitaine lors de la dernière guerre et n'avait pas avancé au cours de la seconde. Courageux à l'occasion, mais qui ne l'était ? En tout cas, pas un chef !

— Qu'est-ce que vous pensez de Rahe ? demanda-t-il à Steinbrenner.

Celui-ci le regarda sans comprendre.

— Il commande la compagnie, non ?

— Bien sûr, mais après ?

— Après quoi ?

— Rien, dit Mücke avec fatigue.

*

— C'est assez profond ? demanda le Russe le plus vieux.

C'était un homme d'environ soixante-dix ans. Il avait une barbe blanche souillée et des yeux très bleus. Il parlait un allemand laborieux.

— Ferme-la, bolchevik, et ne parle que lorsqu'on t'interroge, lui répondit Steinbrenner.

Il était de joyeuse humeur. Ses yeux ne quittaient pas la femme russe qui accompagnait les trois prisonniers. Elle était vigoureuse et encore jeune.

— Continuez à creuser, dit Gräber qui surveillait les Russes avec Steinbrenner et Sauer.

— C'est pour nous ? demanda le vieillard.

Steinbrenner s'élança vers lui d'un bond léger et le frappa rudement au visage du plat de la main.

— Je t'ai déjà dit de tenir ta langue, grand-père. Où te crois-tu ? À la foire, peut-être ?

Il revint en souriant. Son visage blond était sans méchanceté et ne reflétait que le plaisir d'un enfant en train d'arracher les pattes à une mouche.

— Non, la fosse n'est pas pour vous, dit Gräber.

Le Russe ne bougeait pas ; il regardait Steinbrenner en silence. Steinbrenner le regarda à son tour. Son visage changea brusquement pour prendre une expression d'attention vigilante. Il pensait que le Russe allait l'attaquer, et il attendait son premier mouvement pour l'abattre. Peu aurait importé qu'il le tuât sur place : le bonhomme était condamné à mort et personne ne se serait demandé si Steinbrenner s'était réellement trouvé en état de légitime défense. Mais pour Steinbrenner la question semblait avoir son importance. Gräber se demandait s'il irritait le Russe jusqu'à lui faire perdre la tête par simple divertissement sportif ou s'il obéissait encore à l'étrange formalisme qui voulait qu'à chaque meurtre correspondît un prétexte plausible propre à lui donner une apparence de légalité. Il y avait des deux, sans doute, et ce n'était pas le premier exemple de ce genre que Gräber rencontrait.

Le Russe ne bougeait toujours pas. Un filet de sang lui coulait du nez dans la barbe. Gräber se demandait ce qu'il ferait à sa place — se jetterait-il sur l'Allemand pour payer d'une mort immédiate un coup qui ne l'atteindrait peut-être même pas — ou bien rentrerait-il sa colère pour ne pas perdre la dernière nuit qui lui restait à vivre ? Il n'en savait rien.

Le Russe se baissa lentement et leva sa pioche. Steinbrenner prêt à faire feu recula d'un pas. Mais le Russe ne se releva pas ; il se remit à piocher paisiblement. Steinbrenner ricana.

— Étends-toi au fond, ordonna-t-il.

Le Russe posa sa pioche et descendit dans la fosse où il se coucha de tout son long. Étendu sur le dos, il ne bougeait plus. Lorsque Steinbrenner s'approcha du bord du trou, on vit quelques mottes de neige tomber sur le vieillard.

— C'est assez long ? demanda-t-il à Gräber.

— Oui, Reicke n'était pas très grand.

Le Russe regardait le ciel qui semblait se refléter dans ses yeux bleus. Seuls quelques poils de barbe autour de sa bouche tremblaient à chaque expiration. Steinbrenner le laissa un moment au fond du trou.

— Sors de là, dit-il ensuite.

Le Russe se leva aussitôt et se hissa auprès de ses compagnons. Des plaques de terre humide collaient à ses vêtements.

— Voilà, dit Steinbrenner en regardant la femme. Maintenant vous allez creuser vos propres fosses. Ce ne sera pas la peine de les faire aussi profondes, tant pis si les renards viennent vous bouffer cet été.

*

Le jour se levait. Une lueur rose pâle colorait l'horizon. La neige crissait sous les bottes ; il avait à nouveau gelé au cours de la nuit. Les fosses fraîchement creusées étaient noires.

— Bon Dieu, jura Sauer. Qu'est-ce qu'ils ne nous font pas faire ! Pourquoi nous ? C'est le travail du SD. Ses hommes sont spécialisés dans les liquidations. Ça fait déjà la troisième fois. On est des vrais soldats, nous !

Gräber balançait son fusil au bout de son bras. Comme l'acier lui brûlait la main, il enfila ses gants.

— Le SD fait son boulot à l'arrière, dit-il.

— Bien sûr, il ne se risque pas sur les lignes. Est-ce que Steinbrenner n'en était pas autrefois ?

— Je crois qu'il était chef de bloc dans un camp de concentration ou quelque chose du même genre.

Les autres approchèrent. Steinbrenner seul était frais et dispos. Le froid lui donnait des joues roses de jeune garçon.

— Les gars, dit-il, la femelle... Je m'en charge, hein ?

— Qu'est-ce que tu veux en faire ? demanda Sauer. Tu n'as plus le temps de te l'envoyer. Il fallait essayer plus tôt.

— C'est bien ce qu'il a fait, dit Immermann.

Steinbrenner se retourna furieux.

— Qu'est-ce que tu en sais ? C'est l'Internationale qui te l'a dit ?

— Et il s'est cassé le nez.

— Tu es rudement malin, toi. N'empêche que si j'avais voulu l'avoir, je l'aurais eue bel et bien.

— Ça dépend.

— Fermez-la donc, dit Sauer.

Il mordit dans un quignon de pain.

— S'il veut la liquider tout seul, moi ça m'est bien égal. Je la lui laisse.

— Moi aussi, déclara Gräber.

Les autres ne disaient rien. Il faisait plus clair. Hirschland regarda sa montre.

— Tu es impatient, Isaac ? lui demanda Steinbrenner. Tu devrais te féliciter d'avoir été désigné, ça t'enlèvera tes idées noires de youpin. Fusiller ! — il cracha. C'est bien trop bon pour cette racaille ! Quelle misère de gâcher des munitions pour ça ! C'est les pendre qu'on devrait. Comme on fait ailleurs.

— Où ça ? Tu vois un arbre quelque part, toi ? Ou bien tu voudrais qu'on fabrique une potence ? Et avec du bois qu'on n'a pas ?

— Les voilà, dit Gräber.

Mücke arrivait avec les quatre Russes. Quatre soldats les encadraient. Le vieux Russe marchait en tête ; il était suivi par la femme qui précédait elle-même les deux plus jeunes. Spontanément, ils se rangèrent devant les quatre fosses. La femme y jeta un coup d'œil avant de se placer face aux soldats. Elle portait une jupe de laine rouge.

Le lieutenant Müller de la première compagnie sortit de la maison du capitaine. C'est lui qui représentait Rahe lors des exécutions. Aussi ridicule que cela fût, on s'appliquait encore à respecter les formes réglementaires. Tout le monde savait que les Russes n'étaient peut-être nullement des guérillas ; pourtant ils avaient été interrogés et condamnés en bonne et due forme, sans avoir toutefois la moindre chance d'en réchapper. Théoriquement ils avaient été pris les armes à la main. Dès lors pourquoi tant de cérémonie ? Ils allaient être fusillés en présence d'un officier, comme l'exigeait le code militaire. Aucun ne paraissait sensible à cet honneur.

Le lieutenant avait vingt et un ans et venait d'être affecté à la compagnie. Il observa un instant les condamnés et commença à lire le jugement.

— À moi la femelle, murmura Steinbrenner.

Gräber regarda la femme. Elle attendait calmement devant la fosse. Elle était jeune et robuste, bâtie pour faire des enfants et les nourrir. Elle ne comprenait rien à ce que Müller lisait, mais elle savait que c'était sa condamnation à mort. Elle savait que dans quelques instants la vie qui battait puissamment dans ses artères s'arrêterait pour toujours — pourtant elle attendait calmement et ne paraissait sensible qu'au froid du petit matin.

Gräber vit Mücke se pencher vers Müller et lui parler d'un air entendu. Müller le regarda.

— On ne peut pas faire ça après ?

— Il vaut mieux maintenant, mon lieutenant, c'est plus facile.

— Bon, faites comme vous voudrez.

Mücke s'avança.

— Dis à ton copain qu'il enlève ses bottes, ordonna-t-il au vieux Russe en désignant l'un des deux autres prisonniers.

Le vieillard prononça quelques mots d'une voix

basse et chantante. Le prisonnier auquel il s'adressait, un jeune homme pâle et émacié, ne comprit pas.

— Allez, gronda Mücke, enlève tes bottes !

Le vieillard répéta sa phrase. Le jeune homme comprit enfin et se hâta d'obéir comme s'il réparait soudain un oubli inexcusable. Il chancelait, debout sur un pied, tout en tirant sur la botte de l'autre pied. Pourquoi se dépêche-t-il ? se demanda Gräber. Est-ce pour mourir une minute plus tôt ? Le prisonnier s'avança bientôt vers Mücke auquel il tendit sa paire de bottes. Elles étaient en fort bon état. Mücke fit la grimace avec un geste de côté. Le prisonnier alla poser ses bottes à l'écart et regagna sa place. Ses pieds enveloppés de bandes crasseuses s'enfonçaient dans la neige. On voyait ses orteils jaunes se recroqueviller frileusement.

Mücke fouilla les autres Russes. Il trouva sur la femme une paire de gants fourrés et lui ordonna d'aller les poser près des bottes. Il s'arrêta un instant à la jupe rouge. L'étoffe en était bonne et point trop déchirée. Steinbrenner pouffa, mais Mücke renonça finalement à ordonner à la femme de se dévêtir, soit qu'il eût peur de Rahe qui pouvait observer l'exécution de sa fenêtre, soit qu'il jugeât ce vêtement féminin somme toute inutilisable. Il recula.

La femme prononça très vite quelques mots en russe.

— Demandez-lui ce qu'elle veut, ordonna le lieutenant Müller.

Il était blême. C'était sa première exécution.

Mücke répéta la question au vieux Russe.

— Elle ne veut rien. Simplement, elle vous maudit.

— Quoi ? cria Müller qui n'avait pas compris.

— Elle vous maudit, répéta le vieillard plus fort. Vous et tous les Allemands qui foulent le sol russe ! Elle maudit vos enfants ! Elle souhaite que ses enfants fusillent un jour les vôtres comme vous nous fusillez.

— Quelle insolence !

Mücke fixait la femme avec stupeur.

— Elle a deux enfants, reprit le vieillard, et moi j'ai trois fils !

— Assez, Mücke ! ordonna Müller nerveusement. Nous ne sommes pas des pasteurs. Fixe !

Les soldats se figèrent au garde-à-vous. Gräber sentait son fusil dans ses mains. Il avait retiré ses gants et déjà l'acier glacé lui brûlait les paumes et les doigts. À côté de lui se trouvait Hirschland. Il était blême, mais ne bronchait pas. Gräber décida de tirer sur le Russe placé à l'extrême gauche. Au début, lorsqu'il était désigné pour une exécution, il tirait en l'air. Il avait bientôt renoncé à ce médiocre stratagème qui n'apportait aucun soulagement aux condamnés. Comme la même idée se présentait naturellement aux autres soldats, il était arrivé que la première salve n'atteignît presque personne. Il fallait alors recommencer, et les condamnés étaient ainsi exécutés deux fois au lieu d'une. Un jour pourtant une femme qu'il avait volontairement manquée s'était jetée à ses pieds et l'avait remercié en pleurant de la minute de grâce qui lui était accordée. Gräber n'aimait pas se souvenir de cette femme, et il avait évité depuis de pareils incidents.

— En joue !

Gräber voyait le Russe dans sa ligne de mire. C'était le vieillard à la barbe souillée et aux yeux bleus. Il abaissa un peu son arme pour ne pas atteindre le Russe au visage. Un jour il avait broyé la mâchoire inférieure d'un condamné. La poitrine était plus sûre. Il s'aperçut que le canon du fusil de Hirschland était dirigé beaucoup trop haut. Sa ligne de mire devait passer par-dessus la tête des condamnés.

— Mücke te voit, murmura-t-il. Vise plus bas ! La poitrine !

Hirschland abaissa son arme.

— Feu ! commanda Mücke.

Le Russe parut bondir vers Gräber. On aurait dit que tout son corps se ployait en avant comme s'il se déformait soudain dans un miroir convexe. Son corps se ploya et retomba en arrière.

Le vieillard avait été projeté dans la fosse. On ne voyait plus que ses deux pieds. Les deux autres hommes s'étaient écroulés sur place. Celui qui n'avait plus de bottes avait au dernier moment levé ses mains vers son visage dans un geste de protection. L'une d'elles, déchiquetée, pendait comme une loque retenue encore par un tendon. Personne n'avait songé à bander les yeux et à lier les mains des condamnés.

La femme était tombée en avant. Appuyée sur les mains, le visage dressé, elle fixait le peloton d'exécution. Steinbrenner paraissait enchanté. Lui seul avait tiré sur la femme. Elle avait été atteinte au ventre. Pourtant Steinbrenner était un excellent tireur.

Les pieds du vieillard furent agités par un dernier sursaut puis s'immobilisèrent. Seule la femme, toujours dressée sur ses mains, vivait encore. Son large visage tourné vers les soldats, elle prononçait d'une voix sifflante des mots que personne ne comprenait. Elle était accroupie comme une énorme grenouille rouge blessée à mort et prononçait des malédictions que plus personne ne pouvait traduire. Elle ne détourna pas les yeux lorsque Mücke s'approcha d'elle de côté et tira son revolver. Elle continuait à parler inlassablement et ne vit l'arme de Mücke qu'au dernier moment. Alors elle eut un mouvement brusque de la tête et ses dents se refermèrent sur la main de Mücke. Mücke jura et son poing s'abattit sur le visage de la femme. Dès qu'elle eut lâché prise, il lui déchargea son arme dans la nuque.

— Quel travail de cochons ! gronda Müller. Vous ne savez plus tirer ?

— C'est Hirschland, mon lieutenant, déclara Steinbrenner.

— Ce n'est pas Hirschland, dit Gräber.

— Silence ! cria Mücke. Attendez pour parler qu'on vous le demande !

Il se tourna vers Müller, très pâle et immobile. Mücke se pencha sur les cadavres des deux Russes. Il appliqua le canon de son revolver derrière l'oreille du plus jeune et tira. La tête eut un sursaut violent et s'immobilisa. Mücke rengaina son revolver et regarda sa main. Puis il tira son mouchoir et s'en fit un pansement.

— Allez vous faire mettre de la teinture d'iode là-dessus, dit Müller. Où est le bloc sanitaire ?

— C'est la troisième maison à droite, mon lieutenant.

— Allez-y tout de suite.

Mücke s'éloigna. Müller regarda les morts. La femme gisait la face contre terre.

— Mettez-la dans la fosse et bouchez le trou, dit-il.

Il se sentait tout à coup trembler de colère, sans savoir pourquoi.

II

Au cours de la nuit le grondement s'amplifia à l'horizon. Le ciel rougeoyait et les brèves lueurs des explosions devenaient plus distinctes. Le régiment avait été retiré du front depuis dix jours et se trouvait maintenant au repos. Mais les Russes avançaient. Le front se déplaçait de jour en jour. Il n'y avait plus de ligne de feu précise. Les Russes attaquaient. Ils attaquaient depuis des mois, et depuis des mois le régiment battait en retraite.

Gräber s'éveilla. Il écouta un instant le grondement lointain et s'efforça de se rendormir. Ne pouvant y parvenir, il enfila ses bottes et sortit.

La nuit était claire mais pas froide. Des explosions semblaient provenir de la forêt qui dressait une impénétrable muraille sur la droite. Des fusées éclairantes suspendaient des dômes transparents dans le ciel noir que fouillaient un peu plus loin vers l'arrière les projecteurs de la DCA.

Il s'arrêta et leva les yeux. Il n'y avait pas de lune, mais d'innombrables étoiles scintillaient dans la nuit. Gräber ne les vit pas ; il vit simplement que le temps était favorable à l'activité aérienne.

— Beau temps pour les permissionnaires, dit quelqu'un derrière lui.

C'était Immermann. Il était de garde. Le régiment était au repos, mais comme les arrières étaient infestés de partisans, on avait dû poster des sentinelles sur tout le pourtour du camp.

— Tu t'es levé trop tôt, dit Immermann, la relève n'est que dans une demi-heure. Rentre et dors, je viendrai te réveiller. À ton âge on peut toujours dormir. Quel âge as-tu ? Vingt-trois ans ?

— Oui.

— Alors, tu vois !

— Je n'ai plus sommeil.

— C'est ta permission qui t'énerve ? — Immermann scruta le visage de Gräber. — Une permission ! Sacré veinard, va !

— Je ne suis pas encore parti. Tu verras qu'au dernier moment les permissions vont être annulées. Ça m'est déjà arrivé trois fois.

— Possible. Il y a combien de temps que tu devais partir ?

— Six mois. Régulièrement il y a eu un empêchement. La dernière fois une blessure superficielle qui ne justifiait pas mon évacuation sur l'arrière.

— Pas de chance. Mais toi au moins, c'est ton tour. Moi, ce ne sera jamais mon tour ! Je suis politiquement suspect. On me donne tout juste la chance de mourir en héros. Chair à canon et fumier pour l'Empire Millénaire.

Gräber regarda avec inquiétude autour d'eux.

Immermann rit.

— L'œil de Berlin ! N'aie pas peur, ils dorment tous, Steinbrenner comme les autres !

— Oh, je n'ai pas peur, dit Gräber irrité.

Il avait peur.

— Alors c'est encore pire !

Immermann rit encore.

— C'est devenu un réflexe, on n'y pense même plus ! C'est étrange que les faux-jetons aient profité de ces temps héroïques pour pousser comme des champignons sous la pluie. Ça devrait faire réfléchir, pas vrai ?

Gräber hésita un instant.

— Puisque tu le sais si bien, tu devrais te surveiller davantage en présence de Steinbrenner, dit-il ensuite.

— Je me moque de Steinbrenner. Il a moins de prise sur moi que sur vous autres, précisément parce que je suis imprudent. Pour quelqu'un comme moi, c'est un signe de sincérité. Les bonzes se méfieraient de moi, si je faisais le chien couchant. C'est la vieille recette de tous les anciens membres du Parti qui veulent avoir la paix. Pas vrai ?

Gräber souffla dans ses doigts.

— Pas chaud, dit-il.

Il voulait éviter les discussions politiques. Mieux valait n'aborder aucun sujet compromettant. Il tenait à avoir sa permission, c'était tout ce qui l'intéressait à cette heure. Immermann avait raison : la méfiance régnait sur tout le Troisième Reich. Nulle part on ne se sentait tout à fait en sécurité et le silence demeurait toujours une saine précaution.

— Quand as-tu été chez toi pour la dernière fois ? demanda Immermann.

— Il y a environ deux ans.

— Ça fait rudement longtemps ! Tu vas en découvrir des choses !

Gräber ne répondit pas.

— Des choses étonnantes, répéta Immermann. C'est qu'il y a du nouveau là-bas !

— Qu'est-ce qu'il y a de nouveau ?

— Tu verras bien.

Un instant Gräber sentit la peur lui serrer l'estomac. Il connaissait ces brèves angoisses ; elles survenaient de temps en temps sans cause précise. Rien d'étonnant dans cet univers où depuis longtemps plus rien n'était sûr.

— Qu'est-ce que tu en sais ? demanda-t-il. Tu n'es jamais allé en permission.

— Non, mais je le sais. On entend plus de choses qu'ici dans les compagnies disciplinaires.

Gräber se leva. Pourquoi était-il sorti ? Ce n'était pas pour parler, c'était pour être seul. Si seulement il pouvait être déjà parti ! Cela tournait à l'idée fixe. Il voulait être seul, seul quelques semaines, pour pouvoir réfléchir en paix, c'était tout. Pas ici, là-bas, chez lui, loin de la guerre.

— Il est temps de faire la relève, dit-il. Je vais chercher mes affaires et réveiller Sauer.

Le grondement continuait dans la nuit. Le grondement et les lueurs qui faisaient palpiter l'horizon. Gräber se tourna vers ce lointain incendie. Les Russes... En automne 1941, le Führer avait déclaré qu'ils étaient définitivement battus ; les apparences semblaient lui donner raison. En automne 1942, il avait répété son cri de victoire, et tout paraissait à nouveau le confirmer. C'est alors qu'avait commencé l'inexplicable période de Moscou et de Stalingrad. Rien n'allait plus tout à coup, on aurait dit que le diable s'en mêlait ! Un jour les Russes avaient retrouvé leur artillerie. Un grondement à l'horizon avait couvert les discours du Führer, il n'avait plus cessé depuis et les divisions allemandes avaient commencé à refluer en désordre. On n'y comprenait plus rien, des bruits circulaient, des corps d'armée entiers auraient été encerclés et faits prisonniers. Bientôt chacun savait que l'avance victorieuse s'était transformée en débâcle. Comme en Afrique, au moment où Le Caire était en vue.

Gräber s'engagea dans le chemin peu praticable qui faisait le tour du village. La lumière des étoiles déformait toutes les perspectives. Elle se reflétait sur la neige en clartés vagues et trompeuses. Les maisons paraissaient plus éloignées, la forêt plus proche qu'elles ne l'étaient en réalité. L'atmosphère était chargée de dangers et d'étrangeté.

L'été 1940 en France. La promenade vers Paris. Le hurlement des stukas sur un pays désemparé. Les routes encombrées par des réfugiés et des débris de l'armée. La splendeur de juin, les champs, les forêts, l'avance à travers une campagne intacte, et puis la ville dans sa lumière argentée, les rues, les cafés, toute cette richesse abandonnée sans un coup de feu. Avait-il réfléchi alors ? Avait-il éprouvé une ombre d'inquiétude ? Non. Tout paraissait en ordre. L'Allemagne, attaquée par des ennemis sanguinaires, s'était défendue, c'était tout. Il ne lui avait semblé nullement contradictoire que l'adversaire fût en même temps si mal préparé à la guerre.

Et plus tard, en Afrique, au cours des longues étapes de l'avance, dans les nuits chaudes et lumineuses, pleines du fracas des tanks, avait-il réfléchi ? Non — pas même lorsque la retraite avait commencé. Il y avait l'Afrique, un pays étranger, puis la mer et la France ; l'Allemagne était plus loin encore. Que pouvaient bien faire quelques kilomètres de désert perdus ? On ne pouvait pas gagner partout.

Mais l'heure de la Russie avait sonné. L'heure de la défaite et de la fuite. Cette fois la mer ne protégeait plus l'Allemagne ; c'était vers elle que refluait toute l'armée allemande. Car il ne s'agissait plus comme en Afrique d'un simple corps expéditionnaire.

C'était alors que ses yeux s'étaient soudain ouverts comme ceux de beaucoup d'autres. Réfléchir était maintenant facile et à la portée de tous. Tout était bien dans le meilleur des mondes quand les victoires succédaient aux victoires. Il y avait certes quelques ombres au tableau, mais on les ignorait, ou on excusait par la grandeur des fins la médiocrité de certains moyens. Mais au fait, de quelles fins s'agissait-il ? N'avaient-elles pas toujours eu deux faces dont l'une était sanglante et inhumaine ? Pourquoi n'y avait-il jamais songé ? Mais n'y avait-il vraiment jamais songé ? Ou n'avait-il pas plus d'une fois senti le doute et le dégoût l'envahir ? Toujours il avait chassé ces visiteurs importuns.

Il entendit Sauer tousser et il contourna un groupe de cabanes détruites pour le retrouver. Sauer fit un signe vers le nord. Un formidable incendie palpitait à l'horizon. On entendait des explosions, des gerbes de flammes s'élevaient brusquement.

— Ce sont déjà les Russes ? demanda Gräber.

Sauer secoua la tête.

— Non, c'est notre génie. Ils font sauter les installations là-bas.

— Ça signifie que la retraite continue.

— Sans doute.

Ils écoutèrent un instant en silence.

— Il y a bien longtemps que je n'ai pas vu de maison intacte, dit Sauer.

Gräber montra la maison de Rahe.

— Celle-là est à peu près intacte.

— Tu appelles ça intact, avec les trous des balles de mitrailleuses, le toit à moitié brûlé et l'étable complètement détruite ?

Sauer soupira bruyamment.

— Il y a une éternité que je n'ai pas vu une rue intacte.

— Moi non plus.

— Tu vas bientôt en revoir chez toi.

— Oui, Dieu merci !

Sauer continuait à observer les flammes gigantesques qui déchiraient la nuit.

— Souvent quand on considère toutes les destructions que nous avons provoquées en Russie, on se met à avoir un peu peur. Qu'est-ce que tu crois qu'ils feraient s'ils pénétraient en Allemagne un jour ? Tu te l'es déjà demandé ?

— Non.

— Moi, si. J'ai une ferme en Prusse orientale. Je me souviens de 1914 lorsque nous avons fui devant les Russes. J'avais dix ans.

— La frontière est encore loin.

— Ça dépend. Les choses peuvent se précipiter tout à coup. Souviens-toi de la rapidité de notre avance ici au début.

— Je ne sais pas, j'étais en Afrique.

Ils se tournèrent à nouveau vers le nord. Un rideau de flammes s'éleva en tremblant et une série d'explosions violentes retentit.

— Tu vois ce que nous faisons ? Imagine un peu que les Russes en fassent autant chez nous ? Qu'est-ce qui resterait ?

— La même chose qu'ici.

— C'est bien ce que je me dis ! Tu comprends maintenant ? Quand cette idée vous tient, on ne s'en débarrasse pas facilement.

— Nous ne sommes pas encore à la frontière. Tu as bien entendu hier l'exposé politique qu'on nous a fait ? Nous raccourcissons nos lignes de communication pour pouvoir utiliser nos armes secrètes avec le maximum d'efficacité.

— Quelle blague ! Qui croit encore ces histoires ? Je vais te dire une bonne chose : si nous battons en retraite jusqu'à la frontière, il faut faire la paix. Il n'y a que ça à faire.

— Pourquoi ?

— Mais quelle question ! Pour qu'ils ne fassent pas chez nous ce que nous avons fait chez eux ! Tu ne comprends pas ?

— Si, mais suppose un peu qu'ils ne veuillent pas faire la paix.

— Qui ?

— Les Russes.

Sauer regarda Gräber avec stupeur.

— Il faut bien qu'ils acceptent ! Nous leur offrons la paix ! La paix, c'est la paix ! Plus de guerre, nous sommes sauvés !

— Ils ne seront obligés d'accepter que si nous nous rendons sans condition. Alors ils occuperont toute l'Allemagne et tu perdras aussi ta ferme. C'est pourtant bien cela que tu voulais éviter ?

Sauer fit une mine méfiante.

— Bien sûr, c'est cela qu'il faut éviter, dit-il après un silence. Mais ce n'est tout de même pas la même chose. Ils n'auront plus le droit de rien détruire quand ce sera la paix.

Et brusquement, les yeux plissés, il redevint un paysan matois.

— Alors chez nous rien n'est détruit. Toute la casse a été pour les autres. Et il faudra bien qu'ils s'en aillent un jour ou l'autre. Veux-tu que je te dise : comme ça nous gagnons encore la guerre, même en la perdant.

Gräber ne répondit pas. Pourquoi me suis-je encore laissé aller à discuter ? pensait-il. Les mots ne servent à rien. Depuis des années un flot de paroles s'était déversé sur l'Allemagne. Qu'en restait-il ? À parler encore maintenant, on avait tout à perdre et rien à gagner. Quant à l'avenir qui approchait lentement et en silence, c'était une ombre vague et menaçante qui n'était plus à la mesure des mots. On parlait du service, de la soupe et du froid. On ne parlait pas de cela. Ni de l'avenir, ni des morts.

Il reprit le chemin du village. On avait jeté des planches pour pouvoir circuler sur la neige en décomposition. Elles basculaient sous les pieds et il fallait des précautions pour ne pas glisser ; plus rien de ferme ne les soutenait.

Il passa devant l'église. Elle était petite, crevée par les obus. C'était là que reposait le lieutenant Reicke. La porte était ouverte. La veille on avait encore dégagé deux soldats morts, et Rahe avait ordonné que tous trois fussent inhumés le matin avec les honneurs militaires. L'un des soldats, un caporal, n'avait pu être identifié. Le visage était méconnaissable et on n'avait trouvé aucun papier sur lui. Le ventre était ouvert et le foie manquait. Des renards sans doute, ou bien des rats. On se demandait comment ils avaient pu atteindre le cadavre.

Gräber entra dans l'église. Il y flottait une odeur de salpêtre, de pourriture et de cadavre. Gräber y promena le faisceau de sa lampe de poche. Dans un coin il découvrit deux statues mutilées et quelques sacs à farine. Les Soviets avaient dû transformer l'église en grenier à farine. Une bicyclette rouillée sans chaîne ni pneus était à demi recouverte par la neige que le vent faisait pénétrer. Au centre de la nef les trois morts reposaient sur une toile de tente. Ils étaient là, hostiles et solitaires, désormais indifférents à tout.

Gräber ferma la porte et reprit sa tournée. Des ombres vagues semblaient tapies dans les ruines que la lumière louche grandissait. Il gravit l'éminence où les tombes avaient été creusées. Il entendit l'égouttement de l'eau qui commençait à s'accumuler dans le trou. Une croix avec le nom du lieutenant avait été préparée. On saurait, quelques jours, qui était enterré là. Quelques jours seulement, ensuite le village redeviendrait zone de combat.

Gräber parcourut des yeux le paysage qui s'étendait à ses pieds. C'était une étendue pelée et désolée dont les faibles reliefs étaient déformés par la lumière. Le terrain n'avait plus rien de familier, certains détails se trouvant monstrueusement grossis, d'autres au contraire effacés. C'était une terre inhumaine, figée par le froid et la solitude, sans rien où le regard pût s'attarder, le cœur se réchauffer. Tout semblait infini et inachevé comme le pays lui-même sans âme ni frontières. Gräber frissonna. Il se sentait étranger à lui-même au milieu de ce désert hostile dont il faisait partie comme ces pierres glacées, ces cabanes calcinées.

Une motte de terre se détacha du bord de la fosse

et glissa dans l'eau avec un bruit sourd. Les vers avaient-ils survécu dans cette terre durcie par le gel ? Sans doute — s'ils s'étaient réfugiés à une profondeur suffisante. Mais pouvaient-ils vivre à plusieurs mètres de fond ? Que trouvaient-ils là pour se nourrir ? À partir de demain, ils allaient avoir une proie s'ils avaient pu attendre jusque-là.

Ce n'était pas la chair qui leur avait manqué ces dernières années, pensa-t-il. Partout où nous sommes passés, elle leur a été dispensée avec abondance. Pour tous les vers d'Europe, d'Asie et d'Afrique nous avons été l'âge d'or. Nous leur avons laissé des armées de cadavres. Nous les avons nourris de chair de soldat, et aussi de la chair des femmes, des enfants et des vieillards tués par les bombes. Pour plusieurs générations de vers, nous sommes entrés dans la légende en dieux bienfaisants et généreux.

Des morts... Il se détourna. Cette terre avait absorbé trop de morts. Tout d'abord ceux de l'adversaire ; surtout ceux de l'adversaire. Mais bientôt les rangs des compatriotes s'étaient éclaircis à leur tour. Il avait fallu sans cesse combler des vides toujours plus larges ; ses camarades des premiers jours avaient disparu les uns après les autres, il n'en restait plus qu'une poignée. Fresenburg, lieutenant de la quatrième compagnie, était le seul qu'il n'eût pas perdu de vue. Les autres étaient morts, déplacés, ou — lorsqu'ils avaient eu de la chance — réformés après un séjour plus ou moins long à l'hôpital.

Il entendit les pas de Sauer qui montait le rejoindre.

— Il y a eu quelque chose ? demanda-t-il.

— Non. Je suis venu parce que j'avais cru entendre un bruit. Mais ce n'était que les rats dans l'étable où on a mis les Russes.

Sauer regarda les quatre tombes des Russes fusillés.

— Ceux-là au moins ont eu droit à un trou.

— Oui, mais ils l'ont creusé eux-mêmes.

Sauer cracha.

— Au fond, je les comprends assez bien, ces pauvres diables. Finalement, c'est leur pays que nous ravageons...

Gräber le regarda. La nuit, on a des idées qui ne vous viendraient pas dans la journée. Pourtant Sauer était un vieux soldat peu enclin à l'attendrissement.

— Pourquoi dis-tu cela ? Parce que nous reculons ? lui demanda-t-il.

— Bien sûr. Imagine un peu qu'ils fassent cela chez nous ?

Gräber demeura un instant silencieux. « Je ne suis pas meilleur que lui, pensa-t-il. Moi aussi j'ai repoussé cette idée aussi longtemps que j'ai pu. »

— C'est étrange comme on se met à comprendre les autres quand on est dans la crotte jusqu'au cou, dit-il ensuite. Quand tout va bien, on n'y pense pas, hein ?

— Évidemment non, c'est tout naturel !

— Oui, mais ce n'est guère à notre honneur.

— L'honneur ? Qui pense à l'honneur quand on fait la guerre ?

Sauer observait Gräber avec un mélange d'étonnement et d'irritation.

— Vous autres avec votre instruction, vous vous faites toujours toutes sortes d'idées ! Après tout, c'est pas nous qui avons décidé la guerre. Nous n'y sommes pour rien. Nous faisons notre devoir, et les ordres sont les ordres. Pas vrai ?

— Oui, répondit Gräber avec lassitude.

III

La salve se perdit rapidement dans le ciel immense et gris. Les corbeaux posés sur les murs ne s'envolèrent pas. Ils répondirent par un concert de croassements qui couvrit la lointaine canonnade. Ils étaient habitués à bien d'autres bruits.

Les trois civières de fortune s'enfonçaient peu à peu dans la neige fondue. On avait rabattu la toile de tente sur celle du cadavre sans visage. Reicke était au milieu. On avait replacé la botte au bout de la jambe correspondante, mais elle avait glissé en cours de route et plus personne ne songeait maintenant à rétablir le fragile assemblage. Reicke paraissait vouloir s'enfoncer de lui-même dans le sol pourri.

Ils jetèrent quelques pelletées de boue dans la fosse. Lorsque le trou se trouva plein, il restait encore une certaine quantité de terre meuble. Mücke se tourna vers Müller.

— Faut-il tasser la terre ?

— Quoi ?

— Tasser, mon lieutenant. Comme ça toute la terre rentrera et on y ajoutera quelques pierres. À cause des renards et des loups.

— La fosse est suffisamment profonde, les bêtes ne déterreront pas le cadavre. D'ailleurs…

Il allait dire que les renards et les loups trouveraient assez de cadavres à l'air libre pour ne pas être tentés de déterrer celui-ci.

— C'est absurde, dit-il. Quelle idée !

— C'est déjà arrivé.

Mücke fixait sur Müller un regard inexpressif. Encore un de ces bleus qui croit tout savoir, pensait-il. C'est avec ça qu'on fait des officiers. Les bons se sont déjà fait tuer, comme Reicke.

Müller secoua la tête.

— Faites un tumulus avec la terre qui reste. Et plantez-y la croix, déclara-t-il. Ce sera plus convenable.

— Bien, mon lieutenant.

Müller rassembla la compagnie et donna l'ordre de marche. Il criait ses commandements un peu plus fort qu'il ne fallait. Il avait toujours l'impression que les vétérans ne le prenaient guère au sérieux. En quoi il ne se trompait pas.

Sauer, Immermann et Gräber rassemblèrent en tas la terre qui restait.

— C'est trop mou, dit Sauer, la croix ne va jamais tenir.

— Sûrement pas.

— Elle tiendra bien trois jours. On dirait qu'il s'agit de ton père !

— Ferme-la. Reicke était un bon gars. Tu n'en sais rien, toi. Tu étais à la compagnie disciplinaire.

Immermann rit.

— La compagnie disciplinaire ! C'est tout ce que tu sais dire, pauvre cul-terreux !

Il se fâcha tout à coup.

— Il y en avait de meilleurs que toi à la compagnie disciplinaire !

— Alors, on la plante, cette croix ? demanda Gräber.

— Tiens, notre permissionnaire, dit Immermann en se retournant. Il est pressé, lui !

— Tu ne serais pas pressé, toi ? lui demanda Sauer.

— Moi, je n'ai pas de permission, tu le sais bien, cafard !

— Heureusement ! Tu en profiterais pour ne pas revenir.

— Peut-être que si, tout de même.

Sauer cracha avec mépris. Immermann éclata de rire.

— Je reviendrais peut-être comme volontaire, qui sait ?

— Oui, qui sait ? Tu es bien capable de tout. Tu as la langue bien pendue, mais personne ne peut dire ce que tu as dans la tête.

Sauer saisit la croix. L'extrémité de la branche la plus longue était taillée en pointe. Il l'enfonça dans la terre humide et frappa l'autre extrémité plusieurs fois du plat de sa pelle.

— Tu vois, dit-il à Gräber. Ça tiendra bien trois jours. Mais sûrement pas beaucoup plus longtemps.

— Ça suffira, dit Immermann. Je vais te donner un conseil, Sauer. Dans trois jours, la neige aura assez fondu pour qu'on puisse aller au cimetière. Tu iras chercher une croix de pierre et tu la mettras à la place de celle-ci. Comme ça, ta conscience de calotin sera en paix.

— Une croix russe ?

— Pourquoi pas ? Dieu est international. À moins qu'il ne se soit fait naturaliser allemand entre-temps.

Sauer lui tourna le dos.

— Monsieur plaisante, comme toujours. Un petit plaisantin international.

— Hé oui ! Mais je n'en ai pas toujours été un. Je suis devenu comme ça à la longue, vois-tu. Quant à la croix, c'est une idée à toi. Tu en as parlé hier.

— Hier, hier ! Évidemment ! Mais nous pensions qu'il s'agissait d'un Russe. Tu déformes toujours ce qu'on dit.

Gräber ramassa sa pelle.

— Je m'en vais, déclara-t-il. C'est terminé ici ?

— Oui, permissionnaire, c'est terminé, répliqua Immermann. Tu peux quitter les amis compromettants.

Gräber ne répondit pas. Les sorties de ce genre étaient monnaie courante. Il descendit vers le village.

Le foyer était installé dans une cave qu'éclairait un trou pratiqué au plafond. Autour d'une caisse placée sous le trou, quatre hommes jouaient aux cartes. On devinait dans les coins les masses sombres de quelques dormeurs. Sauer écrivait une lettre. La cave était assez grande et relativement étanche ; elle avait dû appartenir à quelque personnage du Parti.

Steinbrenner entra.

— Vous avez entendu les dernières nouvelles à la radio ?

— La radio est en panne.

— Quelle pagaille ! C'est inadmissible !

— Répare-la, bébé, conseilla Immermann. L'homme qui en était chargé n'a plus de tête depuis quinze jours.

— Qu'est-ce qui ne va pas ?

— La pile est à plat, dit Berning.

— Plus de courant ?

— Plus de courant, confirma Immermann en ricanant. Mais tu pourrais peut-être te fourrer les fils dans les trous de nez puisque tu as la tête pleine d'électricité. Essaie toujours.

Steinbrenner se passa la main dans les cheveux.

— Il y en a qui ne se décident à la fermer que lorsqu'on leur a brûlé le bec.

— Ne fais pas tant de mystères, Max, répondit Immermann placidement. Tu m'as déjà dénoncé deux ou trois fois, tout le monde le sait. Tu es un dur de dur, c'est très bien. Seulement, vois-tu, moi j'en connais un bout en mécanique et il se trouve que je sais me servir d'une mitrailleuse. Ce sont des choses qui comptent davantage ici que toutes tes belles phrases. Pas de chance, hein ? Dis-moi, quel âge as-tu exactement ?

— La ferme !

— Dans les vingt ans environ ? Dix-neuf ans, peut-être ? Mais tu as déjà une jolie carrière derrière toi. Tu as fait cinq ou six ans la chasse aux Juifs et aux traîtres. Chapeau ! À ton âge je ne courais encore qu'après les jupons.

— Ça se voit !

— Oui, répondit Immermann. Ça se voit.

Mücke s'encadra dans la porte.

— Qu'est-ce qui se passe encore ?

Personne ne prit la peine de lui répondre.

— J'ai demandé ce qui se passait !

— Rien, sergent, répondit Berning qui se trouvait près de lui. On bavardait.

Mücke se tourna vers Steinbrenner.

— Il s'est passé quelque chose ?

— Les dernières nouvelles ont été diffusées il y a dix minutes.

Steinbrenner se leva aussitôt et regarda autour de lui. Personne n'avait bougé. Seul Gräber paraissait écouter. Les joueurs continuaient leur partie, Sauer n'avait pas levé la tête de sa lettre et les dormeurs ronflaient de plus belle.

— Vous êtes sourds ? cria Mücke. Les dernières nouvelles ! Le règlement exige que vous écoutiez les nouvelles !

— À vos ordres, dit Immermann.

Mücke l'observa avec méfiance. Son visage ne reflétait qu'une attention dépourvue d'intérêt. Les joueurs posèrent leurs cartes en ayant soin de ne pas déranger leur jeu. Sauer se redressa à demi. Seul Steinbrenner se leva et se mit au garde-à-vous.

— Nouvelles importantes ! On fait savoir à la nation : des grèves étendues viennent d'éclater aux États-Unis. Toute l'industrie lourde est paralysée. La plupart des usines de munitions ont arrêté le travail. On signale des actes de sabotage dans les usines aéronautiques. De vastes manifestations ont eu lieu en faveur de la paix. Le gouvernement est ébranlé. On attend sa chute d'une heure à l'autre.

Mücke fit un silence. Personne ne dit mot. Les dormeurs s'étaient réveillés et se grattaient. Une goutte d'eau tomba bruyamment du plafond dans une boîte en fer-blanc. Mücke reprit son souffle.

— Nos sous-marins bloquent toutes les côtes américaines. Deux transports de troupes et trois cargos de munitions ont été coulés hier. Ça fait un total de trente-quatre tonnes depuis le début de la semaine. L'Angleterre est réduite à la famine au milieu de ses ruines. Nos unités d'assaut ont complètement interrompu le trafic maritime. De nouvelles armes secrètes sont en préparation. Entre autres, des bombardiers télécommandés capables de traverser l'océan et de regagner leurs bases sans équipage. La côte atlantique est devenue une gigantesque muraille. Si l'adversaire tente un débarquement, nous le rejetterons à la mer comme en 1940. *Heil Hitler !*

— *Heil Hitler !* répondirent quelques voix avec indifférence.

Les joueurs ramassèrent leurs cartes. Un paquet de neige tomba dans la boîte de conserve en éclaboussant plusieurs hommes.

— Si seulement on avait des quartiers convenables, gémit Schneider, un garçon massif avec une barbiche rousse.

— Camarade Steinbrenner, demanda Immermann. Avez-vous entendu des nouvelles du front russe ?

— Pourquoi ?

— Parce que nous sommes en Russie et que ça intéresserait quelques-uns d'entre nous. Notre camarade Gräber, notamment, qui doit partir en permission.

Steinbrenner hésita. Il était tenté de répondre vertement à Immermann mais le sens de sa mission l'emporta.

— Le raccourcissement du front est presque terminé, récita-t-il. Les Russes sont épuisés par leurs pertes massives. Le rassemblement de nos réserves est en cours. Notre contre-offensive avec nos armes secrètes va être irrésistible.

Il leva à demi la main mais la laissa retomber sans crier *Heil Hitler*. Cela devenait de plus en plus difficile de crier *Heil Hitler* en Russie. Tout le monde se rendait compte du véritable état de la situation. Steinbrenner ressembla tout à coup à un candidat qui sent qu'il va échouer à son examen.

— Naturellement ce n'est pas tout, ajouta-t-il hâtivement. Les nouvelles les plus importantes sont rigoureusement confidentielles ; on ne peut pas les divulguer pour le moment. Mais ce qui est absolument certain, c'est que nous anéantirons l'adversaire avant la fin de l'année.

Il se tourna lentement vers la porte et sortit suivi de Mücke.

— Lèche-bottes ! gronda l'un des dormeurs en se tournant vers le mur.

Les joueurs reprirent leur partie.

— Anéantis ! dit Schneider. Nous les anéantissons deux fois par an. J'annonce vingt, ajouta-t-il en regardant ses cartes.

— Les Russes ont la trahison dans le sang, expliqua Immermann. Au cours de la campagne finlandaise, ils ont fait semblant d'être beaucoup plus faibles qu'ils n'étaient en réalité. C'est une saloperie typiquement bolchevique.

— Tu ne peux pas nous fiche la paix, un peu ? grogna Sauer. Tu les connais un peu, les communistes.

— Pour sûr, c'était nos alliés, il n'y a pas si longtemps. Quant à ce que j'ai dit de la Finlande, ce sont les paroles mêmes du Reichsmarschall Goering. Tu as des objections à lui faire ?

— Dites donc les enfants, dit une voix dans l'ombre, vous ne pourriez pas cesser de vous disputer ? Qu'est-ce que vous avez aujourd'hui ?

Le silence se fit. On n'entendait plus que le choc

mat des cartes sur la caisse et le tintement des gouttes d'eau dans la boîte. Gräber alla se tasser dans un coin. Il savait ce qu'ils avaient. C'était toujours comme ça après les exécutions et les enterrements.

*

Des convois de blessés arrivèrent en fin d'après-midi. Une partie d'entre eux fut immédiatement acheminée vers l'arrière. Ils venaient tous de la grande plaine grise avec leurs pansements sanglants, et poursuivaient vers l'horizon où mouraient les dernières lueurs du jour. On songeait malgré soi qu'ils ne trouveraient jamais un lieu de repos et qu'ils allaient s'effacer dans le crépuscule comme des ombres errantes. La plupart se taisaient. Tous avaient faim.

Pour ceux qui ne pouvaient marcher et qui n'avaient plus trouvé de place dans les camions, on installa un hôpital de fortune dans l'église. On boucha le toit crevé et un médecin épuisé de fatigue commença à opérer avec l'assistance de deux infirmiers. La porte resta ouverte aussi longtemps qu'il ne fit pas tout à fait nuit ; on voyait sans cesse entrer et sortir des civières. La table d'opération vivement éclairée faisait un îlot de lumière dans l'ombre dorée de la nef. On n'avait pas songé à enlever les statues brisées abandonnées dans un coin. La Sainte Vierge tendait vers les blessés deux bras sans mains et la croix portait un Christ cul-de-jatte. Rarement un cri s'élevait, le médecin ayant encore des anesthésiants. De l'eau bouillait dans un chaudron. Les membres amputés remplissaient peu à peu la baignoire de zinc qui provenait de la maison du capitaine. Un chien surgit d'on ne sait où. Il tournait autour des blessés et s'assit près de la porte malgré toutes les menaces.

— D'où sort-il, celui-là ? demanda Gräber.

Il se trouvait à proximité de l'église avec Fresenburg. Fresenburg observa l'animal efflanqué qui tremblait de tous ses membres et tendait le cou vers la porte.

— De la forêt, probablement.

— Qu'est-ce que tu veux qu'il fasse dans la forêt ? Il n'y a rien à manger là-bas.

— Si, bien assez. Et pas seulement dans la forêt, partout.

Ils s'approchèrent. Le chien tourna la tête vers eux, prêt à prendre la fuite. Ils s'arrêtèrent.

C'était un animal haut sur pattes, au pelage feu, à la tête longue et fine.

— Ce n'est pas un cabot de paysan, dit Fresenburg, c'est une belle bête.

Il fit claquer sa langue. L'animal dressa l'oreille. Fresenburg lui parla doucement.

— Tu crois qu'il cherche à manger ? demanda Gräber. Fresenburg secoua la tête.

— Ce n'est pas ça qui manque ailleurs. Il vient pour autre chose. Il a vu de la lumière et une maison, ou presque. Je crois qu'il cherche de la compagnie.

Les deux infirmiers sortirent avec une civière. Ils emportaient le cadavre d'un homme mort au cours d'une opération. Le chien fit un bond de côté. Il avait sauté sans effort, comme tiré en arrière par un élastique. Puis immobile, il regarda Fresenburg. Celui-ci se remit à lui parler et fit un pas dans sa direction. Aussitôt le chien recula d'un nouveau bond, mais il s'arrêta à quelque distance et regarda Fresenburg en remuant imperceptiblement la queue.

— Il a peur, dit Gräber.

— Bien sûr, mais c'est un bon chien.

— Et un mangeur de cadavres.

Fresenburg se retourna.

— Comme nous tous.

— Pourquoi ?

— Comme nous. Et comme ce chien, nous pensons que nous sommes tout de même de braves gens et nous cherchons tous un peu de lumière, de chaleur et d'amitié.

Fresenburg sourit avec la moitié de son visage. L'autre moitié était paralysée par une large cicatrice. Elle semblait morte, et c'était toujours étrange de voir ce sourire qui paraissait se briser à une barrière dressée au milieu du visage. Cela ne paraissait point un hasard.

— Nous sommes des hommes comme les autres. Seulement nous faisons la guerre, voilà tout.

Fresenburg secoua la tête et fit tomber à coups de badine les traces de neige qui couvraient ses guêtres.

— Non, vois-tu, nous avons perdu toute commune mesure. Voilà dix ans qu'on nous a isolés dans un orgueil absurde, inhumain, criminel, un orgueil qui pue jusqu'au ciel. On nous a nommés « race de maîtres » et il faudrait que les autres nous obéissent comme des esclaves.

Il eut un rire amer.

— Race de maîtres ! Pour nous faire mieux obéir aux imbéciles et aux charlatans ! Elle est jolie maintenant la race des maîtres ! Seulement bien entendu ce sont les innocents qui sont frappés les premiers.

Gräber le regardait avec stupéfaction. Fresenburg était le seul de ses camarades auquel il fasse vraiment confiance. Ils se connaissaient tous deux depuis longtemps, ayant grandi dans la même ville.

— Puisque tu sais tout cela, qu'est-ce que tu fais ici ? lui demanda-t-il enfin.

— Ce que je fais ici ? Au lieu d'être dans un camp de concentration ou d'avoir été fusillé pour refus d'obéissance ?

— Ce n'est pas ce que je veux dire. Mais tu n'étais pas trop vieux pour être appelé en 1939 ? Il a fallu que tu sois volontaire.

— En 1939, j'étais trop vieux. Mais depuis les choses ont changé. Aujourd'hui ils mobilisent des classes plus vieilles que la mienne. D'ailleurs ce n'est pas une excuse. Le fait d'être ici ne résout rien. On a fait ce qu'on a pu pour se bourrer le crâne. On ne voulait pas se refuser à la patrie en pleine guerre, quels que soient les responsables du conflit. Eh bien, c'était une lâcheté ! C'était aussi une lâcheté au début, de se dire qu'on choisissait Hitler pour éviter pire. On a toujours de bonnes excuses devant soi-même. Des excuses et des lâchetés du commencement jusqu'à la fin !

Il ponctua son exclamation d'un furieux coup de badine dans la neige. Le chien disparut d'un bond silencieux derrière l'église.

— Nous avons insulté la face de Dieu, Ernst. Tu comprends ?

— Non, répondit Gräber.

Il se refusait à comprendre. Fresenburg se tut un instant.

— Tu ne peux pas comprendre, reprit-il avec plus de calme, tu es trop jeune. Tu ne connais que l'hystérie collective et la guerre. Moi, je me souviens de l'autre guerre, et de la période qui a suivi.

Il sourit à nouveau ; la moitié de sa figure souriait, l'autre moitié restait grave ; le sourire se heurtait à cette gravité comme une vague déçue qui reflue.

— Je voudrais être un chanteur d'opéra, dit-il. Un ténor à la voix puissante et à la tête creuse. Ou bien être vieux. Ou être un enfant. Non, pas un enfant. L'avenir ne me tente pas. La guerre est perdue, tu sais ça au moins ?

— Non.

— Il n'y a pas un général responsable qui ne l'aurait interrompue depuis longtemps. Nous nous battons pour rien. — Il répéta rageusement : Pour rien, rien, rien ! Même pas pour des conditions de paix supportables.

Il leva la main vers l'horizon assombri.

— Nous ne sommes pas de ceux avec qui on traite. Nous avons semé la terreur et la haine, comme Attila ou Gengis Khan. Nous avons violé tous nos engagements et piétiné la loi humaine...

— Pas nous, les SS, objecta Gräber avec désespoir.

Il était parti à la recherche de Fresenburg pour échapper à Immermann, Sauer et Steinbrenner. Il voulait évoquer avec lui leur vieille ville paisible et son fleuve, l'allée de tilleuls, leur jeunesse — et voici qu'il retombait de plus belle dans ce présent d'épouvante et de révolte. Il n'attendait une aide de personne, si ce n'est précisément de Fresenburg qu'il avait perdu de vue depuis quelque temps dans le grand désordre de la retraite. Et il fallait que ce fût justement Fresenburg qui lui jetât au visage les vérités qu'il redoutait le plus d'entendre et dont il n'aurait voulu s'approcher que lentement dans le calme et la solitude de sa permission.

— Les SS, répondit Fresenburg avec mépris, c'est pour eux seuls que nous continuons à nous battre. Pour les SS, la Gestapo, pour les menteurs et les lâches, les assassins, les fanatiques et les fous — pour que toute cette racaille puisse demeurer une année de plus au pouvoir. Pour cela et pour rien d'autre. La guerre est perdue depuis longtemps.

La nuit était tombée. On ferma les portes de l'église pour qu'aucune lumière ne filtrât au-dehors. Des silhouettes fantastiques s'agitaient devant les fenêtres qu'on était en train de masquer à l'aide de couvertures. On barricadait également les issues des caves et des abris. Fresenburg observait ce spectacle familier.

— Des taupes, voilà ce que nous sommes devenus. On nous a fait aussi des âmes de taupes. Nous sommes allés vraiment très loin dans la dégradation.

Gräber tira de sa poche un paquet de cigarettes entamé et le tendit à Fresenburg. Il refusa.

— Fume-les toi-même, ou bien emporte-les, j'en ai assez.

Gräber secoua la tête.

— Prends.

Fresenburg eut un pâle sourire et prit une cigarette.

— Quand pars-tu ?

— Je ne sais pas. Les permissions ne sont pas encore signées.

Gräber aspira profondément une bouffée de fumée et la souffla très loin devant lui. Cette petite chose brûlante qu'il tenait entre ses doigts et qui se consumait au rythme de sa propre respiration était plus réconfortante souvent que bien des camarades.

Une petite compagne silencieuse et bienfaisante qui ne savait apporter que la paix…

— Je ne sais pas, répéta-t-il. Depuis quelque temps je ne sais plus rien. Autrefois tout semblait clair, maintenant je ne comprends plus. Je voudrais pouvoir m'endormir et me réveiller dans un autre monde. Mais bien sûr, ce serait trop facile. Je me suis mis trop tard à réfléchir. Il n'y a pas de quoi être fier.

Fresenburg passa le dos de sa main sur la cicatrice de son visage.

— Ne t'en fais pas. Pendant dix ans la propagande nous a corné aux oreilles. Ce n'était pas facile d'entendre autre chose. Surtout le doute et la conscience qui ne font jamais beaucoup de bruit. Tu as connu Pohlmann ?

— Oui, c'était notre professeur d'histoire et d'instruction religieuse.

— Quand tu seras chez nous, tâche d'aller le voir. Peut-être qu'il vit encore. Dis-lui bonjour de ma part.

— Pourquoi ne vivrait-il plus ? Il n'a pas été mobilisé ?

— Non.

— Alors il vit encore. Il ne doit pas avoir plus de soixante-cinq ans.

— Dis-lui que je pense toujours à lui.

— D'accord.

— Il faut que j'aille. Salut. Nous ne nous reverrons sans doute pas.

— Pas avant mon retour, mais ce ne sera pas long. Trois semaines seulement.

— C'est vrai. Amuse-toi bien.

— Bon courage.

Fresenburg s'éloigna dans la neige en direction du village voisin où cantonnait sa compagnie. Gräber le suivit des yeux jusqu'à ce qu'il disparaisse dans la pénombre. Puis il fit demi-tour. Il aperçut la silhouette noire du chien contre le mur de l'église. La porte s'ouvrit et un mince filet de lumière brilla un instant. On avait suspendu des bâches devant l'entrée. Cette brève lueur réconfortait parce qu'on songeait malgré soi à une vaste demeure pleine d'habitants réunis par le soir. Gräber passa près du chien. L'animal s'éloigna peureusement. Les deux statues gisaient maintenant dans la neige à côté de la bicyclette rouillée. On avait besoin de toute la place à l'intérieur.

Gräber poursuivit en direction de la cave où s'abritait sa section. Quelques morts étaient rangés un peu à l'écart de l'église. On avait trouvé dans la neige trois nouveaux cadavres datant d'octobre. Ils étaient mous et paraissaient pétris de terre humide. À côté d'eux gisaient les corps de plusieurs blessés morts dans l'après-midi. Ils étaient blêmes et raidis, décidés, semblait-il, à lutter encore avant de s'abandonner à la terre.

IV

Ils s'éveillèrent. La cave tremblait. Les oreilles bourdonnaient. Il pleuvait du plâtre et du salpêtre. Les canons de DCA en batterie derrière le village faisaient rage.

— Tout le monde dehors ! cria quelqu'un du dernier contingent.

— Silence ! Ne faites pas de lumière !

— Sortons de ce piège à rat !

— Idiot ! Où veux-tu aller ? Silence, bon Dieu ! Vous êtes tous des bleus ?

Un choc puissant ébranla à nouveau la cave. Quelque chose s'effondra dans l'obscurité. Les pierres et les éclats de bois crépitaient sur les têtes. De blêmes lueurs dansaient devant le trou pratiqué dans le plafond.

— Y a des gars coincés sous le mur !

— Fermez-la, c'est seulement un pan du fond.

— Sortons avant d'être tous enterrés !

Des silhouettes se dessinèrent dans l'embrasure de la porte ouverte.

— Imbéciles ! jura une voix. Au moins ici il n'y a pas d'éclats de bombes.

Mais les autres n'écoutaient pas. Cette cave vingt

fois ébranlée par les explosions ne leur inspirait pas confiance. Ils avaient raison ; ni plus, ni moins que ceux qui restaient.

C'était une question de chance. On risquait autant l'écrasement que la mort par les éclats.

Ils attendirent. Les estomacs se serraient et les respirations étaient suspendues. Ils attendaient la prochaine explosion. Elle ne tarderait pas. Ils attendirent longtemps. Rien. Un grondement lointain les avertit que le danger s'éloignait.

— Bon Dieu, gronda quelqu'un, qu'est-ce que font nos chasseurs ?

— Ils sont sur l'Angleterre.

— La ferme ! cria Mücke.

— Ils sont à Stalingrad ! dit Immermann.

On entendit un vrombissement entre deux salves de DCA.

— Les voilà ! triompha Steinbrenner. Voilà les nôtres !

Tout le monde prêta l'oreille. Il y eut soudain trois explosions de force croissante. Les bombes avaient dû tomber juste derrière le village. Un éclair pâle envahit la cave. Au même moment une gerbe blanche, rouge et verte inonda l'étroit espace. La terre se souleva dans une tempête de craquements et d'éclairs. Dans l'obscurité qui suivit on entendit un écroulement et des cris qui venaient du dehors. Gräber se dégagea des gravats qui le couvraient. L'église, pensa-t-il, et il se sentait si vide qu'il lui semblait n'être plus qu'une peau flasque vidée de son contenu par l'écrasement. La porte de la cave était libre. Son rectangle gris fut la première chose que virent les yeux aveuglés par la lueur à laquelle avait succédé une obscurité impénétrable. Gräber fit un effort pour sortir. Il n'était pas blessé.

— Fichtre ! dit Sauer près de lui. C'était pas loin ! Je crois bien que toute la cave d'à côté s'est effondrée.

Ils sortirent les uns après les autres. Le vacarme recommençait un peu plus loin. Dans les brefs intervalles des explosions, on entendait Mücke crier des ordres. Une pierre l'avait atteint au front. Le sang coulait noir sur son visage.

— Tout le monde dehors ! Il faut déblayer ! Qui manque ?

Personne ne répondit. La question était stupide. Gräber et Sauer commencèrent à déplacer des pierres et des gravats. Ils travaillaient lentement, constamment arrêtés par des blocs de béton et des tiges d'acier tordues. Ils ne voyaient presque rien sous le ciel pâle et les reflets des incendies.

Gräber abandonna ce travail de déblaiement à l'aveuglette et se déplaça le long du mur de la cave détruite. De temps en temps il collait son oreille au mur, tandis que ses mains exploraient la surface crevassée. Il écoutait de toute son attention pour essayer de percevoir des appels ou des gémissements à travers le bruit, et il cherchait en même temps une ouverture donnant sur l'intérieur de la cave. Il importait surtout de ne pas perdre de temps si quelqu'un était enseveli.

Il rencontra soudain une main qui remuait.

— Il y a quelqu'un là ! cria-t-il.

Il se mit à creuser fébrilement à la recherche de la tête. Ne trouvant rien, il secoua la main qui continuait à s'agiter.

— Où es-tu ? Dis quelque chose ! Fais du bruit ! Où es-tu ?

— Ici, murmura l'enseveli tout près de son oreille. Ne tire pas, je suis coincé.

La main remuait toujours. Gräber arracha le plâtras et découvrit le visage. Il toucha la bouche.

— À l'aide ! appela-t-il. Il y en a un ici !

Seuls quelques hommes avaient la place de creuser à côté de lui. Gräber entendit la voix de Steinbrenner.

— Poussez-vous. On va attaquer la masse de l'autre côté.

Gräber se plaqua contre le mur pour laisser passer les hommes. Puis il se remit à creuser hâtivement.

— Qui est-ce ? demanda Sauer.

— Je ne sais pas.

Gräber se pencha vers la masse confuse.

— Qui es-tu ?

Un murmure inintelligible lui répondit. Il entendit de l'autre côté les hommes qui commençaient à déplacer des blocs.

— Il vit encore ? cria Steinbrenner.

Gräber palpa le visage couvert de plâtre. Il ne bougeait plus.

— Je ne sais pas, répondit-il. Il y a quelques minutes, il vivait.

Le vacarme recommença. Gräber se rapprocha du visage.

— Tu vas être bientôt dégagé ! cria-t-il. Tu m'entends ?

Il crut sentir comme un souffle sur sa joue, mais il n'en était pas très sûr. Il entendait surtout la respiration laborieuse de Steinbrenner, de Sauer et de Schneider.

— Il ne répond plus.

La pelle de Sauer tinta sur un obstacle métallique.

— Impossible de continuer ! Je me cogne à l'armature. Il faudrait de la lumière et un chalumeau.

— Pas de lumière ! hurla Mücke. J'abats immédiatement le premier qui allume quelque chose.

Ils savaient tous que la moindre lumière au cours d'une attaque aérienne équivalait à un suicide.

— Sinistre crétin ! jura Schneider. Il faut toujours qu'il fasse le malin !

— On ne peut plus rien faire. Il n'y a plus qu'à attendre qu'il fasse jour.

— Oui.

Gräber s'accroupit près du mur. Il leva les yeux vers le ciel qui déversait un torrent meurtrier sur la terre. Il ne voyait rien, mais il entendait rôder la mort vrombissante et chuintante. Cette attaque n'avait rien d'extraordinaire. Il avait connu des attentes plus angoissantes.

Il passa doucement la main sur le visage inconnu. Il était débarrassé maintenant de sa couche de boue et de plâtre. Gräber sentit les lèvres sous ses doigts. Les dents. Elles serrèrent faiblement ses doigts. Il y eut une contraction plus forte, puis l'étreinte se relâcha.

— Il vit encore, dit-il.

— Dis-lui que deux gars sont partis chercher des outils.

Gräber palpa à nouveau les lèvres. Elles ne bougeaient plus. Il atteignit la main qui émergeait des décombres et la serra dans la sienne. Elle ne répondait plus. Il la garda dans la sienne. C'était tout ce qu'il pouvait faire. Il attendit ainsi jusqu'à la fin de l'alerte.

Ils apportèrent des outils et dégagèrent le corps emprisonné. C'était Lammers, un petit homme à lunettes. On retrouva les lunettes intactes à quelques mètres de là. Mais Lammers était mort.

Gräber était de garde avec Schneider. L'air empestait la fumée et le soufre. Toute une aile de l'église s'était effondrée. La maison du capitaine n'existait plus. Gräber se demanda un moment si Rahe avait été tué, mais il aperçut bientôt sa silhouette mince derrière l'église. Il surveillait les travaux de déblaiement et l'évacuation des blessés. Une partie d'entre eux avait succombé. Les morts et les rescapés étaient alignés sur la place de l'église dans des couvertures et des bâches. Les survivants ne gémissaient pas. Ils avaient peur du ciel qu'ils fixaient, les yeux grands ouverts.

Gräber contourna plusieurs entonnoirs frais. Ils puaient et faisaient des taches si noires sur la neige qu'ils paraissaient sans fond. Il y en avait un plus petit sur l'éminence où les tombes avaient été creusées la veille.

— On pourrait l'utiliser comme fosse, dit Schneider. Avec tous les morts qu'il va falloir enterrer !

Gräber secoua la tête.

— Où veux-tu prendre la terre pour boucher le trou ?

— Sur les bords, pourquoi pas ?

— De toute façon, ça ferait une dépression. Il vaut mieux creuser à neuf.

Schneider caressa sa barbiche rousse.

— Pourquoi faut-il absolument qu'une tombe soit surélevée par rapport au terrain qui l'entoure ?

— Ce n'est pas absolument nécessaire, mais on a l'habitude comme ça.

Ils continuèrent à marcher. Gräber constata que la croix de Reicke avait disparu. Une explosion avait dû la projeter loin de là.

Schneider s'arrêta et tendit l'oreille.

— Tu entends ? Ta permission qui fout le camp !

Ils écoutaient tous deux. Le front venait de s'éveiller. Des fusées et des balles traçantes étaient suspendues à l'horizon. Le feu de l'artillerie devenait plus intense et plus régulier. On entendait les mortiers aboyer.

— Feu roulant, dit Schneider. Donc nous allons remonter en ligne. Adieu les permissions !

— Oui.

Schneider avait raison. Ce qu'ils entendaient ne ressemblait pas à un engagement local. Une préparation d'artillerie de grande envergure commençait. Demain ce serait sans doute l'assaut général. Au cours de la nuit le temps était devenu brumeux. Les Russes attaqueraient probablement derrière un écran de brouillard, comme il y avait deux semaines lorsque la compagnie avait perdu quarante-deux hommes.

Les permissions seraient suspendues. Au reste Gräber n'y comptait pas sérieusement. Il n'avait même pas écrit à ses parents. Il ne les avait revus que deux fois depuis qu'il était soldat, et sa dernière permission était si lointaine qu'elle paraissait déjà irréelle. Presque deux ans. Deux ans, vingt ans. Le temps ne comptait plus. Il n'était pas déçu, il sentait seulement un grand vide en lui.

— Par où prends-tu ? demanda-t-il à Schneider.

— Ça m'est égal. À droite ?

— Bon, je prends à gauche.

La brume montait et devint vite impénétrable. On pataugeait dans une purée grisâtre. Gräber vit s'éloigner la tête de Schneider flottante sur une mer ouatée. Il entreprit de faire le tour du village par un vaste cercle sur la gauche. De temps en temps il disparaissait dans la brume, puis il émergeait à nouveau et apercevait un instant la guirlande multicolore du front à la limite de l'océan laiteux. Le feu s'amplifiait régulièrement.

Il ne savait pas depuis combien de temps il marchait, lorsqu'il entendit quelques détonations isolées. Schneider, pensa-t-il. Il avait dû céder à la nervosité. Puis les coups de feu reprirent. Il entendit des appels. Il se pencha en avant pour disparaître dans la brume et attendit, le fusil à la main. Les appels se rapprochèrent. Quelqu'un criait son nom. Il répondit.

— Où es-tu ?

— Ici.

Il leva la tête un instant et fit un bond de côté par précaution. Personne ne tira. La voix semblait toute proche maintenant, mais il était aussi difficile d'apprécier les distances dans la brume que dans la nuit. Brusquement Steinbrenner apparut.

— Les salauds ! Ils ont eu Schneider. Une balle dans la tête !

Les guérillas à nouveau. Ils s'étaient approchés à la faveur du brouillard. La barbe rousse de Schneider avait dû être une cible facile. Sans doute s'attendaient-ils à surprendre la compagnie endormie, mais les travaux de déblaiement les avaient gênés. Pourtant ils avaient eu la peau de Schneider.

— Fumiers ! Et impossible de leur courir après dans cette mélasse !

Les yeux de Steinbrenner étincelaient dans son visage trempé par le brouillard.

— Il faut patrouiller à deux, dit-il. Ordre de Rahe. Et ne pas nous éloigner.

— Bien.

Ils demeuraient assez près l'un de l'autre pour pouvoir se reconnaître. Steinbrenner scrutait la brume et avançait avec précaution. C'était un bon soldat.

— Je voudrais bien en attraper un, murmura-t-il. Je sais bien ce que j'en ferais dans le brouillard. Un chiffon dans le bec pour que personne ne l'entende, bien ligoté et allez donc ! Quand on sort un œil de l'orbite, c'est incroyable ce qu'on peut tirer dessus sans que ça casse. Tu n'as pas idée.

Il fit de la main le geste de déboucher une bouteille.

— Si, j'ai idée, dit Gräber.

Schneider, pensait-il. S'il avait pris à gauche et moi à droite, c'est moi qui aurais maintenant une balle dans la tête. Cette réflexion l'impressionnait d'ailleurs médiocrement. Ce genre de hasard est le pain quotidien du soldat.

Ils poursuivirent leurs recherches jusqu'à ce qu'ils fussent relevés. En vain. Le front paraissait se rapprocher.

On distinguait maintenant le crépitement des mitrailleuses. Le jour se levait. L'attaque commençait.

— Ça barde, dit Steinbrenner. Si seulement on était en première ligne ! Il y a toujours de l'avancement après les grandes attaques. Je pourrais être sous-officier dans quelques jours.

— Sous-officier ou en bouillie sous un tank.

— Ah là, là ! Toujours des idées noires, les vieux ! Ça t'avance à quoi ? Tout le monde n'est pas tué.

— Bien sûr, sinon la guerre s'arrêterait.

Ils se glissèrent dans leur cave. Steinbrenner déplia sa couverture et s'étendit sur sa couche. Gräber l'observait. Cet enfant avait tué plus d'hommes que plusieurs vétérans à la fois. Non pas sur le front. À l'arrière ou dans les camps de concentration. Il s'en était vanté plus d'une fois, très fier d'être un dur.

Gräber s'étendit à son tour et chercha le sommeil. Malgré lui il écoutait le grondement de la bataille. Steinbrenner dormait depuis longtemps.

Le jour se leva, gris et humide. Le front faisait rage. Les tanks étaient entrés en action. Au sud le repli avait déjà commencé. Des avions passaient en trombe. Des camions chargés de soldats croisaient dans la plaine des convois de blessés. La compagnie attendait l'ordre de monter en ligne.

Gräber fut convoqué à dix heures par Rahe. Le capitaine avait transformé son installation. Il s'était établi dans un coin relativement épargné de la maison d'en face. Le sol était de terre battue. Une chaise bancale, un grand poêle fissuré sur lequel étaient empilées des couvertures, un lit de camp et une table de cuisine formaient l'ameublement. La fenêtre dont les carreaux étaient remplacés par des carrés de carton s'ouvrait sur un entonnoir. Il faisait froid. Sur la table une lampe à alcool et une cafetière.

— Votre permission est signée, dit Rahe.

Il versa du café dans une tasse ébréchée.

— Ça vous étonne, hein ?

— Oui, mon capitaine.

— Eh bien, moi aussi ! L'ordre de départ est au bureau. Allez le chercher et tâchez de filer le plus vite possible avec un camion. J'attends d'un instant à l'autre la suppression de toutes les permissions. Quand vous serez parti, vous serez parti, n'est-ce pas ?

— Oui, mon capitaine.

Rahe parut vouloir ajouter quelque chose. Mais il se ravisa, fit le tour de la table et tendit la main à Gräber.

— Amusez-vous bien et tâchez de partir d'ici. Il y a longtemps que votre tour était venu. Vous méritiez bien ça.

Il fit demi-tour et s'approcha de la fenêtre. Elle était trop basse pour lui ; il était obligé de courber le dos pour voir dehors.

Gräber sortit pour gagner le bureau. En passant devant la fenêtre, il ne vit que les décorations de Rahe. La tête était masquée par le haut de la fenêtre.

Le secrétaire lui donna l'ordre de départ dûment signé et tamponné.

— Tu as du pot, gronda-t-il. Même pas marié, hein ?

— Non, mais c'est ma première permission depuis deux ans.

— Du pot, répéta le secrétaire. Une permission quand ça chauffe comme ça !

— Je n'ai pas choisi le moment.

Gräber regagna la cave de sa section. Comme il ne croyait plus à sa permission, il n'avait pas encore bouclé son sac. Il n'avait pas grand-chose à emporter. Il eut vite fait de rassembler ses affaires. Il retrouva dans son linge une icône russe émaillée qu'il avait ramassée dans un village pour l'offrir à sa mère.

Lorsqu'il leva les yeux, il aperçut Hirschland debout devant lui, un papier à la main.

— Qu'est-ce que c'est ? demanda Gräber — et il pensa : suppression des permissions, ils m'ont tout de même eu !

Hirschland s'assura d'un coup d'œil qu'ils étaient seuls dans la cave.

— Tu pars ? murmura-t-il.

— Oui, répondit Gräber avec un soupir de soulagement.

— Est-ce que tu pourrais — tiens, voilà l'adresse — aller dire chez moi que je vais bien ?

— Pourquoi ? Tu ne peux pas écrire ?

— C'est bien ce que je fais ! Souvent. Mais ils ne me croient pas. Ma mère ne croit pas ce que j'écris. Elle pense que je dis ça, parce que…

Il s'interrompit et tendit la feuille de papier à Gräber.

— Tiens, l'adresse. Elle croira davantage quelqu'un qui m'aura vu. Elle est persuadée que je ne suis pas libre d'écrire. Tu comprends.

— Oui, dit Gräber, je comprends.

Il prit la feuille de papier et la glissa dans son livret militaire. Hirschland tira un paquet de cigarettes de sa poche.

— Tiens, pour le voyage.

— Pourquoi ?

— Je ne fume pas.

Gräber leva les yeux. C'était vrai. Jamais il n'avait vu Hirschland fumer.

— Bon, merci, dit-il en empochant les cigarettes.

— Et ne lui parle pas de ça — Hirschland fit un signe vers le front. Dis simplement que nous sommes au repos.

— Bien sûr. Tu n'as rien d'autre à faire dire ?

— Non. Merci.

Hirschland disparut comme une ombre. « Pourquoi merci ? » pensa Gräber.

*

Il trouva une place dans un camion de blessés. Le véhicule bondé de blessés avait dérapé dans un entonnoir. Projeté de son siège, le mécanicien s'était cassé le bras. Gräber prit sa place.

Le camion suivait la route signalée par des poteaux et des bottes de paille. Ils traversèrent le village. Gräber vit sa compagnie en rang sur la place de l'église.

— Ils montent en ligne, lui dit le chauffeur. Une jolie salade là-bas ! On se demande vraiment où les Russes trouvent toute cette artillerie.

— Oui.

— Et des tanks, en veux-tu, en voilà !

— Ça vient des États-Unis ou de Sibérie. Il paraît qu'ils ont des quantités d'usines là-bas.

Le chauffeur évita un autre camion en difficulté.

— La Russie est trop grande. Trop grande, je te le dis, moi. On s'y perd.

Gräber acquiesça et entreprit de s'enrouler les pieds dans un lambeau de couverture. Il lui sembla qu'il désertait tout à coup. Sa compagnie était rangée en formation de combat sur la place, et lui s'en allait. Je l'ai bien mérité, pensa-t-il. Rahe l'a dit lui-même. D'ailleurs ça me serait égal de partir. Au fond je n'ai qu'une peur, c'est qu'on me coure après pour me ramener.

Quelques kilomètres plus loin, ils doublèrent un camion de blessés qui dérapait sur place dans la boue liquide. Ils s'arrêtèrent et inspectèrent leurs civières. Deux hommes étaient morts en route. Ils les déchargèrent et prirent à la place trois blessés de l'autre camion. Gräber aida à les charger. Deux d'entre eux étaient amputés, le troisième était un blessé de la face ; il pouvait voyager assis. Ceux qui restèrent se mirent à injurier les autres. C'étaient des blessés sur civière pour lesquels il n'y avait vraiment plus de place. Comme tous les blessés, ils avaient peur d'être repris au dernier moment par la guerre.

— Et maintenant l'essieu est faussé ! gémit le chauffeur qui s'était glissé sous son véhicule.

— Faussé ? Comme cela ? Dans la neige ? demanda le chauffeur de l'autre camion.

— Un jour quelqu'un s'est cassé le doigt en le mettant dans son nez. Tu n'as pas entendu parler de ça, blanc-bec ?

— En tout cas, tu as de la chance que l'hiver soit passé. Tous tes bonshommes gèleraient à bloc !

Ils repartirent. Le chauffeur tira une carotte de tabac à chiquer de sa poche et mordit dedans.

— Ça m'est arrivé il y a deux mois, dit-il. J'avais des ennuis avec mon moteur. On avançait au pas. Tous mes blessés ont gelé sur leurs civières. Rien à faire. En arrivant, il n'y en avait plus que six de vivants. Bien entendu ils avaient les mains, les pieds et le nez gelés. C'est pas rigolo d'être blessés en Russie l'hiver ! Et ceux qui pouvaient marcher ! Des dizaines de kilomètres la nuit par le froid ! Chaque fois que j'en doublais une colonne, ils voulaient prendre le camion d'assaut. Ils s'accrochaient aux portières et aux marchepieds comme des guêpes. Fallait taper dessus pour les faire dégringoler !

Gräber acquiesçait vaguement en regardant le paysage défiler. Le village avait disparu. Il n'y avait plus que le grand ciel gris et l'interminable plaine qui fuyait derrière eux. Une tache lumineuse indiquait l'emplacement du soleil derrière les nuages. La neige scintillait faiblement. Et brusquement Gräber comprit dans une révélation vertigineuse : il était sauvé, il échappait à l'enfer et à la mort.

Chaque mètre de neige qu'il voyait disparaître sous les roues du camion le rapprochait de l'ouest, de sa ville, de sa maison, de la vie.

Le chauffeur le frôla de la main en changeant de vitesse. Gräber tressaillit. Il fouilla dans sa poche et en tira un paquet de cigarettes. C'était le paquet de Hirschland.

— Tiens, dit-il.

— Merci, répondit le chauffeur sans tourner la tête, je ne fume pas. Je chique.

V

Le train stoppa. La petite gare camouflée était baignée de soleil. Des quelques maisons qui l'entouraient, il ne restait plus que des pierres calcinées ; elles étaient remplacées par des baraques de bois dont les murs et les toitures étaient badigeonnés de vert et de brun. Des prisonniers russes déchargeaient quelques wagons de marchandises stationnés sur la voie. On était au point de contact de la ligne à voie étroite et d'une ligne plus importante.

Les blessés furent transportés dans l'une des baraques. Ceux qui pouvaient marcher allèrent s'asseoir sur les bancs de bois grossier. Quelques permissionnaires s'étaient joints à eux. Ils se rassemblèrent et s'efforcèrent de passer inaperçus dans la crainte d'être renvoyés au front.

Le ciel gris répandait une lumière fatiguée, fanée, qui jouait sur la neige salie. On entendait des moteurs d'avion vrombir dans le lointain. Le bruit ne venait pas du ciel ; un champ d'aviation devait se trouver à proximité. Plus tard une escadrille survola la gare, prit peu à peu de la hauteur et ne ressembla plus bientôt qu'à un vol d'alouettes. Gräber sentait le sommeil le gagner. Des alouettes, pensa-t-il. La paix…

Deux gendarmes firent irruption dans la baraque. « Vos papiers ! » Ils respiraient la santé et l'assurance des hommes qui ignorent le danger. Leurs uniformes étaient impeccables et leurs armes étincelaient. Ils pesaient chacun au moins dix kilos de plus que le permissionnaire le moins maigre.

Les soldats présentèrent leurs permissions en silence. Les gendarmes les examinèrent avec attention avant de les leur restituer. Ils exigèrent aussi la présentation des livrets militaires.

— Vous toucherez des vivres à la baraque trois, dit enfin le plus vieux. Et tâchez de vous laver un peu. En voilà des tenues ! Vous voulez arriver chez vous comme des cochons ?

Le petit groupe s'achemina vers la baraque trois.

— Sales cabots ! gronda sourdement un soldat hirsute. Des grandes gueules et jamais au feu ! Ils nous traitent comme des malfaiteurs.

— À Stalingrad, ils en ont fusillé comme déserteurs des dizaines qui avaient perdu leur régiment, dit un autre permissionnaire.

— Tu étais à Stalingrad ?

— Si j'avais été à Stalingrad, je ne serais pas ici. Personne n'est sorti de cet enfer.

— Écoute un peu, lui dit un sous-officier aux cheveux gris, sur le front tu peux dire ce que tu veux. Ici c'est autre chose. Tu ferais mieux de la fermer si tu tiens à ta peau. Compris ?

Ils se rangèrent en file, leur gamelle à la main. Il fallut attendre plus d'une heure. Ils avaient froid, mais personne ne se plaignait ; ils étaient habitués. Enfin chacun eut droit à une louche de soupe où nageaient un peu de viande, quelques légumes et des débris de pommes de terre.

L'homme qui n'avait pas été à Stalingrad jeta un coup d'œil prudent autour de lui.

— Ça m'étonnerait que les flics aient la même chose à bouffer.

— De quoi ça se mêle ? répondit le sous-officier en haussant les épaules.

Gräber mangea sa soupe avec appétit. Au moins, c'est chaud, pensa-t-il. Il se rattraperait chez lui. Sa mère était une fine cuisinière. Elle lui ferait des saucisses aux pommes sautées et aux oignons. Elle trouverait sûrement moyen de lui offrir aussi sa fameuse tarte aux fraises sur canapé de crème pâtissière.

Il fallut attendre jusqu'à la tombée de la nuit. De nouveaux blessés arrivaient sans arrêt. Chaque convoi augmentait l'inquiétude des permissionnaires. Ils craignaient de plus en plus, avec les difficultés de transport qui s'annonçaient, d'être refoulés vers les lignes. Un train fut enfin formé aux environs de minuit. Des milliers d'étoiles scintillaient dans le ciel glacé. Tout le monde les maudissait ; elles créaient des conditions idéales pour une attaque aérienne. Depuis longtemps la nature avait perdu pour ces hommes toute signification ne se rapportant pas directement à la guerre. Elle était menace ou abri.

Les blessés furent chargés dans les wagons. On put en ramener tout de suite trois aux baraquements : ils étaient morts. Les civières encombraient le quai et les abords de la gare. On distinguait celles des morts à l'absence de couvertures. Aucune lumière ne fut allumée.

Ce fut ensuite le tour des blessés capables de

marcher. Ils subirent un contrôle rigoureux. Il y en a trop, pensa Gräber ; il n'y aura pas de place pour nous. Il leva les yeux vers le ciel. Son cœur battait. Des avions vrombissaient invisibles au-dessus de sa tête. Il savait que c'était des avions allemands, mais il avait peur. Il avait beaucoup plus peur que sur le front.

— Les permissionnaires ! cria-t-on enfin.

Le petit groupe se précipita. Il fut arrêté par les gendarmes. On leur avait donné à chacun un billet de contrôle ; il fallait le retrouver et l'exhiber. Enfin ils montèrent dans un wagon. Quelques blessés légers s'y trouvaient déjà. Il y eut une bousculade, des jurons. Les gendarmes les obligèrent à redescendre et à se mettre en rang. On les conduisit à un autre wagon où ils purent s'installer malgré quelques blessés qui occupaient la plupart des places. Gräber s'assit au milieu du compartiment. Il savait qu'en cas de bombardement les coins et les fenêtres sont particulièrement exposés.

Le train ne partait pas. L'obscurité régnait dans le compartiment. Tout le monde attendait. Dehors le bruit avait cessé. On vit passer un soldat encadré par deux gendarmes, puis une troupe de prisonniers russes qui transportaient des caisses de munitions, enfin quelques SS qui bavardaient avec animation. Le train ne bougeait toujours pas. Les blessés commencèrent à jurer les premiers. Ils pouvaient tout se permettre, rien ne les menaçait plus.

Gräber se tassa sur sa banquette et essaya de dormir jusqu'au départ du train. Mais il guettait malgré lui les moindres bruits. Il observait dans l'ombre les yeux de ses camarades où se reflétait vaguement la pâle lueur de la neige et des étoiles. Il faisait trop sombre pour qu'on puisse distinguer les visages. Le compartiment était rempli d'ombre et d'yeux inquiets. Les pansements faisaient des taches blanchâtres çà et là.

Le train s'ébranla pour s'immobiliser aussitôt. Des appels retentirent. Quelques instants plus tard des portières claquèrent. Deux civières furent descendues sur le quai. Deux morts de plus. Deux places de plus pour les vivants, pensa Gräber. Pourvu qu'il n'arrive pas au dernier moment un nouveau convoi de blessés auxquels les permissionnaires devraient céder leurs places !

Le train s'ébranla à nouveau. Le quai commença à lentement glisser aux fenêtres. Des gendarmes, des prisonniers, des SS, des caisses accumulées — et soudain la grande plaine blanche. Tous les hommes se penchaient vers les portières. Ce n'était pas possible, sûrement le train allait encore s'arrêter. Pourtant le glissement s'accélérait, les chocs incohérents s'organisaient peu à peu en rythme régulier. On voyait défiler des tanks, des pièces d'artillerie, des troupes qui regardaient passer le train. Gräber sentit tout à coup une grande fatigue l'envahir. Chez nous, chez nous, pensait-il. Je rentre chez nous. Seigneur, la joie me fait peur...

*

La neige tombait lorsque le jour se leva. On fit halte dans une gare pour le café. Il ne restait presque plus rien de la petite ville dont on apercevait les ruines derrière la gare. On déchargea quelques morts. Gräber se précipita vers son wagon avec son quart de jus. Il n'osa pas prendre le temps d'aller chercher du pain.

Des gendarmes inspectèrent les compartiments pour faire sortir les blessés légers qui devaient être hospitalisés dans la ville. La nouvelle s'en répandit comme une traînée de poudre dans tout le train. Ce fut une ruée vers les water dont l'entrée devint le théâtre d'une mêlée furieuse. « Les voilà ! » cria quelqu'un.

Il y eut une dernière poussée et la porte des water se referma sur deux privilégiés. L'un des blessés qui avait glissé au milieu de la bousculade restait les yeux fixés sur son bras en écharpe : sur le pansement sale, une tache rouge s'élargissait rapidement. Un autre eut l'idée d'ouvrir la portière et de descendre à contre-voie. Il referma la portière et se plaqua contre la paroi du wagon. En se penchant un peu on voyait son visage blême dans le tourbillon des flocons de neige.

— Le regardez pas, dit quelqu'un, sinon il est fait.

— Moi, je veux rentrer chez moi, déclara l'homme dont le pansement s'imbibait de sang. Deux fois ils m'ont envoyé dans leur sale hôpital de campagne. À peine guéri, je suis reparti au front, sans permission de convalescence. Je rentre chez moi, je l'ai bien mérité tout de même.

Il regardait les permissionnaires avec une envie haineuse. Personne ne répondit. Ils attendirent longtemps encore l'arrivée de la patrouille. Deux hommes inspectaient les compartiments. Deux autres surveillaient sur le quai les blessés qui devaient rester. L'un d'eux était un jeune infirmier. Il jetait un regard rapide sur les certificats des blessés. « Descendez », ordonnait-il avec indifférence en passant aussitôt au suivant.

L'un des blessés resta assis. C'était un petit homme grisonnant.

— Dehors, grand-père, lui dit le gendarme qui accompagnait l'infirmier. Vous n'avez pas entendu ?

L'homme ne bougea pas. Il avait un pansement à l'épaule.

— Dehors ! Descendez ! répéta le gendarme.

L'homme ne broncha pas. Il serrait les lèvres et regardait droit devant lui comme s'il ne comprenait pas. Le gendarme se planta au milieu du compartiment, les jambes écartées et les poings sur les hanches.

— Il lui faut peut-être une sommation sur papier timbré ? Debout !

Le petit homme faisait toujours la sourde oreille.

— Dehors ! rugit le gendarme. Vous ne voyez pas qu'un supérieur vous donne un ordre ?

— Du calme, dit l'infirmier. Toujours doucement !

Il avait un visage rose et des paupières sans cils.

— Vous saignez, expliqua-t-il à l'homme qui avait fait une chute. Il faut qu'on change votre pansement.

— Je... commença faiblement le blessé.

Mais il aperçut un second gendarme qui venait de rejoindre le premier. Ils prirent ensemble le petit homme gris et le soulevèrent comme un paquet. L'homme poussa un cri aigu sans qu'un seul trait de son visage bougeât. Ils l'emportèrent sans brutalité, dans l'accomplissement d'une fonction qui ne concernait personnellement ni eux, ni lui. Bientôt la silhouette du petit homme gris se perdit dans la foule des blessés stationnés sur le quai.

— Alors ? demanda l'infirmier.

— Est-ce que je pourrai repartir lorsqu'on aura changé mon pansement, monsieur le Major ? demanda l'homme qui saignait.

— On verra ça. Possible. En attendant il faut descendre.

Le blessé se leva, la mine navrée. Il avait appelé l'infirmier *monsieur le Major* et ça n'avait pas plus servi que le reste. Le gendarme secoua la porte des water.

— Évidemment, constata-t-il avec mépris. C'est chaque fois la même comédie. Ils ont tous les mêmes idées. Ouvrez ! commanda-t-il.

La porte s'ouvrit. L'un des soldats sortit.

— Alors ? On joue à cache-cache ? gronda le gendarme.

— J'ai la diarrhée. Je pense que les water sont là pour ça.

— Tiens ? Vous choisissez bien votre moment ! Et vous croyez que ça va prendre ?

Le soldat déplaça sa capote et découvrit une croix de fer de première classe. Il regarda le gendarme qui n'était pas décoré.

— Oui, dit-il avec une insolence tranquille, je crois que ça va prendre.

Le gendarme s'empourpra. L'infirmier le devança.

— Descendez, dit-il au soldat sans le regarder.

— Vous n'avez pas examiné ce que j'ai.

— Je le vois au pansement. Descendez, je vous prie.

Le soldat sourit faiblement.

— C'est bien, dit-il.

— Nous avons terminé ? demanda nerveusement l'infirmier au gendarme.

— Oui, terminé.

Le gendarme jeta un dernier coup d'œil aux permissionnaires qui tenaient tous leurs papiers à la main et descendit derrière l'infirmier.

La porte des water s'ouvrit sans bruit. Un sergent qui était resté enfermé pendant tout le contrôle se glissa dans le compartiment. Son visage ruisselait de sueur. Il se laissa tomber sur une banquette.

— Ils sont partis ? murmura-t-il au bout d'un moment.

— On dirait.

Il se tut visiblement épuisé.

— Je prierai pour lui, dit-il quelques instants plus tard.

Ses camarades le regardèrent.

— Hein ? Tu veux prier pour ce putain de gendarme ? lui demanda l'un d'eux.

— Non, pas pour lui. Pour le copain qui était avec moi aux water. C'est lui qui m'a conseillé de rester ; il m'a dit qu'il s'arrangerait. Où est-il ?

— Dehors. Il les a eus. Il a mis la grosse putain dans une telle rage qu'elle a oublié de regarder dans les water.

— Je prierai pour lui.

— Si ça te fait plaisir, c'est pas moi qui t'en empêcherai.

— Je m'appelle Lüttjens. Je prierai sûrement pour lui.

— Bon, mais maintenant, ferme-la, lui dit un autre impatienté. Tu prieras demain. Ou attends au moins que le train soit parti.

— Je prierai. Il faut que je rentre chez moi. Si je vais à l'hôpital de campagne, je n'aurai pas de permission. Il faut que je rentre en Allemagne. Ma femme a un cancer. Elle n'a que trente-six ans, vous comprenez. Elle a eu trente-six ans en octobre. Voilà quatre mois qu'elle est couchée.

Il promena sur ses camarades un regard de bête traquée. Personne ne lui répondit.

Le train ne repartit qu'une heure plus tard. L'homme qui était descendu sur le remblai ne reparut pas. Ils ont dû le pincer, pensa Gräber. Vers midi apparut un sous-officier.

— Qui est-ce qui veut que je le rase ?

— Hein ?

— Je suis coiffeur. J'ai du savon à barbe épatant. Du savon français.

— Tu veux nous raser ? Pendant que ça roule ?

— Bien sûr. Je viens de le faire dans le wagon des officiers.

— C'est combien ?

— Cinquante pfennig. Un demi-mark. C'est pas cher, vu qu'il faut que je commence par vous couper la barbe aux ciseaux.

— D'accord.

L'un des permissionnaires avait tiré son porte-monnaie.

— Mais si tu me coupes, tu rends l'argent.

Le sous-officier posa un godet rempli d'eau sur la tablette du compartiment et sortit d'une trousse un peigne et une paire de ciseaux. Il avait apporté un grand sac de papier où il jetait les poils coupés. Enfin il fit mousser son savon. Il travaillait près d'une fenêtre. La mousse était si blanche qu'on aurait dit qu'il rasait avec de la neige. Il était adroit. Trois soldats se firent raser. Les blessés refusèrent. Gräber prit la place du troisième. Il regardait avec étonnement les trois hommes fraîchement rasés.

Leur visage rougi et noirci par les intempéries se terminait étrangement par un menton blanc et lisse. Gräber éprouva un sentiment de bonheur en entendant la lame lui gratter les joues. C'était un premier contact avec la vie civile. D'autant plus que l'homme qui le rasait était son supérieur hiérarchique.

Il y eut un nouvel arrêt l'après-midi. Une cuisine roulante les attendait sur le quai. Ils sortirent avec leur gamelle. Seul Lüttjens resta dans le compartiment. Gräber s'aperçut avant de sortir qu'il remuait les lèvres en silence. Sa main droite — seule valide — semblait jointe à une invisible main gauche. On leur donna des tranches de rutabaga tiède.

Le soir tombait lorsqu'ils passèrent la frontière. On fit descendre tout le monde et les permissionnaires prirent le chemin du bloc de désinfection. Ils donnèrent leurs vêtements au préposé et s'assirent entièrement nus en attendant que leurs poux voulussent bien mourir. La pièce était chaude, l'eau était chaude et il y avait du savon qui sentait le soufre. C'était la première fois depuis des mois que Gräber se trouvait dans une pièce vraiment chauffée. Au front, il y avait bien des poêles, mais seule la moitié du corps tournée vers le feu profitait de la chaleur. Ici on se sentait délicieusement enveloppé par une buée chaleureuse. Les os et le cerveau dégelaient lentement.

Ils cherchaient leurs poux et les faisaient craquer entre leurs ongles. Gräber n'avait pas de poux de tête. Les poux des vêtements et ceux du corps n'envahissaient jamais le cuir chevelu, vieille loi naturelle que les soldats connaissaient bien. Les poux respectaient leurs territoires respectifs ; ils ignoraient la guerre.

La chaleur lui donnait envie de dormir. Il regardait le corps blanc de ses camarades, les engelures des pieds et les cicatrices rougies. Leurs uniformes devaient être suspendus dans la salle de désinfection. Ce n'était plus que des hommes nus qui cherchaient paisiblement leurs poux et cela suffisait pour donner un autre tour à leur conversation. Il n'était plus question de la guerre. Ils parlaient de la nourriture et des femmes.

— Elle a un enfant, dit quelqu'un qui s'appelait Bernhard.

Il était assis à côté de Gräber et il avait dans les cils des poux qu'il cherchait à l'aide d'un petit miroir.

— Voilà deux ans que je suis absent et l'enfant a quatre mois. Elle prétend qu'il a quatorze mois et que je suis le père. Mais ma mère m'a écrit qu'il était d'un Russe. Il n'y a d'ailleurs que dix mois qu'elle m'en parle. Avant, jamais la moindre allusion. Qu'est-ce que vous en pensez ?

— Ça arrive, observa un chauve avec indifférence. Il y a beaucoup d'enfants de prisonniers étrangers dans le pays.

— Bon, et alors ? Qu'est-ce que vous feriez à ma place ?

— Moi, je flanquerais la mère à la porte, dit quelqu'un occupé à remettre des bandes autour de ses pieds. C'est une cochonnerie.

— Une cochonnerie ? Pourquoi une cochonnerie ?

Le chauve secouait la tête.

— En temps de guerre tout change. Il faut comprendre ça. C'est un garçon ou une fille ?

— Un garçon. Elle écrit qu'il me ressemble.

— Si c'est un garçon, tu peux le garder. C'est toujours utile à la campagne.

— Oui, mais c'est un demi-Russe.

— Et après ? Les Russes sont des aryens. Et la patrie a besoin de soldats.

Bernhard posa son miroir.

— C'est pas si simple. Tu en parles à ton aise, c'est pas à toi que c'est arrivé.

— Tu préférerais peut-être qu'un étalon allemand diplômé et certifié fasse des enfants à ta femme ?

— Ça non, alors !

— Tu vois bien !

— Tout de même, elle aurait pu m'attendre, observa Bernhard à mi-voix.

Le chauve haussa les épaules.

— Il y en a qui attendent, d'autres qui n'attendent pas. Faut pas trop leur en demander quand on reste absent des années.

— Tu es marié aussi ?

— Ah non ! Dieu merci !

— Les Russes ne sont pas des aryens, dit brusquement un homme grêle au visage de souris et à la bouche pincée. Il n'avait encore rien dit. Tous le regardèrent.

— Là, tu te trompes, dit le chauve. Ce sont des aryens. La preuve, c'est qu'on a été leurs alliés.

— Ce sont des êtres inférieurs, des bolcheviques, pas des aryens. C'est la doctrine.

— Tu te trompes. Les Polonais, les Tchèques et les Français sont des êtres inférieurs. Mais les Russes sont des aryens, et nous sommes en train de les libérer du communisme. Sans doute pas des aryensmaîtres comme nous. Mais des aryens-subalternes. On ne les fera pas disparaître.

La souris devint agressive.

— Des êtres inférieurs, je vous dis ! C'est la doctrine, j'en suis sûr.

— Oui, mais il y a longtemps que c'est changé. Exactement comme pour les Japonais. Ce sont des aryens aussi depuis qu'on est allié avec eux. Des aryens jaunes, voilà tout !

— Vous avez tort tous les deux, intervint une basse extraordinairement velue. Les Russes n'étaient pas des êtres inférieurs aussi longtemps qu'ils étaient nos alliés. Maintenant ils ont cessé d'être des aryens, c'est comme ça !

— Alors qu'est-ce qu'il faut faire de l'enfant ?

— Le liquider ! décréta la souris avec un geste bref. Une mort rapide et sans douleur. Il n'y a pas d'autre solution.

— Et pour la mère ?

— Ça, c'est l'affaire des autorités. Il faut lui raser la tête, la marquer au fer et l'envoyer en camp de concentration ou plus simplement au gibet.

— Ils n'ont encore rien fait, dit Bernhard.

— C'est sans doute qu'ils ignorent encore tout.

— Ils savent tout ! Ma mère leur a dit.

— Alors les autorités sont corrompues. Il faut aussi les envoyer en camp de concentration ou au gibet !

— Ah ! tiens, fiche-moi la paix ! cria Bernhard soudain furieux en lui tournant le dos.

— Il aurait peut-être mieux valu que ce soit un Français, dit le chauve. D'après les dernières recherches, les Français ont un peu de sang aryen.

— Les Français sont des êtres dégénérés, trancha la basse.

Mais Gräber crut voir une ombre de sourire sur son visage. L'un des hommes marchait nerveusement dans la pièce sur des jambes fortement arquées. Il s'arrêta et gonfla sa poitrine de coq.

— Nous appartenons à la race des maîtres, c'est évident, les autres sont des esclaves. Mais des hommes purement et simplement, je voudrais bien savoir ce que c'est.

Le chauve parut réfléchir.

— Les Suédois, proposa-t-il. Ou bien les Suisses.

— Les sauvages, dit la basse.

— Mais il n'y a plus de sauvages blancs, objecta la souris.

— Tu crois ? dit la basse en le fixant d'un air stupide.

Gräber sentait le sommeil le gagner. Il entendait vaguement les autres reprendre le chapitre des femmes. Il se sentait peu enclin à prendre part à la discussion. Les théories racistes de son pays s'accordaient mal avec l'idée qu'il se faisait de l'amour. Il répugnait à mêler aux choses du cœur sélection artificielle, arbre généalogique, pedigree et fécondité. D'ailleurs sa vie de soldat ne l'avait mis en contact qu'avec les prostituées des divers pays où il s'était battu. Il ne les avait pas trouvées plus réalistes que les affiliées à l'*Union des Femmes allemandes* ; et elles avaient au moins l'excuse d'une profession qu'elles n'avaient pas toujours choisie librement.

Ils récupérèrent leurs vêtements et se rhabillèrent. Ils redevinrent aussitôt des brigadiers, des caporaux, des sergents et des sous-officiers. L'homme à l'enfant russe se transforma en sous-officier. La basse également. La souris était soldat de deuxième classe. Elle baissa le ton en voyant que les autres étaient sous-officiers. Gräber examina sa vareuse. Elle était encore chaude et dégageait une forte odeur de soufre. Il découvrit sous les revers toute une colonie de poux asphyxiés. Il les gratta soigneusement de l'ongle.

On les conduisit dans une autre baraque où un officier politique leur tint un petit discours. Debout sur une estrade que surmontait un portrait du Führer, il leur expliqua qu'à la veille de fouler à nouveau le sol de la patrie une lourde responsabilité leur incombait. Ils ne devaient pas souffler mot de ce qu'ils avaient vu ou entendu sur le front. Les positions, les mouvements de troupes, les localités occupées devaient rester rigoureusement secrets. Les oreilles ennemies étaient partout à l'écoute. Le silence le plus rigoureux s'imposait. Quiconque bavarderait devrait s'attendre aux sanctions les plus sévères. Les récriminations intempestives constituaient également un crime de haute trahison. Le Führer dirigeait personnellement les opérations ; il savait ce qu'il faisait. La situation était d'ailleurs brillante : les Russes agonisaient, épuisés par des pertes gigantesques ; une contre-attaque irrésistible se préparait ; le ravitaillement des troupes était impeccable ; le moral n'avait jamais été meilleur. Donc toute indiscrétion touchant la situation du front était un crime de haute trahison ; toute critique également. La Gestapo veillait ; elle était partout à la fois, personne ne pouvait lui échapper.

L'officier fit une pause. Puis il reprit sur un ton différent. Malgré ses charges écrasantes, le Führer veillait paternellement sur chacun de ses soldats. Il avait décidé que chaque permissionnaire apporterait un cadeau à sa famille. On allait donc leur donner un colis de ravitaillement personnel. Ce colis devrait être remis tel quel à leur famille, comme preuve que les soldats étaient si bien approvisionnés au front qu'ils pouvaient faire des cadeaux aux civils. Quiconque ouvrirait le paquet en route serait sévèrement puni. Il y aurait un contrôle à la gare d'arrivée. *Heil Hitler !*

Ils étaient tous figés au garde-à-vous. Gräber s'attendait à ce que le *Deutschland über alles* et le *Horst Wessellied* fussent entonnés ; le Troisième Reich n'était pas avare de chants patriotiques. Pourtant il n'en fut rien. Par contre un ordre inattendu retentit :

— Les permissionnaires à destination des pays rhénans, avancez d'un pas !

Quelques hommes s'avancèrent.

— Les trains de permissionnaires à destination des pays rhénans sont supprimés, déclara l'officier. Où voulez-vous aller ? demanda-t-il au plus proche.

— À Cologne.

— Je viens de vous dire qu'il n'y avait pas de permission pour les pays rhénans, s'impatienta l'officier. Choisissez un autre lieu de permission.

— Je suis de Cologne, protesta le soldat désemparé.

— Je vous répète que vous n'irez pas à Cologne, vous comprenez l'allemand oui ou non ? Dans quelle autre ville voulez-vous aller ?

— Nulle part ailleurs. À Cologne, j'ai ma femme et mes enfants. J'étais serrurier là-bas. Ma permission est pour Cologne.

— Je le vois bien. Mais on ne va pas à Cologne ! Combien de fois faudra-t-il que je vous dise que Cologne est momentanément interdit ?

— Interdit ? demanda le serrurier. Pourquoi interdit ?

— Vous perdez la tête ? Qui a des questions à poser ici ? Vous ou vos chefs ?

Un capitaine s'approcha de l'officier et lui dit quelques mots à l'oreille. Il acquiesça.

— Les permissionnaires à destination de Hambourg et de l'Alsace, un pas en avant !

Personne ne bougea.

— Les permissionnaires rhénans restent ici. Pour les autres à gauche, gauche ! En avant, marche ! Distribution des colis !

Ils se retrouvèrent tous sur le quai de la gare. Les permissionnaires rhénans les avaient rejoints au bout de quelques minutes.

— Qu'est-ce qui se passe ? demanda la basse.

— Tu as bien entendu.

— Tu ne peux pas aller à Cologne ? Alors où vas-tu aller ?

— À Rothenbourg. J'ai une sœur là-bas. Mais qu'est-ce que je vais faire à Rothenbourg ? C'est à Cologne que j'habite. Qu'est-ce qui s'est passé à Cologne ? Pourquoi, c'est défendu d'y aller ?

— Attention ! dit quelqu'un en voyant arriver deux SS aux bottes craquantes.

— Ah ! je me moque pas mal d'eux ! Qu'est-ce que je vais aller faire à Rothenbourg ? Où est ma famille ? Ils étaient tous à Cologne. Qu'est-ce qui s'est passé là-bas ?

— Peut-être que ta famille est allée à Rothenbourg.

— Sûrement pas. Il n'y a pas assez de place. Et puis ma sœur et ma femme ne peuvent pas se supporter. Qu'est-ce qui est arrivé à Cologne ?

Le serrurier regardait ses camarades avec désespoir. Il avait les larmes aux yeux, ses grosses lèvres tremblaient.

— Pourquoi vous pouvez tous aller chez vous et moi pas ? Après tant de temps ! Qu'est-ce qui se passe ? Que sont devenus ma femme et mes enfants. Georg, c'est l'aîné. Il a onze ans. Alors ?

— Écoute un peu, lui dit la basse. Tu n'y peux rien. Envoie un télégramme à ta femme pour lui dire de venir te rejoindre à Rothenbourg. Sinon tu ne la verras pas.

— Et le voyage ? Qui va le payer ? Et où habitera-t-elle ?

— Si tu n'as pas le droit d'aller à Cologne, ta femme n'aura pas le droit d'en sortir, dit la souris. C'est sûr. Il doit y avoir des ordres.

Le serrurier ouvrit la bouche mais ne dit rien. Après un silence, il prononça seulement :

— Ah oui, peut-être.

Il se tournait vers chacun de ses camarades à tour de rôle.

— C'est quand même pas possible que tout soit détruit, non ?

— Estime-toi heureux qu'ils ne te renvoient pas au front, dit la basse. Ça n'aurait rien eu d'étonnant.

Gräber écoutait sans rien dire. Il se sentit frissonner. Le froid qui l'envahissait ne venait pas de dehors. La grande menace invisible qui rôdait depuis si longtemps pesait à nouveau sur lui. Il la sentait approcher, s'éloigner, revenir traîtreusement, elle l'observait de ses mille visages dont aucun n'était le vrai. Il regarda les voies qui fuyaient vers l'horizon. Vers l'horizon, vers la chaleur de son foyer, de sa famille, vers la paix, vers tout ce qui lui restait de solide et d'assuré. Mais la menace semblait accompagner vers l'ouest la fuite des rails qui se confondaient dans le lointain. Peut-être même était-elle tapie à l'horizon, plus redoutable encore qu'en première ligne.

— Ma permission ! disait amèrement le serrurier de Cologne. Qu'est-ce que je vais en faire maintenant ?

Les autres le regardaient sans rien dire. On eût dit qu'une maladie secrète venait tout à coup d'apparaître sur lui. Certes il était innocent, mais il était marqué désormais d'un signe funeste, et instinctivement ses camarades s'écartaient de lui. Ils se réjouissaient d'avoir été épargnés, mais ils se sentaient eux-mêmes menacés. Le malheur était contagieux.

Le train roula lentement sous le hall et s'arrêta. Les hommes se trouvèrent soudain dans la pénombre, comme si on venait de tirer un rideau noir sur le quai.

VI

Le matin le paysage avait changé. Il émergeait en îlots lumineux d'une mer vaporeuse. Gräber, qui s'était assis près d'une fenêtre, avait le visage collé à la vitre. Il ne se lassait pas de voir défiler des champs aux sillons réguliers et noirs, des prés qui commençaient à verdoyer et sur lesquels la neige mettait des touches blanches. Pas de trous d'obus, pas de ruines. Une plaine lisse et plate. Pas de tranchées, pas de blockhaus, la campagne.

Le premier village apparut. Une église avec son coq doré, une école au sommet de laquelle une girouette tournait lentement, une auberge d'où sortait un groupe de paysans, des maisons ouvertes, une paysanne, un balai à la main, une voiture à cheval, le premier rayon du soleil qui jouait dans mille fenêtres aux vitres intactes, des fermes peintes comme des jouets d'enfant, des arbres sans blessure, des rues pleines d'écoliers. Depuis combien de temps Gräber n'avait-il plus vu d'enfants ? Il soupira profondément. C'était tout cela qu'il attendait, tout cela qu'il retrouvait enfin et qui était là, si simple, si proche, si assuré d'être et de persister.

— Ça a tout de suite un autre air, ici, pas vrai ? lui dit un sous-officier assis à l'autre fenêtre.

— Oui, dit Gräber, ému.

La brume se levait peu à peu. Des forêts surgissaient à l'horizon. Le regard pouvait embrasser maintenant de vastes espaces. Des fils télégraphiques accompagnaient le train. Ils montaient tous ensemble vers le ciel, et accusaient soudain une chute brutale lorsque l'ombre d'un poteau passait devant les voyageurs — portées d'une symphonie infinie et silencieuse. Des oiseaux s'envolaient au passage du train et se posaient un peu plus loin. La campagne était calme. Le grondement du front s'était éteint. Aucun avion n'était visible. Gräber avait l'impression d'être parti depuis des semaines déjà. Même l'image de ses camarades commençait à pâlir dans sa mémoire.

— Quel jour sommes-nous aujourd'hui ?

— Mercredi.

— Bien sûr, hier était un mardi. Tu crois que nous allons toucher du jus ?

— Pourquoi pas ? Ici, tout est comme autrefois.

Quelques hommes sortirent du pain de leur sac et se mirent à manger. Gräber attendait ; il voulait manger son pain avec son café. Il pensait à la table des petits déjeuners de paix. Sur une nappe à carreaux bleus et blancs, sa mère disposait du miel, des croissants et du lait chaud autour de la cafetière. Le canari poussait ses trilles, et le soleil caressait les géraniums de la fenêtre. Souvent il écrasait entre ses doigts l'une de leurs feuilles sombres et charnues pour sentir le parfum prenant et étrange qui évoquait des pays lointains. Ce n'était pas les voyages qui lui avaient manqué ces dernières années ; mais bien différents de ceux dont il rêvait alors.

Il se remit à la fenêtre. Il se sentait plus confiant maintenant. Des ouvriers se redressaient de leur travail pour voir passer le convoi. Des femmes coiffées de fichus multicolores se trouvaient parmi eux. Le sous-officier abaissa la vitre et leur fit des signes. Personne ne lui répondit.

— Comme vous voudrez, abrutis ! jura-t-il déçu.

Quelques minutes plus tard, ils longèrent un autre champ où travaillait une équipe d'hommes et de femmes. Penché par la portière, le sous-officier leur fit des signes véhéments. Personne ne bougea.

— Voilà les gens pour qui nous nous battons, constata le sous-officier amèrement.

— Ce sont peut-être des prisonniers ou des travailleurs étrangers.

— Il y avait assez de femmes dans le tas. Elles auraient pu répondre elles !

— Ce sont peut-être des Russes ou des Polonaises.

— Ça m'étonnerait. Elles n'en avaient pas l'air. Et d'ailleurs, il doit bien y avoir aussi des Allemandes, non ?

— Notre train est un train de blessés, dit le chauve. C'est pour ça, ça impressionne toujours.

— Des brutes, conclut le sous-officier, des culs-terreux et des gardiennes d'oies.

Il releva la vitre brutalement.

— À Cologne elles ne sont pas comme ça, dit le serrurier.

Le train poursuivait sa route. Il s'arrêta deux heures dans un tunnel. Les compartiments n'étant pas éclairés, les hommes se trouvèrent plongés dans une obscurité complète. Une certaine angoisse fit bientôt taire les conversations, malgré la longue habitude des abris souterrains. Ils fumèrent. Les points rouges des cigarettes sillonnaient les ténèbres comme des lucioles.

— La machine doit avoir quelque chose, prononça le sous-officier.

Tout le monde prêtait l'oreille. On n'entendait pourtant ni avions, ni explosions.

— Vous êtes déjà allés à Rothenbourg ? demanda le serrurier.

— Il paraît que c'est une vieille ville, dit Gräber.

— Tu y es allé ?

— Non. Toi non plus ?

— Non. Qu'est-ce que je serais allé y faire ?

— Tu aurais dû demander Berlin, dit la souris. Les permissions sont rares, et on s'amuse plus à Berlin qu'ailleurs.

— Je n'ai pas envie de m'amuser et les hôtels coûtent cher. Je veux revoir ma famille.

Le train s'ébranla.

— Enfin ! dit la basse. Je nous croyais déjà enterrés.

Des traces argentées filtrèrent dans la nuit. Elles s'intensifièrent, et brusquement le paysage reparut, plus souriant encore que deux heures auparavant. Les hommes se pressaient aux fenêtres. Instinctivement ils cherchaient des traces de bombardement. Ils n'en trouvèrent pas. Le petit matin les grisait comme du vin doux.

Quelques heures plus tard le train s'arrêta. La basse descendit, imitée bientôt par le sous-officier et deux autres permissionnaires. Le ciel s'était obscurci. Des nuages bleus montaient du couchant. Gräber sentit pour la première fois que la contrée lui était familière. Il ne reconnaissait aucune maison, aucune colline, aucun village en particulier, c'était le paysage lui-même qui lui parlait pour la première fois un langage connu. Les souvenirs montaient de toutes parts, se pressaient en lui avec une tendresse presque brutale. Les contours des choses s'étaient estompés, aucun fait précis ne se présentait à son esprit, il lui semblait moins vivre son retour que le rêver, mais sous cette forme irréelle cet univers retrouvé entrait en lui avec une force irrésistible.

Les noms des stations devenaient peu à peu familiers. Il vit passer des localités où il était allé naguère en excursion. Sa mémoire chargeait l'air lumineux de parfums de myrtilles, de résine et de bruyère. La ville ne pouvait plus être loin. Gräber avait bouclé son sac et il attendait à la portière l'apparition des premières maisons.

Le train s'arrêta. Plusieurs hommes descendirent. Gräber se pencha vers le quai. Il entendit crier le nom de sa ville.

— Amuse-toi bien, lui dit le serrurier.

— On n'est pas encore arrivé, la gare est au centre de la ville.

— Peut-être qu'elle a été déplacée. Tu ferais mieux de demander.

Déjà des soldats montaient en obstruant la portière avec leur sac. Gräber cherchait à reconnaître les lieux.

— On est arrivé à Werden ? demanda-t-il.

Plusieurs voyageurs levèrent les yeux, mais personne ne prit le temps de lui répondre. Il se décida à descendre. Il entendit alors un employé qui criait : « Les voyageurs pour Werden ! »

Il fit basculer son sac sur son épaule et se fraya un chemin vers l'employé.

— Le train ne va pas plus loin ? demanda-t-il. Le cheminot le regarda d'un air fatigué.

— Vous allez à Werden ?

— Oui.

— Prenez à gauche par le passage à niveau, vous trouverez l'autobus.

Gräber contourna le train et se retrouva devant une maisonnette de bois fraîchement goudronné qu'il n'avait jamais vue. Un autobus stationnait derrière. Il s'approcha du conducteur.

— Vous allez à Werden ?

— Oui.

— Le train ne passe plus dans la ville ?

— Non.

— Pourquoi ?

— Parce qu'il n'y passe plus.

Gräber regarda le conducteur. Il comprit qu'il était inutile de l'interroger davantage. Il n'en tirerait rien de plus. Il monta lentement dans la voiture et s'installa dans un coin. Dehors le soir tombait. On voyait briller des rails apparemment neufs qui obliquaient à l'est de la ville. Déjà le train s'ébranlait. Gräber se cala dans son coin. Ils ont peut-être détourné la voie par mesure de prudence, pensa-t-il sans conviction.

L'autobus démarra à son tour. C'était une très vieille machine aux reprises laborieuses. Plusieurs Mercedes de luxe le doublèrent. Elles étaient occupées par des officiers de la Wehrmacht et de la SS. Les voyageurs de l'autobus les regardèrent passer en silence. Presque personne ne parlait. On entendait seulement les cris joyeux d'une petite fille qui courait entre les banquettes. Elle était blonde avec un nœud bleu dans les cheveux. Elle pouvait avoir deux ans.

Les premières rues apparurent. Elles étaient intactes. Gräber soupira. L'omnibus cahota une centaine de mètres et s'arrêta.

— Tout le monde descend !

— Où sommes-nous ? demanda Gräber à son voisin.

— Rue Bramsche.

— La voiture ne va pas plus loin ?

— Non.

Ils descendirent.

— Je viens en permission, expliqua Gräber. C'est la première fois depuis deux ans.

Il éprouvait le besoin de dire cela au premier venu. Son interlocuteur le regarda. Il avait une cicatrice fraîche sur le front et ses dents de devant manquaient.

— Où habitez-vous ?

— 18, rue Haken.

— C'est dans la vieille ville ?

— Oui, en bordure. Au coin de la rue Louise. On voit l'église Sainte-Catherine.

— Ah bon !

Le bonhomme leva les yeux vers le ciel sombre.

— Alors vous connaissez le chemin ?

— Bien sûr. Ça ne s'oublie pas comme ça.

— Non, évidemment. Bonne chance !

— Merci !

Gräber s'engagea dans la rue Bramsche. Il observait les maisons avec inquiétude. Toutes étaient intactes. Il regarda les fenêtres. Elles étaient sombres. Défense passive, pensa-t-il, évidemment. Il éprouvait une déception qu'il jugea aussitôt puérile. Inconsciemment, il s'attendait à trouver la ville illuminée comme autrefois. Il hâta le pas. Il passa devant une boulangerie où pas une trace de pain n'était visible. La vitrine n'offrait aux regards des passants qu'un vase de fleurs artificielles. Puis ce fut une épicerie à l'étalage garni d'emballages factices. Plus loin il reconnut la boutique d'un sellier. Tout enfant encore, il ne se lassait pas d'admirer le cheval empaillé qui supportait tout un harnachement de cuir fauve. Il s'approcha de la vitrine. Le cheval était toujours là, mais le harnachement avait disparu. Il retrouva pourtant le fox-terrier, également naturalisé, figé dans un aboiement silencieux qu'il avait osé caresser une dizaine d'années plus tôt dans un accès de courage. Ainsi rien n'avait changé, il retrouvait sa vieille ville comme il l'avait laissée. Il croisa un inconnu qu'il salua d'un « Bonsoir ! » jovial. « Soir ! » entendit-il derrière lui un instant plus tard. Le pavé sonnait sous ses bottes ferrées. Dans quelques minutes, il les aurait échangées contre sa paire de pantoufles de feutre. Il prendrait un bain chaud et parfumé, et enfilerait une chemise propre. Il marcha plus vite. La rue semblait le porter comme un tapis magique.

C'est alors qu'il sentit l'odeur de la fumée. Il s'arrêta brusquement. Ce n'était pas l'odeur familière d'un feu de bois ou d'une cheminée. Ça sentait l'incendie. Il regarda autour de lui. Les maisons noires l'entouraient. Leurs toits intacts se profilaient sur le ciel sombre.

Il reprit sa route. La rue aboutissait à une petite place plantée d'arbres. L'odeur âcre devenait plus forte. Elle paraissait suspendue aux branches des arbres. Gräber chercha à en déterminer le point d'origine. Elle paraissait venir de partout à la fois, comme s'il avait plu des cendres sur la ville.

Au coin de la rue il aperçut la première maison détruite. Il en éprouva un choc. Depuis des années il avait vécu au milieu de ruines sans en être autrement affecté ; pourtant il fixait ce monceau de plâtras comme si c'était la première construction sinistrée qu'il eût jamais vue.

Ce n'est qu'une maison, pensa-t-il. Une maison isolée. Toutes les autres ont été épargnées. Il dépassa les ruines et aspira profondément. L'odeur persistante ne pouvait provenir de cette maison qui paraissait détruite depuis longtemps. Elle paraissait avoir été atteinte par une bombe perdue, comme cela arrive parfois dans les vols de retour.

Il chercha le nom de la rue. Rue de Brême. La rue Haken était encore loin. À une demi-heure de marche pour le moins. Il pressa encore le pas. Les passants se faisaient de plus en plus rares. Sous un porche de petites ampoules bleutées répandaient une lumière lugubre, maladive.

Enfin il déboucha dans un quartier entièrement détruit. Des maisons, il ne restait plus que d'énormes chicots carbonisés qui se dressaient en murailles dentelées vers le ciel. Des poutrelles d'acier tordues sortaient des pierres comme de noirs serpents. Une partie des décombres avait été rangée en tas. Ces ruines aussi étaient anciennes. Gräber quitta le trottoir et fit quelques pas dans les plâtras. Il aperçut dans l'ombre des silhouettes vagues qui escaladaient les pierres comme de gros hannetons.

— Hé, là-bas ! cria-t-il. Il y a quelqu'un ?

Des pierres roulèrent, le bruit s'éloigna. Les silhouettes avaient disparu. Gräber entendit un souffle saccadé. Il tendit l'oreille. Il s'aperçut que c'était sa propre respiration qu'il entendait.

Maintenant il courait. L'odeur devenait suffocante, les ruines succédaient aux ruines. Finalement il atteignit la vieille ville et il s'arrêta les yeux agrandis par le spectacle qui s'offrait à lui. D'antiques maisons aux poutres voyantes, aux pignons avancés, aux toits pointus et aux enseignes enluminées faisaient autrefois le charme de ce quartier. Elles avaient brûlé comme des allumettes. Ce n'était plus qu'un amoncellement de pierres calcinées, de tuiles fracassées, de décombres fumants qui obstruaient la rue et sur lesquels flottait une fumée blanchâtre.

Il continuait à courir. Une angoisse torturante s'était emparée de lui. Il venait de songer qu'une petite fonderie de cuivre se trouvait non loin de chez ses parents. Peut-être avait-elle été l'objectif d'un bombardement. Il trébuchait dans la pierraille, escaladait des blocs fumants, bousculait des passants qui se retournaient ahuris sur son passage. Soudain il s'arrêta. Il ne savait plus où il était.

La ville, le quartier où s'était déroulée son enfance étaient si profondément bouleversés qu'il ne reconnaissait plus rien. Il interrogea une femme qui trottinait en sens inverse.

— Pour aller rue Haken ?

— Quoi ? répondit-elle épouvantée. Elle était en haillons et serrait ses deux mains sur sa poitrine.

— La rue Haken ?

Elle fit un geste vague.

— Là-bas, de l'autre côté, tournez à droite.

Il s'élança dans la direction indiquée. Des arbres mutilés bordaient la rue. Ils dressaient en geste implorant des moignons calcinés et sans feuilles. Gräber chercha à s'orienter. Il se guidait naguère d'après les façades des maisons : il n'y avait plus de façades. D'ici, il aurait dû voir la flèche de l'église Sainte-Catherine. Le ciel était vide. Sans doute l'église s'était-elle effondrée. Il n'osa plus interroger personne. Il aperçut des civières alignées au milieu d'une rue. Des hommes déblayaient à la pioche, des pompiers s'affairaient autour d'un incendie. L'eau s'élevait en vapeur avant d'atteindre la base des flammes. C'était la fonderie de cuivre qui brûlait ainsi. Lorsque Gräber l'eut reconnue, il retrouva la rue Haken.

VII

La plaque de la rue avait été suspendue à un bec de gaz tordu qui se dressait en bordure d'un entonnoir. En contournant l'entonnoir, Gräber aperçut au fond du trou un sommier de lit éventré. Un peu plus loin une maison apparemment intacte dominait les ruines qui l'entouraient. Le 18, murmura Gräber. Il faut que ce soit le numéro 18. Mon Dieu, faites que ce soit le numéro 18 !

Mais l'ombre était trompeuse. Ce qui semblait de loin une maison intacte n'était en fait qu'une façade qui masquait un monceau d'éboulis. Un piano était resté coincé dans les poutrelles de métal à la hauteur du premier étage. Le couvercle avait été arraché et le clavier brillait comme la mâchoire menaçante d'un monstre préhistorique. La porte de la façade était ouverte. Gräber s'y engagea.

— Halte-là ! cria quelqu'un. Qu'est-ce que vous cherchez ?

Il ne répondit pas. Il ne savait vraiment plus où pouvait se trouver la maison de ses parents. Des années durant, chaque fenêtre, chaque pierre lui avaient été familières, mais dans ce noir, au milieu de ce chaos... Il n'aurait même pas pu dire de quel côté de la rue il se trouvait.

— Hé là ! reprit la voix. Vous tenez vraiment à recevoir un pan de mur sur la tête ?

Gräber avança cependant d'un pas. Il distinguait maintenant à l'intérieur un tronçon d'escalier. Il recula pour essayer de déterminer le numéro de la maison. Un chef d'îlot surgit en face de lui.

— Qu'est-ce que vous faites ici ?

— Est-ce que c'est le numéro 18 ? Où est le numéro 18 ?

— Le 18 ?

Le chef d'îlot repoussa son casque sur sa nuque.

— Où est le numéro 18 ? Vous voulez dire : où *était* le numéro 18 ?

— Quoi ?

— Vous ne voyez pas, non ?

— Ce n'est pas le 18 ?

— Ce *n'était* pas le 18, vous voulez dire ! *Était*, vous m'entendez, *était*, tout est passé ici.

Gräber saisit le bonhomme par les revers de sa veste.

— Écoutez-moi, dit-il furieux. Je ne suis pas venu pour plaisanter. Où se trouve le numéro 18 ?

Le chef d'îlot leva vers lui un visage gris.

— Lâchez-moi tout de suite ou j'appelle la police ! Vous n'avez rien à faire ici. C'est une zone de déblaiement. Je vais vous faire arrêter.

— On n'arrête pas un soldat qui revient du front !

— La belle affaire ! Vous croyez que ce n'est pas aussi le front ici ?

Gräber le lâcha.

— J'habite au numéro 18, explique-t-il. 18, rue Haken. C'est là qu'habitent mes parents.

— Plus personne n'habite dans cette rue.

— Plus personne ?

— Personne. Je suis bien placé pour le savoir. Moi aussi j'habitais ici.

Il eut un rire de dément.

— Habitais, habitais, vous m'entendez ! cria-t-il. Nous avons eu six bombardements en quinze jours. Ah ! monsieur est soldat au front ! Qu'est-ce que vous fichez avec vos copains au front ? Vous vous portez rudement bien apparemment ! Vous ne devez pas vous fouler là-bas ! Et ma femme, où est-elle ma femme ? Elle est là — il désignait du bras un tas d'éboulis. Qui est-ce qui songe à la déterrer ? Pas un chat ! Morte, pas la peine ! C'est ça, qu'ils ont dit les déblayeurs. Ils ont autre chose à faire. Il y a trop de dossiers, de bureaux, et de fonctionnaires à sauver pour qu'on ait le temps de penser à ma femme ! — Il approcha de Gräber un visage haineux. — Je vais vous dire une bonne chose, soldat. On ne sait jamais ce qui se passe quand on n'est pas dans le bain. Et quand on y est c'est trop tard ! Le beau soldat qui revient du front avec toutes ses décorations ! — Il cracha. — Le numéro 18 ? Vous en venez du numéro 18 ! Vous êtes passé dessus sans vous en rendre compte !

Gräber fit demi-tour et s'enfuit. Sans m'en rendre compte, sans m'en rendre compte ! Ce n'est pas vrai ! Je vais me réveiller dans la cave du village russe qui n'a plus de nom. Je vais entendre Immermann et Mücke et Sauer jurer contre leurs poux. Je suis en Russie, je ne suis pas en Allemagne. L'Allemagne est protégée, l'Allemagne est intacte !

Il entendit des appels et le tintement de pioches sur la pierre. Une équipe entourait une maison fumante. Un ruisseau s'écoulait d'une conduite d'eau sectionnée. Les lampes s'y reflétaient en clartés vagues. Il courut à l'un des hommes qui donnait des ordres.

— C'est le 18 ?

— Hein ? Allez au diable ! Qu'est-ce que vous faites ici ?

— Je cherche mes parents. Ils habitaient au 18. Où sont-ils ?

— Est-ce que je sais, moi ? Je ne suis pas le bon Dieu !

— Ils sont sauvés ?

— Adressez-vous ailleurs. Ça ne me regarde pas. Ici on déblaie.

— Il y a des gens enterrés ici ?

— Évidemment. Vous croyez qu'on creuse pour s'amuser ?

Il se tourna vers l'équipe.

— Arrêtez ! Silence ! Willmann, frappez à coups réguliers !

Les déblayeurs sortirent un à un de la fosse. Ils formaient un assemblage confus de métiers et de conditions, mais tous — qu'ils portassent chandail, col dur, bleu d'ouvrier ou uniforme militaire disparate — étaient marqués par la même fatigue et la même crasse. L'un d'eux s'agenouilla dans les ruines avec un marteau et se mit à frapper à petits coups espacés un tuyau de fonte qui émergeait. « Silence ! » répéta le chef.

L'homme au marteau avait appliqué son oreille contre la conduite d'eau. On n'entendait plus que la respiration des travailleurs et le bruit léger du plâtre qui s'effritait. Un avertisseur de pompiers et le tintement d'un timbre d'ambulance retentirent dans le lointain. L'homme au marteau recommença ses signaux, puis il se releva.

— Ils répondent encore, dit-il. Ils frappent plus vite. Ils doivent manquer d'air.

Il frappa lui-même encore quelques coups d'encouragement.

— Vite, cria le chef, au travail ! Attaquons le mortier par la droite. Il faut essayer d'extraire ce tuyau, ça leur donnera un peu d'air.

Gräber était toujours à côté de lui.

— C'est un abri antiaérien ? demanda-t-il.

— Naturellement. Qu'est-ce que vous voulez que ce soit ? S'ils n'étaient pas dans une cave, il y a longtemps qu'ils ne donneraient plus signe de vie.

— Vous croyez que ce sont des habitants de la maison ? Le chef d'îlot m'a dit que le quartier n'était plus habité depuis longtemps.

— Le chef d'îlot est gâteux depuis la dernière attaque. Il y a des gens là-dedans qui attendent qu'on vienne les chercher, ça nous suffit. Peu importe que ce soient des habitants de la maison ou non.

Gräber se débarrassa de son sac.

— Je suis costaud, je peux vous aider. — Il regarda le chef d'équipe. — Il faut que j'y aille. Ce sont peut-être mes parents qui sont là-dedans.

— Moi, je veux bien. Willmann, voilà du renfort ! Tâchez de lui trouver une pioche !

Les jambes broyées apparurent les premières. Elles étaient encore coincées sous une poutre. L'homme vivait encore, il était même conscient. Gräber se pencha aussitôt sur son visage. Il ne le connaissait pas. Ils scièrent la poutre en deux et apportèrent une civière. L'homme ne poussa pas un cri, mais ses yeux chavirèrent lentement.

Ils élargirent l'ouverture et trouvèrent deux morts,

tous deux écrasés. Les visages étaient aplatis. Le nez, le menton avaient disparu. Les dents s'étaient incrustées dans les gencives comme des amandes dans une galette. Gräber s'approcha. Il vit des touffes de cheveux sombres poissés de sang. Ses parents étaient blonds. On tira les cadavres au milieu de la rue. On aurait dit maintenant qu'un rouleau compresseur venait de les écraser.

Une pâle clarté tomba sur le paysage chaotique. La lune venait de se lever dans un ciel doux et décoloré.

— Quand a eu lieu le bombardement ? demanda Gräber à l'homme qui venait le relever.

— Hier soir.

Gräber regarda ses mains. Elles étaient noires dans la lumière immatérielle. Du sang également noir s'en écoulait. Il ne savait pas si c'était le sang des victimes ou son propre sang. Depuis une heure, il arrachait les pierres avec ses mains nues. Les sauveteurs continuaient à travailler. Des vapeurs acides qui montaient des trous de bombes leur brûlaient les yeux. Ils s'essuyaient sur leurs manches, mais les larmes ne cessaient pas de couler.

— Eh ! soldat ! cria quelqu'un derrière lui.

Il se retourna.

— C'est à vous le sac ? lui demanda la silhouette qui s'agitait devant ses yeux larmoyants.

— Où ?

— Là-bas. Il y a quelqu'un qui est en train de filer avec !

Gräber avait repris sa pioche.

— On vous vole ! Dépêchez-vous ! Vous pouvez encore le rattraper ! Je vais vous remplacer.

Gräber était trop fatigué pour réfléchir. Il obéit

machinalement à la voix et s'élança dans la direction qu'on lui indiquait. Il dévala la rue et aperçut quelqu'un qui escaladait un tas de décombres. Il rejoignit le voleur en quelques bonds. C'était un vieil homme. Il luttait encore puérilement pour conserver son butin. Gräber posa le pied sur l'une des courroies du sac qui traînaient par terre. Le vieillard poussa un cri aigu et lâcha prise. Sa bouche était grande et noire et ses yeux brillaient au clair de lune.

Une patrouille approcha. C'étaient deux SS.

— Qu'est-ce qui se passe ici ?

— Rien, dit Gräber en balançant son sac sur son épaule. Le vieillard s'était tu. On n'entendait plus que sa respiration sifflante.

— Qu'est-ce que vous faites ici ? demanda l'un des SS. Vos papiers ?

C'était un *Oberscharführer* grisonnant.

— J'aide à déblayer. Là-bas. C'était la maison de mes parents.

— Vos papiers ! répéta le SS.

Gräber fixa les deux hommes. Il n'allait pas engager une discussion sur le point de savoir si oui ou non des SS avaient le droit d'exiger les papiers d'un soldat. Ils étaient deux et armés jusqu'aux dents. Il chercha son ordre de mission et son livret militaire. L'un des SS examina les papiers avec une lampe de poche qui les faisait briller entre ses mains comme s'ils étaient phosphorescents. Gräber sentait tous ses muscles trembler. La lampe s'éteignit enfin et le SS lui rendit ses papiers.

— Vous habitez 18 rue Haken ?

— Oui, répondit Gräber frémissant d'impatience. Là-bas. On est justement en train de déblayer. Je cherche ma famille.

— Où çà ?
— Là-bas ! Vous ne voyez pas, non ?
— Là-bas, ce n'est pas le 18.
— Quoi ?
— Ce n'est pas le 18, c'est le 22. Le 18 c'est la maison à côté.

Il montrait de la main une ruine hérissée de poutrelles.

— Vous êtes sûr ? balbutia Gräber.
— Absolument sûr. Toutes les maisons détruites se ressemblent, mais le numéro 18 est là, je le sais parfaitement.

Gräber regarda la maison détruite. Elle ne fumait pas.

— Ce pâté de maisons n'a pas été bombardé hier soir, poursuivit le SS. Il a été détruit la semaine dernière, je crois, ou il y a trois semaines.
— Savez-vous… — Gräber s'arrêta et reprit avec effort. — Savez-vous si les habitants ont été sauvés ?
— Ça, je n'en sais rien. En général il y a toujours des survivants. D'ailleurs vos parents n'étaient peut-être même pas dans la maison. La plupart des gens du quartier allaient dans un abri commun.
— Où peut-on se renseigner ? Où puis-je savoir ce qu'ils sont devenus ?
— Cette nuit nulle part. La mairie est détruite et tout est sens dessus dessous. Demandez demain matin au centre d'accueil. Qu'est-ce que vous vouliez à ce vieux ?
— Rien. Vous croyez qu'il y a encore des morts sous ces ruines ?
— Il y a des morts sous toutes les ruines. Pour les déterrer, il nous faudrait dix fois plus de main-

d'œuvre. Les salauds bombardent toute la ville sans discernement.

Les SS firent demi-tour.

— Est-ce qu'on est en zone interdite ici ? demanda encore Gräber.

— Pourquoi ?

— C'est le chef d'îlot qui m'a dit ça.

— Le chef d'îlot est fou. D'ailleurs il n'y a plus de chef d'îlot ici. Vous pouvez rester ici aussi longtemps que vous voudrez. Vous trouverez peut-être un lit au foyer de la Croix-Rouge. C'est près de la gare.

Gräber chercha l'entrée de la maison. Les décombres étaient en partie déblayés, mais on ne voyait d'issue nulle part. Il grimpa sur un pan de mur. Un escalier s'élevait du sol vers le premier étage. La rampe et les marches étaient intactes, mais l'escalier s'arrêtait dans le vide, absurdement. Les murs lézardés montaient seuls vers le ciel dont on voyait un lambeau laiteux par une déchirure du toit. Dans un renfoncement, un fauteuil de velours semblait avoir été posé là avec une intention précise. Le mur de derrière s'était effondré d'une seule pièce sur le jardin et sur les ruines environnantes. Une ombre glissa furtivement. Gräber songea aussitôt au vieillard de tout à l'heure, mais il s'aperçut que c'était un chat. Instinctivement il ramassa une pierre et la lança à l'animal. L'idée que ce chat se nourrissait de cadavres s'était brusquement imposée à lui. Il gagna le jardin en trébuchant sur les éboulis. Le SS avait raison, c'était bien sa maison. Il venait de découvrir une tonnelle curieusement préservée du désastre. Il s'assit sur le petit banc qu'abritait autrefois un tilleul maintenant décapité. Doucement il palpa l'écorce de l'arbre et sentit la trace de quelques lettres qu'il y avait gravées plusieurs années auparavant. Il se leva. La lune brillait maintenant de tout son éclat au-dessus du mur de la maison. Elle régnait sur un paysage fantastique, un irréel paysage de cauchemar. Gräber avait oublié les innombrables destructions qu'il avait vues depuis quatre ans. Il avait l'impression de voir des ruines pour la première fois.

Les deux portes qui donnaient sur le jardinet paraissaient irrémédiablement bloquées. Gräber frappa quelques coups sur un tuyau de fonte et écouta avidement. Il crut soudain avoir entendu un frôlement. Le vent, sans doute, pensa-t-il. Ça ne peut être que le vent. Le bruit reprit. Il s'élança vers l'escalier. Le chat se réfugia d'un bond au sommet des marches. Il se remit à l'écoute. Il se sentait trembler de tous ses membres. Et brusquement, il eut la conviction que ses parents gisaient, enfouis sous les décombres, qu'ils vivaient encore, qu'ils se déchiraient les mains dans l'obscurité pour tenter de venir le rejoindre.

Il déplaça quelques blocs, réfléchit un instant et s'élança vers l'équipe des déblayeurs. Il buta sur une pierre, glissa dans une flaque, s'écorcha les genoux et les mains, et retrouva enfin la maison où il avait travaillé une partie de la nuit.

— Venez ! Ce n'est pas le 18, ici, c'est le 22 ! Aidez-moi à déblayer là-bas !

— Quoi ? demanda le chef de l'équipe en se redressant.

— Le 18 est là-bas, mes parents sont enterrés, vite !

— Où çà ?

— Là-bas, la grande maison.

L'autre chercha des yeux la maison que montrait Gräber.

— Ça ? C'est une vieille histoire, dit-il doucement. Bien trop tard, soldat. Vaut bien mieux continuer ici.

Gräber se délesta de son sac.

— Mes parents y sont ! Tenez ! J'ai un tas de choses, des vivres, de l'argent...

L'autre tourna vers lui ses yeux rougis par l'acide.

— C'est pas une raison pour laisser tomber ceux qui attendent là-dessous, non ?

— Non, bien sûr... mais...

— Ils vivent encore, eux.

— Mais peut-être qu'après, vous pourriez...

— Après ? Les hommes tombent de fatigue, vous voyez bien.

— J'ai travaillé des heures avec vous. Vous pouvez bien en revanche...

— Ah ! vous ! s'écria le chef d'équipe, vous ne pouvez pas être raisonnable un peu ? Ça n'aurait plus aucun sens d'aller gratter là-bas. Vous ne comprenez pas ? Vous ne savez même pas s'il y a des cadavres sous les pierres. Il y a des chances que non d'ailleurs. On aurait entendu quelque chose l'autre jour. Et maintenant, laissez-nous tranquilles !

Il ramassa sa pioche. Gräber se tut. Il voyait les dos des hommes au travail. Il voyait les civières. Il voyait les deux infirmiers qui venaient d'arriver. L'eau qui giclait de la conduite sectionnée inondait toute la rue. Il sentait toutes ses forces l'abandonner d'un seul coup. Il songea un instant à aider à nouveau l'équipe de déblaiement. Il était épuisé. Il reprit lentement le chemin de ce qui avait été la maison numéro 18.

Il considéra un moment l'amoncellement chaotique. Il remua encore quelques blocs, puis il renonça. La tâche était surhumaine. Les éboulis meubles recouvraient une masse compacte de béton, de pierres de taille et de poutrelles enchevêtrées. La maison était de bonne construction ; les ruines étaient maintenant inattaquables. Peut-être qu'ils ont pu tout de même fuir, pensa-t-il. Peut-être qu'on les a évacués. Ils se trouveraient alors dans un village du sud, ou à Rothenbourg. Maman, comme je suis fatigué, je n'ai plus ni tête, ni estomac !

Il s'accroupit contre l'escalier. L'échelle de Jacob, pensa-t-il. Qu'était-ce au juste ? N'était-ce pas un escalier qui montait jusqu'au ciel ? Des anges n'en parcouraient-ils pas les degrés ? Où sont les anges ? Métamorphosés en avions, sans doute ? Où est le ciel, la terre ? La terre, combien de tombes y ai-je creusées ? Que fais-je ici ? Pourquoi personne ne veut-il m'aider ? J'ai vu des milliers de maisons en ruine. Mais je ne les voyais pas vraiment. J'en vois une pour la première fois, ma première maison détruite, ma première maison, ma maison. Pourquoi ne suis-je pas moi-même enseveli sous ses ruines ? C'est là que je devrais être.

Le calme se fit. Les dernières civières avaient été emportées. La lune continuait à monter. Le croissant d'argent illuminait toute la ville impitoyablement. Le chat reparut brusquement. Il observa longtemps Gräber. Il s'approcha prudemment, glissant silencieusement jusqu'à frôler sa jambe. Il fit le gros dos et se mit à ronronner avec volupté. Enfin il se glissa sur ses genoux et se roula en boule. Gräber dormait déjà.

VIII

Un jour radieux se leva. Gräber mit quelque temps à reconnaître les lieux ; il était habitué à dormir dans les ruines. Tous les souvenirs de la veille se présentèrent à la fois à son esprit.

Il se leva, s'appuya à l'escalier et tenta de réfléchir. Le chat était assis à quelque distance sous une baignoire à demi enfouie et faisait paisiblement sa toilette. Les ruines des hommes ne le concernaient pas.

Il regarda sa montre. Il était encore trop tôt pour se rendre au centre d'accueil. Il fit quelques pas. Ses membres étaient douloureux, ses mains couvertes de terre et de sang. Il trouva un fond d'eau claire dans la baignoire — la pluie sans doute ou les pompiers. Son visage se refléta dans le miroir tremblant. Il lui parut étranger à lui-même. Il prit un savon dans son sac et entreprit de se laver. L'eau noircit et ses mains se remirent à saigner. Il les tendit au soleil pour les sécher. Puis il inspecta ses vêtements. Son pantalon était déchiré, sa vareuse couverte de terre. Il mouilla son mouchoir et frotta quelques taches. Il n'y avait pas grand-chose à faire.

Il lui restait un peu de pain dans son sac, un fond de café froid remuait dans son bidon. Il mangea et but. Il avait très faim tout à coup. Il se sentait la gorge sèche et douloureuse comme s'il avait crié toute la nuit. Le chat approcha timidement. Gräber lui tendit un morceau de pain. Le chat s'en empara, s'éloigna prudemment et s'assit pour manger sans quitter Gräber des yeux. Il était noir avec une patte blanche. Le soleil étincelait sur les débris de verre qui jonchaient le sol. Gräber ramassa son sac et descendit dans la rue.

Il s'arrêta et regarda autour de lui. Il ne reconnaissait plus la silhouette de la ville. Des brèches immenses lui donnaient l'aspect d'une mâchoire édentée. Le dôme vert de la cathédrale avait disparu. L'église Sainte-Catherine s'était effondrée. La ligne des toits était de proche en proche interrompue par des échancrures irrégulières et dentelées, comme si une nuée d'insectes géants avait dévoré la pierre. De rares maisons avaient été épargnées çà et là. La ville ne ressemblait pas à l'image familière qu'attendait Gräber ; on aurait dit une ville russe.

La porte de la maison dont la façade seule demeurait s'ouvrit et le chef d'îlot apparut. Ce personnage sortant d'une maison qui n'en était plus une avait quelque chose de fantastique. Un fantôme d'habitant vaquait à ses occupations habituelles dans une cité ensevelie... Le bonhomme fit un signe à Gräber. Gräber hésita. Il se souvenait des paroles du SS qui lui avait dit que le chef d'îlot était fou. Pourtant il s'approcha de lui.

Le chef d'îlot eut une grimace.

— Qu'est-ce que vous faites ici ? Pillage, hein ? Vous savez ce que ça coûte ?

Gräber sentit la colère le gagner.

— Dites donc, vous n'allez pas recommencer vos sottises d'hier soir, non ? lui demanda-t-il. Dites-moi plutôt si vous savez quelque chose de mes parents Paul et Marie Gräber. Ils habitaient là-bas autrefois.

Le chef d'îlot tendit vers lui son visage maigre et hirsute.

— Ah, c'est vous ! Le soldat du front ! Ne faites pas tant de bruit. Vous croyez que vous êtes le seul à chercher quelqu'un ? Qu'est-ce que vous croyez que c'est, ça ?

Il montrait la porte par laquelle il venait de sortir.

— Quoi ?

— Ça, ce qui est sur cette porte ? Vous avez des yeux ? Vous croyez que ce sont des rendez-vous d'amour ?

Gräber ne répondit pas. Il venait d'apercevoir sur le panneau extérieur de la porte une quantité de feuillets que le vent agitait comme des fanions. Il s'en approcha rapidement.

C'étaient des adresses et des appels de sinistrés. Certaines inscriptions étaient portées directement au crayon, à l'encre ou au charbon sur le bois de la porte ; mais la plupart étaient tracées sur des feuilles de papier ou de carton fixées par des punaises ou du papier collant : *Heinrich et Georg, allez chez l'oncle Hermann. Irma est morte. La mère,* recommandait une feuille quadrillée visiblement arrachée à un cahier d'écolier. Au-dessous, sur le couvercle d'une boîte à chaussures : *Pour l'amour de Dieu, donnez des nouvèlles de Brunhilde Schmidt, 4 rue de Thuringe*. À côté, c'était une carte postale : *Otto, nous sommes à Haste, à l'école communale*. Et tout en bas, après les adresses écrites au crayon ou à l'encre, on voyait une serviette de table en papier à bordure de dentelle et à fleurettes mauves avec ces mots : *Marie, où es-tu ?* sans signature.

Gräber se redressa.

— Alors ? lui demanda le chef d'îlot, vous avez trouvé quelque chose ?

— Non. Ils ne savaient pas que je venais en permission.

Le dément fit une grimace qui ressemblait à un rire.

— Personne ne sait plus rien de personne, soldat ! Personne ! Mais il n'y a que les innocents qui paient. La racaille se tire toujours d'affaire. Vous n'avez pas appris ça au front ?

— Si.

— Alors inscrivez-vous. Mettez votre nom sur ce tableau de misère. Et après, faites comme nous. Attendez. Attendez jusqu'à ce que vous tombiez en poussière !

Le visage du chef d'îlot s'altéra. On eût dit qu'une souffrance indicible l'envahissait tout à coup.

Gräber se détourna. Il se pencha vers le sol à la recherche de quelque chose sur quoi écrire. Il finit par trouver un portrait en couleurs de Hitler dans un cadre brisé. L'envers était blanc et non imprimé. Il tira un crayon de sa poche et réfléchit. Il ne savait plus très bien ce qu'il fallait écrire. *Prière de donner des nouvelles de Paul et de Marie Gräber. Ernst est ici en permission*, écrivit-il enfin en lettres majuscules.

— Haute trahison, murmura le chef d'îlot derrière lui.

— Quoi ?

— Haute trahison, répéta le chef d'îlot. Vous venez de souiller le portrait du Führer.

— Il était déjà souillé et j'en avais besoin, expliqua Gräber qui s'irrita aussitôt de se justifier aux yeux du dément. Et puis, laissez-moi tranquille avec vos sottises !

Il ne trouvait rien pour accrocher son inscription. Finalement il préleva deux des quatre punaises qui fixaient l'inscription signée « La mère », et s'en servit pour son propre message. Il éprouvait un certain malaise en agissant de la sorte ; il avait l'impression de voler des fleurs sur une tombe étrangère. Mais il n'y avait pas moyen de faire autrement, et, après tout, deux punaises suffisaient bien à fixer le message à Heinrich et Georg.

Le chef d'îlot ne l'avait pas quitté des yeux.

— Fini ! déclara-t-il en manière de conclusion. Et maintenant, *Heil Hitler*, soldat ! Défense de porter le deuil ! Défense d'être triste ! Ça nuit au moral. Soyez fier des sacrifices que vous avez faits à la mère patrie ! Si vous aviez fait votre devoir, bande de lâches, ça ne serait pas arrivé !

Il fit brusquement demi-tour et s'éloigna sur ses longues et maigres jambes. Gräber l'oublia aussitôt. Il allait partir à son tour lorsqu'il se ravisa. Il décrocha son inscription, arracha la partie inférieure du carton et prit note d'une adresse inscrite directement sur le panneau de la porte. C'était celle des Loose. Il les connaissait et se proposait d'aller leur demander des nouvelles de ses parents. Avant de remettre son message en place, il détacha encore un fragment du carton et recopia les quelques mots qu'il y avait écrits. Il alla ensuite à la maison 18 et plaça son second message en évidence entre les pierres de l'entrée. Deux chances valaient mieux qu'une. C'était tout ce qu'il pouvait faire pour l'instant. Il s'attarda un moment devant le monceau de décombres dont il ne pouvait savoir si c'était là la tombe de ses parents. Le fauteuil de velours vert brillait au soleil comme une émeraude. Un marronnier près de la maison avait été épargné par les bombes. Son feuillage avait une douceur étrange au milieu de ces décors ravagés. Des oiseaux invisibles pépiaient dans l'ombre verte.

Il regarda sa montre. Il était temps d'aller au centre d'accueil. Le bureau du centre d'accueil était installé dans une baraque en planches brutes qui sentaient encore la résine et la forêt. Une équipe d'ouvriers étaient en train d'ajouter une aile au fragile bâtiment. La pièce était pleine de civils qui attendaient avec un silence résigné. Deux femmes et un fonctionnaire qui n'avait qu'un bras étaient assis à la table de bois blanc.

— Leur nom ? demanda l'une des femmes.

Elle avait un visage large aux pommettes saillantes et un ruban rouge dans les cheveux.

— Gräber, Paul et Marie Gräber. Fonctionnaire des contributions, 18 rue Haken.

— Comment ? cria la secrétaire en approchant sa main de son oreille.

— Gräber, cria Gräber à travers les coups de marteau des ouvriers. Paul et Marie Gräber. Fonctionnaire des contributions.

La secrétaire ouvrit son grand livre.

— Gräber, Gräber — son doigt descendait et montait le long des listes de noms. Il s'arrêta — Gräber, voilà. Le prénom, s'il vous plaît ?

— Paul et Marie.

— Comment ?

— Paul et Marie.

Une fureur l'envahit. Il lui paraissait insupportable de devoir encore crier dans toute cette misère.

— Non. Celui-là s'appelle Ernst.

— Ernst Gräber, c'est moi. Il n'y a que moi qui aie ce prénom dans la famille.

— Ce n'est évidemment pas vous. Nous n'avons pas d'autre Gräber dans nos listes — elle leva les yeux vers lui en souriant — si vous voulez, revenez dans quelques jours. Nos listes ne sont pas complètes, bien sûr. Au suivant !

Gräber ne bougea pas.

— Où puis-je encore m'adresser ?

— À la mairie. Au suivant, s'il vous plaît !

La secrétaire rectifia la position de son nœud rouge. Gräber sentit quelqu'un qui le poussait. C'était une petite vieille aux mains crochues comme des serres d'oiseau. Il s'écarta.

Il s'attarda un instant indécis près du bureau. Il ne pouvait se résigner à s'en aller. Un malheur comme le sien ne pouvait tout de même pas être expédié aussi rapidement. Le fonctionnaire qui n'avait qu'un bras l'aperçut et se pencha vers lui.

— Vous devriez vous réjouir que vos parents ne soient pas sur ces listes, lui dit-il.

— Pourquoi ?

— Ce sont les listes des morts et des blessés graves. Aussi longtemps que vos parents n'y sont pas, vous pouvez les considérer simplement comme disparus.

— Et pour les disparus, il n'y a pas de listes ?

Le fonctionnaire le regarda avec la patience d'un homme qui voit défiler huit heures par jour des cas comme le sien.

— Réfléchissez un peu, voyons ! lui dit-il. Les disparus sont des disparus. À quoi bon des listes ? Elles ne vous apprendraient rien. Des disparus portés sur des listes ne seraient plus des disparus !

Gräber le fixait sans comprendre. Le bonhomme paraissait fier de sa logique. Mais la logique et les raisonnements en bonne forme s'accordent mal avec la souffrance et le malheur. Et que dire à un invalide ?

— Bien sûr, répondit Gräber.

Il prit le chemin de la mairie. Le seul bureau encore utilisable abritait une secrétaire à lunettes qui paraissait excédée. Gräber attendit longtemps dans un couloir qui sentait la fumée et l'acide. Enfin on l'introduisit.

— Je ne sais rien, je ne sais rien ! s'écria aussitôt la secrétaire. Les dossiers n'existent plus. La plus grande partie a brûlé, le reste a été inondé par ces idiots de pompiers. Je n'y peux rien !

— Pourquoi n'a-t-on pas mis les dossiers en sécurité ? demanda un sous-officier qui était entré avec Gräber.

— En sécurité, en sécurité ! Où est-elle la sécurité ? Vous le savez, vous ? Je ne suis pas du Conseil municipal. Adressez-lui vos réclamations.

Elle montra d'un geste théâtral un monceau de papiers détrempés.

— Voilà les listes d'état civil ! C'est tout ce qui en reste. Tout le monde peut se donner l'identité qui lui plaît, maintenant !

— Ce serait terrible, hein ?

Le sous-officier cracha par terre et entraîna Gräber.

— Viens, camarade, ils sont tous devenus fous ici.

Ils se retrouvèrent tous deux sur la place de l'hôtel de ville. Pas une maison n'avait été épargnée. Une paire de bottes de bronze était tout ce qui restait de la statue de Bismarck. Un vol de pigeons affolés tournoyait autour du clocher de l'église Sainte-Marie sectionné à mi-hauteur.

— Du beau travail, hein ? dit le sous-officier. Qui cherches-tu ?

— Mes parents.

— Moi, ma femme. Je n'avais pas écrit que je venais. Je voulais lui faire une surprise. Et toi ?

— À peu près la même chose. Comme ma permission avait été supprimée plusieurs fois déjà, je ne voulais pas leur faire une nouvelle déception. Et puis brusquement, elle a été signée. Je n'avais plus le temps d'écrire.

— Une belle pagaille. Qu'est-ce que tu comptes faire maintenant ?

Gräber parcourut des yeux l'ancienne place du marché. Elle s'appelait la place Adolf Hitler depuis 1933. Après la Première Guerre mondiale, on l'avait appelée la place Ebert. Jusqu'en 1918 c'était la place Kaiser Wilhelm.

— Je ne sais pas. Je n'arrive pas encore à comprendre. On ne peut tout de même pas se perdre comme ça en pleine Allemagne !

— Tu crois ?

Le sous-officier le regardait avec une ironie mêlée de pitié.

— Mon pauvre agneau, tu n'as pas fini d'en voir ! Voilà cinq jours que je cherche ma femme. Cinq jours, du matin au soir. Elle a disparu comme par enchantement.

— Mais comment est-ce possible ? Il doit bien y avoir…

— Disparue, répéta le sous-officier. Et plusieurs milliers de personnes avec elle. Les uns ont été déplacés dans des camps de réfugiés. Va donc savoir où ils sont quand la poste ne fonctionne plus ! Les autres ont fui en masse dans les villages des alentours.

— Dans les villages ? dit Gräber avec soulagement. Bien sûr, comment n'y avais-je pas songé ? Les villages sont en sécurité. C'est là que doivent se trouver mes parents…

— Te voilà bien avancé maintenant, dit le sous-officier avec un rire amer. Sais-tu que cette maudite ville est entourée par presque deux douzaines de villages ? Ta permission sera finie depuis longtemps avant que tu n'en aies fait la moitié !

Gräber le savait bien, mais peu lui importait. Il ne demandait qu'une chose : que ses parents fussent encore en vie. Peu importait où.

— Écoute-moi, mon gars, dit le sous-officier plus calmement, il faut s'y prendre convenablement. Ne cours pas dans tous les sens comme un dératé, tu n'arriverais qu'à perdre ton temps et à te rendre malade. Il faut agir avec méthode. Qu'est-ce que tu comptes faire pour commencer ?

— Je ne sais pas trop. Je vais peut-être essayer d'apprendre quelque chose auprès des gens que connaissaient mes parents. J'ai aussi trouvé une adresse ; des gens qui habitaient la même rue que mes parents et qui ont été évacués.

— Tu n'en tireras pas grand-chose. Ils ont tous la bouche cousue par la peur. Je m'en suis bien aperçu. Enfin, tu peux toujours essayer… Une idée ! Nous pouvons nous associer. Partout où tu iras, tu demanderas des nouvelles de ma femme ; moi, j'en ferai autant de mon côté pour tes parents. D'accord ?

— D'accord.

— Bon. Je m'appelle Böttcher. Ma femme, c'est Anna. Note ça.

Gräber écrivit *Anna Böttcher* sur son calepin. Puis il inscrivit le nom de ses parents sur un morceau de papier qu'il donna à Böttcher. Böttcher lut attentivement et plia le papier dans son portefeuille.

— Où habites-tu, Gräber ? lui demanda-t-il.

— Aucune idée. Il faut que je cherche un coin.

— Il y a à la caserne des lits de secours pour les permissionnaires sinistrés. Présente-toi à la Kommandantur, ils te donneront un billet de logement. Tu y es déjà allé ?

— Pas encore, non.

— Tâche de te faire inscrire sur la liste de la chambrée 48. C'est là que je suis. On y mange mieux qu'ailleurs.

Böttcher tira de sa poche un mégot de cigarette. Il le considéra un instant et le remit finalement dans sa poche.

— Aujourd'hui, je vais faire les hôpitaux. Nous pourrions nous retrouver ce soir quelque part. Peut-être que l'un de nous aura appris quelque chose.

— D'accord. Où ?

— Eh bien, ici, par exemple. À neuf heures ?

— Entendu.

Böttcher acquiesça et leva les yeux vers le ciel bleu.

— Regarde-moi ça, dit-il amèrement, le printemps ! Et voilà cinq nuits que je passe en chambrée avec des brutes pas rasées, au lieu de coucher avec ma femme qui a une paire de fesses de pouliche à l'engrais !

*

Les deux premières maisons de la Gartenstrasse étaient détruites. Plus personne n'y habitait. La troisième était presque intacte. Seule la toiture avait brûlé ; c'était là que vivait la famille Ziegler. Ziegler avait été un ami du père de Gräber.

Il s'engagea dans l'escalier. Il y avait des seaux de sable et d'eau à chaque palier. Les murs étaient couverts d'avis officiels. Il sonna en admirant que la sonnette fonctionnât encore. Une vieille femme d'aspect misérable ouvrit peureusement au bout d'un moment.

— Madame Ziegler, dit Gräber, je suis Ernst Gräber.

— Oui, oui... — La vieille femme le fixait d'un air indécis. — Alors, entrez, monsieur Gräber.

Elle ouvrit la porte et la verrouilla aussitôt derrière Gräber.

— Père ! cria-t-elle, ce n'est rien. C'est Ernst Gräber, le fils de Paul Gräber.

L'appartement sentait la cire fraîche. Le linoléum qui couvrait le plancher brillait comme un miroir. Le bord des fenêtres était garni de plantes grasses dont les feuilles étaient tachetées de jaune comme si elles eussent été maculées de beurre frais. Contre le mur, derrière le canapé, une tapisserie à fleurs était suspendue. On y lisait en lettres brodées au point de croix : *Être chez soi, c'est être roi.*

Ziegler sortit de la chambre à coucher. Il souriait, mais il était visiblement ému.

— On ne sait jamais qui vous tombe dessus, expliqua-t-il. Vous étiez bien la dernière visite que j'attendais ! Vous venez de là-bas ?

— Oui, et je cherche mes parents. Ils sont sinistrés.

— Débarrassez-vous donc de votre sac, dit Mme Ziegler, je vais faire du café. J'en ai encore du bon.

Gräber alla suspendre son sac dans l'antichambre.

— Je suis sale, s'excusa-t-il. Tout est si propre ici. On n'a plus l'habitude.

— Ça ne fait rien, mettez-vous à votre aise. Asseyez-vous donc sur le canapé.

Mme Ziegler disparut dans la cuisine. Ziegler regardait Gräber d'un air indécis.

— Eh bien, voilà ! dit-il enfin.

— Est-ce que vous savez quelque chose sur mes parents ? demanda Gräber. J'ai complètement perdu leur trace. À la mairie, ils ne savent rien. Tout est sens dessus dessous.

Ziegler secoua la tête. Mme Ziegler s'encadra soudain dans la porte.

— Il y a longtemps que nous ne sortons plus, dit-elle très vite. Nous ne voyons personne. Nous ne savons rien non plus, Ernst.

— Vous ne les avez jamais vus ? Quand les avez-vous vus pour la dernière fois ?

— Il y a longtemps, très longtemps. Cinq mois, six mois peut-être.

Elle se tut.

— Et alors ? Comment étaient-ils ?

— Oh ! ils se portaient bien ! Ils se portaient très bien à cette époque ! Seulement bien sûr, depuis...

— Oui, dit Gräber, j'ai vu. Nous savions là-bas

que les villes étaient bombardées, mais tout de même, à ce point !

Il y eut un silence. Ils avaient tous trois les yeux fixés au sol.

— Le café va être prêt dans un instant, dit la femme. Vous allez bien en boire une tasse, n'est-ce pas ?

Elle disposa des tasses à fleurs sur la table. Gräber les reconnut pour en avoir vu de semblables chez lui. On les appelait des modèles-oignon pour une raison qui lui avait toujours échappé.

— Eh bien, voilà ! répéta Ziegler.

— Vous croyez que mes parents ont été évacués ? demanda Gräber.

— Peut-être. Maman, il ne te reste pas quelques-uns des gâteaux qu'a apportés Erwin ? Apporte-les donc pour Gräber.

— Que devient Erwin ?

— Erwin ? — Le vieil homme sursauta. — Erwin va bien, très, très bien.

Mme Ziegler servit le café. Elle posa aussi sur la table une grande boîte de fer-blanc de marque hollandaise où restaient quelques gâteaux secs. Ça vient de Hollande, pensa Gräber. C'était de France qu'il avait lui-même apporté des gâteaux à ses parents au début de la guerre.

Mme Ziegler insistant, il se servit. Un petit gâteau rose et trop sucré qui sentait un peu la poussière. Les deux vieux ne mangeaient rien. Leurs tasses demeuraient vides. Ziegler tambourinait d'un air distrait sur la table.

— Prenez-en encore un, dit Mme Ziegler. Ils sont bons, mais nous n'avons rien d'autre à vous offrir.

— Oui, très bon, merci. J'ai déjà déjeuné.

Il sentait qu'il ne pourrait rien tirer des deux vieillards. Peut-être qu'ils ne savaient rien.

— Vous n'avez pas idée d'une adresse où je pourrais apprendre quelque chose ?

— Pas la moindre idée, non. Nous ne voyons personne. Nous sommes navrés, Ernst, c'est comme ça.

— Je vous crois. Merci pour le café.

Gräber gagna la porte.

— Où habitez-vous ? lui demanda tout à coup Ziegler.

— Je trouverai bien à me loger. Sinon j'irai à la caserne.

— Nous n'avons pas de place, dit très vite Mme Ziegler en regardant son mari. L'administration militaire aura certainement songé aux permissionnaires sinistrés.

— Sûrement, dit Gräber.

— Il pourrait peut-être laisser son sac ici, maman, en attendant qu'il ait trouvé quelque chose, dit Ziegler. Il a l'air lourd, ce sac.

Gräber vit le regard de la vieille dame.

— Non, non, ça ira, dit-il. On a l'habitude.

Il referma la porte derrière lui et descendit les marches. L'atmosphère était pesante. Les Ziegler avaient visiblement peur. Il n'aurait pu dire de quoi. Mais il y avait tellement de raisons d'avoir peur depuis 1933 !

La famille Loose était installée dans la salle de réunion de la clique municipale. Le local était encombré de lits de camp et de matelas. Des drapeaux, des décorations à croix gammée, des devises belliqueuses et un portrait du Führer dans un cadre doré couvraient les murs. Vestiges de manifestations patriotiques d'autrefois. La salle grouillait de femmes et d'enfants. Entre les lits étaient accumulés des malles, des casseroles, des poêles, des provisions et quelques meubles qui avaient pu être sauvés.

Mme Loose était assise l'air morne sur un lit du milieu. C'était une grosse femme en gris, aux cheveux en désordre.

— Tes parents ?

Elle fixait Gräber de ses yeux sans expression et paraissait faire un effort de mémoire.

— Morts, Ernst, prononça-t-elle enfin.

— Quoi ?

— Morts, répéta-t-elle. Que veux-tu savoir de plus ? Un enfant en uniforme de HJ se jeta dans les jambes de Gräber. Il le repoussa.

— Qu'est-ce que vous en savez ? demanda-t-il. — Il remarqua qu'il n'avait plus de voix. Il avala sa salive avec effort. — Vous avez vu quelque chose ? Où ?

Mme Loose secoua la tête lentement.

— On ne pouvait rien voir, Ernst, murmura-t-elle. Des cris, des flammes et puis plus rien…

Ses mots se perdirent dans un murmure inintelligible qui cessa à son tour. La grosse femme se taisait maintenant, les coudes appuyés sur ses genoux, le regard absent, perdue dans ses pensées comme si elle avait été seule dans la salle. Gräber chercha son regard avec désespoir.

— Madame Loose, prononça-t-il lentement et avec force, souvenez-vous. Dites-moi, comment savez-vous que mes parents sont morts ? — Il faisait effort pour ne pas la prendre aux épaules et la secouer. — Essayez de vous rappeler ! Quand les avez-vous vus pour la dernière fois ?

Elle ne paraissait pas l'entendre.

— Lena, murmura-t-elle. Je ne l'ai pas vue non plus, elle. Ils n'ont pas voulu me laisser approcher. Il paraît qu'il en restait si peu de chose ! Et elle était si petite ! Pourquoi font-ils cela ? Tu dois le savoir, toi qui es soldat ?

Gräber jeta autour de lui un regard éperdu. Un homme se frayait un chemin vers eux entre les lits. C'était Loose, vieilli, amaigri. Il posa doucement sa main sur l'épaule de sa femme qui était retombée dans son morne abattement. Il fit un signe à Gräber.

— Maman ne peut pas comprendre, Ernst, dit-il.

La grosse femme fit un mouvement sous sa main et leva les yeux lentement vers lui.

— Tu comprends, toi ?

— Lena...

— Parce que si tu peux comprendre ça, toi, dit-elle soudain d'une voix claire et forte, c'est que tu vaux pas mieux que ceux qui l'ont fait !

Loose jeta un regard apeuré vers les lits voisins. Personne n'avait pu entendre. L'enfant en uniforme jouait bruyamment avec quelques camarades derrière une pile de valises.

— Pas mieux ! répéta Mme Loose.

Puis sa tête retomba, et il n'y eut plus qu'un petit tas gris de tristesse animale.

Loose fit signe à Gräber de l'accompagner. Ils s'éloignèrent.

— Que sont devenus mes parents ? demanda aussitôt Gräber. Votre femme dit qu'ils sont morts.

Loose secoua la tête.

— Elle ne sait rien, Ernst. Elle est devenue un peu... tu as bien entendu, n'est-ce pas ? — Loose avala sa salive. Sa pomme d'Adam monta et descendit le long de son maigre cou. — Elle dit des choses... On nous a déjà dénoncés... Des gens d'ici.

Gräber vit un instant Loose très loin et tout petit dans la lumière sale et grise, puis il le retrouva à côté de lui, et il constata que la grande salle était devenue silencieuse.

— Alors ils ne sont pas morts ? demanda-t-il.

— Je ne peux pas l'affirmer, Ernst. Tu ne te doutes pas de ce qu'ont été ces douze derniers mois. Tout allait de mal en pis. Nous avions tous peur les uns des autres. Plus la moindre confiance en personne. Il est probable que tes parents sont en sûreté quelque part.

Gräber sentit sa poitrine se desserrer.

— Vous ne les avez jamais vus ? demanda-t-il.

— Si, une fois, dans la rue. Il doit bien y avoir quatre à cinq semaines de cela. Il y avait encore un peu de neige, je me souviens. C'était avant les bombardements.

— Comment étaient-ils ? Ils se portaient bien ? Loose ne répondit pas aussitôt.

— Il me semble, oui, dit-il enfin et il avala sa salive.

Gräber eut honte tout à coup. Il venait de comprendre que ce n'était ni le lieu, ni le moment de demander si quelqu'un se portait bien quatre semaines auparavant ; ici on comptait les vivants et les morts, rien de plus.

— Excusez-moi, dit-il gêné.

Loose eut un geste de défense.

— Ce n'est rien, Ernst. Aujourd'hui, on n'a plus la force de penser aux autres. Il y a trop de malheur sur la terre.

Gräber ne reconnut plus la rue. Elle était déserte et lugubre lorsqu'il était entré dans la salle de la clique municipale. Elle lui paraissait plus claire maintenant et toute chaude de vie. Il ne voyait plus les maisons éventrées, il voyait les arbres bourgeonnants, deux chiens qui jouaient, le ciel bleu et humide. Ses parents n'étaient pas morts, ils étaient simplement portés disparus. Une heure auparavant, cette nouvelle transmise par le fonctionnaire manchot l'avait accablé ; elle dispensait maintenant une mystérieuse espérance. Il savait qu'il n'en était ainsi que parce qu'un instant il avait cru le pire. Comme l'espoir se nourrit de peu, pensa-t-il, et comme il prend vite racine dans un cœur !

IX

Il s'arrêta devant la maison. Comme il faisait sombre, il ne pouvait distinguer le numéro.

— Vous désirez ? demanda quelqu'un qui se tenait appuyé près de la porte.

— Est-ce ici, le 22 rue Marie ?

— Oui. Vous voulez voir quelqu'un ?

— Le Dr Kruse.

— Kruse ? Qu'est-ce que vous lui voulez ?

Gräber aperçut dans l'ombre des bottes et un uniforme de SA. « Il ne manquait plus que ça, pensa-t-il, un chef de centre qui fait le malin ! »

— J'expliquerai moi-même au Dr Kruse, dit-il en poussant la porte.

Il était recru de fatigue, une fatigue plus profonde que celle qu'il sentait dans ses orbites et à chacune de ses jointures. Toute la journée il avait cherché et interrogé ; il n'avait presque rien appris. Ses parents n'avaient pas de famille dans la ville, et la plupart des voisins avaient disparu. Böttcher avait raison : le désarroi était général. Les gens se taisaient par peur de la Gestapo, ou alors ils ne donnaient que de vagues indications et vous adressaient à d'autres personnes aussi peu renseignées.

Il monta l'escalier. Le vestibule était sombre. Le docteur habitait au premier étage. Gräber le connaissait à peine, mais il savait qu'il avait plusieurs fois soigné sa mère. Peut-être avait-il sa nouvelle adresse.

Une femme sans âge ni expression lui ouvrit.

— Kruse ? demanda-t-elle. Vous voulez voir le Dr Kruse ?

— Oui.

Elle l'observait en silence, sans s'effacer pour le laisser entrer.

— Est-il chez lui ? demanda Gräber avec impatience.

La femme ne répondit pas. Elle paraissait guetter un bruit au rez-de-chaussée.

— Vous venez en consultation ? demanda-t-elle enfin.

— Non, c'est personnel.

— Personnel ?

— Oui, c'est une affaire personnelle. Vous êtes madame Kruse ?

— Dieu m'en préserve !

Gräber observa l'étrange créature. La peur, la haine et le mensonge s'étaient présentés à lui toute la journée sous les visages les plus divers ; pourtant ce genre d'accueil était nouveau.

— Écoutez bien, dit-il. Je ne sais pas ce qui se passe ici et je ne me soucie pas de le savoir. Je désire parler au Dr Kruse, un point c'est tout ! Vous m'entendez ?

— Kruse n'habite plus ici ! déclara brusquement la femme avec un accent brutal et haineux.

— Son nom est pourtant sur la porte.

Gräber montrait du doigt une plaque de cuivre où étaient portées les heures de consultation du docteur.

— Il y a longtemps que cette plaque aurait dû disparaître.

— Oui, mais elle est toujours là. Est-ce qu'il y a encore quelqu'un de sa famille dans la maison ?

La femme se tut. Gräber allait lui dire d'aller au diable et faire demi-tour lorsqu'il entendit une porte s'ouvrir à l'intérieur de l'appartement. Un rai de lumière illumina le vestibule obscur.

— Quelqu'un me demande ? dit une voix.

— Oui, répondit Gräber au hasard. Je voudrais parler à quelqu'un qui connaisse le Dr Kruse. Ça n'a pas l'air facile.

— Je suis Élisabeth Kruse.

Gräber se tourna vers la femme sans âge. Elle s'effaça devant lui et battit en retraite dans l'appartement.

— Trop de lumière ! gronda-t-elle encore avant de disparaître. C'est défendu de brûler tant d'électricité.

Gräber attendait. Une jeune fille d'une vingtaine d'années approcha dans le rai de lumière comme sur une aile dorée. Il vit un instant l'arc des sourcils, des yeux sombres et un flot de cheveux châtains qui tombaient en vague souple sur ses épaules, puis elle se retrouva à côté de lui dans l'ombre louche du corridor...

— Mon père n'exerce plus, dit-elle.

— Je ne viens pas en consultation. Je voudrais simplement un renseignement.

Le visage de la jeune fille changea. Elle jeta un coup d'œil derrière elle, comme pour voir si l'autre était bien partie. Puis elle ouvrit brusquement la porte. « Entrez vite », murmura-t-elle. Il la suivit dans la chambre d'où provenait la lumière. Elle se retourna et l'observa d'un air interrogateur. Ses yeux n'étaient plus sombres ; ils étaient gris et transparents.

— Il me semble que je vous connais, dit-elle. Vous n'avez pas fait vos études au lycée ?

— Si. Je m'appelle Ernst Gräber.

Gräber se souvenait aussi d'elle maintenant. Une petite fille maigre aux cheveux trop lourds et aux yeux trop grands. Sa mère était morte très tôt, et la fillette était allée habiter chez des parents dans une autre ville.

— Élisabeth, comme tu as changé ! Je ne te reconnaissais pas !

— Il doit bien y avoir sept ou huit ans que nous nous sommes vus pour la dernière fois. Tu as bien changé aussi.

— Pas tant que toi !

Ils se regardaient sans rien dire.

— Qu'est-ce qui se passe ici ? demanda enfin Gräber. Tu es surveillée comme un général.

Élisabeth eut un rire bref et amer.

— Pas comme un général, comme une prisonnière.

— Pourquoi ? Mais pourquoi donc ? Ton père est...

Elle lui fit signe de se taire. « Attends une seconde », murmura-t-elle. Elle contourna la table et ouvrit un phonographe. Bientôt une marche militaire éclata.

— Maintenant, nous pouvons bavarder, dit-elle.

Gräber la regardait sans comprendre. Böttcher semblait avoir décidément raison. Ils étaient tous devenus fous dans cette ville.

— Qu'est-ce que ça signifie ? demanda-t-il. Arrête cette affreuse musique, j'ai assez entendu de marches militaires comme ça ! Dis-moi plutôt ce qui se passe. Pourquoi es-tu comme prisonnière ici ?

Élisabeth s'approcha de lui.

— La femme écoute, dit-elle. C'est une moucharde. C'est pour ça qu'il faut faire de la musique.

Élisabeth levait vers lui un visage anxieux. Elle paraissait oppressée tout à coup.

— Qu'est-ce qui est arrivé à mon père ? Tu sais du nouveau ?

— Moi ? Non. Je voulais simplement lui poser une question. Qu'est-ce qu'il est devenu ?

— Tu ne sais rien ?

— Non. Je voulais lui demander s'il connaissait l'adresse de ma mère. Mes parents ont disparu.

— C'est tout ?

Gräber fixa Élisabeth avec de grands yeux.

— Pour moi, ça suffit bien !

Le visage de la jeune fille se détendit.

— C'est vrai, dit-elle avec fatigue. Je croyais que tu m'apportais des nouvelles de mon père.

— Où est-il ?

— Dans un camp de concentration. Depuis quatre mois. Il a été dénoncé. Quand tu as dit que tu venais pour lui, j'ai cru que tu savais du nouveau à son sujet.

— Je l'aurais dit tout de suite.

Élisabeth secoua la tête.

— Pas devant la vieille. Il aurait fallu être prudent.

Prudent, pensa Gräber. J'ai entendu ce mot sur tous les tons aujourd'hui. La marche de Hohenfriedberg emplissait la pièce d'un vacarme métallique.

— On peut arrêter ça maintenant ? demanda Gräber.

— Oui, et il vaut mieux pour toi que tu t'en ailles. Tu sais à quoi t'en tenir.

— Je ne suis pas un mouchard, fit observer Gräber avec irritation. Qu'est-ce que c'est que cette femme ? C'est elle qui a dénoncé ton père ?

Élisabeth leva le bras du phonographe sans arrêter le plateau qui continua à tourner sans bruit. Dans le silence qui suivit, on entendit la plainte d'une sirène.

— Alerte ! murmura Élisabeth. Encore !

On tambourina à la porte.

— Éteignez la lumière. Ça brûle toute la journée ici. C'est pas étonnant ! Toujours trop de lumière !

Gräber ouvrit la porte.

— Qu'est-ce qui n'est pas étonnant ? demanda-t-il.

La femme était déjà à l'autre bout du corridor. Elle cria quelque chose qu'il ne comprit pas et disparut.

Élisabeth écarta Gräber et referma la porte.

— Qu'est-ce que c'est que cette furie ? demanda-t-il. Qui l'a installée ici ?

— C'est le service du logement. Je dois m'estimer heureuse d'avoir pu conserver cette chambre.

La rue s'animait. On entendit un enfant crier, une femme appeler. Le signal de pré-alerte s'amplifia. Élisabeth prit un imperméable et le jeta sur ses épaules.

— Il faut descendre dans l'abri.

— Nous avons bien le temps. Pourquoi restes-tu ici ? Ça doit être infernal de vivre avec cette espionne.

— Éteignez ! hurla la furie sous la fenêtre.

Élisabeth alla au commutateur et éteignit. Puis elle glissa vers la fenêtre.

— Pourquoi je reste ? Parce que je ne veux pas m'enfuir !

Elle ouvrit la fenêtre. Aussitôt le concert assourdissant des sirènes emplit la chambre. Sa silhouette se découpait sur le ciel pâle pendant qu'elle clouait les battants de la fenêtre ouverte.

Les carreaux risquaient moins ainsi de voler en éclats sous la poussée des explosions. Puis elle revint vers lui. On aurait dit que le bruit la poussait devant lui comme une vague invisible.

— Je ne veux pas m'enfuir ! cria-t-elle dans le vacarme. Tu comprends ?

Gräber vit ses yeux. Ils étaient sombres à nouveau comme dans le corridor, tout à l'heure. Une énergie passionnée couvait dans son regard. Il lui sembla qu'il fallait qu'il se défende contre un assaut de choses hostiles et vagues, contre ces yeux, contre ce visage, contre le cri des sirènes, contre le chaos que déversait sur eux la fenêtre ouverte.

— Non ! cria-t-il. Je ne comprends pas. Ça te brise et ça ne sert à rien. Une position qui n'est pas tenable doit être abandonnée. J'ai appris ça au front.

Elle continuait à le fixer passionnément.

— Alors abandonne-la ! cria-t-elle. Abandonne-la et laisse-moi tranquille !

Elle voulut l'écarter pour gagner la porte. Il la prit par le bras. Elle se dégagea d'une secousse. Il ne l'aurait pas cru aussi forte.

— Attends ! cria-t-il. Je vais avec toi.

Le bruit les enveloppa comme une impalpable tempête. Il faisait rage partout, dans la chambre, dans le corridor, dans l'escalier ; il se brisait aux murs et revenait sur lui-même en écho, il déferlait de toutes parts comme si rien ni personne ne dût lui échapper ; il pénétrait au-delà des oreilles et de la peau, faisait bouillonner le sang, vibrer les nerfs, oblitérait les pensées.

— Où se trouve cette maudite sirène ? cria Gräber. Il y a de quoi devenir fou !

La porte d'entrée se referma en claquant. Le hurlement s'atténua aussitôt.

— Elle est au coin de la rue, dit Élisabeth. Il faut aller à l'abri de la place Karl. Celui de la maison ne vaut rien.

Des ombres chargées de valises et de ballots dévalaient l'escalier. Une lampe de poche brilla un instant et illumina le visage d'Élisabeth.

— Venez avec nous, si vous êtes seule ! cria une voix.

— Je ne suis pas seule, merci !

La porte s'ouvrit à nouveau, les ombres s'y engouffrèrent. Des gens sortaient de toutes les maisons, comme des soldats de plomb dont on secoue les boîtes. Des chefs d'îlots criaient des ordres. Une femme en robe de chambre de soie rouge passa au galop les cheveux au vent comme une amazone. De vieilles gens rasaient les murs à petits pas pressés ; ils parlaient, mais on n'entendait rien dans le vacarme. On aurait dit que leurs bouches fanées mâchaient en silence des mots éteints.

Ils arrivèrent à la place Karl. Devant la porte de l'abri se pressait une foule en rumeur. Des chefs d'îlot couraient en tous sens comme des chiens bergers et cherchaient à mettre un peu d'ordre. Élisabeth ne paraissait pas pressée.

— On pourrait essayer de se glisser sur les côtés, suggéra Gräber.

Elle secoua la tête.

— Non, restons ici.

La foule s'écoula en flots noirs à l'intérieur de l'abri. Gräber regarda Élisabeth. On aurait dit tout à coup que plus rien de tout cela ne la concernait.

— Tu as du courage, dit-il.

Elle leva les yeux vers lui.

— Non, j'ai peur. J'ai peur de l'abri.

— Alors, alors ! s'impatienta un chef d'îlot, il vous faut une invitation officielle ?

L'abri était vaste, bas et bien construit, renforcé par de nombreux étais, éclairé, pourvu de plusieurs issues de sortie. Il y avait des bancs, mais les gens avaient apporté des matelas, des couvertures, des pliants, etc. ; la vie souterraine s'était peu à peu organisée. Gräber regardait autour de lui avec curiosité. C'était la première fois qu'il se trouvait dans un abri avec des civils. La première fois qu'il se trouvait avec des femmes et des enfants, en Allemagne…

La lumière bleuâtre des veilleuses décolorait les visages ; on aurait dit une assemblée de noyés. Il aperçut non loin de lui la femme à la robe de chambre rouge ; la robe de chambre était devenue violette et les cheveux avaient un reflet vert. Il regarda Élisabeth. Son visage, lui aussi, paraissait gris et affaissé ; les yeux étaient enfoncés dans l'ombre noire des orbites ; les cheveux ternes et morts. Des noyés, pensa-t-il. Noyés par le mensonge et la peur, chassés sous terre, hostiles désormais à la lumière, à la clarté, à la vérité !

Une femme se tassait devant lui avec deux enfants. Les enfants se serraient contre ses genoux. Leurs visages étaient plats et inexpressifs, seuls leurs yeux conservaient un peu de vie. De grands yeux brillants dans la pâle lumière, largement ouverts ; ils se tournaient vers la porte lorsque les hurlements et le vacarme de la DCA s'accentuaient, puis ils erraient au plafond bas, le long des murs de béton pour revenir inlassablement vers la porte. Leurs mouvements brefs et saccadés obéissaient au bruit. C'étaient des yeux d'animaux paralysés ou pris au piège, aux regards à la fois rapides et transis qui reflétaient les veilleuses incertaines. Ils ne voyaient pas Gräber, ni même la mère ; ils n'avaient plus la force de reconnaître quelqu'un, d'exprimer quelque chose ; une attention impersonnelle guettait en eux un danger invisible ; le grondement qui pouvait signifier la mort. Ces enfants n'étaient plus assez jeunes pour ignorer le danger, ils l'étaient trop encore pour simuler un inutile courage. Ils étaient lucides et sans défense.

Gräber constata bientôt que cette attitude d'abandon clairvoyant et résigné n'était pas propre aux enfants ; elle était visible chez la plupart des civils réunis dans la cave. Leurs regards étaient les mêmes. Les visages et les corps étaient impassibles. Ils écoutaient de toutes leurs oreilles, de tout leur dos courbé, de leurs genoux serrés, de leurs mains croisées. Ils écoutaient sans un geste, et seuls les yeux suivaient les bruits variables qui parvenaient jusqu'à eux comme des ordres brefs et menaçants.

C'est alors seulement que la peur commença à le gagner aussi.

Quelque chose d'indéfinissable changea dans l'atmosphère pesante. Le vacarme continuait au-dehors, mais un souffle frais semblait venir, on ne savait d'où. Un peu de vie parcourut à nouveau les corps figés. L'abri n'était plus déjà un musée de figures en cire, c'était des hommes qui se reprenaient à vivre et à espérer. Chacun des masques redevint lentement un visage, des regards se croisèrent.

— Ils s'éloignent, dit un vieil homme près d'Élisabeth.

— Ils peuvent revenir, objecta quelqu'un. Ça leur arrive. Ils enfoncent un clou, puis ils reviennent brusquement quand la fin de l'alerte est sonnée.

Les deux enfants s'agitèrent. Un homme bâilla. Un basset surgit de quelque part et entreprit une tournée de reconnaissance à travers l'abri. Çà et là, on commençait à déballer des victuailles et à manger. Une grande femme qui ressemblait à une walkyrie poussa une exclamation.

— Arnold ! Nous avons oublié d'éteindre le gaz ! Le dîner va être complètement carbonisé ! Tu aurais bien pu y penser, tout de même !

— Ne vous en faites pas, dit le vieil homme. En cas d'alerte, la ville coupe le gaz.

— Ça ne vaut pas mieux. Dès qu'elle le rendra, l'appartement va se remplir de gaz. C'est même bien pis !

— Ce n'est pas en cas d'alerte qu'on coupe le gaz, affirma une voix pleine d'assurance, c'est en cas de bombardement.

Élisabeth tira de son sac à main une glace et un peigne et remit de l'ordre dans sa coiffure. Le peigne paraissait fait d'encre séchée sous l'étrange lumière, mais les cheveux ondulaient et crépitaient sous ses mains.

— J'ai hâte de sortir, murmura-t-elle. On a l'impression d'étouffer ici !

Il leur fallut attendre une demi-heure encore. Enfin les portes s'ouvrirent. Ils se levèrent et gagnèrent la sortie. De petites lampes camouflées éclairaient le seuil de chaque porte. Dehors la clarté de la lune tombait sur les marches de l'escalier. À chaque pas qu'elle faisait, Élisabeth paraissait renaître à la vie. L'ombre où nageaient ses yeux s'effaça, la teinte plombée de son visage disparut, des reflets cuivrés jouèrent à nouveau dans sa chevelure, sa peau se réchauffa peu à peu. Elle semblait rendue à elle-même, plus forte, plus ferme qu'auparavant. Elle aspira profondément l'air de la nuit, comme pour mieux jouir du nouveau répit qui lui était accordé.

Ils s'attardèrent devant l'abri. Élisabeth eut un mouvement vif de la tête et des épaules, comme un animal libéré tout à coup d'une longue captivité...

— Ces fosses communes sous la terre ! dit-elle. Comme je les déteste !

Elle secoua ses cheveux sur ses épaules.

— On étouffe à petit feu, là-dedans ! J'aime mieux les ruines. Au moins, il y a du ciel par-dessus !

Gräber la regardait avec admiration. Il y avait en elle quelque chose de violent et de sauvage au sortir de ce bloc de béton qui paraissait conduire aux enfers.

— Tu veux rentrer chez toi ? demanda-t-il.

— Bien sûr. Que faire d'autre ? Errer dans les rues noires ? Ça m'est arrivé suffisamment souvent.

Ils traversèrent la place Karl. Le vent galopait autour d'eux comme un animal familier.

— Tu ne peux vraiment pas déménager ? demanda Gräber.

— Pour aller où ? Tu connais une chambre ?

— Non.

— Moi non plus. Il y a des milliers de sans-abri dans la ville. Où veux-tu que j'aille ?

— Évidemment, c'est un peu tard maintenant.

Élisabeth s'arrêta.

— D'ailleurs je ne partirais pas, même si je trouvais autre chose. J'aurais le sentiment d'abandonner mon père, tu comprends ?

— Oui.

Ils repartirent. Gräber avait assez de cette détresse étrangère et têtue. Il était épuisé et nerveux, et il lui semblait soudain que ses parents se trouvaient précisément rue Haken à sa recherche.

— Il faut que je te quitte, dit-il. J'ai un rendez-vous et je suis déjà en retard. Bonne nuit, Élisabeth !

— Bonne nuit, Ernst.

Il la suivit des yeux un instant. Elle s'effaça très vite dans l'ombre. « J'aurais pu l'accompagner chez elle », pensa-t-il. Mais peu lui importait. Il se rappela la vieille antipathie qu'il avait contre elle dans leur enfance. Il fit demi-tour et prit la direction de la rue Haken. Il la trouva déserte. Personne ne l'attendait. Il n'y avait que la lune, et aussi l'étrange silence glacé des ruines fraîches. Elles se dressaient dans le ciel comme l'écho d'un cri muet. Le silence des ruines anciennes était tout autre.

Böttcher se trouvait déjà sur les marches de l'hôtel de ville. Dans la clarté lunaire une gargouille blême grimaçait au-dessus de sa tête.

— Tu as appris quelque chose ? lui demanda-t-il dès qu'il le vit.

— Non, et toi ?

— Moi non plus. Ils ne sont dans aucun hôpital, c'est à peu près certain. Je les ai presque tous faits. Si tu voyais ce spectacle ! Des femmes et des enfants, c'est tout de même autre chose que des soldats ! Viens, allons boire une bière quelque part.

Ils traversèrent la place Adolf Hitler. Leurs bottes sonnaient sur le pavé.

— Encore un jour de perdu, dit Böttcher. Bientôt ma permission sera terminée et je n'aurai pas retrouvé ma femme.

Il poussa la porte d'une auberge et entraîna son compagnon à une table près de la fenêtre. Les rideaux étaient soigneusement fermés. Les robinets du bar brillaient en demi-cercle. Böttcher paraissait connaître l'auberge depuis longtemps. La fille de salle leur servit deux demis de bière sans attendre la commande. Il la suivit des yeux. Elle était énorme ; ses hanches ondulaient lourdement à chaque pas.

— Voilà, dit-il. On est assis là tout seuls, et je ne sais où, ma femme est aussi assise toute seule, du moins j'ose l'espérer. Est-ce qu'il n'y a pas de quoi devenir fou ?

— Je ne sais pas. Moi, je m'estimerais déjà heureux de savoir que mes parents sont assis quelque part — n'importe où — devant un verre de bière.

— Bien sûr, ce n'est pas la même chose. Des parents, ce n'est pas une femme. On n'a pas besoin d'eux. Du moment qu'on sait qu'ils se portent bien, c'est parfait. Tandis qu'une femme…

Ils commandèrent deux autres verres et déballèrent leurs provisions. La fille de salle tournait autour de la table en louchant vers leur saucisson et leur lard.

— Eh bien ! les enfants, vous ne vous laissez pas dépérir, au moins !

— Oui, on a de quoi, répondit Böttcher. On a chacun un colis familial avec de la charcuterie et du sucre. On ne sait même pas quoi en faire !

Il but un coup.

— Tu as de la chance, expliqua-t-il amèrement à Gräber, tu te remplis le ventre, et ensuite tu iras lever une putain et tu oublieras tout dans ses bras.

— Qu'est-ce qui t'empêche d'en faire autant ?

Böttcher secoua la tête. Gräber le regarda, surpris. Il n'attendait pas tant de fidélité conjugale de ce vieux soldat.

— Elles sont trop maigres, mon gars, reprit-il. Le malheur, c'est que je ne cours qu'après les femmes très plantureuses. Les autres me glacent, c'est simple ! C'est comme si je couchais avec un manche à balai. Des femmes plantureuses ! Sinon le cœur n'y est pas.

— Eh bien en voilà une, dit Gräber en faisant un geste vers la fille de salle.

— Erreur, mon gars, erreur ! dit Böttcher qui s'animait. Il y a grosse femme et grosse femme ! Ça, tu vois, c'est de la gelée, ça bouge tout le temps, ça enfonce. Une belle femme, je dis pas, mais un édredon, pas un sommier d'acrobate comme ma femme ! Chez elle, rien que des ressorts d'acier ! Quand elle se déchaîne, toute la baraque se met à trembler comme la boutique d'un forgeron. Faut voir les cadres qui se balancent aux murs ! Non, tu vois, ça ne se retrouve pas au coin de la rue, ça !

Il se tut en proie à une rêverie mélancolique. Gräber sentit tout à coup une odeur de violette. Il chercha autour de lui et découvrit un petit vase sur le rebord de la fenêtre. Le parfum infiniment tendre et pénétrant l'envahissait en vagues successives, chargées de rêve, de jeunesse, de souvenirs paisibles et anciens. Chaque bouffée le laissait attendri et épuisé comme s'il venait de fournir une longue course dans la neige, sac au dos. Il se leva.

— Où vas-tu ? lui demanda Böttcher.

— Je ne sais pas, n'importe où.

— Tu es allé à la Kommandantur ?

— Oui, j'ai un ordre de logement pour la caserne.

— Bon, alors tâche qu'on te mette à la chambrée 48.

— D'accord.

Les yeux de Böttcher suivaient sans enthousiasme les évolutions de la fille de salle.

— Je reste encore un peu. Une autre bière, s'il vous plaît !

Gräber se dirigea lentement vers la caserne. La nuit était fraîche. Au coin de la rue des rails de tramway se dressaient au-dessus d'un trou de bombe. La lune remplissait d'une lumière métallique les portes et les fenêtres des maisons détruites. Il entendit l'écho de ses pas, comme si quelqu'un marchait derrière lui. Tout était vide, froid et lumineux.

La caserne était située sur une éminence en bordure de la ville. Elle était intacte. La cour baignait dans une lumière blanche et l'on aurait dit qu'un tapis de neige la recouvrait. Gräber franchit le portail. Il avait l'impression que sa permission était déjà terminée. Tout son passé s'était effondré derrière lui comme la maison de ses parents, et il retournait au front. C'était cette fois un front différent sans canons ni fusils, mais tout aussi dangereux que l'autre.

X

C'était trois jours plus tard. Autour de la table de la chambrée 48, quatre hommes jouaient à la belote. Ils jouaient depuis deux jours, s'interrompant seulement pour manger et dormir. Trois des joueurs se faisaient relayer par d'autres, mais le quatrième jouait sans discontinuer. Il s'appelait Rummel et était arrivé en permission, trois jours auparavant, juste à temps pour enterrer sa femme et sa fille. Il avait identifié sa femme grâce à une envie qu'elle avait à la hanche ; elle n'avait plus de tête. Après l'enterrement, il avait regagné la caserne et s'était mis à jouer. Il ne parlait à personne. Il restait assis, le nez dans ses cartes, immobile et impassible. Il gagnait régulièrement.

Gräber était assis près de la fenêtre. À ses côtés se trouvait le caporal Reuter, une bouteille de bière à la main, le pied droit bandé, posé sur un tabouret. C'était l'ancien de chambrée ; il avait un accès de goutte. La chambrée 48 n'était pas seulement le refuge des permissionnaires sinistrés ; elle servait de section-hôpital pour les blessés légers. Dans un coin, on entendait respirer le sergent Feldmann. Il prétendait rattraper en trois semaines de permission le sommeil de trois années de front. Il ne quittait son lit que pour se mettre à table.

— Où est Böttcher ? demanda Gräber. Pas encore revenu ?

— Il est parti pour Haste et Iburg. Quelqu'un lui a prêté une bicyclette. Il va pouvoir faire maintenant deux villages par jour. Il lui en reste bien une douzaine encore. Et il y a aussi les camps de réfugiés sur lesquels les convois sont dirigés et qui se trouvent souvent à des centaines de kilomètres les uns des autres. Je me demande s'il a l'intention d'y aller aussi.

— J'ai écrit à quatre camps de réfugiés, dit Gräber. Pour sa femme et pour mes parents.

— Tu crois qu'on va te répondre ?

— Non, mais ça ne fait rien. On écrit tout de même.

— À qui adresses-tu les lettres ?

— À la direction du camp, et, dans chaque camp, directement à mes parents et à la femme de Böttcher.

Gräber tira de sa poche un paquet de lettres.

— Je vais les porter tout de suite à la poste.

Reuter acquiesça.

— Où es-tu allé aujourd'hui ?

— Au lycée et à la salle de gymnastique de l'école qui est près de la cathédrale. Puis j'ai demandé au centre d'aiguillage des sinistrés et je suis retourné au centre d'accueil. Rien.

Un joueur qui venait d'être remplacé s'assit à côté d'eux.

— Moi, je ne comprends pas que des permissionnaires viennent habiter à la caserne, dit-il à Gräber. Le plus loin possible de tout ce qui est militaire ! Ce serait mon principe. Je me louerais une chambre, je m'habillerais en civil et je serais quinze jours un homme.

— On devient un homme, quand on se met en civil ? demanda Reuter.

— Bien sûr. Qu'est-ce qu'il faut de plus ?

— Tu entends ? dit Reuter à Gräber. La vie est toute simple quand on a des idées simples. Tu as un complet civil ici ?

— Non. Toutes mes affaires sont enterrées sous les décombres de la rue Haken.

— Je t'en prêterai un si tu veux.

Gräber regarda par la fenêtre de la cour de la caserne. Plusieurs sections de bleus y faisaient l'exercice, apprenaient à saluer, à charger et à mettre en joue.

— C'est trop bête, dit-il. Là-bas j'étais persuadé que je n'aurais rien de plus pressé en arrivant que de balancer mon uniforme dans un coin et de me mettre en civil ; maintenant, ça m'est égal.

— Ça signifie que tu es fait pour finir tes jours comme sous-off, décréta le joueur en mâchant un énorme morceau de saucisson. Et en plus, que tu ne sais même pas ce que tu veux. C'est toujours ceux-là qui ont des permissions !

Il retourna à la table de jeu. Il venait de perdre quatre marks contre Rummel. De plus, le matin même, le médecin-major l'avait déclaré apte au combat. Ce mauvais sort le rendait amer.

Gräber se leva.

— Où vas-tu ? lui demanda Reuter.

— À la ville. Mettre mes lettres et poursuivre mes recherches.

Reuter posa la bouteille vide sur la table.

— En tout cas n'oublie pas que tu es en permission et que ça ne durera qu'un temps.

— T'en fais pas, répondit Gräber sans enthousiasme.

Reuter souleva doucement son pied bandé et le posa par terre.

— Comprends-moi bien, reprit-il. Fais tout ce que tu pourras pour retrouver tes parents, mais n'oublie pas tout de même de t'amuser un peu. Tu n'es pas près d'avoir une nouvelle permission.

— Je sais, je sais. Et d'ici là, les occasions ne manqueront pas de fermer son cul pour toujours.

— Bon, dit Reuter, puisque tu en sais si long, ça va bien !

Gräber gagna la porte. Les joueurs de cartes s'exclamaient en voyant Rummel ramasser toutes les mises.

— Quel pot ! entendit-il dire encore. Et ça ne lui fait même pas plaisir !

*

— Ernst !

Gräber se retourna. Un petit homme râblé en uniforme de *Sturmführer SA* le regardait en souriant. Il dut faire un effort de mémoire pour reconnaître ce visage rond aux joues roses, ces yeux noisette, ce sourire.

— Binding, dit-il. Alfons Binding !

— Pour vous servir !

Binding s'avança la main tendue.

— Diable, mais il y a une éternité que nous ne nous sommes vus ! D'où viens-tu ?

— De Russie.

— En permission alors ? Mais il faut arroser ça.

Viens donc chez moi, j'habite tout à côté et j'ai un cognac de premier choix. Ça, par exemple ! Un camarade de classe qui arrive tout droit du front ! Je ne vais pas te lâcher maintenant que je te tiens !

Gräber le regardait. Binding avait été plusieurs années en classe avec lui, mais il l'avait presque oublié. Par hasard il avait seulement entendu dire un jour qu'Alfons s'était engagé dans les SA. Il le retrouvait maintenant dans un uniforme neuf, avec des bottes impeccables, jovial et épanoui.

— Viens, Ernst, insista-t-il. Décide-toi.

Gräber secoua la tête.

— Je n'ai pas le temps.

— Mais voyons, Ernst ! On a toujours le temps de boire un coup entre vieux copains.

Vieux copains ! Gräber considérait l'uniforme et les insignes de *Sturmführer*. Binding n'avait pas perdu son temps. Mais peut-être était-il justement susceptible de l'aider à retrouver ses parents, pensa-t-il tout à coup. Peut-être fallait-il appartenir au Parti ! Peut-être connaissait-il des débouchés accessibles aux seuls membres du Parti.

— D'accord, Alfons, dit-il. Mais juste pour un cognac.

— Entendu, Ernst. Viens, ce n'est pas loin.

C'était plus loin que ne l'avait affirmé Binding. Il habitait dans la banlieue une maisonnette blanche, située au milieu d'un paisible jardin derrière un rideau de bouleaux. Des chalets à oiseaux étaient suspendus dans les branches des arbres, et l'on entendait clapoter un invisible ruisseau.

Binding précéda Gräber dans la maison. Dans le vestibule des bois de cerf, une hure de sanglier et une tête d'ours empaillée accueillaient les visiteurs. Gräber manifesta son étonnement

— Je ne te savais pas si grand chasseur, Alfons ?

Binding ricana.

— Tu penses ! Je n'ai jamais touché un fusil ! Tout ça c'est du décor. Ça fait bien, pas vrai ? Ça fait germain !

Il entraîna Gräber dans une pièce entièrement tapissée. Les murs étaient surchargés de lourds cadres dorés. De grands fauteuils de cuir entouraient une table basse.

— Qu'est-ce que tu dis de ça ? demanda-t-il orgueilleusement. C'est sympathique, pas vrai ?

Gräber acquiesça. Le Parti savait récompenser les siens. Alfons était le fils d'un pauvre laitier. Le père avait eu du mal à payer ses études.

— Assieds-toi, Ernst. Comment trouves-tu mon Rubens ?

— Quoi ?

— Le Rubens ! Le jambon rose au-dessus du piano !

Le tableau représentait une femme nue de formes abondantes au bord d'un étang. Elle avait des cheveux dorés et une croupe puissante sur laquelle le soleil posait ses reflets. Voilà ce qu'il faudrait à Böttcher, pensa Gräber.

— Très joli, dit-il.

— Très joli ? — Binding cachait mal sa déception. — Tu te rends compte ? Mais c'est une pure merveille ! Ça vient du fournisseur du Reichsmarchall. Un chef-d'œuvre ! J'ai eu ça pour pas cher grâce à un intermédiaire. Ça ne te plaît pas ?

— Si, bien sûr, mais je n'y connais pas grand-chose. Pourtant je connais quelqu'un qui deviendrait malade s'il voyait ton tableau.

— Vraiment ? C'est un collectionneur ?

— Non pas, mais il est spécialisé dans les Rubens.

Binding était radieux.

— Ça me fait plaisir, Ernst. Vraiment, ça me fait plaisir ! Je n'aurais jamais cru moi-même que je deviendrais un jour collectionneur de tableaux. Seulement maintenant, tu vas me dire tranquillement comment ça va, ce que tu fais, et si je peux quelque chose pour toi. On a comme ça ses petites relations.

Il rit d'un air entendu.

Gräber se sentit touché malgré lui. C'était la première fois depuis son retour que quelqu'un lui proposait son aide spontanément et sans détour.

— Tu peux faire quelque chose pour moi, dit-il. Mes parents ont disparu. Peut-être qu'ils ont été emmenés dans un convoi et qu'ils se trouvent à l'heure actuelle quelque part dans la nature. Comment faire pour les retrouver ? Ils semblent avoir quitté la ville.

Binding se carra dans l'un des fauteuils près de la petite table de cuivre écroui. Ses bottes vernies se balançaient nerveusement.

— C'est assez difficile, s'ils ne sont plus dans la ville, dit-il. Je vais tâcher de me renseigner. Ça peut durer quelques jours. Peut-être davantage. Tout dépend de l'endroit où ils se trouvent actuellement. Tu sais, n'est-ce pas, que tout est un peu sens dessus dessous pour le moment.

— J'ai eu le loisir de m'en apercevoir.

Binding alla à un placard. Il en tira une bouteille et deux verres.

— Buvons d'abord un verre, Ernst. Du véritable armagnac. J'aime presque mieux ça que le cognac. À la tienne, Ernst !

— À ta santé, Alfons.

Binding emplit les verres à nouveau.

— Où habites-tu pour le moment ? Chez des parents ?

— Je n'ai personne dans la ville. Non, je loge pour le moment à la caserne.

Binding posa son verre précipitamment.

— À la caserne ? Mais c'est de la folie, Ernst ! En permission et à la caserne ? Ce n'est plus être en permission ! Viens habiter chez moi ! J'ai bien assez de place pour deux. Chambre avec salle de bains, tout confort.

— Tu es donc seul ici ?

— Bien sûr ! Tu croyais que j'étais marié ? Pas si bête ! Quand on a une situation comme la mienne, ce ne sont pas les femmes qui manquent. — Il cligna de l'œil vers le divan de cuir qui occupait le fond de la pièce. — Qu'est-ce qu'il a pu en voir, celui-là ! Je te le dis, Ernst, il y en a qui se mettent à genoux devant moi.

— Pas possible ?

— À genoux ! Pas plus tard qu'hier, une dame de la très bonne société, des cheveux platinés, des seins formidables, une voilette, un manteau de fourrure, là sur ce tapis, elle beuglait comme un veau pour que je sorte son mari d'un camp de concentration. Elle aurait fait n'importe quoi.

Gräber leva les yeux.

— Tu peux faire cela ?

Binding éclata de rire.

— Je peux y faire entrer les gens. Quant à les en faire sortir, c'est une autre affaire. Naturellement, je me suis bien gardé de le lui dire. Alors ? Qu'est-ce que tu dis de ma proposition ? Tu emménages ? Tu vois que je ne fais pas de manières.

— Je te remercie, mais je ne peux pas quitter la caserne maintenant. J'ai partout donné mon adresse là-bas, au cas où il arriverait des nouvelles de mes parents. Il faut que j'attende les réponses.

— Bon, bon. Tu sais mieux que moi ce que tu as à faire. Mais n'oublie pas qu'une chambre t'attend jour et nuit chez Alfons. Et la table est excellente, tu sais. J'ai pris mes précautions.

— Merci, Alfons.

— Mais non, mon vieux, c'est tout naturel ! Nous sommes d'anciens camarades de classe, il faut bien se serrer les coudes. Tu m'as assez souvent laissé copier sur toi. À propos, tu te souviens de Burmeister ?

— Notre professeur de mathématiques ?

— Exactement ! C'est lui, le salaud qui m'a fait mettre à la porte en première. À cause de l'histoire avec la petite Lucie Edler. Tu te rappelles ?

— Bien sûr, assura Gräber qui ne se souvenait de rien.

— Ah, là, là ! L'ai-je supplié de ne pas me dénoncer ! Rien à faire, la brute était inflexible, c'était son devoir moral et que sais-je encore ! Mon père m'a rossé à mort pour cette histoire. Burmeister...

Alfons prononçait ce nom avec une sorte de volupté.

— Je lui ai fait payer cher, ma parole ! Six mois de camp de concentration. Il fallait le voir quand il en est sorti ! Il se mettait au garde-à-vous d'aussi loin qu'il me voyait et il faisait presque dans sa culotte de terreur. Il m'a élevé, mais moi je l'ai abaissé. La formule est assez drôle, tu ne trouves pas ?

— Si.

Alfons rit encore.

— Ça, vois-tu, ça fait chaud au cœur. Ce qu'il y a de bien dans le Parti, c'est qu'il vous offre la possibilité de ce genre de satisfaction.

Gräber se leva.

— Tu me quittes déjà ?

— Il le faut. Je ne tiens pas en place, que veux-tu !

Binding approuva. Son visage devint grave soudain.

— Je comprends, Ernst, et j'en suis profondément navré. Tu me crois, n'est-ce pas ?

— Bien sûr, Alfons.

Gräber avait encore un peu de temps devant lui et il voulait en profiter.

— Je repasserai dans quelques jours.

— Viens donc, demain après-midi, ou dans la soirée. Disons, vers cinq heures et demie.

— D'accord, demain à cinq heures et demie. Tu penses que tu auras appris quelque chose ?

— Peut-être, on verra. En tout cas, nous boirons un verre ensemble. À propos, Ernst, as-tu fait la tournée des hôpitaux ?

— Oui.

Binding approuva.

— Et — une simple formalité évidemment — es-tu allé au cimetière ?

— Non.

— Vas-y donc à l'occasion. Par pure précaution. Il y a quantité de morts qui n'ont pas été encore enregistrés.

— J'irai demain.

— Très bien. — Binding était visiblement soulagé. — Et reviens demain pour un peu plus longtemps. Les copains de l'école, il faut qu'on se serre les coudes. Tu n'as pas idée comme on se sent seul quelquefois quand on occupe ma situation. Les gens ne viennent vous voir que pour vous solliciter.

— Moi aussi je t'ai sollicité.

— C'est différent. Je veux dire, pour des complaisances.

Binding prit la bouteille d'armagnac, enfonça le bouchon d'un coup de poing et la tendit à Gräber.

— Tiens, Ernst ! Emporte ça ! Ça pourra sûrement te servir.

Il ouvrit la porte.

— Madame Kleinert ! Un morceau de papier ! Gräber hésitait, la bouteille à la main.

— Ce n'est vraiment pas la peine, Alfons.

Binding protesta avec empressement.

— Si, si ! Emporte-la. J'en ai plein ma cave !

Il prit le morceau de papier que la gouvernante apportait et y roula la bouteille.

— Bon courage, Ernst ! Surtout, ne te laisse pas aller ! À demain.

Gräber gagna la rue Haken. Il était un peu déconcerté par cette rencontre. Un *Sturmführer SA*, pensa-t-il. Le premier être humain qui fait preuve à mon égard d'une bonne volonté sans réserve, qui m'offre la table et le couvert, et il faut que ce soit un chef SA ! Il glissa la bouteille dans sa capote.

Le soir commençait à tomber. Le ciel était couleur de nacre et les arbres se détachaient en silhouettes ajourées sur le lumineux horizon. Un crépuscule bleuté gagnait peu à peu les ruines.

Gräber s'arrêta devant la porte couverte de messages. Son propre message avait disparu. Il crut tout d'abord que le vent l'avait détaché ; pourtant les punaises auraient dû rester sur la porte. Or elles manquaient également. Il fallait que quelqu'un les eût enlevées.

Les battements de son cœur se précipitèrent. Il inspecta fiévreusement les messages dans l'espoir d'en trouver un nouveau le concernant. Rien. Il courut alors à la maison de ses parents. Son second message était toujours là. Il l'arracha et l'examina. Personne n'y avait touché. Aucun message à son intention.

Il se redressa perplexe. C'est alors qu'il aperçut quelque chose de blanc que le vent poussait sur les pavés un peu plus bas. Il y courut. C'était son message. Il le ramassa et l'examina. Quelqu'un avait dû l'arracher. Dans la marge, il y avait écrit en lettres grossières : *Voleur !*

Tout d'abord il ne comprit pas. Mais il s'aperçut bientôt que les deux punaises qu'il avait empruntées au message étranger avaient été replacées sur ce dernier. Son auteur avait donc repris son bien et voulu en même temps lui donner une leçon. Le malheur ne rend pas toujours généreux.

Il chercha deux pierres plates et s'en servit pour maintenir son message sur le seuil de la porte. Puis il retourna à la maison de ses parents.

Arrivé devant les ruines, il constata quelques changements survenus depuis sa dernière visite. Le fauteuil de velours avait disparu. Quelqu'un avait dû l'emporter. À l'emplacement où il se trouvait, quelques journaux émergeaient des décombres. Il gravit les ruines et entreprit de les dégager. C'était d'anciennes feuilles du soir, déchirées et jaunies. Des noms de victoires s'étalaient orgueilleusement sur la première page. Il les jeta et reprit ses recherches. Au bout d'un moment, il découvrit un petit livre, coincé, ouvert entre deux poutres. Il s'en empara et le reconnut. C'était un livre de classe qui lui avait appartenu. Sur la page de garde son nom était écrit en lettres à demi effacées. Il devait avoir douze ou treize ans quand il l'y avait inscrit.

C'était le catéchisme de ses cours d'instruction religieuse. Un recueil de questions innombrables avec les réponses correspondantes. Les pages étaient maculées, et sur certaines d'entre elles on lisait encore des remarques qu'il avait écrites en marge. Les souvenirs se pressaient en lui avec une violence inattendue. Tout semblait ébranlé, et il n'aurait pu dire si c'était la ville détruite avec ce ciel calme et nacré qui tremblait ou seulement ce petit livre entre ses mains avec ses réponses si simples, si évidentes à toutes les questions que se pose l'humanité.

Il posa le livre et continua à chercher. Il ne trouva plus rien — aucun autre livre, pas un objet ayant appartenu à ses parents. Rien d'étonnant à cela ; l'appartement était au second étage et toutes leurs affaires devaient être profondément enfouies sous les décombres. Le catéchisme avait sans doute été projeté en l'air par l'explosion, puis il avait dû retomber lentement en vol plané. Comme une colombe, pensa-t-il, une colombe blanche et solitaire, un oiseau de paix et de confiance, avec toutes ses questions et ses réponses au milieu d'une nuit de feu et de suie, de chair broyée, de cris et de mort.

Il s'attarda un moment encore au milieu des ruines. Le vent du soir se leva et fit tourner quelques pages du petit livre comme si un esprit invisible y lisait. *Dieu est un être tout-puissant, infiniment bon, infiniment aimable, créateur et maître de toutes choses…*

La nuit tombait. Pas une lumière ne brillait. Gräber traversa la place Karl. En contournant un abri, il faillit heurter un passant. C'était un jeune officier qui paraissait pressé.

— Vous ne pourriez pas faire attention ? gronda le lieutenant furieux.

Gräber le regarda.

— Bien, bien, Ludwig, dit-il, la prochaine fois je tâcherai de faire attention.

Le lieutenant le dévisagea et bientôt un large sourire éclaira sa face.

— Ernst ! C'est toi !

Il s'appelait Ludwig Wellmann.

— Qu'est-ce que tu fais ici ? En permission ?

— Oui, et toi ?

— Moi, c'est fini. Je repars dès ce soir, c'est pourquoi je suis pressé.

— C'était bien ?

— Comme ci, comme ça… Tu vois ce que je veux dire. Mais à la prochaine permission, je m'y prendrai autrement. Je ne dirai rien à personne et je filerai en douce dans un coin tranquille. Tout plutôt que la famille !

— Pourquoi ?

Wellmann fit la grimace.

— Les parents, les vieux ! Ils sont impossibles ! Ils te gâchent ta permission d'un bout à l'autre. Il y a combien de temps que tu es ici ?

— Quatre jours.

— Alors attends ! Tu verras bien.

Wellmann essaya d'allumer une cigarette. Le vent éteignit l'allumette. Gräber lui prêta son briquet. La flamme éclaira un instant le visage maigre et énergique de Wellmann.

— Ils croient qu'on est resté des enfants, dit-il en soufflant la fumée avec force. Pour peu qu'on disparaisse une soirée, ils font une tête terrible le lendemain. Il faut leur consacrer tout son temps. Aux yeux de ma mère, je n'ai pas cessé d'avoir treize ans. Pendant la première moitié de ma permission elle a pleuré comme une Madeleine parce que j'étais revenu. Pendant la seconde moitié, elle a continué à pleurer parce que j'allais repartir. C'est infernal !

— Et ton père ? Il était soldat pendant la dernière guerre ?

— Oui, mais il a oublié. En partie du moins. Pour mon vieux, je suis le héros. Il est fier de ma batterie de cuisine. Il voulait me montrer partout. C'est un vieux bonhomme touchant d'une autre époque. Mais ils ne nous comprennent pas. Prends garde que les tiens ne fassent pas subir un sort analogue à ta permission.

— Je prendrai garde, dit Gräber.

— Ils ont les meilleures intentions du monde. Ils sont tout attention et tendresse, c'est ça le terrible ! Dès que tu fais un geste pour te défendre, tu passes à tes propres yeux pour une brute sans entrailles.

Wellmann suivit des yeux une passante dont les bas clairs brillaient dans la pénombre.

— Alors toute ta permission va au diable, dit-il. C'est tout juste si j'ai pu obtenir qu'ils ne m'accompagnent pas à la gare. Et encore, je ne suis pas sûr de ne pas les y retrouver ! — Il rit. — Mets les choses au point dès le début, Ernst ! Réserve au moins tes soirées. Trouve quelque chose, un cours, une heure de service, que sais-je ! Sinon ce sera la même chose que pour moi, ils te traiteront en collégien.

— Je crois que pour moi, ça ne se passera pas comme ça.

Wellmann lui serra la main.

— Je te le souhaite ! Tu auras plus de chance que moi. Es-tu retourné au bahut ?

— Non.

— N'y va pas. J'y suis allé. Encore une erreur. C'est écœurant. Ils ont mis à la porte notre seul professeur correct, celui qui nous faisait l'instruction religieuse, Pohlmann. Tu te souviens encore de lui ?

— Bien sûr ! J'ai même l'intention d'aller le voir.

— N'en fais rien, il est sur la liste noire. Il vaut mieux oublier tout cela. Il faut ne revenir nulle part ! Notre brève et glorieuse petite vie ! Allez ! Bon courage !

— Oui, Ludwig, notre vie glorieuse, nourris, logés, blanchis, promenés à l'étranger et enterrés aux frais de l'État.

— Une belle saleté ! Dieu sait quand nous nous reverrons !

Wellmann rit et disparut dans l'obscurité.

Gräber poursuivit sa route. Il ne savait que faire. La ville était noire. Il n'était plus question de continuer ses recherches, et il se rendait compte qu'il fallait s'armer de patience. Il redoutait la longue soirée qui l'attendait. Il était trop tôt pour regagner la caserne ; il ne voulait pas se rendre chez les quelques personnes qu'il connaissait dans la ville. Leur sollicitude embarrassée lui pesait, et il sentait chaque fois qu'il les soulageait en s'en allant.

Il regardait les toits déchiquetés des maisons. Qu'attendait-il donc en arrivant ? Une île paisible loin du front ? Un foyer, une sécurité, un refuge, un réconfort ? Peut-être. Mais les îles d'espérance avaient été depuis longtemps englouties dans une mort absurde et monotone. La guerre avait débordé le front, elle avait envahi le pays, elle avait gagné toutes les pensées et jusqu'au fond des cœurs.

Il s'arrêta devant un cinéma et entra. La salle était somme toute moins sombre que les rues. À tout prendre, mieux valait attendre ici qu'errer dans la ville noire ou qu'échouer dans un bistro et boire.

XI

Le cimetière baignait dans un soleil éclatant. Gräber vit qu'une bombe avait atteint le portail. Plusieurs croix et quelques pierres tombales étaient dispersées dans les allées et sur les autres tombes. Les saules pleureurs renversés dressaient vers le ciel leurs racines échevelées, tandis que leurs longues branches rampaient sur le sol comme de vertes racines. Ils ressemblaient à d'étranges végétaux arrachés à quelque mer souterraine tout couverts encore d'algues et de varech. Les os des morts déterrés avaient été pour la plupart rassemblés en petits tas proprets. Seuls de menus éclats et des fragments de cercueils pourris traînaient encore çà et là. De crânes, point.

Un hangar avait été installé près de la chapelle. Le gardien et deux fossoyeurs y travaillaient. Le gardien qui paraissait excédé eut un geste d'impatience lorsque Gräber lui exposa sa requête.

— Pas le temps, mon gars ! Douze enterrements avant le déjeuner ! Comment diable voulez-vous que nous sachions si vos parents sont enterrés ici ? Il y a des douzaines de tombes sans inscription. Ici on travaille à la chaîne. Comment voulez-vous que nous sachions ?

— Vous ne tenez pas de listes ?

— Des listes ! s'exclama le gardien amèrement, et il se tourna vers les deux fossoyeurs. Il veut consulter des listes, vous avez entendu ? Vous savez combien il y a de cadavres qui attendent à la porte ? Trois cents ! Vous savez combien on nous en a livrés lors du dernier bombardement ? Sept cents ! Et lors du bombardement précédent ? Cinq cents ! Et tout cela en l'espace de quatre jours. Comment voulez-vous que nous en venions à bout ? On n'est pas organisé pour ça. C'est pas des pioches qu'il nous faudrait, c'est des excavateurs ! Et qui sait quand aura lieu le prochain bombardement ? Ce soir ? Demain ? Monsieur veut des listes !

Gräber ne répondit pas. Il tira de sa poche un paquet de cigarettes et le posa sur la table. Le gardien et les fossoyeurs échangèrent un coup d'œil. Gräber attendit un instant. Alors il ajouta trois cigares aux cigarettes. Il les avait rapportés de Russie à l'intention de son père.

— Allez, ça va bien, dit le gardien. On fera ce qu'on pourra. Mettez-nous les noms sur un bout de papier. L'un de nous ira demander au bureau du cimetière. En attendant, vous pouvez toujours aller voir les morts qui ne sont pas encore inscrits. Ils sont rangés là-bas le long du mur du cimetière.

Gräber se rendit à l'endroit indiqué. Une partie des morts étaient identifiés. Certains avaient même un cercueil ; il y en avait sur des civières, roulés dans des couvertures. Plusieurs étaient vêtus de leurs habits du dimanche, d'autres étaient recouverts de draps blancs. Il lut les noms les uns après les autres, souleva le drap des morts anonymes, et arriva bientôt à la file des cadavres non identifiés qui étaient alignés côte à côte à l'abri du mur. On avait fermé les yeux de quelques-uns, d'autres avaient les mains jointes sur la poitrine, mais la plupart gisaient là comme on les avait trouvés, et l'on s'était contenté de leur serrer les bras le long du corps pour gagner de la place. Une procession de civils défilait en silence, se penchait sur chacun des visages blêmes et glacés à la recherche des leurs.

Gräber prit place dans la file. À quelques pas de lui une femme s'agenouilla soudain près d'un mort en sanglotant. Les autres la contournèrent et poursuivirent cette inspection funèbre avec des visages si fermés, si concentrés qu'ils en paraissaient dénués de toute expression, si ce n'est peut-être celle d'une attente angoissée. À mesure pourtant qu'ils approchaient des derniers morts un pâle reflet d'espoir apparaissait sur les visages, et c'était avec un soulagement visible qu'ils se dispersaient.

Gräber revint sur ses pas.

— Vous êtes allé à la chapelle ? lui demanda le gardien.

— Non.

— Les cadavres très abîmés y sont abrités. — Il regarda Gräber avec insistance. — Seulement il faut avoir de l'estomac pour entrer là-dedans. Pas plus tard qu'hier l'*Oberscharführer* d'un camp de concentration s'est trouvé mal en entrant. Il paraissait fort comme un bœuf pourtant.

Gräber ne répondit pas. Il avait vu tant de morts déjà que plus rien ne pouvait l'impressionner, pas même le fait qu'il s'agît ici de civils et parmi eux de femmes et d'enfants. Les horreurs dont il avait été témoin en Russie, en Hollande et en France n'étaient pas moindres que celles qu'il découvrit dans la chapelle. Il lui sembla même que les cadavres gelés à tous les stades de la putréfaction pendant les hivers en Russie, et surtout un groupe de cinquante partisans pendus, aux visages bleuis et tuméfiés, aux yeux exorbités et liquéfiés, aux lèvres éclatées et aux langues noirâtres et monstrueusement gonflées offraient un spectacle plus effrayant que les débris humains entassés dans la chapelle.

— Je n'ai rien trouvé au bureau du cimetière, dit l'un des fossoyeurs. Il y a deux morgues dans la ville. Y êtes-vous allé ?

— Oui.

— Ils ont encore de la glace, eux. Ils ont plus de chance que nous.

— Oui, mais ils sont débordés.

— Ça ne fait rien, avec de la glace on peut voir venir. S'il continue à faire chaud et s'il se produit encore plusieurs bombardements coup sur coup, il va y avoir une catastrophe. Alors il faudra bien se résigner aux fosses communes.

Gräber acquiesça. Pourtant la catastrophe ne lui paraissait pas résider dans le fait des fosses communes, mais bien plutôt dans les causes plus lointaines qui les rendaient nécessaires.

— On travaille tant qu'on peut, poursuivit le gardien. Nous embauchons tous les jours de nouveaux fossoyeurs, mais nous sommes encore trop peu nombreux. La technique a vieilli. Et bien entendu, nous sommes gênés par les prescriptions religieuses. — Il s'essuya lentement le front. — Il n'y a que dans les camps de concentration que des progrès réels ont été réalisés. Là on liquide des centaines de cadavres par jour. On a des méthodes ultramodernes. Ça n'est possible évidemment que grâce aux fours crématoires, mais ça, il n'en est pas question ici.

Son regard s'attarda un instant rêveusement au-dessus du mur du cimetière. Puis il fit un signe d'adieu à Gräber et regagna son hangar d'un pas rapide, en consciencieux fonctionnaire de la mort.

Gräber dut attendre quelques minutes. L'entrée du cimetière était obstruée par deux convois funèbres. Il jeta un dernier coup d'œil autour de lui. Des prêtres priaient sur des tombes, des parents s'agenouillaient sur le sol, des oiseaux chantaient dans l'air qui sentait fortement les fleurs fanées et la terre fraîchement retournée. La procession continuait à défiler le long du mur ; des fossoyeurs levaient leur pioche dans des fosses déjà à demi creusées, des graveurs se penchaient sur les pierres tombales, des familles évoluaient sous la conduite de maîtres de cérémonie. Le jardin de la mort était devenu l'endroit le plus actif de la ville.

*

La petite maison blanche de Binding était enveloppée par l'ombre verte des arbres. Un jet d'eau murmurait dans un petit bassin au milieu de la pelouse. Des narcisses et des tulipes mettaient des taches claires sous les buissons de lilas en fleur. Le feuillage tendre d'un bouleau caressait doucement un buste de jeune fille en marbre.

Ce fut la gouvernante qui ouvrit la porte. C'était une femme à cheveux gris serrée dans un tablier blanc.

— Vous êtes monsieur Gräber, n'est-ce pas ?

— Oui.

— Monsieur n'est pas chez lui. Il s'est rendu à une réunion du Parti. Mais il a laissé une lettre pour vous.

Gräber la suivit dans le vestibule aux bois de cerf. Le Rubens paraissait illuminer la pénombre de la pièce. Sur la table basse une lettre et une bouteille enveloppée dans du papier attendaient Gräber. Alfons écrivait qu'il n'avait pas pu apprendre grand-chose encore, mais il était certain que les parents de Gräber n'étaient portés morts ou blessés dans aucun des services fonctionnant actuellement dans la ville. Ils avaient donc dû être évacués dans un convoi, ou bien ils étaient partis d'eux-mêmes. Gräber pouvait-il revenir le lendemain ? Qu'il tâche en attendant d'oublier la Russie grâce à cette bouteille de vodka !

Gräber empocha la lettre et la bouteille. La gouvernante attendait dans l'embrasure de la porte.

— Monsieur m'a dit de vous transmettre toutes ses amitiés.

— Transmettez-lui les miennes, s'il vous plaît, et dites-lui que je reviendrai demain. Remerciez-le aussi pour la bouteille. Elle va m'être très précieuse.

La gouvernante eut un sourire maternel.

— C'est Monsieur qui va être content ! Il est si bon !

Gräber traversa le jardin pour sortir. Il est si bon ! pensait-il. Pourtant, il avait bien envoyé son professeur de mathématiques en camp de concentration. Chaque homme est bon pour certains de ses semblables, et, pour d'autres, il est tout le contraire.

Il tâta la bouteille qui gonflait la poche de sa capote. Pour quoi faire, cette bouteille ? Pour célébrer le faible espoir qu'il avait de retrouver ses parents ? Pour offrir une tournée aux hommes de la chambrée 48 ? Et s'il en faisait cadeau à Élisabeth Kruse ? Elle en aurait peut-être davantage besoin que lui-même. D'ailleurs il avait encore la bouteille d'armagnac.

La femme au visage gris lui ouvrit.

— Je désire parler à Mlle Kruse, dit Gräber et il tenta d'entrer d'autorité.

Elle ne s'effaça pas.

— Mlle Kruse n'est pas là, dit-elle. Vous devriez le savoir.

— Comment voulez-vous que je le sache ?

— Elle ne vous a pas dit qu'elle travaillait ?

— J'ai oublié. À quelle heure revient-elle ?

— À sept heures.

Gräber ne s'attendait pas à ce contretemps. Il songea un instant à déposer la bouteille à l'intention d'Élisabeth. Mais la moucharde s'acquitterait-elle de la commission ?

— C'est bon, je repasserai, dit-il.

Il fit quelques pas indécis dans la rue. Il regarda l'heure. Il allait être six heures. Il avait devant lui une nouvelle soirée, triste et monotone. N'oublie pas de profiter de ta permission, lui avait dit Reuter. Il n'oubliait pas. Mais comment profiter de sa permission ?

Il se retrouva bientôt sur la place Karl et s'assit sur un banc. L'abri de béton dressait sa masse de tortue géante à quelques mètres de lui. Des gens prudents s'y glissaient furtivement pour y passer la nuit. L'obscurité gagnait peu à peu autour des massifs de buis. Gräber consultait sa montre à tout instant. S'il avait trouvé Élisabeth chez elle, il lui aurait sans doute donné la vodka et s'en serait allé, pensait-il. Ne l'ayant pas trouvée, il attendait avec impatience qu'il fût sept heures.

Élisabeth vint elle-même lui ouvrir.

— Je ne m'attendais pas à te voir, lui dit-il, étonné. Je croyais que c'était le dragon qui monte la garde à la porte.

— Mme Lieser n'est pas là. Elle est allée à une réunion de l'amicale des femmes national-socialistes.

— À la brigade des pieds-plats, évidemment ! Elle y est chez elle.

Gräber parcourut des yeux le vestibule.

— Ça change du tout au tout ici, quand elle n'y est pas, constata-t-il.

— C'est parce que la lumière est allumée, expliqua Élisabeth. Je fais de la lumière dès qu'elle a tourné le dos.

— Et quand elle est là ?

— Quand elle est là, on fait des économies. C'est du patriotisme. On reste assis dans le noir.

— C'est vrai, dit Gräber. C'est comme ça qu'ils aiment le mieux nous voir. — Il tira la bouteille de sa poche. — Je t'ai apporté un peu de vodka. Elle vient de la cave d'un *Sturmführer*. C'est le cadeau d'un ancien camarade d'école.

Élisabeth le regarda.

— Tu choisis drôlement tes amis.

— À peu près comme toi tes sous-locataires.

Elle sourit et prit la bouteille.

— Voyons si je trouve un tire-bouchon.

Elle le précéda dans la cuisine. Il remarqua qu'elle

avait un chandail noir collant et une jupe également noire. Ses cheveux étaient emprisonnés dans une résille de soie rouge. Elle avait les épaules droites et musclées, les hanches fines et étroites.

— Je ne trouve pas de tire-bouchon, dit-elle en refermant les tiroirs. Madame ne doit jamais boire.

— On dirait pourtant qu'elle ne fait que ça. Mais nous nous passerons de tire-bouchon.

Il prit la bouteille, fit tomber la cire qui enveloppait le bouchon et frappa fortement le goulot sur sa cuisse. Le bouchon sauta avec un bruit sonore.

— À la guerre, comme à la guerre, dit-il. Tu as des verres ou bien boirons-nous à la bouteille ?

— J'ai des verres dans ma chambre, viens.

Gräber la suivit. Il se félicitait maintenant d'être venu. Au moins il ne passerait pas une nouvelle soirée solitaire et désœuvré.

Élisabeth prit deux verres à liqueur sur un rayon mural où était posée une rangée de livres. Gräber ne reconnaissait pas la chambre. Elle était meublée d'un lit, de quelques sièges en tissu vert, d'un bureau *biedermeier*, et respirait le confort et la paix. Sa mémoire n'avait conservé de cette pièce qu'une impression de désordre fantastique. Ça devait être à cause des hurlements des sirènes, pensa-t-il. Le bruit sème partout une destruction imaginaire. Élisabeth paraissait changée, elle aussi. Pourtant ce n'était pas une atmosphère de confort et de paix qui émanait d'elle.

Elle se retourna.

— Il y a combien de temps exactement que nous ne nous étions pas revus ?

— Cent ans. Nous étions encore des enfants et il n'y avait pas de guerre.

— Et maintenant ?

— Maintenant nous sommes vieux sans avoir l'expérience de l'âge. Vieux et cyniques, nous ne croyons plus à rien et nous sommes tristes. Pas si tristes que ça d'ailleurs.

Elle le regarda.

— C'est vrai ?

— Non, mais qu'est-ce qui est vrai ? Tu le sais, toi ?

Élisabeth secoua la tête.

— Faut-il qu'il y ait quelque chose de vrai ? demanda-t-elle.

— C'est peu probable. Pourquoi ?

— Je ne sais pas. Mais il y aurait sans doute moins de guerres, si chacun ne s'acharnait pas à imposer aux autres sa propre vérité.

Gräber sourit. Les paroles de la jeune fille rendaient un son étrange.

— La tolérance, oui, c'est bien ce qui manque le plus.

Élisabeth acquiesça. Il prit les verres et les remplit.

— Buvons donc à la tolérance. Le *Sturmführer* qui m'a fait cadeau de cette bouteille n'avait certainement pas prévu ça. Raison de plus !

Ils vidèrent leur verre.

— Encore un ? demanda-t-il.

Élisabeth hésita un instant, puis elle se secoua.

— Volontiers, dit-elle.

Il reposa la bouteille sur la table après avoir rempli les verres à nouveau. La vodka était forte, limpide et pure. Élisabeth posa son verre.

— Viens, dit-elle, je vais te faire visiter le musée de la tolérance. Mme Lieser a oublié dans sa hâte de fermer sa chambre à clé. Ce n'est pas un abus de confiance, elle passe son temps à fouiller la mienne quand je ne suis pas là...

Une partie de la chambre avait un aspect normal. Mais le mur qui faisait face à la fenêtre était occupé par un grand portrait de Hitler en couleurs, entouré de branches de sapin et de couronnes de feuilles de chêne. Au-dessous du tableau, sur une table recouverte d'un drapeau à croix gammée, était posée une édition de haut luxe de *Mein Kampf* dorée sur tranche. De part et d'autre du livre se dressaient deux chandeliers d'argent entourés de photographies du Führer à Berchtesgaden avec un chien-loup, ou bien recevant un bouquet de fleurs d'une petite fille vêtue de blanc. Des poignards et des insignes du Parti complétaient l'ensemble.

Gräber n'était pas autrement surpris. Ce n'était pas la première fois qu'il voyait un étalage de ce genre. Le culte d'un dictateur prend facilement des formes religieuses.

— C'est ici qu'elle rédige ses dénonciations ? demanda-t-il.

— Non, elle s'installe là-bas au bureau de mon père.

Gräber se dirigea vers le bureau. C'était un meuble ancien dont le couvercle était fermé.

— Fermé à clé, précisa Élisabeth. Impossible de savoir ce qu'elle y met. J'ai essayé plus d'une fois, tu penses !

— C'est elle qui a dénoncé ton père ?

— Je n'en suis pas absolument sûre. Depuis qu'on est venu le chercher, je n'ai absolument rien pu apprendre. À l'époque, elle habitait déjà ici avec sa fille. Elle n'avait qu'une chambre. Dès que mon père a été arrêté, elle s'est emparée des deux chambres qu'il occupait. C'est peut-être pour ça.

— Tu crois que ce serait pour avoir les chambres qu'elle aurait dénoncé ton père ?

— Pourquoi pas ? On dénonce quelquefois pour moins encore.

— Sans doute, mais cette espèce d'autel là-bas semblerait plutôt indiquer qu'elle fait partie des fanatiques détraquées de la brigade des pieds-plats.

— Ernst, dit Élisabeth amèrement, tu crois vraiment que le fanatisme est incompatible avec l'intérêt personnel ?

— Non, bien sûr. C'est même étrange le nombre de sottises qu'on répète, sans réfléchir, pour les avoir entendues une fois ou deux. Le monde n'est pas composé de catégories étiquetées et classées. L'humanité encore moins. Il est possible que cette vipère aime sincèrement son enfant, son mari, les fleurs, qu'elle soit sensible à la noblesse, à la générosité. Savait-elle quelque chose de précis, ou a-t-elle inventé ses accusations contre ton père ?

— Mon père était bon et imprudent ; depuis longtemps il devait être suspect. Ce n'est pas toujours facile de se taire quand on entend des discours politiques toute la journée sous son propre toit.

— Tu sais ce qu'il a pu dire ?

Élisabeth haussa les épaules.

— Il avait cessé de croire que l'Allemagne gagnerait la guerre.

— Il y en a plus d'un dans son cas.

— Toi, par exemple ?

— Moi, par exemple. Et maintenant sortons de cette pièce. Si le dragon nous surprenait ici, Dieu sait ce qu'elle ferait !

Élisabeth sourit faiblement.

— Elle ne nous surprendra pas, j'ai verrouillé le corridor. Elle ne peut pas entrer.

Elle alla à la porte et poussa le verrou. Dieu merci, pensa Gräber, si on la martyrise, du moins n'est-elle pas une martyre imprudente ou qui s'embarrasse de scrupules !

— Ça sent le cimetière ici, constata-t-il. Ça doit être ces absurdes feuilles de chêne fanées. Viens boire un coup.

Il remplit les verres.

— Je sais pourquoi nous nous sentons vieux, dit-il. Nous avons vu trop d'ordure. L'ordure que faisaient des gens plus âgés que nous et qui auraient dû être plus raisonnables.

— Je ne me sens pas vieille, objecta Élisabeth.

Il la regarda. C'était vrai qu'elle ne donnait pas une impression de vieillesse.

— Tant mieux pour toi, dit-il.

— Je me sens prisonnière, dit-elle. C'est encore pire que de se sentir vieille.

Gräber se laissa aller dans l'un des fauteuils *biedermeier*.

— Qui sait si cette créature ne va pas te dénoncer à ton tour ? Elle a peut-être envie de toute la maison. Pourquoi attendre passivement qu'on vienne t'arrêter ? Tu sais bien que tu n'aurais aucun moyen de défense.

— Oui, je le sais, dit-elle soudain butée et désemparée. Mais que veux-tu, c'est une espèce de superstition. J'ai la conviction que tant que je resterai ici, il y aura encore des chances pour que mon père revienne. Si je m'en allais, j'aurais l'impression de l'abandonner. Tu ne me comprends pas ?

— Ce n'est pas la peine de comprendre. On le fait, un point c'est tout. Même si c'est absurde.

— Tu vois.

Elle vida son verre. Dehors une clé joua dans la serrure.

— La voilà, dit Gräber. Il était temps que nous quittions sa chambre. La réunion ne paraît pas avoir duré bien longtemps.

Ils écoutèrent les pas qui retentissaient dans le vestibule. Gräber baissa les yeux vers le phonographe.

— Tu n'as que des marches militaires ? demanda-t-il.

— Non, mais c'est ce que j'ai de plus bruyant. Et il arrive, lorsque le silence crie trop fort, qu'on soit obligé de faire du bruit pour couvrir sa voix.

Gräber la regarda.

— Nous avons de belles conversations ! On nous disait souvent à l'école que la jeunesse était la période romantique de la vie.

Élisabeth rit. Dans le vestibule quelque chose tomba par terre. Mme Lieser proféra un juron. Une porte claqua.

— J'ai encore laissé l'électricité allumée, murmura Élisabeth. Viens, partons. Quelquefois je me sens à bout. Et tâchons de parler d'autre chose.

— Où allons-nous ? demanda Gräber dehors.

— Je ne sais pas, n'importe où.

— Est-ce qu'il y a à proximité un café, un bar ou un local quelconque ?

— Je ne voudrais pas m'enfermer tout de suite. Marchons un peu, si tu veux.

— D'accord.

Les rues étaient désertes, et la ville sombre et silencieuse. Ils remontèrent la rue Marie, traversèrent la place Karl puis franchirent le pont et entrèrent dans la vieille ville. Bientôt le paysage devint irréel.

On eût dit que toute vie avait cessé et qu'ils étaient les deux seuls êtres au monde. Ils longeaient des maisons intactes, mais lorsqu'ils risquaient un coup d'œil vers les fenêtres pour apercevoir des chambres avec leurs chaises, leurs tables et toutes les traces familières de l'existence quotidienne, ils ne voyaient que le reflet de la lune sur les vitres intérieurement masquées par des rideaux ou du papier goudronné. Toute la ville, semblait-il, était en deuil, comme une interminable morgue, vouée au noir et aux ténèbres, avec ses maisons clouées comme des cercueils.

— Qu'est-ce qui se passe ce soir ? demanda Gräber. Où sont les gens ? C'est encore plus mort que d'habitude.

— Ils sont sans doute tapis chez eux. Il y a quelques jours que nous n'avons pas été bombardés, alors ils n'osent pas sortir. Ils attendent la prochaine attaque. C'est toujours comme ça. Les gens ne sortent que tout de suite après un bombardement.

— Il y a déjà de vieilles habitudes dans ce domaine, on dirait ?

— Bien sûr. Ce n'est pas comme ça sur le front ?

— Si.

Ils s'engagèrent dans une rue complètement détruite. Des nuages en charpie s'étiraient lentement dans le ciel, faisant traîner au sol des ombres floues. Les ruines semblaient peuplées d'oiseaux nocturnes fuyant éperdument les durs rayons de la lune. Ils entendirent enfin un tintement de porcelaine,

— Tout de même ! soupira Gräber, il y a des gens qui mangent ou qui boivent du café. Il y a encore un peu de vie quelque part !

— Ils boivent sûrement du café. On en a distribué aujourd'hui. Du vrai. Du café-bombe.

— Du café-bombe ?

— Oui, du café-bombe, du café-ruines quoi ! C'est comme cela qu'on appelle les attributions spéciales qui sont faites après chaque bombardement sérieux. Souvent il y a même du sucre, du chocolat ou un paquet de cigarettes.

— C'est comme au front. On distribue du cognac ou du tabac avant les offensives. C'est assez grotesque quand on y songe : deux cents grammes de café pour une heure de danger mortel.

— Cent grammes, rectifia Élisabeth.

Ils continuèrent à marcher. Quelques minutes plus tard Gräber s'arrêta.

— Élisabeth, c'est encore plus triste de marcher comme ça que de rester chez soi ! On aurait dû apporter la vodka, nous avons bien besoin d'un cordial. Il n'y a pas un café dans les environs ?

— Je ne veux pas aller au café, on y est enfermé comme dans une cave. Toutes les fenêtres sont masquées et toutes les portes hermétiquement closes.

— Alors allons à la caserne. J'ai une bouteille là-haut. J'irai la chercher et nous boirons dehors.

— D'accord.

Ils entendirent dans le silence le roulement d'une voiture, puis ils virent approcher un cheval lancé au grand galop. La bête affolée par les ombres mouvantes faisait des bonds désordonnés, l'œil arrondi par l'épouvante, les naseaux ouverts. Le conducteur donna une brusque secousse aux guides. Aussitôt le cheval se cabra comme un animal fantastique dans l'irréelle lumière. Des flocons d'écume s'échappaient de sa bouche. Les promeneurs durent escalader un monceau de gravats pour éviter l'attelage emballé. Élisabeth parut se garer comme à regret. Au moment où le cheval la frôla, Gräber crut qu'elle allait s'élancer sur son dos et se laisser emporter par le furieux galop. Mais elle resta seule en face du ciel désert et tourmenté.

— On aurait dit que tu voulais partir avec lui, dit Gräber.

— Si seulement c'était possible ! Mais pour aller où ? La guerre est partout.

— C'est vrai, partout. Même au pays de la paix éternelle, dans les mers du Sud et aux Indes. Impossible de fuir.

Ils arrivèrent à la caserne.

— Attends-moi, Élisabeth, je vais chercher la bouteille, je n'en ai pas pour longtemps.

Il traversa la cour de la caserne, gravit les marches sonores qui conduisaient à la chambrée 48. L'air vibrait du ronflement de la moitié des hommes. Une veilleuse brûlait sur la table. Les joueurs ne dormaient pas. Reuter était assis à côté d'eux avec un livre.

— Où est Böttcher ? demanda Gräber.

Reuter ferma son livre.

— Il te fait dire qu'il n'a rien trouvé. Il est rentré dans un mur ; la bicyclette est en miettes. Un malheur ne vient jamais seul. Demain il repartira à pied. Alors il se console au café. Qu'est-ce qui t'arrive ? On dirait que tu as le bec enfariné ?

— Je n'ai rien. D'ailleurs je repars. Je venais juste chercher quelque chose.

Gräber fouilla dans son sac. Il avait rapporté de Russie une bouteille de genièvre et une bouteille de vodka. En outre il avait encore l'armagnac de Binding.

— Prends le genièvre ou l'armagnac, dit Reuter, la vodka n'y est plus.

— Comment cela ?

— Nous l'avons bue. Tu aurais pu nous l'offrir spontanément. Quand on revient de Russie, on ne joue pas les capitalistes, on pense un peu aux copains. Très bonne, ta vodka.

Gräber tira les deux bouteilles qui restaient. Il glissa l'armagnac dans sa poche et tendit le genièvre à Reuter.

— Tu as raison. Tiens, prends ça pour soigner ta goutte. Et ne joue pas non plus les capitalistes. Pense aux copains.

— Merci !

Reuter se traîna vers son sac et en sortit un tire-bouchon.

— J'imagine que tu as choisi la méthode de séduction la plus primitive, dit-il. Celle qui fait appel aux boissons éthyliques. Seulement on oublie généralement de déboucher les bouteilles et quand le goulot est cassé on a vite fait de se déchirer la gueule dans l'ardeur du moment. Tiens, sois un homme de ressource.

— Va au diable ! La bouteille est débouchée.

Reuter renifla le genièvre.

— Comment as-tu déniché du genièvre hollandais en Russie ?

— Je l'ai acheté. Tu as encore des questions à me poser ?

Reuter ricana.

— Non. File avec ton armagnac, Casanova des cavernes ! Et pas la peine de te gêner. Tu as des circonstances atténuantes. Il faut faire vite. Ta permission est courte et la guerre est longue.

Feldmann se dressa dans son lit.

— Tu veux des préservatifs, Gräber ? Il y en a dans mon portefeuille. Moi, je n'en ai pas besoin. Le sommeil n'a jamais donné la syphilis à personne.

— Pas sûr, déclara Reuter. Il doit y avoir là une sorte d'Immaculée Conception. Mais Gräber est une force de la nature. Un aryen-étalon avec douze aïeux pur sang. Dans son cas les préservatifs constituent un crime contre la patrie.

Gräber déboucha la bouteille d'armagnac, but un coup et la remit dans sa poche.

— Vous êtes tous des romantiques, dit-il. Vous feriez mieux de vous mêler de ce qui vous regarde.

Reuter lui fit des signes d'adieu.

— Va en paix, mon fils ! Oublie le règlement militaire. Il est plus facile de mourir que de vivre, surtout pour vous autres, graines de héros et fleurs de la nation !

Gräber empocha encore un paquet de cigarettes et un verre. En sortant, il jeta un coup d'œil à la table des joueurs. Rummel continuait à gagner. Il avait devant lui un tas de pièces et de billets. Son visage était toujours impassible, mais il suait à grosses gouttes.

Les escaliers de la caserne étaient vides. La dernière ronde était passée. Les couloirs renvoyèrent à Gräber l'écho de ses pas. Il traversa la cour. Élisabeth n'était plus devant la porte. Elle est partie, pensa-t-il. Il s'y attendait presque. Pourquoi l'aurait-elle attendu ?

— La dame t'attend là-bas, lui dit l'homme de

faction. Comment se fait-il qu'un miteux comme toi trouve des filles comme ça ? C'est pour les officiers, ça !

Gräber aperçut Élisabeth. Elle était appuyée au mur de l'autre côté de la rue. Il donna une bourrade à l'homme de faction.

— C'est le nouveau règlement, mon gars. Ça remplace maintenant les médailles au bout de quatre ans de front. Rien que des filles de généraux. Dépêche-toi de prendre ton tour, veau lunaire. Tu ne sais pas que c'est défendu de parler quand on est de faction ?

Il traversa en direction d'Élisabeth.

— Veau lunaire toi-même ! dit le factionnaire derrière lui sans grande conviction.

Ils trouvèrent un banc sur une éminence derrière la caserne. Ils étaient sous des marronniers et pouvaient voir toute la ville à leurs pieds. Pas une lumière ne brillait. Seul le fleuve mettait de rares lueurs entre les maisons. Gräber déboucha la bouteille et remplit le verre à moitié. L'armagnac tremblait dans sa main avec des reflets d'ambre liquide. Il tendit le verre à Élisabeth. « Bois », lui dit-il. Elle but une gorgée et le lui rendit.

— Bois tout, lui dit-il. C'est le moment. Bois à ce que tu voudras, à notre vie misérable, à la chance que nous avons d'être toujours vivants, mais bois, bois. Nous avons besoin de ça devant cette ville morte.

— Bien, je bois à tout cela à la fois.

Il remplit le verre à nouveau et le vida d'un trait. Une chaleur réconfortante l'envahit, pourtant il se sentait plus vide que jamais. Il prenait conscience de ce vide intérieur, sans souffrir, dans une lucidité calme et sans espoir.

Il posa le verre entre Élisabeth et lui. La jeune fille s'était accroupie sur le banc, les genoux au menton. Le jeune feuillage du marronnier paraissait presque blanc sous la lune et l'on aurait dit qu'un essaim de papillons de nuit s'était égaré dans ses branches.

— Comme elle est noire, dit-elle avec un geste vers la ville, elle ressemble à une mine de charbon incendiée.

— Tu regardes du mauvais côté, retourne-toi.

Derrière eux la colline s'inclinait mollement sur des champs, des sentiers argentés par la lune, des files de peupliers, un village groupé autour de son église. Puis c'étaient des forêts et des montagnes bleues à l'horizon.

— Toute la paix du monde est là, dit Gräber. Comme c'est simple, n'est-ce pas ?

— Simple, oui, à condition de pouvoir se retourner et oublier l'autre versant.

— Ça peut s'apprendre.

— Tu sais, toi ?

— Bien sûr, dit Gräber, sinon il y a longtemps que je ne serais plus en vie.

— Je voudrais bien savoir aussi.

Il rit.

— Mais tu sais, voyons ! Nous avons tous appris à puiser des forces quand et où nous le pouvons. Nous savons tous maintenant ne plus nous gaspiller à l'heure du danger quand les sentiments ne sont plus de mise.

Il lui tendit le verre.

— Ça fait partie de la technique ? demanda-t-elle.

— Ce soir à coup sûr.

Elle but. Il la regarda.

— Ne parlons plus de la guerre ce soir, proposa-t-il.

Élisabeth se laissa aller en arrière.

— Ne parlons plus de rien.

— Si tu veux.

Ils se turent. La ville s'animait peu à peu de tous les bruits paisibles de la nuit. Le vent léger qui était comme la respiration des forêts, le cri d'une chouette, un bruissement sous les herbes, le jeu infini des nuages et de la lumière, loin de troubler le silence, le rendaient plus profond encore. Le silence devenait tout-puissant, il montait de partout, les entourait, pénétrait en eux au rythme de leur respiration, et leur respiration devenait elle-même silence, un silence bienfaisant qui effaçait les idées une à une, qui dénouait tous les nœuds de l'angoisse, s'attendrissait et se prolongeait finalement en sommeil.

Élisabeth fit un mouvement. Gräber tressaillit et regarda autour de lui.

— Qu'est-ce que tu dis de ça ? Je me suis endormi !

— Moi aussi.

Elle ouvrit les yeux. La lumière diffuse les rendit transparents en s'y reflétant.

— Il y a longtemps que je n'avais pas dormi comme cela. On s'endort toujours maintenant à la lumière, le cœur serré par la peur du noir, on s'éveille en sursaut pour retrouver la peur aussitôt.

Gräber ne bougeait pas. Il n'avait pas envie de lui poser des questions. La curiosité s'émousse aux époques où les événements se pressent. Il s'étonnait vaguement de se trouver si calme, en suspens dans un sommeil limpide, comme un rocher sous l'eau couronné d'algues tremblantes. Pour la première fois depuis son retour de Russie, il se sentait calme et dispos. Une quiétude l'avait envahi, douce comme une eau dormante qui serait lentement montée en l'espace d'une nuit pour réunir en un clair miroir les lagunes desséchées de sa vie.

Ils redescendirent vers la ville. La rue reprit possession d'eux, le souffle des incendies refroidis les enveloppa à nouveau, et les fenêtres aveugles les escortèrent de leur cortège endeuillé. Élisabeth frissonna.

— Autrefois, les rues et les maisons ruisselaient de lumière et ça paraissait tout naturel. L'habitude effaçait la merveille. Nous savons aujourd'hui quel miracle c'était.

Gräber leva les yeux. Le ciel était pur et sans nuages. La nuit était bonne pour les avions. Un malaise pesa aussitôt sur lui.

— C'est partout comme cela en Europe, dit-il. Seule la Suisse est tout illuminée, paraît-il. Ils font cela pour avertir les aviateurs qu'ils survolent un pays neutre. Un ami aviateur m'a raconté. C'est comme une île de lumière, de lumière et de paix, car l'une ne va pas sans l'autre. Un suaire gris recouvre tous les autres pays qui sont en guerre, la France, l'Allemagne, l'Italie, les Balkans, l'Autriche...

— On nous a donné la lumière pour que nous soyons des hommes, mais nous avons tué la lumière et nous vivons en troglodytes.

Pour que nous soyons des hommes, pensa Gräber. Le raccourci lui paraissait excessif, mais Élisabeth semblait portée aux exagérations ce soir.

Pourtant elle avait peut-être raison. Les animaux ne savent pas faire la lumière. La lumière, ni le feu. Ni les bombes.

Ils étaient arrivés rue Marie. Gräber s'aperçut tout à coup qu'Élisabeth pleurait.

— Ne me regarde pas, dit-elle. Je n'aurais pas dû boire comme ça. Je ne suis pas triste, non. Mais j'ai l'impression soudain que tout se défait en moi...

— Ne lutte pas contre cette impression, c'est bien ainsi. Moi aussi, tu sais. Ça prouve seulement que nous avons réussi.

— Réussi ? À quoi faire ?

— À faire ce dont nous parlions tout à l'heure : nous tourner vers l'autre versant de la colline. Demain soir, nous ne traînerons pas dans les rues. Nous irons quelque part où il y a de la lumière, autant de lumière qu'on peut en trouver dans cette ville. Je vais me renseigner.

— Pourquoi ? Tu pourrais trouver une société plus amusante que la mienne.

— Je n'ai pas envie d'une société amusante.

— Pourquoi pas ?

— Pas de société amusante. Je ne la supporterais pas. Le contraire non plus d'ailleurs, celle des mines apitoyées et compatissantes. J'en suis abreuvé toute la journée. La vraie pitié et aussi la fausse. D'ailleurs tu dois connaître ça, n'est-ce pas ?

Élisabeth ne pleurait plus.

— Oui, bien sûr, dit-elle.

— Entre nous, nous n'avons pas besoin de mensonge, c'est déjà beaucoup. Et demain soir, nous irons dans le café le plus éclairé de la ville, nous boirons et nous mangerons, et nous tâcherons d'oublier quelques heures cette maudite existence !

Elle le regardait.

— C'est toujours l'autre versant ?

— Parfaitement. Demain tu mettras ta plus jolie robe.

— Bien, je t'attendrai à huit heures.

Il sentit tout à coup ses cheveux contre son visage et le frôlement de ses lèvres. Ce fut comme un souffle impalpable. Elle avait disparu avant qu'il eût fait un geste. Il palpa machinalement la bouteille dans sa poche. Elle était vide. Il la déposa devant la porte d'à côté. Encore un jour de passé, pensa-t-il. Une chance que Reuter et Feldmann ne me voient pas ici. J'en entendrais de belles.

XII

— Eh bien oui, les gars, j'avoue ! J'ai couché avec la fille de salle, proclamait Böttcher. Qu'est-ce que vous vouliez que je fasse d'autre ? Ce serait pas la peine d'être en permission ! Je n'allais tout de même pas retourner au front comme ça !

Il était assis au chevet de Feldmann, un couvercle de gamelle plein de café à la main, les pieds dans un baquet d'eau froide. Il souffrait d'ampoules aux pieds depuis qu'il n'avait plus de bicyclette.

— Et toi ? demanda-t-il à Gräber. Qu'est-ce que tu as fait depuis ? Tu as trouvé quelque chose ?

— Non.

— Non ?

— Il a ronflé, expliqua Feldmann. Jusqu'à midi. Impossible de le réveiller. C'est la première fois que nous le voyons aussi raisonnable.

Böttcher sortit ses pieds du baquet et en examina les plantes. De larges ampoules blanches les couvraient.

— Regardez-moi ça, les gars ! Je suis fort comme un bœuf et j'ai des pieds de nourrisson. C'est comme ça depuis toujours. Impossible de les endurcir, j'ai tout essayé. Et c'est avec ça qu'il va falloir repartir !

— Pourquoi ? Tu peux t'accorder un répit maintenant que tu as la fille de salle, dit Feldmann.

— La fille de salle ? Tu en as de bonnes ! D'ailleurs j'ai tout gâché !

— La première fois, c'est jamais bien fameux quand on revient du front. C'est bien connu.

— C'est pas ça que je veux dire, les gars. Ça, ça va toujours. Non, c'est à cause d'elle.

— Faut pas non plus être exigeant à ce point ! Laisse-lui le temps de s'habituer à toi.

— Tu ne comprends pas. Elle, elle était épatante, mais le cœur n'y était pas, voilà ! Écoute un peu. Bon, nous sommes au lit, tous les deux, on se met en train, et tout à coup, j'ai une distraction au plus fort de la bataille. Je lui dis « Alma ! » C'est pas Alma qu'elle s'appelle, c'est Louise ! Alma, c'est ma femme.

— Je vois ça d'ici !

— Une vraie catastrophe, quoi !

— C'est bien fait ! s'écria l'un des joueurs avec une violence soudaine. Voilà le juste châtiment de l'adultère, espèce de cochon ! J'espère bien qu'elle t'a jeté dehors avec tambours et trompettes ?

— Adultère ? — Böttcher lâcha ses pieds sous le coup de l'indignation. Qu'est-ce qui te parle d'adultère ?

— Toi ! Tu ne fais que ça depuis un quart d'heure. Ou alors t'es trop bête pour savoir, peut-être ?

Le joueur était un petit homme au crâne oblong. Il fixait Böttcher d'un air d'inquisiteur. Böttcher suffoquait d'indignation. Il se leva pour prendre toute la chambrée à témoin.

— Vous avez déjà entendu une ânerie pareille, vous autres ? Le seul ici qui parle d'adultère, c'est toi ! Quelle sottise ! L'adultère, imbécile, ça consisterait à coucher avec une autre en présence de ma femme ! Mais ma femme n'est pas là, nom d'un chien ! C'est tout le drame. Adultère ? Tu crois que je courrais après les filles de salle, si ma femme était là ?

— L'écoute pas, dit Feldmann. Il est jaloux, voilà tout ! Alors qu'est-ce qu'elle a dit après que tu l'as eu appelée Louise ?

— Louise ? Pas Louise ! Louise, c'est justement son nom. C'est Alma que je l'ai appelée !

— Bon, bon, Alma. Et alors ?

— Et alors ? Vous n'allez pas me croire, les gars. Au lieu de rire ou de m'injurier, qu'est-ce qu'elle fait ? Elle fond en larmes ! Comme un veau ! Vous voyez ça d'ici ? Les gars, les grosses femmes ne devraient jamais pleurer.

Reuter toussota, ferma son livre et leva un regard intéressé vers Böttcher.

— Pourquoi les grosses femmes ne doivent-elles jamais pleurer ?

— Parce que ça ne leur va pas. C'est pas compatible avec l'embonpoint. Les grosses femmes doivent rire.

— Est-ce que ton Alma aurait ri, si tu l'avais appelée Louise ? demanda perfidement le joueur au crâne oblong.

— Si j'appelais Alma Louise, déclara calmement Böttcher après un instant de réflexion, je commencerais par recevoir la bouteille la plus proche à la figure. Ensuite tout ce qui ne serait pas cloué au mur ou au plancher. Enfin elle m'aurait haché menu avant que j'aie eu le temps de reprendre mes esprits. Voilà ce qui se serait passé, andouille.

Le crâne oblong se tut un instant. L'évocation de cette grandiose fureur l'avait visiblement impressionné.

— Et tu trompes une femme comme ça ? demanda-t-il d'une voix enrouée.

— Mais, bon Dieu, je ne la trompe pas ! Si elle était là, je ne regarderais même pas la fille de salle ! Ce n'est pas un cas d'adultère, c'est un cas de force majeure.

Reuter se tourna vers Gräber.

— Et toi ? La bouteille a fait merveille hier soir ?

— Pas du tout.

— Pas du tout ? demanda Feldmann. Et c'est ça qui te fait dormir comme une souche jusqu'à midi ?

— Oui. Le diable sait pourquoi je me sens aussi fatigué, tout à coup. Je pourrais parfaitement me recoucher et me rendormir sur-le-champ. J'ai l'impression de ne pas avoir fermé l'œil depuis une semaine.

— Alors te gêne pas. Couche-toi et dors.

— Voilà un sage conseil, dit Reuter. Le conseil du maître-dormeur Feldmann.

— Feldmann est un âne, décréta le crâne oblong en posant ses cartes. Il gâche toute sa permission. Finalement il va retourner au front sans avoir profité de rien. Parce qu'enfin, il aurait pu aussi bien dormir au front et rêver qu'il partait en permission.

— Eh bien c'est juste le contraire, dit Feldmann avec vivacité. Je dors ici et, quand je rêve, c'est toujours du front.

— Et où te trouves-tu en réalité ? demanda Reuter.

— Où je me trouve ? Eh bien mais ici, évidemment !

— Tu en es bien sûr ?

Le crâne oblong ricana.

— C'est bien ce que je disais. Peu importe où on se trouve quand on dort toute la journée. Cet animal-là n'en sait même rien.

— Je le sais bien quand je me réveille, et c'est ça qui compte ! conclut Feldmann irrité en se recouchant.

Reuter se tourna à nouveau vers Gräber.

— Et toi ? Qu'est-ce que tu comptes faire aujourd'hui pour le salut de ton âme ?

— Dis-moi où il faut aller pour bien dîner.

— Seul ?

— Non.

— Alors va au *Germania*. Il n'y a que ça. Seulement ils ne te laisseront peut-être pas entrer. Pas dans cette tenue. C'est un mess d'officiers. Il est vrai que le maître d'hôtel éprouvera peut-être du respect pour ta batterie de cuisine.

Gräber examina son uniforme. Il était couvert de taches et de reprises.

— Peux-tu me prêter ta vareuse ? demanda-t-il.

— Volontiers, mais comme tu pèses quinze kilos de moins que moi, on va te repérer au premier coup d'œil. Je vais plutôt te procurer un uniforme de sous-officier qui t'ira, le pantalon aussi. Pour la caserne, tu n'auras qu'à mettre ta capote par-dessus, personne ne te remarquera. Au reste comment se fait-il que tu sois toujours soldat de deuxième classe ? Tu devrais être sous-lieutenant depuis longtemps.

— J'ai été sous-officier autrefois. Seulement j'ai cassé la figure à un lieutenant et on m'a dégradé. J'ai eu de la chance d'éviter la compagnie disciplinaire, mais il ne fallait plus compter sur de l'avancement.

— Bon, alors tu as un droit moral à l'uniforme de sous-officier. Quand tu conduiras ta fillette au *Germania*, commande un *Forster Jesuitengarten 1934*, cave *Buerklin Wolf*. Ça ressusciterait un mort.

— D'accord, c'est exactement ce qu'il me faut.

Le temps était brumeux. Gräber attendait sur le pont qui enjambait le fleuve. Les eaux noirâtres tourbillonnaient à ses pieds, charriant des poutres calcinées et des ordures ménagères. La silhouette sombre de l'école se dressait au-dessus des blanches nuées. Gräber acheva de franchir le fleuve. Puis il s'engagea dans une ruelle qui conduisait dans la cour de l'école. La grande porte de fer était trempée d'humidité et largement ouverte. Il entra. La cour était déserte ; il n'y avait personne ; il était déjà trop tard. Il traversa la cour et gagna la berge du fleuve. Les marronniers détachaient leur silhouette d'encre de Chine sur le ciel blanc. Ils abritaient quelques bancs mouillés où Gräber se souvenait s'être attardé jadis. Aucun des rêves qu'il formait alors ne s'était réalisé. La guerre s'était emparée de lui au sortir de l'école.

Il observa un moment le roulement des eaux. Un lit défoncé avait été rejeté sur la berge. Des oreillers gonflés d'eau y gisaient comme d'énormes éponges. Il frissonna. De retour dans la cour de l'école, il tenta d'ouvrir l'une des portes du bâtiment. Elle n'était pas fermée. Il entra en hésitant. Il s'arrêta dans le hall et regarda autour de lui. Il retrouvait l'inquiétante odeur des heures de classe. Un escalier obscur conduisait aux salles d'étude et aux dortoirs des pensionnaires. Il ne ressentait rien. Pas même un soupçon d'ironie ou de mépris. Il pensait à Wellmann. Il ne faut pas revenir en arrière, avait-il dit. Il avait eu raison. Gräber ne trouvait que le vide en lui-même. Toute l'expérience qu'il avait acquise au sortir de l'école contredisait ce qu'il avait appris ici. Il n'en restait rien. Ses années d'enfance se soldaient par une banqueroute complète.

Il fit demi-tour et sortit. Deux plaques de marbre fixées de part et d'autre de la porte d'entrée rappelaient les noms des anciens élèves morts pour la patrie. Il connaissait la plaque de droite consacrée aux morts de la Première Guerre mondiale. Chaque jour de fête politique, on la décorait de rameaux de sapin et de feuilles de chêne. Schimmel, le directeur de l'école, tenait des discours incendiaires sur la Grande Allemagne, la vengeance et la revanche qui allait venir. Gräber revoyait son gros ventre mou et la sueur qui inondait son visage. La plaque de gauche consacrée aux morts de la Seconde Guerre mondiale était neuve. Gräber parcourut les noms ; ils étaient nombreux, mais la place ne manquait pas pour les futurs héros tombés au champ d'honneur.

Dans la cour, il rencontra l'appariteur.

— Vous cherchez quelque chose ? lui demanda le vieil homme.

— Non, je ne cherche rien.

Il allait poursuivre son chemin quand une idée lui vint.

— Savez-vous où habite M. Pohlmann qui a enseigné ici ? demanda-t-il.

— M. Pohlmann n'enseigne plus.

— Je le sais. Où habite-t-il ?

L'appariteur jeta autour de lui un regard prudent.

— Personne ne nous entend, dit Gräber. Où habite-t-il ?

— Il habitait autrefois place Jahn, 6. Vous êtes un ancien élève d'ici ?

— Oui. C'est toujours Schimmel qui dirige la maison ?

— Bien sûr, répliqua l'appariteur étonné, bien sûr qu'il est toujours là. Pourquoi s'en irait-il ?

— C'est vrai, dit Gräber, pourquoi s'en irait-il ?

Il repartit. Un quart d'heure plus tard, il constata qu'il ne savait plus où il était. Le brouillard s'était épaissi et il ne trouvait plus de point de repère au milieu des ruines. Elles se ressemblaient toutes et les rues ne se distinguaient pas les unes des autres. Il éprouvait le sentiment étrange de s'être perdu en lui-même.

Il lui fallut un bon moment pour retrouver la rue Haken. Puis le vent se leva et la brume se souleva en vagues impalpables comme une mer fantômale.

Il alla jusqu'à la maison de ses parents. Ne trouvant aucun message nouveau, il faisait demi-tour lorsqu'il entendit un son étrange et limpide. On aurait dit une harpe. Il chercha des yeux d'où pouvait provenir l'étrange musique. La rue était déserte aussi loin qu'il pouvait voir. Le son s'éleva encore, plaintif et mourant. On aurait dit l'avertissement d'une bouée sonore dans une mer vaporeuse. Les notes s'égrenaient plus basses, puis plus aiguës à intervalles capricieux mais pourtant réguliers, comme si quelqu'un jouait de la harpe sur les toits.

L'oreille attentive, Gräber cherchait l'origine du mystérieux solo. Mais il paraissait provenir de partout à la fois, plus fort maintenant, en arpèges précipités qui s'achevaient dans un accord d'une tristesse infinie.

Le chef d'îlot, pensa-t-il, le fou. Ce ne pouvait être que lui. Il s'approcha de la maison dont la façade demeurait seule dressée, et ouvrit brusquement la porte. Une silhouette bondit d'un siège placé sur le seuil. Gräber reconnut le fauteuil de velours qu'il avait aperçu le premier jour chez ses parents.

— Qu'est-ce qui se passe ? demanda le chef d'îlot sur un ton où se mêlaient la terreur et la colère.

Gräber constata qu'il n'avait pas d'instrument. D'ailleurs les notes continuaient à retentir.

— Qu'est-ce que c'est que ça ? demanda-t-il. D'où ça vient ?

Le chef d'îlot approcha son visage humide de celui de Gräber.

— Ah, ah ! C'est le soldat, le défenseur de la patrie ! Ce que c'est ? Vous n'entendez pas ? C'est le *Requiem* des ensevelis. Déterrez-les ! Déterrez-les ! Faites cesser le carnage !

— Absurde !

Gräber leva les yeux vers le brouillard qui montait. Il aperçut une sorte de câble métallique qui se balançait dans le vent. Chaque fois qu'il revenait en arrière, la musique reprenait de plus belle. Gräber se souvint tout à coup du piano éventré qu'il avait aperçu quelques jours plus tôt suspendu dans les poutrelles du troisième étage. Le câble devait en heurter les cordes à chacun de ses va-et-vient.

— C'est le piano, dit-il.

— C'est le piano ! C'est le piano ! l'imita le chef d'îlot en grimaçant. Qu'est-ce que vous en savez, assassin de malheur ? C'est la cloche des morts que le vent fait sonner ! Le ciel pleure la miséricorde qui a déserté la face de la terre ! Vous savez ce que c'est que la mort, vous, tueur à gages ? Comment le sauriez-vous ? Ceux qui donnent la mort ne savent pas qui elle est ! — Il se pencha vers l'oreille de Gräber. — Les morts sont partout, murmura-t-il. Ils gisent sous les ruines, les bras en croix et le visage broyé, mais ils se lèveront bientôt pour vous chasser !

Gräber sortit.

— Pour vous chasser, répétait le chef d'îlot derrière lui. Ils vous mettront en accusation et le tribunal des morts tiendra ses assises pour chacun de vous.

Gräber fuyait sans se retourner. Il entendit pourtant la voix enrouée qui criait encore dans les lambeaux de brume : « Car ce que vous faites au plus chétif de mes frères, c'est à moi-même que vous le faites, a dit le Seigneur ! » « Va au diable, murmura Gräber et disparais bientôt sous les ruines où tu gîtes comme un oiseau patibulaire. » Il pressa le pas. Les morts, pensa-t-il amèrement, toujours les morts ! Ce n'est pas pour les morts que je suis revenu ! Je suis revenu pour voir s'il restait encore une trace de vie dans ce désert.

*

Il sonna. La porte s'ouvrit aussitôt, comme si quelqu'un l'avait guetté derrière.

— Ah, c'est vous ! s'exclama Mme Lieser étonnée.

— Oui, c'est moi, répondit Gräber qui s'attendait à voir Élisabeth.

La jeune fille apparut aussitôt. Cette fois Mme Lieser regagna sa chambre sans faire de commentaires.

— Entre, Ernst, dit Élisabeth, j'ai tout de suite fini... Il la suivit.

— C'est ta robe de soirée ? lui demanda-t-il en lui voyant le chandail et la jupe noire de la veille. — Tu as oublié que nous sortons ensemble ?

— Tu parlais sérieusement ?

— Bien sûr. D'ailleurs regarde-moi ! C'est l'uniforme de gala d'un copain sous-officier. C'est une ruse pour pouvoir aller avec toi à l'hôtel *Germania*, En outre il n'est pas certain qu'on laisse entrer les sous-officiers. Ça va sans doute dépendre de toi. Tu n'as rien d'autre à te mettre ?

— Si, mais...

Gräber aperçut la vodka de Binding sur la table.

— Je sais à quoi tu penses, dit-il, mais il faut oublier cela. Oublie aussi Mme Lieser et les voisins. Tu ne fais de mal à personne, c'est la seule chose qui compte. Il faut absolument que tu sortes, sinon tu vas devenir folle. Tiens, bois un coup de vodka.

Il emplit le verre et lui tendit. Elle le vida d'un trait.

— Bon, dit-elle. Ça ne sera pas long. J'étais d'ailleurs presque prête, mais je me demandais si tu n'avais pas oublié. Seulement il vaut mieux que tu sortes de la chambre pendant que je me change. Je ne tiens pas à être accusée de prostitution par Mme Lieser.

— Cette fois, elle tomberait mal. Lorsqu'il s'agit de soldats, c'est considéré comme un acte de patriotisme. Néanmoins, je vais t'attendre dehors. Pas dans le vestibule, dans la rue.

Il sortit. Le brouillard avait diminué, mais la rue fumait encore comme une buanderie. Tout à coup une fenêtre s'ouvrit. Élisabeth apparut les épaules nues dans un rectangle de lumière. Elle avait une robe dans chaque main. L'une d'elles était brun et or, l'autre sombre et d'une couleur indéterminée. Elles flottaient dans le vent comme des drapeaux.

— Laquelle ? demanda-t-elle.

Il fit un geste vers la première. Elle acquiesça et disparut. Il regarda autour de lui. Personne n'avait remarqué l'infraction au règlement. Il fit les cent pas en attendant. La nuit semblait s'être épaissie tout à coup. La torpeur du jour, l'étrange atmosphère du soir et la décision qu'il avait prise de se détourner du passé avaient fait naître en lui une attente heureuse qui se transformait tout à coup en impatience.

Élisabeth s'encadra dans la porte et sortit. Elle marchait d'un pas rapide et souple et paraissait plus mince que tout à l'heure dans ce long fourreau doré qui scintillait dans l'ombre. Son visage aussi avait changé. Il s'était aminci et la tête paraissait plus petite. Gräber mit quelque temps à s'apercevoir que le changement provenait du décolleté qui dégageait le cou de la jeune fille.

— Mme Lieser t'a vue ? demanda-t-il.

— Oui, ça lui a coupé le sifflet. Elle voudrait me voir toute la journée avec le sac et la cendre des grandes repenties. J'ai même eu un remords un moment.

— Les remords ne tourmentent jamais ceux qui les méritent.

— Pas seulement du remords, j'avais un peu peur. Figure-toi...

— Non, l'interrompit Gräber, je ne veux rien me figurer. Ne nous figurons rien ce soir et tâchons d'oublier la peur. Essayons d'être heureux sans arrière-pensée.

L'hôtel *Germania* se dressait intact entre deux maisons détruites, comme le cousin riche entre deux parentes ruinées. Les décombres avaient été très proprement entassés de part et d'autre de l'hôtel, ce qui enlevait aux deux autres maisons l'aspect tragique des lieux où la mort a soufflé. Leur misère était décente, presque bourgeoise déjà.

Le portier considéra l'uniforme de Gräber avec un mépris non dissimulé.

— Où se trouve le bar ? demanda aussitôt Gräber avec beaucoup d'assurance et sans lui laisser le temps de dire quelque chose.

— Un peu plus loin, à gauche dans le vestibule. Demandez, je vous prie, le maître d'hôtel Fritz.

Ils traversèrent le hall. Un colonel et deux lieutenants-colonels les y croisèrent. Gräber salua.

— Il paraît que ça grouille de généraux, expliqua-t-il. Les bureaux de plusieurs commissions militaires sont installés au premier étage.

Élisabeth s'arrêta.

— Ce n'est pas imprudent, ce que nous faisons là ? Et si on remarque que tu n'es pas sous-officier ?

— Qu'est-ce que tu veux qu'on remarque ? Ce n'est pas très difficile de jouer les sous-officiers. J'en étais un autrefois.

Un officier de cavalerie apparut dans un cliquetis d'éperons avec une petite femme maigre. Il passa sans regarder Gräber.

— Qu'est-ce que ça te coûterait, si on te découvrait ? demanda Élisabeth.

— Pas grand-chose.

— Tu crois que tu pourrais être fusillé ?

Gräber rit.

— Je crois qu'ils s'en abstiendront, Élisabeth. Ils ont bien trop besoin de nous sur le front.

— Alors, qu'est-ce qu'ils te feraient ?

— Ils me mettraient probablement aux arrêts pour quelques semaines. Ce serait autant de gagné sur la guerre ; un peu comme une permission. On ne peut pas grand-chose contre un homme condamné de toute façon à repartir à bref délai en première ligne.

Le maître d'hôtel Fritz surgit brusquement par une porte de droite. Gräber lui glissa un pourboire dans la main. Il accepta sans cérémonie et précéda le couple d'un air digne.

— Deux couverts, bien monsieur, si vous voulez me suivre...

Il les installa à une petite table dissimulée derrière une colonne et s'éloigna à pas mesurés.

Gräber examina les lieux.

— C'est exactement ce dont je rêvais. J'ai besoin d'un moment pour m'habituer. Et toi ? — Il regarda Élisabeth. — Toi, sûrement pas, lui dit-il surpris. Tu as l'air de quelqu'un qui viendrait ici deux fois par jour.

Un garçon âgé et petit qui ressemblait à un marabout leur présenta le menu. Gräber le prit, y glissa un billet et le lui rendit.

— Nous voudrions quelque chose qui ne se trouve pas sur le menu. Qu'est-ce que vous avez à nous offrir ?

Le marabout le regarda d'un air inexpressif.

— Nous n'avons que ce qui est porté sur la carte, dit-il.

— Bien, alors apportez-moi en attendant une

bouteille de *Forster Jesuitengarten 34*, cave *Buerklin Wolf*. Pas trop frappé.

— La dernière cuvée ?

— Non, ce serait trop fruité et trop sucré pour boire en mangeant.

L'œil du marabout s'anima.

— Parfaitement, monsieur, dit-il avec un respect soudain. — Puis il se pencha vers Gräber. — Nous avons exceptionnellement des soles d'Ostende. Toutes fraîches. Vous pourriez prendre en même temps de la salade belge et quelques pommes à l'anglaise.

— Très bien. Et comme hors-d'œuvre ? Pas du caviar évidemment avec le vin.

Le marabout s'anima de plus belle.

— Bien sûr que non. Mais nous avons encore un peu de foie gras truffé de Strasbourg.

Gräber acquiesça.

— Et pour terminer, je vous recommande notre plateau de fromages. Le hollande met particulièrement en valeur le bouquet du vin.

— C'est parfait.

Le marabout disparut tout excité. Il avait dû d'abord prendre Gräber pour un soldat égaré par mégarde dans son établissement. Il le considérait maintenant comme un habitué momentanément en uniforme de soldat.

Élisabeth avait écouté avec étonnement.

— Ernst, lui dit-elle, tu en sais des choses !

— Je les ai apprises ce matin de mon ami Reuter. Il s'y connaît si bien qu'il en est tout perclus de goutte. C'est ce qui le sauve du front pour le moment. Le péché est toujours récompensé.

— Mais pourtant, le coup du pourboire et celui de la carte ?

— Reuter, toujours Reuter. Il savait tout cela. Et il m'a appris aussi à me donner vis-à-vis du personnel un rien de morgue mondaine.

Élisabeth éclata de rire, d'un rire chaud et franc, plein de vie heureuse.

— Dieu sait que ce n'est pas sous cet aspect que je te connaissais ! dit-elle.

— Moi non plus, je ne te connaissais pas comme je te vois maintenant.

Il la regardait comme s'il la voyait pour la première fois. Elle avait été transformée par son rire. On aurait dit une sombre maison dont toutes les fenêtres venaient de s'ouvrir tout à coup.

— Ta robe est très belle, dit-il un peu gêné.

— C'était à ma mère, dit-elle. Il a fallu que je la mette à ma taille hier soir. — Elle rit encore. — Tu vois que je n'étais pas aussi mal préparée à sortir que j'en avais l'air lorsque tu es arrivé.

— Tu sais donc coudre ? Ça ne te ressemble pas.

— Autrefois je n'avais jamais tenu une aiguille, mais il a bien fallu apprendre. Huit heures par jour je fais des capotes militaires maintenant.

— Vraiment ? Tu t'es laissé prendre par le service du travail obligatoire ?

— Oui. Il a bien fallu y aller. D'ailleurs je ne demandais pas mieux. Je m'imaginais que ça pourrait améliorer la situation de mon père...

Gräber secoua la tête et la regarda.

— Non, vraiment, ça ne te va pas. Ton prénom ne te va pas non plus d'ailleurs. Pourquoi ce prénom ?

— C'est ma mère qui l'a choisi. Elle était de l'Autriche du Sud et ressemblait à une Italienne. Elle espérait que je serais blonde et que j'aurais des yeux bleus. Elle m'a appelée Élisabeth malgré sa déception ou peut-être à cause d'elle.

Le marabout survint. Il portait la bouteille de *Jesuitengarten* comme un vase précieux.

— Je vous ai choisi des verres de cristal mince ordinaires, dit-il. La teinte incandescente du vin est plus visible à l'œil. Mais si vous voulez, je peux vous servir dans le service en baccarat.

Gräber repoussa le baccarat. Le marabout remplit les verres avec des gestes arrondis. Puis il découvrit un plateau d'argent où les tranches de foie truffé étaient disposées en rosace dans une couronne de gelée tremblante.

— Arrivage direct d'Alsace, déclara orgueilleusement le marabout.

Élisabeth rit.

— Quel luxe !

— Du luxe, parfaitement ! — Gräber leva son verre. — Du luxe, répéta-t-il. C'est précisément le mot. Et c'est au luxe que nous allons boire, Élisabeth. Voilà deux ans que je mange dans un couvercle de gamelle cabossé, et sans être jamais sûr de pouvoir terminer mon repas. Ce qui nous est offert ici n'est pas un simple luxe, c'est beaucoup plus. C'est la paix, la sécurité, la joie, tout ce qui n'existe pas là-bas.

Il but, sentit la chaleur bienfaisante descendre en lui, et il regarda Élisabeth. Elle avait sa part dans le bien-être heureux qui l'envahissait. C'était la part inattendue de l'existence, ce qui soudain déborde les limites de l'utile, une sorte de surplus et de jeunesse, la part du jeu et du rêve. Après ces années passées au contact permanent de la mort, le vin n'était pas seulement du vin, les couverts d'argent de simples couverts d'argent, ni une musique banale, la musique qu'on entendait en sourdine, pas plus qu'Élisabeth n'était l'Élisabeth de tous les jours. Chaque objet, chaque personne avait une valeur de symbole, symbole de cette autre vie sans meurtre et sans destruction, de cette vie pour la vie, devenue déjà presque un mythe, un rêve sans espoir.

— On oublie parfois complètement que l'on vit, dit-il. J'en ai eu la brusque révélation aujourd'hui.

Élisabeth rit encore.

— Moi, c'est une idée qui ne me quitte pas, mais elle ne m'a jamais servi à rien.

Le marabout approcha.

— Comment monsieur trouve-t-il le vin ? demanda-t-il.

— Il doit être extraordinaire, puisque je pense à des choses qui ne m'étaient pas venues à l'esprit depuis bien longtemps.

— C'est le soleil, monsieur. Le soleil d'automne qui l'a mûri et qui émane de lui maintenant. Dans les pays rhénans, on appelle un vin comme celui-ci un ostensoir.

— Un ostensoir ?

— Oui. Il est dense comme de l'or et rayonne comme un soleil.

— C'est vrai.

— On s'en aperçoit au premier verre. Du soleil en cuve.

— À la première gorgée, vous voulez dire. Elle ne descend pas dans l'estomac, elle monte derrière les yeux et transforme notre vision des choses.

— Ah, monsieur, vous aimez le vin, vous ! — Il se pencha vers Gräber confidentiellement. — À la table de droite, j'ai servi le même vin. Ce sont deux *Sturmbannführer*. Ils l'ingurgitent comme si c'était de l'eau. Ils feraient mieux de boire du *Liebfrauenmilch !*

Il s'éloigna avec un regard de mépris à l'adresse de la table voisine.

— La journée paraît favorable aux resquilleurs, dit Gräber. Quel effet le vin te fait-il, Élisabeth ? C'est un ostensoir pour toi aussi ?

Elle se laissa aller en arrière, les yeux levés.

— J'ai l'impression de m'être échappée de prison et d'être menacée d'y retourner bientôt pour vol de bonheur.

Il rit.

— Voilà où nous en sommes tous ! Nous avons peur de nos sentiments et nous nous sentons coupables du moindre bonheur.

Le marabout apporta les soles et la salade. Gräber le regarda découper les poissons. Il était à l'aise, mais il se sentait dans l'état d'esprit de quelqu'un qui, s'étant aventuré sur une mince couche de glace, constate avec surprise qu'elle le supporte. Il savait que la couche était fragile et qu'elle pouvait rompre d'un instant à l'autre. Pourtant elle tenait provisoirement, et c'était l'essentiel.

— L'avantage, quand on est resté des mois dans la boue, c'est qu'on s'émerveille d'un rien, d'un simple verre, par exemple, ou d'une nappe.

Le marabout remplit les verres. Il traitait ses hôtes avec une sollicitude presque maternelle.

— En général, expliqua-t-il, on sert un Moselle avec du poisson. Pourtant la sole est un poisson particulier. Sa chair se rapproche du blanc de poulet. Avec ça, un Pfälzer est une véritable révélation. Monsieur ne trouve pas ?

— Assurément.

Le marabout acquiesça et disparut.

— Ernst, dit Élisabeth, est-ce que nous allons

pouvoir payer tout cela ? Ça doit être terriblement cher.

— Ne t'inquiète pas. J'ai l'argent de deux années de guerre, et il est inutile de le faire durer. — Il rit. — Le temps d'une très courte vie. Deux semaines. Tu vois que ça suffira.

*

Ils se trouvaient devant l'entrée du *Germania*. Le vent était tombé, mais le ciel s'était couvert.

— Quand repars-tu ? demanda Élisabeth. Dans deux semaines ?

— Environ, oui.

— Comme c'est court !

— C'est court et c'est long aussi. Ça dépend des moments. Le rythme du temps n'est plus le même que pendant la paix. Tu dois le savoir aussi bien que moi ; la vie ici est la même que sur le front à peu de chose près.

— Non, ce n'est pas la même chose.

— Mais si. Et je n'ai eu qu'aujourd'hui mon premier jour de permission. Que Dieu bénisse le marabout, Reuter, ta robe dorée et le bon vin !

— Et nous deux, ajouta Élisabeth. Nous en avons bien besoin.

Elle se tenait très droite devant lui. La lumière du soir jouait dans ses cheveux. Elle jouait aussi sur sa robe, et le visage de la jeune fille ressemblait à un fruit humide de rosée. Comme c'était difficile tout à coup de laisser tout cela, de rompre le réseau de tendresse, d'abandon, de silence et d'émotion qui s'était tissé peu à peu autour d'eux, et de rentrer dans la puanteur de la chambrée, ses plaisanteries stupides, l'attente morne d'un avenir sinistre.

Une voix coupante rompit le charme.

— Dites donc, sous-officier, vous y voyez clair, non ?

Un petit capitaine grassouillet venait de surgir devant lui. Il fallait qu'il eût approché à pas feutrés. Gräber reconnut aussitôt un officier de réserve du type « naphtalinard ». Il songea un instant à le faire tourner comme une toupie sur son ventre, mais il ne fallait rien risquer. Il fit ce que fait en pareille occurrence tout soldat chargé d'expérience : il se mit au garde-à-vous et ne dit mot. Le vieux braqua sur lui le faisceau d'une lampe de poche.

— Un uniforme de sortie ! aboya-t-il. Faut-il que vous soyez planqué pour pouvoir vous offrir cela ! Un soldat en pantoufles, en uniforme de sortie ! Il ne manquait plus que ça. Pourquoi n'êtes-vous pas sur le front ?

Gräber ne répondit pas. Il avait omis de coudre ses décorations de combattant sur l'uniforme prêté.

— La noce ! C'est tout ce que vous savez faire, hein ? continuait le vieux.

Élisabeth fit un brusque mouvement. Le faisceau de la lampe l'éclaira en plein visage. Elle sortit du cercle lumineux en faisant un pas vers l'officier. Il toussota, lui jeta un regard malveillant et s'éloigna lentement.

— Je commençais à en avoir assez, dit-elle.

Gräber haussa les épaules.

— Rien à faire contre ces vieux dindons. Ils se promènent dans les rues pour qu'on les salue, voilà toute leur vie. La nature a tâtonné des millions d'années pour arriver à cette espèce-là.

Élisabeth rit.

— Pourquoi n'es-tu pas sur le front ?

— Ça, c'est la faute de ce sacré uniforme. Demain je me mettrai en civil. Je sais où je trouverai un complet. J'en ai assez de saluer. Et comme cela nous pourrons retourner tranquillement au *Germania*.

— Tu veux y retourner ?

— Oui, Élisabeth. C'est de cela qu'on se souvient plus tard là-bas, et non point des ruines et des naphtalinards. Si tu veux, je passerai te prendre demain à huit heures. Et maintenant, je me sauve, sinon ce vieux crétin va revenir me demander mon livret militaire.

Il l'attira à lui et la sentit céder dans ses bras. Une peur soudaine de la perdre l'étreignit. Il la serrait contre lui et l'embrassait éperdument. Il sentait le désir farouche de ne pas la laisser partir. Il la laissa.

Il retourna une fois encore rue Haken. Il s'arrêta devant la maison de ses parents. La lune apparut entre les nuages. Il se baissa et arracha son message du sol. Il y avait un billet épinglé dans la marge. Il alluma sa lampe de poche. Il lut en grosses lettres au crayon : *Passez à la poste principale, guichet 15*.

Instinctivement il consulta sa montre. Évidemment il était beaucoup trop tard ; la poste était fermée la nuit ; il n'apprendrait rien avant le lendemain huit heures. Il plia le papier et le glissa dans sa poche. Il prit le chemin de la caserne à travers la ville morte et noire. Il lui semblait marcher dans l'air, libéré de toute pesanteur.

XIII

Une partie de la poste était intacte ; le reste s'était effondré après avoir brûlé. Des files d'attente s'étiraient devant chaque guichet. Parvenu au guichet 15, Gräber montra le billet et les quelques mots écrits au crayon.

L'employé lui rendit le billet.

— Avez-vous des papiers ?

Gräber glissa son livret militaire et sa permission sous le grillage. L'employé les examina longuement.

— Qu'est-ce que c'est ? demanda Gräber. Des nouvelles ?

Sans répondre, l'employé se leva et disparut dans l'un des bureaux. Gräber fixait sans comprendre ses papiers demeurés ouverts sur l'accoudoir.

L'employé revint avec un petit paquet cabossé. Il compara encore l'adresse avec celle de la permission de Gräber. Puis il poussa le paquet vers Gräber.

— Signez là.

Gräber reconnut l'écriture de sa mère sur le paquet. C'était un colis qu'elle lui avait envoyé au front et qui en était revenu. L'adresse de l'expéditeur était encore rue Haken. Il prit le paquet et signa la décharge.

— C'est tout ce qu'il y avait ? demanda-t-il.

L'employé leva les yeux.

— Vous pensez que nous avons retenu quelque chose ?

— Non pas, je pensais que peut-être vous aviez la nouvelle adresse de mes parents.

— Ce n'est pas notre affaire ici, demandez au premier étage, service des changements d'adresse.

Gräber monta. Le premier étage n'était couvert qu'en partie. On voyait, dans le fond, le ciel avec quelques nuages et un rayon de soleil.

— Nous n'avons pas la nouvelle adresse de votre famille, lui dit la préposée. Sinon nous n'aurions pas adressé le colis rue Haken. Mais vous pourriez interroger le facteur de votre quartier.

— Où se trouve-t-il ?

La préposée consulta sa montre.

— Il fait sa tournée. Revenez cet après-midi vers quatre heures, il sera ici. C'est l'heure du triage du courrier.

— Est-ce qu'il peut savoir l'adresse de mes parents que personne ne connaît ici ?

— Évidemment non, puisque c'est par nous qu'il connaît toutes les adresses. Seulement il y a des gens qui veulent tout de même l'interroger. Ça les rassure. Ils sont comme ça, que voulez-vous !

Gräber mit son paquet sous son bras et descendit les escaliers. Il regarda la date d'expédition. Elle remontait à trois semaines. Il avait mis bien du temps à parvenir au front. Par contre il était revenu assez rapidement. Il s'installa dans un coin et déplia le papier brun. Il y trouva des gâteaux secs, une paire de chaussettes, un paquet de cigarettes et une lettre de sa mère. Il lut la lettre. Il n'était pas question d'évacuation ni de bombardement aérien. Il la mit dans sa poche et attendit que son émotion se calmât. Puis il descendit dans la rue. Il avait beau se dire qu'une seconde lettre n'allait pas manquer d'arriver avec la nouvelle adresse, il se sentait plus misérable que jamais.

Il décida d'aller voir Binding. Peut-être saurait-il du nouveau.

— Entre, entre ! cria Alfons. Nous sommes justement en train de vider une bouteille de première classe. Tu vas nous aider.

Binding n'était pas seul. Un SS était à demi étendu sur le divan que surmontait le Rubens ; on aurait dit qu'il venait de glisser dans cette position étrange et qu'il ne parvenait pas à se relever. C'était un homme frêle au visage crayeux et au poil si blond qu'il paraissait dépourvu de cils et de sourcils.

— Je te présente Heini, dit Alfons avec un certain respect, Heini, le charmeur de serpents ! Mon ami Ernst, en permission de Russie.

Heini était passablement saoul. Il avait les yeux pâles et la bouche très petite.

— La Russie ! murmura-t-il. J'y ai été aussi. C'était le bon temps ! On y est mieux qu'ici.

Gräber tourna vers Binding un regard interrogatif.

— Heini a un peu bu, expliqua-t-il. D'ailleurs, il a des ennuis de famille. La maison de ses parents a été bombardée. Il n'y a pas de victimes, tout le monde était dans la cave, mais la maison n'existe plus.

— Quatre pièces, gronda Heini, rien que des

meubles neufs. Et le piano ! Un instrument merveilleux ! D'une sonorité ! Ah ! les salauds !

— Heini trouvera bien le moyen de venger son piano, dit Alfons. Viens, Ernst, que veux-tu boire ? Heini boit du cognac. Il y a aussi de la vodka, du kümmel, tout ce que tu veux.

— Rien, rien, je ne fais que passer. Je voulais te demander si tu n'as pas appris quelque chose.

— Encore rien, Ernst. Tes parents ne sont plus dans la région. En tout cas pas officiellement. Rien non plus dans les villages voisins. Ou bien ils sont partis d'eux-mêmes et n'ont pas encore envoyé leur nouvelle adresse, ou bien ils ont fait partie d'un convoi de réfugiés. Tu connais la situation. Ces cochons bombardent toute l'Allemagne ; il faudra un certain temps avant que les réseaux postaux soient rétablis. Tiens, bois quelque chose. Tu peux bien risquer un petit verre.

— D'accord. Une vodka.

— De la vodka ! murmura Heini. Des litres, qu'on en buvait là-bas ! Ensuite on en fourrait dans le bec des Ivans et on allumait. Des lance-flammes vivants ! Ah ! les enfants, ces bonds qu'ils faisaient ! De quoi mourir de rire. C'était le bon temps en Russie.

— Comment ? demanda Gräber.

Heini ne répondit pas. Son œil glauque était fixé dans le vide.

— Des lance-flammes, répéta-t-il. Une fameuse idée !

— De quoi parle-t-il ? demanda Gräber à Binding.

Alfons haussa les épaules.

— Heini a vu beaucoup de choses. Il faisait partie du SD.

— Du SD en Russie ?

— Oui. Bois encore un verre, Ernst.

Gräber prit la bouteille de vodka sur la table basse et observa le liquide mobile qui scintillait dans le verre blanc.

— Quel est le degré de cette vodka ?

Alfons rit.

— Elle est assez forte, tu sais. Au moins soixante pour cent. Les Ivans aiment le tord-boyaux.

Soixante degrés, pensa Gräber. Ça doit être assez fort pour s'enflammer dans un gosier pour peu qu'on y mette une allumette. Il regarda Heini. Il connaissait assez la réputation de la Sûreté SS pour savoir que les allusions de Heini ne relevaient pas de l'invention ni de la vantardise. Le SD opérait des liquidations massives sur les arrières du front, sous prétexte de créer de l'espace vital pour le peuple allemand. Il liquidait tout ce qui lui paraissait indésirable, et pour que ces exécutions massives ne devinssent pas trop monotones, les SS se livraient à des variations pleines d'humour. Gräber en connaissait quelques-unes ; Steinbrenner lui en avait raconté d'autres. Pourtant les lance-flammes vivants étaient nouveaux pour lui.

— Qu'est-ce que tu as à fixer la bouteille comme ça ? lui demanda Alfons. Elle ne va pas te mordre. Verse-toi un verre.

Gräber reposa la bouteille. Il voulait se lever et s'en aller, mais il restait assis. Il en avait assez de détourner les yeux et de ne rien vouloir savoir. Lui et des centaines de milliers d'autres avec lui avaient cru se débarrasser ainsi à bon compte des scrupules de leur conscience. Il en avait assez. Il ne fermerait plus les yeux. Sa permission lui servirait au moins à ça.

— Tu ne bois plus ? demanda Alfons.

Gräber regardait Heini qui sommeillait.

— Il est toujours au SD ?

— Non, plus maintenant, il est ici.

— Où ?

— *Oberscharführer* au camp de concentration.

— Au camp de concentration ?

— Oui. Bois donc, Ernst ! Nous ne sommes pas près de nous retrouver, tu sais. Et ne te sauve pas toujours comme ça !

— Non, promit Gräber en fixant Heini, je ne me sauverai plus.

— Voilà enfin une parole raisonnable. Qu'est-ce que tu veux, de la vodka ?

— Non, donne-moi du kümmel ou du cognac. Pas de vodka.

Heini fit un mouvement.

— Bien sûr, pas de la vodka, balbutia-t-il. La vodka, c'était pour nous. Eux, on leur donnait de l'essence. Ça brûle encore bien mieux.

Heini vomissait dans la salle de bains. Alfons attendait avec Gräber devant la porte de la maison. Le ciel était plein de flocons blancs. Dans les bouleaux, un merle s'agitait en sifflant éperdument. Il y avait tout le printemps dans cette petite boule noire au bec jaune.

— Quel numéro, cet Heini, hein ? dit Alfons.

Il ressemblait à un jeune garçon parlant d'un chef indien cruel et magnifique. Il y avait dans sa voix un mélange d'horreur et d'admiration.

— Oui, surtout quand il a affaire à des gens qui ne peuvent pas se défendre, répondit Gräber.

— Il a un bras paralysé, Ernst. C'est pour cela

qu'il n'est pas soldat. Il a attrapé ça dans une bagarre avec les communistes en 1932. C'est peut-être aussi ce qui le rend si dur. Tu as entendu ce qu'il a raconté des bûchers humains ?

Alfons tirait sur un cigare éteint pendant que Heini évoquait ses souvenirs russes. Son émotion était telle qu'il ne songeait pas à le rallumer.

— Une couche de bois, une couche d'hommes, et comme ça jusqu'en haut ! Et les hommes devaient apporter eux-mêmes les bûches sur lesquelles ils s'étendraient avant de recevoir une balle dans la nuque. C'est formidable, hein ? répétait Binding.

— Oui, formidable, approuva Gräber.

— Et les femmes ! Qu'est-ce qu'elles prenaient !

— Oui. Tu aurais voulu y être ?

— Pour les femmes ?

— Non, pour les autres, pour les bûchers humains, pour les arbres de Noël surchargés de pendus, pour les exécutions massives à la mitrailleuse.

Binding réfléchit un instant. Puis il secoua la tête.

— Je ne crois pas. Une fois peut-être pour avoir vu ça. Mais ce n'est pas mon genre, je suis trop sentimental.

Heini très pâle s'encadra dans la porte.

— Le service, bon Dieu ! Je suis déjà en retard ! Se dépêcher maintenant ! Les salauds vont me payer ça !

Il s'éloigna en titubant à travers le jardin. Parvenu à la barrière, il assura sa casquette, se redressa et prit une démarche de cigogne.

— Je ne voudrais pas être le détenu qui va lui tomber entre les mains, dit Binding.

Gräber leva les yeux. Il avait eu la même idée.

— Tu trouves ça juste, Alfons ?

Binding haussa les épaules.

— Ce sont des traîtres, Ernst. Ce n'est pas pour rien qu'ils sont dans un camp de concentration.

— Et Burmeister ? C'était un traître ?

Alfons rit.

— Ça, c'était une affaire personnelle. D'ailleurs il s'en est tiré à bon compte.

— Et s'il ne s'en était pas tiré ?

— C'est qu'il aurait eu de la déveine. Il y a bien des gens qui ont de la déveine aujourd'hui, tu sais. Les sinistrés, par exemple. Les morts. Cinq mille rien que pour cette ville. Des gens plus intéressants que les détenus des camps. Et d'ailleurs, ce qui s'y passe ne nous regarde pas. Ce n'est pas ma faute. Ni la tienne.

Une volée de moineaux s'abattit en pépiant sur le petit bassin de tôle placé à leur intention sur le gazon. L'un d'eux s'élança dans l'eau suivi aussitôt par tous les autres. Alfons les observait avec un intérêt visible. Il paraissait avoir déjà oublié Heini. Gräber regardait ce visage satisfait et innocent. Il y lisait la condamnation définitive de toute pitié et de toute responsabilité : toujours l'égoïsme, l'indifférence et la peur leur opposeraient un mur infranchissable. Il comprit aussi qu'il n'échappait pas à la règle, qu'elle s'étendait à lui comme aux autres, d'une façon anonyme, éloignée mais non moins menaçante. Il se sentait solidaire de Binding, malgré toute sa répugnance.

— Le problème de la responsabilité n'est pas aussi simple, Alfons, fit-il observer doucement.

— Mais voyons, Ernst, tu plaisantes ? On ne peut être rendu responsable que de ses propres actes, et encore, à condition de ne pas avoir agi conformément à des ordres reçus.

— Lorsque nous fusillons des otages, nous disons pourtant le contraire : nous disons qu'ils sont responsables de ce que d'autres ont accompli.

— Tu as fusillé des otages ? demanda Binding soudain intéressé en se tournant vers lui.

Gräber ne répondit pas.

— Les otages, c'est différent, reprit Binding. C'est l'exception, le cas de force majeure.

— Il n'y a que des exceptions et des cas de force majeure, déclara Gräber. Lorsque c'est nous qui agissons, bien entendu. Lorsque nous bombardons une ville, c'est une nécessité stratégique. Lorsque les autres bombardent nos villes, c'est un lâche assassinat.

— Tu y es ! Parfaitement. — Alfons regardait Gräber du coin de l'œil d'un air subtil. — C'est le dernier mot de la politique moderne. Le juste, c'est ce qui sert les intérêts allemands, a dit le ministre de la Justice du Reich. Il est bien placé pour le savoir, je pense. Nous faisons notre devoir. Nous ne sommes pas responsables. — Il se pencha en avant. — Tiens, regarde, le merle qui vient se baigner aussi ! C'est la première fois que je le vois. Ah ! comme les moineaux décampent !

Gräber aperçut soudain Heini devant lui. La rue était déserte. Entre les haies des jardins une lumière dorée sommeillait paresseusement. Un papillon jaune titubait au ras de la mince couche de sable qui recouvrait par endroits les pavés. Heini disparut au coin de la rue à une centaine de mètres de là.

Gräber marchait sur le sable qui étouffait le bruit de ses pas. Si quelqu'un veut se débarrasser de Heini, pensa-t-il, c'est le moment ou jamais. Personne en vue. La rue paraissait assoupie. Les plages de sable permettaient d'approcher presque sans bruit. Heini n'entendrait rien. Il serait facile de l'assommer, de l'étrangler ou de le poignarder. Un coup de feu ferait trop de bruit et attirerait aussitôt du monde. Heini ne devait pas être très fort. Il serait facile de l'étrangler.

Gräber s'aperçut qu'instinctivement il pressait le pas. Alfons lui-même ne se douterait de rien, pensa-t-il. Tout le monde croirait à une vengeance. Ce n'était pas les raisons qui manquaient. Une occasion qui ne se présenterait sans doute plus. Une occasion de débarrasser la terre d'un assassin qui allait probablement dans une heure torturer à mort des êtres épouvantés et sans défense.

Il sentit qu'il avait les mains mouillées de sueur. Il étouffait tout à coup. Il tourna à son tour et constata que la distance entre Heini et lui avait diminué d'une trentaine de mètres. Toujours personne. En courant sur les traînées ensablées, il aurait très vite rattrapé Heini et dans une minute tout pouvait être fini.

Il entendait son cœur battre la chamade. Heini n'allait-il pas se retourner à ce bruit sourd et puissant ? Qu'est-ce qui me prend ? pensa-t-il. De quoi vais-je me mêler ? Une idée qui s'était présentée un instant auparavant comme une simple éventualité s'était transformée en une obscure contrainte, et il lui semblait soudain que tout dépendait de cet acte, qu'il pouvait racheter sa vie passée, ses abandons successifs, toutes les choses qu'il s'efforçait d'oublier, celles qu'il avait accomplies et celles qu'il avait laissé s'accomplir. Le mot de vengeance se présenta à son esprit. Pourtant il connaissait à peine cet homme, il n'avait rien à lui reprocher personnellement. Pas encore, se dit-il, mais le père d'Élisabeth ne serait-il pas du nombre de ses victimes, aujourd'hui même ou demain ? Et du reste, les innombrables otages sacrifiés, qu'avait-on à leur reprocher, où était leur faute ?

Il ne quittait pas des yeux le dos de Heini. Il avait la bouche sèche. Un chien aboya dans un jardin. Il tressaillit et regarda autour de lui. J'ai trop bu, pensa-t-il, il faut que je m'arrête, que je me calme, je n'ai pas à entrer dans ce cauchemar, c'est une folie pure — pourtant il marchait plus vite encore, poussé en avant par une force juste et irrésistible, le rachat de tous les morts qui jalonnaient sa vie passée.

Il n'était plus qu'à une vingtaine de mètres de Heini. Il ne savait pas encore ce qu'il allait faire. C'est alors qu'il vit surgir une femme à l'autre bout de la rue. Elle avait un tablier orange et marchait vers lui un panier vide à la main. Il s'arrêta. Il lui semblait qu'un ressort venait de se briser en lui. Il repartit à pas lents. La femme croisa Heini et s'avança à sa rencontre en balançant son panier tranquillement. Elle avait le visage large et bronzé, la poitrine généreuse, la démarche paisible. Le ciel formait un fond pâle et incertain derrière sa tête aux cheveux noirs soigneusement tirés. Un moment Gräber ne vit plus qu'elle, seule réelle dans un décor brouillé ; elle était la vie, elle la portait sur ses fortes épaules comme un fardeau pesant et précieux, et il n'y avait autour d'elle qu'un désert de mort.

Elle le regarda en le croisant. « Bonjour », lui dit-elle en souriant. Gräber acquiesça. Il n'aurait pu parler. Il entendit ses pas derrière lui, et il se retrouva seul dans le désert scintillant de soleil à l'horizon duquel la silhouette de Heini s'éloignait. Elle tourna au coin de la rue.

Il regarda autour de lui avec égarement. La femme poursuivait sa route sans se soucier de lui. Je devrais courir, pensa-t-il, j'ai encore le temps. Mais il savait qu'il n'en ferait rien. Cette femme m'a vu, pensa-t-il, elle me reconnaîtrait facilement. Mais aurait-il agi si elle n'avait pas été là ? N'aurait-il pas trouvé une autre excuse ? Il n'aurait su le dire.

Il parvint au croisement où Heini avait disparu. Il ne l'aperçut à nouveau qu'au tournant suivant. Il était arrêté au milieu de la rue. Il causait avec un SS. Puis les deux hommes repartirent ensemble. Un facteur sortit d'un jardin. Plus loin deux cyclistes roulaient l'un derrière l'autre. Trop tard. Gräber eut l'impression de sortir d'un rêve. Il se secoua. Que s'était-il passé ? Mais c'est que j'étais à deux doigts de faire une bêtise ! pensa-t-il. Qu'est-ce qui m'a pris ? Qu'est-ce que j'ai donc ? Il reprit sa marche. Il va falloir que je me surveille, pensa-t-il. Je me croyais en pleine possession de moi-même. En réalité, ça ne va pas du tout. Je suis beaucoup plus énervé que je le pensais. Si je n'y prends garde, je vais perdre la tête !

Il acheta un journal dans un kiosque et s'arrêta pour lire le communiqué. Il n'avait pas lu les nouvelles depuis son arrivée. Il voulait tout oublier. Il trouva, sur un fragment de carte imprimé, l'endroit où devait stationner son régiment. Le communiqué ne mentionnant que des groupes d'armée, il ne put déterminer la position de son régiment qu'approximativement. Mais il était facile de voir qu'il avait reculé d'une centaine de kilomètres.

Il demeura un moment immobile. Depuis le commencement de sa permission, il n'avait pas songé une seule fois à ses camarades. Leur souvenir s'était enfoncé en lui comme une pierre. Il remontait à la surface maintenant.

Il lui semblait qu'une solitude grise montait du sol et l'enveloppait. Le communiqué signalait des combats acharnés dans le secteur qui l'intéressait ; mais la solitude était sans visage et sans voix, et la rumeur du combat semblait mourir en elle avec les lueurs des explosions. Des ombres s'élevaient, sans poids ni chaleur, elles se mouvaient et le regardaient, et leurs regards le traversaient. Et lorsqu'elles retombaient, elles se confondaient avec le sol terne et labouré dont elles étaient sorties. Le grand ciel lumineux tendu au-dessus de sa tête se décolorait dans la fumée de cette agonie sans fin qui s'élevait de terre et enténébrait le soleil. Trahison, pensa-t-il soudain dans une révélation intolérable, on les a trahis, trahis et salis, car leur lutte et leur mort sont empoisonnées par l'injustice, le mensonge et la violence. On les a trompés, on a falsifié toute leur vie et jusqu'à leur misérable mort.

Une femme qui portait un sac devant elle le heurta.

— Vous ne voyez donc rien ? lui lança-t-elle furieuse.

— Si, bien sûr, dit Gräber sans bouger.

— Qu'est-ce que vous faites au milieu du trottoir ?

Gräber ne répondit pas. Il savait maintenant pourquoi il avait suivi Heini. C'était cette même force obscure qui l'avait oppressé maintes fois sur le front, cette question à laquelle il n'avait jamais osé répondre, ce désespoir infini qu'il était toujours parvenu jusqu'ici à étouffer. Il retrouvait enfin ces témoins de lui-même, il les reconnaissait, et rien au monde ne l'aurait décidé à les repousser une nouvelle fois. Il voulait être lucide. Il était prêt. Pohlmann, pensa-t-il. Fresenburg lui avait dit d'aller le voir. J'avais oublié. Je lui parlerai. Il faut que je parle avec un homme en qui j'aurai confiance.

— Espèce d'ahuri ! dit la femme avant de s'éloigner.

*

Une partie de la place Jahn était détruite. Des autres maisons, seules les vitres manquaient. La vie quotidienne s'y poursuivait ; on voyait au rez-de-chaussée des femmes faire le ménage et la cuisine, tandis que les maisons d'en face montraient des façades ravagées, des coins de chambre en désordre où pendaient des tentures déchiquetées, comme des drapeaux en haillons après la défaite.

La maison où Pohlmann avait habité autrefois appartenait à la moitié détruite de la place. Les étages supérieurs en s'effondrant avaient bloqué la porte d'entrée. Apparemment personne n'habitait plus cette ruine. Gräber allait faire demi-tour lorsqu'il découvrit un étroit passage pratiqué au milieu des gravats. Il s'y engagea et, contournant le bâtiment, parvint à une porte dérobée dont l'issue avait été dégagée à la pelle. Il frappa. Personne ne répondit. Il frappa encore. Après quelques instants d'attente, il entendit des bruits. Une chaîne tinta, la porte s'entrouvrit.

— Monsieur Pohlmann, dit-il.

Un vieil homme apparut.

— Oui, qu'est-ce que vous voulez ?

— Je suis Ernst Gräber, un de vos anciens élèves.

— Bien, oui, et vous désirez ?

— Je venais vous voir, je suis en permission.

— Je ne suis plus en activité, dit Pohlmann très vite.

— Je sais.

— Bien. Alors vous savez aussi que c'est par mesure disciplinaire que j'ai été mis à la retraite. Je ne reçois plus d'élèves, et d'ailleurs je n'ai plus le droit d'en recevoir.

— Je ne suis plus un élève ; je suis soldat et j'arrive de Russie en permission. Fresenburg m'a prié de vous transmettre son souvenir.

Le vieil homme regarda Gräber plus attentivement.

— Fresenburg ? Il vit encore ?

— Il y a dix jours, il vivait encore.

Le vieil homme hésita un instant.

— C'est bon, entrez, dit-il enfin en s'effaçant devant lui.

Gräber le suivit. Ils s'engagèrent dans un couloir qui conduisait dans une sorte de cuisine d'où partait un autre couloir. Pohlmann pressa soudain le pas et dit en haussant fortement le ton :

— Entrez, entrez. Je croyais que vous étiez de la police.

Gräber le regarda surpris. Puis il comprit et regarda autour de lui. Pohlmann n'avait prononcé ces mots que pour rassurer quelqu'un.

Une petite lampe à pétrole à abat-jour vert brûlait dans la pièce. Les gravats accumulés à l'extérieur masquaient entièrement les fenêtres. Pohlmann s'arrêta au milieu de la pièce.

— Maintenant, je vous reconnais, dit-il. Dehors il y a trop de lumière pour moi. Je sors si peu... j'ai perdu l'habitude. Ici, comme vous voyez, il n'y a qu'une lampe à pétrole pour s'éclairer, et comme le pétrole est rare, on reste de longues heures assis dans le noir. L'installation électrique ne fonctionne évidemment plus.

Gräber le regardait. Il ne l'avait pas reconnu, tant il avait vieilli. Puis il regarda autour de lui et il eut l'impression d'être transporté dans un autre univers. Ce n'était pas seulement le silence et le cercle lumineux de la lampe qui donnaient à la pièce une atmosphère de catacombes après le tumulte ensoleillé de la rue ; il y avait autre chose encore. C'était aussi les files de livres dorés ou bruns qui couvraient les murs, c'étaient les eaux-fortes de Weimar suspendues çà et là, c'était enfin ce vieil homme à cheveux blancs, au visage ridé dont la teinte cireuse faisait songer à des années de réclusion.

Pohlmann remarqua le coup d'œil de Gräber.

— J'ai eu de la chance, dit-il, j'ai sauvé presque tous mes livres.

Gräber se tourna vers lui.

— Il y a longtemps que je n'avais plus vu de livres. Il y a plus longtemps encore que je n'en ai lu.

— Je comprends, dit Pohlmann, les livres sont trop lourds pour qu'on puisse les transporter dans son sac.

— Trop lourds aussi pour qu'on les transporte dans sa tête. Ils s'accordent mal avec ce qui se passe là-bas. Quant à ceux qui seraient dans le ton, on préfère ne pas les lire.

Pohlmann fixait le cercle doux et vert de la lampe.

— Pourquoi êtes-vous venu me revoir, Gräber ?

— C'est Fresenburg qui m'a conseillé cette visite.

— Vous le connaissez bien ?

— C'est le seul en qui j'ai pleinement confiance là-bas. Il m'a dit de venir vous parler. Il m'a dit que vous me diriez la vérité.

— La vérité ? À quel sujet ?

Gräber regardait le vieil homme. Il avait été dans sa classe à une époque qui paraissait infiniment éloignée. Pourtant il eut un instant l'impression qu'il était à nouveau son élève, qu'il allait l'interroger sur le sens de sa vie, et que tout son avenir allait prendre une direction nouvelle dans cette cellule enfouie sous les décombres, face à ce vieil homme entouré de ses livres. C'était là que s'étaient réfugiées ces survivances du passé, la bonté, la tolérance et le savoir, derrière ces fenêtres aveuglées par les ruines.

— Je voudrais savoir dans quelle mesure je suis responsable des crimes qui ont été commis ces dix dernières années, dit-il. Je voudrais savoir aussi ce qu'il faut faire.

Pohlmann le regarda longuement. Puis il se mit à marcher de long en large dans la pièce. Il tira un livre des rayons, l'ouvrit et le remit à sa place sans l'avoir regardé. Enfin il se tourna vers son interlocuteur.

— Savez-vous ce que vous me demandez là ?

— Oui.

— Il y en a chaque jour qui sont décapités pour moins que ça.

— Il y en a chaque jour qui sont tués pour rien du tout sur le front.

Pohlmann s'assit.

— Quand vous parlez de crimes, vous faites allusion à la guerre ?

— Je fais allusion à tout ce qui y a mené, le mensonge, l'oppression, l'injustice, la violence. À la guerre aussi. La guerre telle que nous la faisons, avec ses camps d'esclaves, ses camps de concentration et le meurtre massif des civils.

Pohlmann se taisait.

— J'ai vu un certain nombre de choses. J'en ai entendu d'autres, poursuivit Gräber. Je sais que la guerre est perdue. Et je sais que nous ne continuons à nous battre que pour que le gouvernement, le Parti et tous ceux qui en sont responsables puissent rester un peu plus longtemps au pouvoir afin de poursuivre leur œuvre de destruction.

Pohlmann ne quittait pas Gräber des yeux.

— Vous savez tout cela ? lui demanda-t-il.

— Maintenant je le sais. Je ne l'ai pas toujours su.

— Et vous allez repartir sur le front ?

— Oui.

— C'est abominable.

— Ce qui est plus abominable encore, c'est de se dire qu'en repartant sur le front je me rends peut-être responsable de toutes ces horreurs. Croyez-vous que je sois responsable ?

Pohlmann se tut un instant.

— Comment l'entendez-vous ? demanda-t-il un instant plus tard presque à voix basse.

— Vous savez comment je l'entends. C'est vous qui nous avez donné notre instruction religieuse. Dans quelle mesure suis-je responsable en sachant non seulement que la guerre est perdue, mais qu'il faut qu'elle le soit pour que l'esclavage et le meurtre, les camps de concentration, les SS et les SD, les éliminations massives de population et l'inhumanité prennent fin — lorsqu'en sachant tout cela je rejoins mon unité dans deux semaines et reprends la lutte ?

Le visage de Pohlmann lui parut soudain gris et éteint. Seuls ses yeux conservaient un reste de couleur, un bleu étrangement transparent. Gräber songea à des yeux semblables qu'il avait vus, il ne savait plus dans quelles circonstances.

— Il faut vraiment que vous repartiez ? demanda Pohlmann.

— Je peux refuser d'obéir. Je serai pendu ou fusillé.

Gräber attendait une réponse.

— Les premiers chrétiens refusaient l'obéissance, dit-il enfin d'une voix hésitante.

— Nous ne sommes pas des saints. Mais à quel moment commence notre responsabilité ? demanda Gräber. À quel moment ce qu'on appelle l'héroïsme devient-il du crime ? Lorsque l'on ne croit plus aux raisons qu'on se donne ? À l'idéal qu'on poursuit ? Où est la limite ?

Pohlmann le regardait d'un air torturé.

— Que voulez-vous que je vous dise ? C'est trop grave, n'est-ce pas ? Je ne peux prendre aucune décision à votre place.

— Il faut que chacun résolve ses problèmes tout seul ?

— Il me semble, oui.

Gräber se tut. Pourquoi toutes ces questions ? pensa-t-il. Au lieu d'assumer mon rôle d'accusé, voilà que je joue les juges. Pourquoi tourmenter ce vieil homme en lui demandant compte de ce qu'il m'a enseigné autrefois et de ce que j'ai appris sans lui plus tard ? Ai-je encore besoin d'une réponse ? N'ai-je pas moi-même répondu tout à l'heure ? Il regarda Pohlmann. Il l'imaginait, tapi des jours entiers dans ce refuge, à la lumière de sa lampe ou dans l'obscurité, tel un chrétien dans les catacombes, chassé de son poste, attendant d'heure en heure qu'on vienne l'arrêter et cherchant une maigre consolation dans ses livres.

— Vous avez raison, lui dit-il. Interroger quelqu'un d'autre, c'est encore reculer devant une décision à prendre. D'ailleurs à vrai dire, je n'attendais pas de véritable réponse de vous. Seulement, voyez-vous, il y a des moments où l'on ne peut s'interroger soi-même qu'en interrogeant quelqu'un d'autre.

Pohlmann secoua la tête.

— Vous avez le droit de m'interroger. La responsabilité ! s'écria-t-il soudain avec vivacité, savez-vous bien ce que c'est ? Vous étiez jeune et on vous a empoisonné avec des mensonges avant que vous fussiez en état de comprendre. Mais nous, nous qui avons tout vu et laissé faire ! Pourquoi, pourquoi ? Paresse du cœur ? Indifférence ? Pauvreté ? Égoïsme ? Désespoir ? Mais comment prévoir que cela deviendrait un pareil fléau ? Croyez-vous que je ne me pose pas ces questions quelquefois ?

Gräber se souvint tout à coup des yeux auxquels les yeux de Pohlmann le faisaient songer. C'étaient ceux du Russe sur lequel il avait tiré. Il se leva.

— Il faut que je parte, dit-il. Merci de m'avoir laissé entrer et d'avoir accepté de parler avec moi.

Il prit son calot. Pohlmann parut sortir d'un rêve.

— Vous partez ? dit-il. Qu'allez-vous faire ?

— Je ne sais pas. J'ai encore deux semaines pour réfléchir. C'est beaucoup quand on est habitué à vivre minute par minute.

— Revenez ! Revenez me voir avant de partir. Promettez-le-moi.

— Je vous le promets.

— Il n'y en a pas beaucoup qui viennent me voir, murmura Pohlmann.

Gräber aperçut entre les livres, non loin de la fenêtre bouchée, une petite photographie. C'était celle d'un jeune homme de son âge en uniforme. Il se rappela que Pohlmann avait eu un fils. Mais il savait qu'il valait mieux ne pas poser de question sur ce genre de sujet.

— Si vous écrivez à Fresenburg, transmettez-lui mon bon souvenir, dit Pohlmann.

— Oui. Vous avez parlé de ces questions avec lui, n'est-ce pas ?

— Oui.

— Je regrette de ne pas vous avoir rencontré il y a quelques années.

— Vous croyez que Fresenburg a eu la vie plus facile après cela ?

— Non, au contraire.

Pohlmann acquiesça.

— Je n'ai rien voulu vous dire, parce que je ne voulais pas vous payer d'une de ces innombrables réponses qui sont autant de dérobades. Il n'en manque pas. Elles sont toutes péremptoires et convaincantes, mais elles ne persuadent que les lâches.

— Même celles de l'Église ?

Pohlmann hésita un instant.

— Même celles de l'Église, dit-il ensuite. Mais l'Église a de la chance. À côté du commandement

Tu aimeras ton prochain comme toi-même ou bien *Tu ne tueras point*, elle a mis cet autre commandement *Rendez à César ce qui est à César et à Dieu ce qui est à Dieu*. Ça lui donne une certaine liberté de manœuvre.

Gräber sourit. Il retrouvait le ton sarcastique de l'ancien Pohlmann. Pohlmann s'en aperçut.

— Vous souriez, lui dit-il. Pourquoi ne criez-vous pas ?

— Je crie, répondit Gräber, mais personne ne m'entend.

Il se retrouva sur la place. La lumière éclatante lui blessait les yeux. Le mortier blanc étincelait. Il traversa la place lentement. Il éprouvait les sentiments de quelqu'un à qui l'on vient de notifier la décision du tribunal après de longs débats, et qui se soucie peu de savoir s'il y a acquittement ou condamnation. Trop tard maintenant ; il avait trouvé ce qu'il était venu chercher en permission ; il savait à présent que c'était le désespoir, et il ne cherchait plus à s'en défendre.

Il demeura un moment assis sur un banc au bord d'un cratère. Il se sentait parfaitement détendu et vide, et n'aurait pu dire s'il en souffrait vraiment. Il en avait assez de penser. Il n'y avait plus rien à penser. Il renversa la tête en arrière, ferma les yeux et sentit la brûlure du soleil sur son visage. Il ne sentait plus rien d'autre. Il ne bougeait pas, respirait profondément et jouissait de la chaleur impersonnelle et consolante qui ignorait le juste et l'injuste. Au bout d'un moment il rouvrit les yeux. La place s'étendait devant lui, claire, lumineuse. Un grand tilleul se dressait devant une maison effondrée. Ses branches s'écarquillaient vers le ciel comme les doigts d'une main gigantesque. Quelques nuages blancs flottaient dans un ciel très bleu. Tout brillait d'un éclat neuf comme après une ondée. C'était la vie, puissante et sûre d'elle-même, sans question, sans tristesse, sans désespoir. Gräber l'accueillait en lui comme une réponse ineffable, plus profonde que toutes les questions et tous les mots, celle-là même qu'il avait entendue maintes fois déjà lorsque la mort l'avait effleuré, lorsque l'espoir avait afflué en lui, chassant la peur, l'attente et l'abandon, noyant toutes les raisons, toutes les pensées, sous une vague irrésistible.

Il se leva. Il passa devant le tilleul entre les ruines et les maisons. Il sentit soudain qu'il attendait. Tout attendait en lui. Il attendait le soir, comme une trêve.

XIV

— Nous avons aujourd'hui un excellent *Wiener Schnitzel*, dit le marabout.

— D'accord pour le *Wiener Schnitzel*, répondit Gräber. Et d'accord pour tout ce que vous nous recommanderez. Nous nous en remettons entièrement à vous.

— Le même vin ?

— Le même ou un autre, comme vous voulez. À vous de décider.

Le garçon s'éloigna satisfait. Gräber s'appuya au dossier de son siège en regardant Élisabeth. Il avait le sentiment d'avoir été brusquement transporté d'un secteur bombardé du front dans une île épargnée par la guerre. La matinée était loin. Il n'en restait que le reflet de l'instant où la vie était soudain devenue si proche, faisant sourdre des pavés et des ruines des mains vertes qui s'ouvraient vers la lumière. Deux semaines de vie, pensait-il. Il faudrait s'en saisir, comme le tilleul s'emparait de la lumière ce matin.

Le marabout revint.

— Que penseriez-vous d'un Moselle aujourd'hui ? demanda-t-il. Nous avons justement un *Wehlener*

Sonnenuhr et un *Erdener Trepchen*, tous deux verts et piquants... Le champagne est une véritable limonade en comparaison.

— Allons-y pour le *Wehlener Sonnenuhr*, dit Gräber.

— Bien, monsieur. Monsieur est un connaisseur. C'est un vin qui va admirablement avec les Schnitzel. Je vous servirai en même temps une salade fraîche qui fera ressortir son bouquet. C'est un vin de source.

Le déjeuner du condamné à mort, pensa Gräber. Deux semaines de déjeuners de condamné à mort. Il y songeait sans amertume. L'idée que sa permission prenait fin ne lui était pas encore venue ; elle lui paraissait infiniment longue. Trop de choses nouvelles s'étaient présentées, ou s'annonçaient dans un proche avenir. Il avait fallu qu'il lise ce communiqué et aussi qu'il fasse cette visite à Pohlmann pour qu'il mesurât le peu de temps qu'il lui restait.

Élisabeth avait suivi des yeux le marabout.

— Béni soit ton ami Reuter, dit-elle. Il a fait de nous des connaisseurs !

— Nous ne sommes pas des connaisseurs, Élisabeth, nous sommes davantage. Nous sommes des aventuriers. Des aventuriers de la paix. La guerre a tout bouleversé. Ce qui était jadis un symbole de sécurité repue, de bourgeoisie assoupie, est devenu aujourd'hui le comble de la hardiesse.

Élisabeth rit.

— C'est nous qui opérons ce changement.

— C'est le temps. Il y a en tout cas un mal dont nous ne pouvons pas nous plaindre, celui de l'ennui et de la monotonie.

Gräber regarda Élisabeth. Elle était assise devant

lui, gainée dans une robe étroite. Ses cheveux étaient emprisonnés dans un foulard de soie. Elle ressemblait à un jeune garçon.

— Monotonie, répéta-t-elle. Tu ne devais pas venir en civil aujourd'hui ?

— Je n'ai pas pu. Je n'ai pas trouvé de place pour me changer.

Gräber avait voulu se changer chez Alfons, mais il n'était pas retourné chez lui depuis son entretien de l'après-midi.

— Tu pourras te changer chez moi, dit Élisabeth.

— Chez toi ? Et Mme Lieser ?

— Tant pis pour Mme Lieser ! J'en ai pris mon parti.

— Tant pis pour un tas de choses, dit Gräber.

— J'en ai pris aussi mon parti.

Le garçon apporta une bouteille et la déboucha. Mais il ne remplit pas les verres. La tête inclinée, il écoutait.

— Ça recommence ! Je suis navré, monsieur.

Il n'avait pas besoin de donner des explications. Le hurlement des sirènes couvrit bientôt toutes les conversations des clients.

— Où est l'abri le plus proche ? demanda Gräber au marabout.

— C'est la cave de la maison.

— Elle n'est pas réservée aux clients ?

— Vous êtes un client, monsieur. La cave est excellente. Meilleure que bien des abris de la ville. C'est que nous logeons des officiers supérieurs.

— Soit, mais que vont devenir nos *Wiener Schnitzel* ?

— Ils ne sont pas encore sur le feu. Je vais vous les garder. Je ne peux pas vous servir en bas, vous comprenez bien pourquoi, n'est-ce pas ?

— Bien sûr.

Gräber prit la bouteille des mains du marabout et remplit deux verres. Il en tendit un à Élisabeth.

— Tiens bois, bois tout.

Elle secoua la tête.

— Il ne vaut pas mieux descendre ?

— Nous avons largement le temps. C'était seulement le signal de pré-alerte. Il n'y aura peut-être rien, comme la dernière fois. Vide ton verre, Élisabeth. Ça aide à tenir le coup.

— Je crois que monsieur a raison, dit le marabout. C'est dommage de boire comme ça un si noble vin — mais les circonstances sont exceptionnelles, n'est-ce pas ?

Il était très pâle et souriait avec effort.

— Monsieur, dit-il à Gräber, autrefois nous levions les yeux vers le ciel pour prier. Aujourd'hui, c'est pour le maudire. Voilà où nous en sommes !

Gräber ne quittait pas Élisabeth des yeux.

— Bois ! Nous avons tout le temps. Nous pouvons vider la bouteille.

Elle leva son verre et le vida lentement. Son geste avait quelque chose de décidé et de désespéré à la fois. Puis elle reposa son verre et sourit.

— Il faudra aussi que je prenne mon parti du danger, dit-elle. C'est étrange comme j'ai peur, chaque fois. Regarde comme je tremble.

— Ce n'est pas toi qui trembles, c'est la vie qui est en toi. Ça n'a rien à voir avec le courage. Le courage, c'est quand on peut se défendre. Tout le reste est pure vanité. Notre vie est plus raisonnable que nous, Élisabeth.

— Bon, alors donne-moi encore à boire.

— Ma femme, dit le marabout. Notre enfant est

malade. Tuberculeux. Il a onze ans. La cave de la maison ne vaut rien. Et elle a du mal à descendre le petit. Elle est si frêle ! Cinquante-trois kilos ! 29 rue du Sud. Impossible d'aller les aider. Il faut que je reste ici.

Gräber prit un verre sur la table voisine, le remplit et le tendit au garçon.

— Tenez ! Buvez aussi un coup. Il y a une vieille règle au front : quand il n'y a rien à faire, rester calme.

— C'est facile à dire !

— Bien sûr. Nous ne sommes pas en bois. Alors prenez toujours ce verre.

— C'est défendu pendant les heures de service.

— Les circonstances sont exceptionnelles, vous l'avez dit vous-même.

— Allons, soit. — Il prit le verre et s'assura que personne ne le voyait. — Puis-je me permettre de boire à votre promotion ?

— À quelle promotion ?

— À votre promotion comme sous-officier.

— Merci. Vous avez le don de l'observation.

Le garçon reposa le verre.

— Je ne peux pas vider le verre d'un trait, monsieur. Un si noble vin ! Même dans ces circonstances exceptionnelles.

— Ça vous fait honneur. Emportez le verre.

— Merci, monsieur.

Gräber remplit son verre et celui d'Élisabeth.

— Je ne fais pas cela pour montrer mon sang-froid, expliqua-t-il. C'est simplement parce que, pendant les bombardements, il vaut mieux profiter de ce que l'on a. On ne sait jamais ce qu'on retrouvera.

Élisabeth regarda son uniforme.

— Tu ne crois pas qu'on va te pincer dans un abri rempli d'officiers ?

— Non, Élisabeth.

— Pourquoi pas ?

— Parce que ça m'est égal.

— On ne se fait pas pincer quand ça vous est égal ?

— Moins facilement. La peur attire l'attention. Et maintenant, viens. Le moment le plus dur est passé.

Une partie de la cave à vin était bétonnée, étayée par des poutrelles d'acier et transformée en abri. Il y avait partout des chaises, des sièges, des fauteuils, des tables et des canapés. Quelques tapis usés couvraient le sol et les murs étaient blanchis à la chaux. Il y avait aussi un poste de radio et, sur une table rase, des bouteilles et des verres. Un abri de haut luxe.

Ils trouvèrent place du côté de la cloison de bois mince qui séparait l'abri de la cave à vin proprement dite. Plusieurs clients les accompagnèrent. On remarquait parmi eux une très jolie femme en robe du soir blanche. Elle était en grand décolleté et son bras gauche étincelait de bracelets. Une blonde expansive qui avait un visage de carpe la suivait. Puis c'était un groupe de convives en civil, quelques femmes d'un certain âge et quelques officiers. Un sommelier et un chasseur apparurent. Ils commencèrent à déboucher des bouteilles.

— Nous aurions dû descendre notre vin, dit Gräber.

Élisabeth secoua la tête.

— Tu as raison. Quelle pauvre comédie nous nous jouons !

— Ça ne se fait pas, dit-elle. Ça porte malheur.

Elle a raison, pensa Gräber en regardant avec irritation le sommelier qui circulait avec un plateau. Ce n'est pas du courage, c'est de la frivolité. Le danger doit toujours être pris au sérieux. Mais pour connaître sa gravité, sa profondeur, il faut une longue familiarité avec la mort.

— Le deuxième avertissement, dit quelqu'un à côté d'eux. Ils approchent.

Gräber poussa sa chaise contre celle d'Élisabeth.

— J'ai peur, dit-elle, malgré le *Wehlener Sonnenuhr* et toutes mes résolutions.

— Moi aussi.

Il la prit aux épaules et sentit comme elle était contractée. Une tendresse pour elle l'envahit soudain. Elle ressemblait à un animal qui sent le danger et qui se ramasse sur lui-même. Elle était sans affectation et ne cherchait pas à poser. Sa seule défense était son courage. La vie se cabrait en elle au chant funèbre des sirènes qui hurlaient à la mort, et elle ne cherchait pas à masquer ses soubresauts.

Il s'aperçut que le compagnon de la femme blonde le fixait. C'était un capitaine. Il était mince, il avait le menton fuyant. La blonde éclata de rire à la grande admiration de sa table.

Un léger tremblement parcourut la cave. Puis le grondement sourd d'une explosion leur parvint. Les conversations s'arrêtèrent et recommencèrent aussitôt avec une force et une vivacité qui trahissaient l'application. Trois nouvelles explosions plus violentes se succédèrent rapidement.

Gräber serrait Élisabeth contre lui. Il constata que la blonde ne riait plus. Un choc inattendu secoua la cave. Le garçon posa précipitamment son plateau et se cramponna aux colonnettes chantournées du buffet.

— Pas d'affolement ! cria une voix coupante. Le point de chute était très éloigné.

Tout à coup une série de craquements et de glissements se produisirent à l'intérieur des murs. La lumière vacilla comme dans un mauvais film, un mugissement profond remplit l'espace. L'obscurité et la lumière se succédaient rapidement, faisant apparaître les groupes autour des tables dans des attitudes chaque fois différentes. La première fois, la dame en décolleté était encore assise, puis on la vit debout, puis dans un geste de fuite, enfin des gens l'entourèrent, et lorsque l'obscurité retomba définitivement on entendit qu'elle criait. C'est alors qu'un tonnerre mille fois répercuté annihila les consciences tandis que la terre paraissait libérée de toute pesanteur.

— Ce n'était que le déplacement d'air, cria Gräber. Il a dû faire sauter les fils électriques. L'hôtel n'a pas été atteint.

Élisabeth se pressa contre lui.

— Des bougies ! Des allumettes ! cria quelqu'un. Il doit bien y avoir des bougies quelque part ! Nom d'un chien, où sont les bougies ! Ou une lampe de poche alors !

Plusieurs allumettes scintillèrent çà et là. Elles tremblaient comme des feux follets dans l'obscurité grondante, éclairant des mains et des visages, comme si les corps avaient été déjà absorbés par le tumulte.

— Bon Dieu ! Il n'y a donc pas d'éclairage de secours dans cette maison ? Où est le garçon ?

Les petits cercles de lumière erraient en palpitant le long des murs. On vit surgir les épaules nues d'une femme, l'éclat d'un bijou, une bouche noire et ouverte, et les voix s'élevaient sur le grondement comme des cris de souris dans le tumulte d'une cataracte. Puis on entendit un hurlement gigantesque qui augmentait furieusement, devint intolérable, comme si un aérolithe d'acier fondait sur la cave. Tout vacilla. Les cercles lumineux eurent un dernier sursaut et s'éteignirent. La cave ne tremblait plus ; le hurlement semblait l'avoir détachée du sol et lancée vers le ciel. Gräber eut l'impression de défoncer le plafond avec sa tête. Il enlaça Élisabeth de ses deux bras. Comme une nouvelle secousse menaçait de la lui arracher, il se jeta sur elle, l'entraîna sur le sol et se glissa avec elle sous une banquette. Il attendit que le plafond s'écroulât. Le vide semblait s'être fait dans la pièce, un vide qui comprimait les poumons et l'estomac, faisait battre le sang dans les tempes, écrasait le corps sous une masse impalpable. Il n'y avait plus qu'à attendre l'écroulement définitif et l'agonie sous les ruines. L'attente se prolongea. Brusquement une lumière tourbillonnante partit du sol, une colonne de feu, une torche humaine, une femme qui criait : « Je brûle, je brûle ! Au secours ! »

Elle se débattait en faisant jaillir des gerbes d'étincelles de sa robe ; ses bijoux étincelaient aussi. On voyait son visage épouvanté dans des reflets d'enfer. Des voix s'élevèrent, des uniformes se précipitèrent sur elle, roulèrent avec elle sur le sol. Elle continuait à crier en se tordant par terre, un long cri suraigu qui perçait les explosions des obus de DCA et le grondement des bombes, un cri inhumain bientôt étouffé sous les couvertures, les coussins et les vêtements que l'on jetait sur la malheureuse.

Gräber serrait la tête d'Élisabeth entre ses mains, il la couvrait de tout son corps et ne relâcha son étreinte que lorsque l'incendie humain et les hurlements eurent fait place à de faibles gémissements qui se mêlaient à une odeur de chair et de vêtements carbonisés.

— Un médecin ! Allez chercher un médecin !

— Quoi ?

— Il faut l'emmener à l'hôpital ! Faites un peu de lumière, il faut la sortir d'ici.

— Maintenant ? dit quelqu'un. Vous n'y pensez pas ?

Tout le monde se tut. On écoutait les batteries de DCA qui faisaient rage à l'extérieur. Les explosions avaient cessé.

— Ils sont partis, c'est fini !

— Reste étendue, murmura Gräber à l'oreille d'Élisabeth. C'est fini, mais reste couchée. Comme ça personne ne te marche dessus. Ne bouge pas.

— Il faut encore attendre, prononça lentement une voix docte. Une seconde vague peut survenir. D'ailleurs tant que la DCA tirera, il y aura des éclats d'obus.

Un cercle de lumière tomba sur la porte. C'était une lampe de poche. La femme se remit à crier.

— Non, non, éteignez le feu, pas de feu !

— Ce n'est pas du feu, c'est une lampe de poche, lui expliqua quelqu'un.

Le cercle glissait le long des murs qu'il semblait palper. C'était une très petite lampe de poche.

— Par ici, venez donc par ici ! Qui est-ce ? Qui êtes-vous avec la lampe ?

Le cercle décrivit un arc rapide sur le plafond et éclaira un plastron amidonné, des revers d'habit, une cravate noire et un visage ennuyé.

— Je suis le maître d'hôtel Fritz. La salle à manger s'est effondrée. Nous devons interrompre le service. Si ces messieurs veulent prendre connaissance de leur addition...

— Hein ?

Fritz continuait à éclairer son propre visage.

— L'attaque est terminée. J'ai apporté une lampe de poche et les additions.

— Quoi ? C'est inouï !

— Monsieur, répondit Fritz d'une voix navrée à son invisible interlocuteur, le maître d'hôtel est responsable sur ses gages vis-à-vis de l'établissement.

— Inouï ! répéta le client invisible. Vous nous prenez pour des escrocs. Et par-dessus le marché vous persistez à ne vous servir de votre lampe que pour éclairer vos traits ingrats ! Approchez et plus vite que ça ! Il y a quelqu'un de blessé ici.

Le visage de Fritz rentra dans l'obscurité. Le cercle lumineux erra sur les murs, balaya les cheveux d'Élisabeth, glissa sur le sol et s'arrêta sur un tas de vêtements et de couvertures.

— Mon Dieu ! gémit un homme en bras de chemise qui était à genoux près de la blessée.

Il recula. Seules ses mains demeurèrent dans le cercle de la lampe. Le cercle tremblait sur le tas de vêtements. Le maître d'hôtel devait trembler aussi. On écarta une tunique et une couverture.

— Mon Dieu ! répéta la voix de l'homme en bras de chemise.

— Ne regarde pas, dit Gräber. Ce sont des choses qui arrivent. N'importe où et n'importe quand. Ça n'a rien à voir avec le bombardement. Mais il ne faut pas que tu restes dans la ville. Je vais te conduire dans un village qu'ils ne bombardent pas. J'en connais un.

Haste. J'y ai des amis. Sûrement ils te prendront. Nous y habiterons ensemble. Là tu seras en sûreté.

— Une civière, dit l'homme qui était à genoux. Y a-t-il une civière dans la maison ?

— Je crois, je crois, mon... mon...

Le maître d'hôtel ne pouvait déterminer le grade de l'homme en bras de chemise.

— Je m'excuse pour les additions, dit-il. Je ne savais pas qu'il y avait quelqu'un de blessé.

— Allez ! Vite une civière ! Ou plutôt attendez, je vais avec vous. Comment est-ce dehors ? On peut passer ?

— Oui.

L'homme se leva, mit sa veste et devint aussitôt un capitaine. Le faisceau lumineux disparut et l'on eut l'impression qu'un rayon d'espoir s'en allait avec lui. On entendit la femme gémir.

— Wanda ! dit une voix d'homme tremblante. Wanda, qu'est-ce que nous allons faire ?

— Nous pouvons sortir, dit quelqu'un.

— Le signal de fin d'alerte n'a pas sonné, dit la voix docte.

— Allez au diable avec votre signal ! Où est la lumière ? La lumière !

— Non, pas de lumière ! cria la femme, pas de lumière !

— Il nous faut un médecin. De la morphine.

— Wanda ! répéta la voix brisée, qu'est-ce que nous allons dire à Eberhard ?

La lumière revint. C'était cette fois une lampe à pétrole. Le capitaine la portait à la main, suivi de deux garçons en habit avec la civière.

— Plus de téléphone, dit le capitaine, les lignes sont coupées. Par ici la civière.

Il posa la lampe sur le sol.

— Wanda ! s'écria la voix brisée, Wanda !

— Écartez-vous ! ordonna le capitaine, ce sera pour plus tard.

Il s'agenouilla vers la femme et se releva un instant plus tard.

— Voilà, c'est fini, vous allez dormir maintenant. J'avais encore une ampoule à tout hasard. Doucement, doucement la civière ! Allez-y, levez ! Il va falloir attendre dehors qu'on trouve une ambulance.

— Bien, mon capitaine, dit le maître d'hôtel docilement.

La civière évolua vers la porte. La tête noire et sans cheveux y roulait de droite et de gauche. Le corps était couvert d'une nappe.

— Elle est morte ? demanda Élisabeth.

— Non, dit Gräber, elle s'en tirera et ses cheveux repousseront.

— Et sa figure ?

— Les yeux sont intacts, c'est l'essentiel. Le reste cicatrisera. En somme, rien de bien terrible. J'ai vu beaucoup de cas de ce genre.

— Qu'est-ce qui s'est passé exactement ?

— Sa robe a pris feu. Elle s'est trop approchée d'une des allumettes. C'est tout ce qu'il y a eu. La cave est excellente. Elle a résisté à une bombe qui l'a atteinte de plein fouet.

Gräber se dégagea de la position qu'il avait adoptée pour protéger Élisabeth. En se relevant, il marcha sur des tessons de bouteilles et s'aperçut que la cloison qui séparait les deux caves avait volé en éclats. Plusieurs casiers étaient à demi renversés, des bouteilles gisaient, pêle-mêle et brisées. Des flaques de vin s'élargissaient sur le sol comme de l'huile noire.

— Un instant, dit-il à Élisabeth, je reviens tout de suite. Il prit son manteau et disparut dans la cave. Il revint presque aussitôt.

— Maintenant, allons-y.

Dehors, la civière de la blessée attendait. Deux garçons s'efforçaient d'arrêter une voiture en sifflant dans leurs doigts.

— Qu'est-ce que nous allons dire à Eberhard ? continuait à se lamenter son compagnon. Quelle sacrée déveine nous avons ! Comment allons-nous lui faire comprendre…

Eberhard, ça doit être le mari, pensa Gräber. Il aborda l'un des garçons.

— Où est le garçon qui s'occupe des vins ?

— Lequel ? Otto ou Karl ?

— Un petit vieux qui ressemble à une cigogne.

— C'est Otto. — Le garçon regarda Gräber. — Otto est mort. Le lustre de la salle de réception l'a atteint en tombant. Otto est mort, monsieur.

Gräber se tut un instant.

— Je lui devais de l'argent, dit-il ensuite, pour une bouteille de vin.

Le garçon s'épongea le front.

— Vous pouvez me le donner, dit-il. Qu'est-ce que c'était ?

— Une bouteille de *Wehlener Sonnenuhr*.

— Première cuvée ?

— Non, deuxième.

Le garçon sortit une liste de sa poche et alluma sa lampe.

— Quatre marks, s'il vous plaît. Quatre quarante avec le service.

Gräber lui donna l'argent. Le garçon encaissa.

Gräber était sûr qu'il le garderait. « Viens », dit-il à Élisabeth.

Ils cherchèrent un passage au milieu des ruines. Le sud de la ville brûlait. Le ciel était gris et rouge, et le vent poussait des nuages pleins de cendre dans les rues.

— Il s'agit de savoir maintenant si ta maison existe toujours, Élisabeth.

Elle secoua la tête.

— Nous avons bien le temps. Restons encore un peu dehors.

Ils arrivèrent près de l'abri bétonné où ils étaient descendus le premier soir. Son entrée fumait comme la porte de l'enfer. Ils s'assirent sur un banc du square.

— As-tu faim ? demanda Gräber. Nous n'avons rien mangé ce soir.

— Ça ne fait rien. Je ne pourrais rien avaler.

Il déroula son manteau et en tira deux bouteilles.

— Je ne sais pas ce que j'ai pêché, mais ça ressemble à du cognac.

Élisabeth le regarda.

— Où as-tu trouvé ça ?

— Dans la cave. La porte était ouverte et il y avait des dizaines de bouteilles cassées. Admettons que ces deux-là aient été du nombre.

— Et tu les as emportées, comme ça ?

— Comme ça. Un soldat qui néglige une cave ouverte est gravement malade. J'ai appris à penser et à agir avec réalisme. Les dix commandements ne valent pas pour les soldats.

— Je commence à croire que non, dit Élisabeth. D'autres commandements non plus d'ailleurs. — Elle rit. — On sait si peu de chose de vous autres.

— Toi, tu en sais déjà un peu trop long.

— Non, on ne sait presque rien de vous autres, répéta-t-elle. Vous n'êtes pas vous-même ici. Il faudrait vous connaître là-bas. Qui sait ce qu'on apprendrait ?

Gräber tira deux nouvelles bouteilles de son manteau.

— En voilà une que l'on peut déboucher sans tire-bouchon, c'est du champagne. — Il dénoua le fil doré. — J'espère que tu le boiras sans scrupule.

— Maintenant, oui.

— Et nous ne boirons à rien, comme ça, ça ne nous portera pas malheur. Nous buvons parce que nous avons soif, tout simplement. Et aussi parce que nous sommes toujours en vie.

Élisabeth sourit.

— Tu n'as plus besoin de me le dire, je le sais maintenant. Mais je voudrais que tu m'expliques autre chose. Pourquoi as-tu payé une bouteille puisque tu en emportais quatre autres ?

— C'est tout différent. La première bouteille, ç'aurait été de la grivèlerie de ne pas la payer.

Il fit tourner lentement le bouchon et le retira sans bruit.

— Il va falloir boire à la bouteille, Élisabeth. Je vais t'apprendre.

Le crépuscule gagnait de proche en proche dans un silence que rien ne troublait. La lumière étrange faisait tout paraître irréel.

— Regarde l'arbre là-bas, dit Élisabeth. Il est en fleurs.

Gräber se retourna. L'arbre avait été à demi déraciné par une bombe. Une partie des racines se dressait vers le ciel, le tronc était fendu et plusieurs branches arrachées. C'était vrai pourtant qu'il était couvert de fleurs blanches discrètement teintées de rose.

— La maison d'à côté a brûlé. Peut-être que la chaleur a accéléré sa floraison, dit-il. Il est en avance de plusieurs semaines sur les autres arbres. Et pourtant c'est lui qui a le plus souffert.

Élisabeth se leva et fit quelques pas. Leur banc était à l'ombre, et la jeune fille s'avança dans le reflet mouvant des incendies comme une danseuse sur l'avant-scène. Le rougeoiement l'entourait d'une auréole sauvage. C'était comme la lueur d'une comète apocalyptique, annonciatrice de la fin du monde ou de la venue d'un rédempteur de la dernière heure.

— Il fleurit, dit-elle. Pour lui, c'est le printemps, rien de plus. Le reste ne lui importe pas.

— Oui, répondit Gräber. Les arbres nous donnent une leçon. Ils ne cessent pas de nous donner des leçons. Cet après-midi, c'était un tilleul, ce soir, c'est cet arbuste. Ils poussent, bourgeonnent et fleurissent, et lorsqu'ils sont déchiquetés par les bombes, la branche restée saine continue obstinément à vivre. Ils nous enseignent par leur seule présence à ne pas nous plaindre et à ne pas céder à la pitié de nous-mêmes.

Élisabeth revint à pas lents. Sa peau brillait dans l'étrange reflet sans ombre, et son visage parut un instant participer à la mystérieuse magie de cet univers végétal qui poursuivait sa vie obscure avec une inaltérable confiance. Puis elle quitta la plage rougeoyante et rentra dans l'ombre, et il la sentit bientôt à ses côtés toute palpitante d'émotion et de chaleur. Il l'attira vers lui, et l'arbre qui les couvrait grandit immensément dans le ciel fauve. La terre les accueillit, et la jeune fille ne tenta plus de lui résister.

XV

La chambrée 48 était en rumeur. Le crâne oblong et deux des joueurs de cartes étaient en tenue de campagne. Ils avaient été déclarés aptes au combat et attendaient le convoi qui devait les mener au front.

Le crâne oblong était très pâle. Il regardait Reuter avec fureur.

— Toi, avec ton pied de malheur, sale planqué ! Tu restes ici, et moi qui suis père de famille, il faut que j'y aille.

Reuter ne répondit rien. Feldmann se dressa dans son lit.

— Crâne d'œuf, ferme-la, dit-il. Ce n'est pas parce qu'il reste que tu dois partir. Tu pars parce que tu es bon pour le combat. S'il était valide, il partirait aussi et ça ne te ferait pas rester ici, pas vrai ? Alors ne nous casse pas les oreilles !

— Je dirai ce que je voudrai ! cria l'autre, indigné. Je pars, mais j'ai le droit de dire ce que je pense ! Vous, vous restez ici ! Vous êtes assis en rond, vous bouffez, vous dormez, et moi, père de famille, je vais me battre, et cette grosse truie continue à boire du schnaps pour que son pied ne guérisse pas !

— Tu n'en ferais pas autant, si tu pouvais ? demanda Reuter.

— Moi ? Sûr que non ! Je ne me suis jamais planqué.

— Eh bien alors, tu es content, de quoi te plains-tu ?

— Quoi ? demanda le crâne oblong, désarçonné.

— Tu es fier de ne t'être jamais planqué. Alors continue à être fier et tais-toi !

— Ah, tu t'y entends, toi, à faire dire n'importe quoi aux gens ! C'est tout ce que tu sais faire, hein ? Mais ils finiront bien par t'avoir, tu sais ! Quand je devrais te dénoncer moi-même !

— Ne dis pas d'énormité, lui dit l'un des deux autres joueurs qui partaient également pour le front. Viens, il faut descendre.

— Je ne dis pas d'énormité. L'énormité, c'est d'être obligé de partir quand on est père de famille et d'aller se faire casser la figure pour des ivrognes et des sacs à bouffe. Je demande simplement un peu de justice.

— Ah ! tu nous embêtes avec ta justice ! T'as déjà vu ça dans l'armée ? Allons, viens ! Il ne dénoncera personne. C'est simplement pour dire. Adieu, les gars ! Tenez bien vos positions !

Les deux joueurs entraînèrent avec eux le crâne oblong complètement hors de lui. Blême et tremblant, il se retourna une dernière fois sur le pas de la porte, mais ses camarades ne lui laissèrent pas le temps d'ajouter un mot.

— Quel animal ! dit Feldmann quand les trois hommes eurent disparu. Ça fait des tirades de tragédien ! Vous vous souvenez de ses discours sous prétexte que je passais toute ma permission à dormir ?

— C'est parce qu'il a perdu, dit tout à coup Rummel qui était resté à l'écart de la discussion. Il est furieux d'avoir perdu vingt-cinq marks. Comme si ça en valait la peine. J'aurais dû les lui rembourser, tiens !

— Ce n'est pas trop tard, le convoi n'est pas encore parti.

— Quoi ?

— Ils sont alignés dans la cour. Descends et rends-lui l'argent, si tu as des remords.

Rummel se leva sans un mot et sortit.

— Encore un fou ! dit Feldmann. Qu'est-ce que tu veux qu'il fasse de cet argent sur le front ?

— Il pourra recommencer à jouer.

Gräber s'approcha de la fenêtre et regarda dans la cour. Le convoi se rassemblait en rangs par quatre.

— Des enfants et des vieillards, dit Reuter. Depuis Stalingrad ils embarquent tout le monde.

— Oui.

— Rummel devient fou, le voilà qui fait des discours ! s'écria tout à coup Feldmann.

— Ça l'a pris pendant que tu dormais.

— Tiens, voilà crâne d'œuf, continua Feldmann. Il va bientôt être en situation de juger si c'est la même chose de rêver du front quand on est en permission ou de rêver de permission quand on est au front.

— C'est une expérience que nous allons tous bientôt faire, déclara Reuter. Le médecin-major qui pète des flammes m'a expliqué qu'un Allemand de race n'avait pas besoin de jambes pour se sauver. On peut très bien se battre assis.

On entendit des commandements monter de la cour, puis le piétinement du convoi. Gräber avait l'impression d'assister à un spectacle irréel : un régiment de soldats de plomb défilait avec ses minuscules fusils.

— Pauvre crâne d'œuf, dit Reuter. C'est pas à moi qu'il en avait, c'est à sa femme. Il est persuadé qu'elle va le tromper dès qu'il aura tourné le dos. Et ça lui fait mal au cœur qu'elle touche son allocation de femme de soldat. Il s'imagine qu'elle va faire la noce avec cet argent.

— Une allocation de femme de soldat ? demanda Gräber. Ça existe ?

— Tiens, mais d'où tu sors, toi ? — Feldmann secouait la tête avec pitié. — Deux cents marks par mois qu'elle touche. J'en connais qui se sont mariés rien que pour ça. Pourquoi faire ce cadeau à l'État ?

Reuter se détourna de la fenêtre.

— Ton ami Binding est venu. Il t'a demandé, dit-il à Gräber.

— Qu'est-ce qu'il voulait ? Il te l'a dit ?

— Oui, il organise une petite fête chez lui. Il voulait t'inviter.

— C'est tout ?

— C'est tout.

Rummel rentra dans la chambrée. Il avait le visage crispé.

— Tu as pu parler à crâne d'œuf ? demanda Feldmann.

— Oui. Lui, il a au moins une femme, gémit-il tout à coup. Mais être obligé de repartir et ne plus avoir personne !

Il leur tourna le dos brutalement et se jeta sur son lit. Les autres firent semblant de n'avoir rien entendu.

— Dommage que crâne d'œuf n'ait pas pu voir ça,

murmura Feldmann. Il avait toujours dit que Rummel finirait par flancher.

— Laisse-le tranquille, lui dit Reuter. Qui sait quand tu flancheras toi ? Personne n'est sûr de rien aujourd'hui. Pas même un somnambule. — Il se tourna vers Gräber. — Il te reste combien de temps ?

— Onze jours.

— Onze jours ! C'est un bout de temps.

— Hier, c'était encore un bout de temps, dit Gräber. Aujourd'hui c'est devenu rudement court !

*

— Il n'y a personne, dit Élisabeth. Ni Mme Lieser, ni la petite. La maison est à nous.

— Dieu merci ! Je crois que je l'aurais assommée si elle avait ouvert la bouche. Tu t'es encore disputée avec elle hier ?

Élisabeth rit.

— Elle m'a traitée de prostituée.

— Pourquoi ? Nous ne sommes restés ici qu'une heure hier soir.

— Oui, mais c'était à cause d'avant-hier. Avant-hier nous avons passé toute la soirée ici.

— Bien sûr, mais nous avions bouché le trou de la serrure et fait marcher le phono sans arrêt. Comment peut-elle avoir de pareilles idées ?

— Je me le demande bien, dit Élisabeth en l'effleurant d'un regard ironique.

Gräber la regarda. Une rougeur lui monta aux joues. Où avais-je donc la tête le premier soir ? se demanda-t-il.

— Où est-elle ce soir ?

— Elle fait la tournée des villages pour rassembler des dons. C'est pour l'entraide d'hiver ou l'entraide d'été, je ne sais pas. Elle ne reviendra que demain soir. Toute la soirée et toute la journée de demain sont à nous.

— Comment, demain toute la journée ? Tu ne vas pas à la fabrique ?

— Pas demain, c'est dimanche. Jusqu'à nouvel ordre, nous ne travaillons pas le dimanche.

— Dimanche ! dit Gräber. Quel bonheur ! J'avais complètement oublié. Je vais donc te voir enfin dans la journée. Jusqu'ici c'était toujours le soir ou la nuit.

— C'est vrai ?

— Bien sûr. La première fois, c'était lundi. Nous sommes sortis avec une bouteille d'armagnac.

— Mais oui, constata Élisabeth, surprise. Moi non plus, je ne t'ai jamais vu dans la journée. — Elle le regarda, puis détourna les yeux. — Nous menons une vie un peu hystérique, n'est-ce pas ?

— Le moyen de faire autrement ?

— Ça va être étrange de nous voir demain dans la lumière de midi.

— Faisons confiance à la Providence divine. Mais qu'est-ce que nous allons faire ce soir ? Allons-nous dans le même restaurant qu'hier ? C'était exécrable. Quel dommage que le *Germania* soit fermé !

— Restons ici. Il y a suffisamment à boire et je peux bien essayer de faire un peu de cuisine.

— Tu pourras supporter de rester ici ?

— Lorsque Mme Lieser n'est pas là, j'ai l'impression d'être en vacances.

— Alors restons ici. Une soirée sans phono, ça va être merveilleux. Et je n'aurai pas besoin de rentrer à la caserne. Mais dis-moi, tu sais vraiment faire la cuisine ? Ça ne te ressemble pas.

— Je peux toujours essayer. D'ailleurs il ne doit pas y avoir grand-chose. Juste ce à quoi les tickets donnent droit.

— En effet, ça ne doit pas être lourd.

Ils allèrent dans la cuisine. Gräber examina les provisions d'Élisabeth. Il n'y avait presque rien — un peu de pain, du miel artificiel, de la margarine, deux œufs et quelques pommes ratatinées.

— J'ai encore des tickets et je connais un magasin qui doit être encore ouvert, je vais aller acheter des provisions.

Gräber ferma le tiroir.

— Garde tes tickets, dit-il, tu en auras besoin. Aujourd'hui il faut trouver autre chose. Débrouillons-nous.

— Nous ne pouvons pas voler, Ernst, dit Élisabeth inquiète. Mme Lieser sait ce qui lui appartient, gramme par gramme.

— Je m'en doute. D'ailleurs je n'ai nullement l'intention de voler. Pas aujourd'hui du moins. Je vais opérer une réquisition, comme un soldat en pays ennemi. Un certain Alfons Binding m'a invité ce soir à une petite fête. Je vais aller chercher ce que j'aurais consommé si j'avais accepté son invitation. La maison est pleine de provisions ! Je suis de retour dans une heure.

Alfons reçut Gräber à bras ouverts. Il était très rouge.

— Comme je me réjouis que tu sois venu, Ernst ! Entre ! Nous fêtons mon anniversaire aujourd'hui. J'ai invité quelques amis.

La salle de chasse était pleine de fumée et d'éclats de voix.

— Écoute, Alfons, dit très vite Gräber dans le vestibule, je ne peux pas rester. Je ne suis venu qu'en passant, il faut que je reparte immédiatement.

— Repartir ? Mais il n'en est pas question, Ernst !

— Mais si, comprends donc. J'avais déjà un rendez-vous lorsque j'ai appris que tu m'avais demandé.

— Ça ne fait rien. Dis à tes amis que tu es obligé de te rendre à une séance obligatoire de... Ou mieux : à un interrogatoire ! — Alfons rit aux éclats. — J'ai ici deux officiers de la Gestapo ! Je vais te les présenter. Dis que tu as été convoqué par la Gestapo. Ce ne sera même pas un mensonge. Ou alors amène tes amis ici, s'ils sont sympathiques.

— Impossible.

— Pourquoi pas ? Tout est possible avec moi !

Gräber s'aperçut qu'il valait encore mieux dire la vérité.

— Tu vas me comprendre, Alfons, dit-il. Je ne savais pas que tu fêtais ton anniversaire. Je suis venu pour te demander quelque chose à boire et à manger. J'ai un rendez-vous avec quelqu'un que je ne peux absolument pas amener ici. Ce serait une folie de ma part, tu comprends ?

Binding ricana.

— J'ai pigé ! L'Éternel Féminin ! Enfin ! Tu commençais à m'inquiéter, tu sais ? Tu es tout excusé. Encore que nous ayons ici quelques fins morceaux. Tu ne veux pas jeter un coup d'œil avant d'y renoncer ? Irma est une fille du tonnerre. Elle vient du camp de concentration pour femmes, la blonde là-bas avec les bottes lacées. Quant à Gudrun, tu pourrais sûrement la mener au lit dès ce soir. Elle est toujours là pour les soldats qui arrivent du front. L'odeur des tranchées l'excite au dernier degré.

— Moi pas.

Alfons éclata de rire.

— L'odeur concentrationnaire d'Irma non plus sans doute ? Steegemann adore ça. Le gros là-bas sur le canapé. Ce n'est pas mon cas. Moi j'ai des goûts normaux, j'aime le moelleux. Tu vois la petite dans son coin ?

— Épatante !

— Tu la veux ? Je te la prête si tu restes, Ernst.

Gräber secoua la tête.

— Rien à faire.

— Je vois ce que c'est. Tu as décroché la grande classe ! Ne t'excuse pas, Ernst ! À ta place j'en ferais autant. Allons à la cuisine te choisir des douceurs. Ensuite tu viendras boire un verre pour mon anniversaire. D'accord ?

— D'accord.

Mme Kleinert s'affairait en tablier blanc dans la cuisine.

— Nous avons un buffet froid, Ernst, dit Binding. Prends ce que tu veux. Ou plutôt, madame Kleinert, faites un paquet pour monsieur, pendant que nous allons descendre à la cave.

La cave était abondamment garnie.

— Laisse faire Alfons, dit Binding en clignant de l'œil, tu ne le regretteras pas. Donc voici tout d'abord une soupe à la tortue en boîte. Tu réchauffes et tu consommes. Ça vient tout droit de France. Prends-en deux. — Gräber prit les boîtes. — Des asperges, continua Alfons, produit hollandais. Ça se mange froid ou chaud, à volonté. Pas besoin de beaucoup de préparation. Et là, un jambon de Prague. Ce sera la contribution de la Tchécoslovaquie. — Il monta sur un escabeau. — Un morceau de fromage danois et un paquet de beurre. Tout ça se garde, c'est l'avantage des boîtes de conserve. Tiens, voilà encore des pêches au sirop, à moins que la jeune personne préfère les fraises ?

Gräber observait les jambes courtes dressées sur l'escabeau dans les bottes vernies.

— Deux semelles valent mieux qu'une, dit-il.

Alfons rit.

— Voilà comme je t'aime, dit-il. À quoi bon se faire du mauvais sang, hein ? Il faut profiter de ce qui tombe du ciel et laisser parler les envieux. J'ai des principes, moi !

Il descendit de l'escabeau et entra dans une deuxième cave où se trouvaient les bouteilles.

— Ça, c'est le butin liquide, expliqua-t-il. Nos ennemis sont, Dieu merci, de fins buveurs. Qu'est-ce que tu veux ? De la vodka ? De l'armagnac ? J'ai aussi un Slivovitz polonais.

Gräber hésitait à emporter des bouteilles. La provision du *Germania* était loin d'être épuisée. Mais Binding avait raison. Le butin était à tout le monde et il fallait profiter de ce que le ciel vous envoyait.

— J'ai aussi du champagne, dit Alfons, je n'aime pas beaucoup ça, mais il paraît que c'est indispensable pour faire l'amour. Empoche cette bouteille et montre-toi à la hauteur ce soir. — Il éclata de rire. — Devine ce que je préfère, moi ? Le kümmel, oui, mon vieux ! Du bon vieux kümmel, aussi extraordinaire que ça puisse paraître ! Prends-en un et pense à Alfons quand tu le boiras.

Il prit les bouteilles sous son bras et remonta à la cuisine.

— Faites deux paquets, madame Kleinert. L'un pour les solides, l'autre pour les liquides. Mettez du papier entre les bouteilles pour éviter la casse. Et ajoutez-y un quart de vrai café. Ça va comme ça, Ernst ?

Binding était radieux.

— J'espère que je vais pouvoir porter tout ça !

— Alfons n'oublie pas ses vieux copains, surtout le jour de son anniversaire.

Il regardait Gräber, les yeux brillants, les joues en feu. Il ressemblait à un jeune garçon qui vient de dénicher des œufs. Gräber était touché de sa gentillesse. Pourtant il se souvint qu'Alfons avait ce visage rayonnant en écoutant les histoires de Heini.

Binding cligna de l'œil.

— Le café, c'est pour demain matin. J'espère bien que tu vas faire la grasse matinée et ne pas retourner de sitôt à la caserne ! Et maintenant, viens ! Je vais te présenter à deux amis, Schmidt et Hoffmann, de la Gestapo. Ce sont des relations qui peuvent être utiles. Juste une minute. Tu videras une coupe en mon honneur, à ma santé et à la prospérité de ma petite maison avec toutes les bonnes choses qu'elle contient. — Son regard devint humide. — Nous autres Allemands nous sommes d'incorrigibles romantiques, vois-tu !

*

— Impossible de laisser tout cela à la cuisine, dit Élisabeth submergée. Il faut trouver une cachette. Si Mme Lieser voyait ça, elle me dénoncerait tout de suite pour marché noir.

— Diable, je n'y avais pas pensé ! On ne peut pas

acheter son silence ? En lui donnant ce que nous aimons le moins ?

— Est-ce que tu vois quelque chose que nous n'aimons pas là-dedans ?

Gräber rit.

— Tout au plus le miel artificiel ou la margarine. Et encore, nous en aurons peut-être besoin dans quelques jours.

— D'ailleurs elle est incorruptible, dit Élisabeth. Elle met un point d'honneur à ne vivre que de ses tickets.

Gräber réfléchit.

— D'ici demain soir, nous en aurons mangé une bonne partie, dit-il ensuite. Mais pas tout évidemment. Où cacher le reste ?

— Dans ma chambre. Derrière les livres et les vêtements. J'ai aussi une valise qui ferme à clé.

— Et si elle vient mettre son nez partout ?

— Je ferme tous les jours ma chambre avant de partir.

— Tu es sûre qu'elle n'a pas une seconde clé ?

Élisabeth leva les yeux.

— Je n'y avais pas pensé, dit-elle. C'est très possible.

Gräber déboucha une bouteille.

— Nous avons le temps jusqu'à demain soir. Commençons par manger tout ce que nous pourrons. On va tout déballer et disposer sur la table comme un soir de Noël. Tout ensemble, comme à l'étalage !

— Les boîtes de conserve aussi ?

— Les boîtes aussi. Pour le coup d'œil. On n'ouvrira que celles qui nous serviront ce soir. Toute notre fortune, chèrement et honnêtement acquise par le vol et la corruption.

— Tu veux aussi les bouteilles du *Germania* ?

— Bien sûr. C'est le juste salaire de la peur que nous avons eue.

Ils poussèrent la table au milieu de la pièce. Puis ils défirent les deux paquets, débouchèrent le Slivovitz, le cognac et le kümmel. Ils réservèrent la bouteille de champagne pour le dessert.

— Comme nous sommes riches ! s'écria Élisabeth. Que fêterons-nous ce soir ?

Gräber lui donna un verre.

— Nous fêterons tout à la fois. Nous n'avons pas le temps de formuler des toasts particuliers. Nous fêtons tout en bloc, et plus simplement le bonheur d'être ensemble et d'avoir deux jours devant nous.

Il contourna la table et prit Élisabeth dans ses bras. Il la sentait contre lui comme un autre lui-même qui s'offrait à lui, plus riche, plus chaud, plus lumineux que lui-même, plus léger aussi, sans limites, sans passé, toute vie présente, sans l'ombre d'un remords.

Elle se serra contre lui. La table surchargée mettait une note solennelle dans la pièce.

— Ce n'est pas un peu trop pour un seul toast ? demanda-t-elle.

Il secoua la tête.

— Je me suis simplement servi de trop grands mots, dit-il. Au fond, il ne s'agit toujours que d'une seule et même chose : la joie de vivre encore.

Élisabeth but une gorgée.

— Je me dis quelquefois que nous saurions bien être heureux, si on nous en laissait le loisir.

— Je crois que nous ne commençons pas mal, dit Gräber.

Les fenêtres étaient ouvertes. Au cours du bombardement de la veille la maison d'à côté avait été atteinte par une bombe et les vitres de la chambre d'Élisabeth avaient été brisées. Elle les avait remplacées par des carrés de papier noir, mais les rideaux de mousseline que le vent gonflait atténuaient l'impression d'étouffement qui en résultait.

Ils n'allumaient pas pour pouvoir laisser les fenêtres ouvertes. De temps en temps on entendait quelqu'un passer dans la rue. Un poste de radio jouait quelque part, des portes claquaient, quelqu'un toussa, des volets se fermaient.

— La ville s'endort, dit Élisabeth, et je suis un peu ivre.

Ils étaient étendus côte à côte sur le lit. Les reliefs du dîner étaient restés sur la table avec les bouteilles, à l'exception de la vodka, du cognac et d'une bouteille de champagne. Ils n'avaient pas débarrassé, prévoyant qu'ils mangeraient peut-être encore avant la nuit. Ils avaient terminé la vodka. La bouteille de cognac était posée par terre près du lit et on entendait couler l'eau du lavabo où le champagne rafraîchissait.

Gräber posa son verre sur la table de nuit. Dans l'obscurité, il lui semblait se trouver dans une petite ville avant la guerre. Une fontaine monologuait sur la place, un tilleul bourdonnait plein d'abeilles, les fenêtres se fermaient une à une, quelqu'un jouait du violon avant de s'endormir.

— La lune va bientôt se lever, dit Élisabeth.

La lune va se lever, pensa Gräber. La lune, la tendresse et le bonheur simple des créatures. Il avait tout cela. C'était le rythme assoupi de son sang, l'assouvissement de sa chair, la lente respiration qui passait en lui comme un vent fatigué. L'entretien avec Pohlmann lui revint à l'esprit. Comme c'était loin déjà ! C'est étrange, pensa-t-il, comme la lucidité la plus désespérée s'accorde avec une faculté de bonheur aussi vive ! Mais peut-être n'était-ce en vérité nullement étrange ; peut-être ne pouvait-il en être autrement. Lorsque toutes les questions se posent en même temps, on est paralysé pour tout le reste. Il faut ne plus rien attendre de la vie pour s'ouvrir sans crainte à ce qu'elle offre.

Un rayon de lumière passa devant la fenêtre. Il disparut, revint en tremblant et ne bougea plus.

— C'est la lune ? demanda Gräber.

— Non, sa lumière n'est pas si blanche.

Ils entendirent des voix. Élisabeth se leva et s'approcha silencieusement de la fenêtre. Elle était nue, mais belle et, par conséquent, sans pudeur.

— C'est une équipe de déblaiement, dit-elle. Ils ont un projecteur électrique et portent des pelles et des pioches. Ils vont travailler à la maison d'en face. Tu crois qu'il y a des gens bloqués dans la cave ?

— Tu les as vus travailler cet après-midi ?

— Non, mais je n'étais pas là.

— Peut-être qu'ils vont réparer les conduites d'eau.

— Oui, peut-être.

Elle revint vers lui.

— Souvent après une attaque j'ai souhaité en revenant ici que la maison fût détruite. La maison, les meubles, les vêtements et tous les souvenirs aussi. Tu comprends ça ?

— Oui.

— Pas les souvenirs qui me rappellent mon père, bien sûr. Les autres, la peur, la haine, le désespoir. Si tout cela était détruit avec la maison, je serais délivrée, je crois, et je recommencerais à vivre.

Gräber la regarda. La faible lueur de la fenêtre tombait sur ses épaules. On entendait les chocs sourds des pioches et le raclement des pelles.

— Donne-moi la bouteille qui est dans le lavabo, dit-il. Nous allons la boire avant que toute la maison ne vole en éclats.

— Celle du *Germania* ?

— Oui. Mets celle de Binding à la place. Qui sait quand aura lieu le prochain bombardement ? Ces bouteilles sont dangereuses comme des grenades dans la maison. Il y a des verres ?

— Des verres à eau.

— Ça ira pour le champagne. C'est comme ça que nous le buvions à Paris.

— Oui, au début de la guerre.

Élisabeth apporta les verres et s'accroupit près de lui. Il déboucha la bouteille avec précaution. Le vin pétilla sous sa couronne de mousse.

— Tu es resté combien de temps à Paris ?

— Quelques semaines.

— Les gens vous détestaient là-bas ?

— Je ne sais pas, peut-être. Je ne m'en suis guère aperçu. D'ailleurs nous ne voulions pas nous en apercevoir. Nous croyions tous encore à ce qu'on nous avait appris. Nous voulions en finir très vite avec la guerre pour pouvoir nous asseoir aux terrasses des cafés et boire des vins que nous ne connaissions pas. Nous étions très jeunes.

— Jeunes ? Tu dis cela comme si c'était vieux de plusieurs dizaines d'années !

— J'ai cette impression, vois-tu.

— Tu n'es plus jeune, aujourd'hui ?

— Si, mais autrement.

Élisabeth leva son verre vers la fenêtre. Elle le secoua un peu et s'amusa des grappes de gouttelettes qui montaient du fond du verre. Gräber voyait ses épaules et le flot noir de ses cheveux, la ligne courbe de son dos, l'arabesque de ses jambes repliées. Pourquoi songe-t-elle à recommencer sa vie ? pensa-t-il. Quand elle n'a plus ses vêtements, plus rien ne la rattache à cette maison, à son travail, à Mme Lieser. Elle ne fait qu'un avec la lumière tremblante de la fenêtre et la nuit inquiète, avec l'aveugle montée du désir et l'étrange vacuité qui le suit, avec les appels enroués et les voix fatiguées de dehors, avec la vie, et aussi avec les morts que l'on déterre. Mais elle est étrangère aux absurdes hasards de la guerre, à tout cet abandon, à cette misère gratuite. On dirait qu'elle a rejeté un déguisement et qu'elle obéit sans y songer maintenant à des lois qu'elle ignorait encore hier.

— J'aimerais avoir été avec toi à Paris, dit-elle.

— Et moi, je voudrais pouvoir y partir demain avec toi.

— Crois-tu que nous y serions très mal accueillis ?

— Peut-être pas. Nous n'avons rien détruit à Paris.

— Oui, mais dans le reste de la France ?

— Pas autant que dans les autres pays. Ça a été vite.

— Peut-être tout de même que vous avez suffisamment détruit pour qu'ils nous haïssent pendant des années.

— Je ne sais pas. On oublie vite quand la guerre est longue. Peut-être qu'ils nous haïssent vraiment.

— Je voudrais que nous allions dans un pays où rien n'est détruit.

— Il n'y en a pas beaucoup, tu sais, dit Gräber. Il reste quelque chose à boire ?

— Oui, oui, assez. Où es-tu allé encore ?

— En Afrique.

— Aussi en Afrique ? Tu en as vu des choses !

— Oui, mais pas comme je rêvais autrefois de les voir.

Élisabeth prit la bouteille posée par terre et remplit les verres. Gräber la regardait faire. Tout avait un air d'irréalité, et cela ne provenait pas seulement du fait qu'ils avaient bu.

Les mots flottaient sans importance dans la pénombre, et ce qui avait de l'importance n'était pas exprimable par des mots. Ce qui importait se gonflait et retombait comme un grand fleuve ineffable, et les mots flottaient sur lui comme des petites voiles blanches et légères.

— Tu as vu d'autres pays encore ? demanda Élisabeth. Des voiles blanches sur un fleuve, pensait Gräber. Où était-ce donc ?

— En Hollande, dit-il. C'était au tout début de la guerre. Des péniches glissaient sur les canaux, et les canaux étaient si bas qu'on aurait dit que les bateaux naviguaient dans les champs. Ils avançaient silencieusement avec les grandes voiles déployées, et c'était étrange de les voir passer le soir comme de grands papillons bleus et blancs.

— La Hollande, rêva Élisabeth. Nous pourrions y aller après la guerre. Nous boirions du chocolat avec du pain blanc et tous les fromages de là-bas, et le soir nous regarderions passer les bateaux.

Gräber la regarda. Manger, pensa-t-il. Le bonheur n'est plus séparable des victuailles maintenant.

— À moins que les Hollandais ne veuillent pas de nous, dit-elle.

— Ce serait bien possible. Nous avons envahi la Hollande et détruit Rotterdam sans avertissement.

J'ai vu les ruines. Presque pas une maison intacte. Trente mille morts. Je crois qu'on nous accueillerait mal, là aussi.

Il y eut un silence. Tout à coup elle leva son verre et le lança sur le plancher.

— À quoi bon rêver ! dit-elle. Nous ne pouvons plus aller nulle part ! Personne ne nous aime, partout on nous maudit !

Gräber s'assit sur le lit. Les yeux de la jeune fille brillaient comme du verre gris transparent dans la clarté tremblante et pâle du dehors. Il se pencha sur elle et inspecta le plancher.

— Il va falloir allumer et ramasser les éclats de verre, dit-il. Sinon nous risquons de nous couper les pieds. Attends, je vais d'abord fermer la fenêtre.

Il se leva. Élisabeth tourna le commutateur et se couvrit de sa robe de chambre. La lumière la rendait pudique.

— Ne me regarde pas, dit-elle. Je ne sais pas pourquoi j'ai fait ça. Ce n'est pas mon genre.

— Si, peut-être, dit-il. Ce qui n'est pas ton genre, c'est la vie que tu mènes ici. Ce n'est pas étonnant que tu fasses de la casse parfois.

— Je voudrais bien savoir où il est, mon genre !

Gräber rit.

— Moi aussi ! Ce serait peut-être le cirque, ou la vie sous une tente, ou dans un bar américain. En tout cas, pas cette chambre proprette de jeune fille de bonne famille. Et moi qui croyais le premier soir que tu étais orpheline et abandonnée !

— Mais c'est vrai que je suis orpheline et abandonnée !

— Moi aussi alors.

— Nous le sommes tous. Seulement nous nous tirons tout de même d'affaire sans aide.

Il étendit par terre un journal et y poussa avec un autre journal les débris de verre. Il lut malgré lui les titres de la première page. Nouveau raccourcissement des lignes. Combats acharnés dans la région d'Orel. Il plia les journaux et les glissa dans la corbeille à papier. La chaude atmosphère de la pièce lui parut tout à coup doublement confortable. On entendait encore les coups et les raclements de l'équipe de déblaiement. Les cadeaux de Binding s'étalaient toujours sur la table.

— Je vais débarrasser la table, dit Élisabeth. Je n'ai plus envie de voir ces choses maintenant.

— Où vas-tu les mettre ?

— Dans la cuisine. Nous avons bien le temps de cacher les restes d'ici demain soir.

— Demain soir il n'y aura plus grand-chose. Mais tu ne crains pas que Mme Lieser rentre plus tôt ?

— Tant pis pour elle.

Gräber regarda Élisabeth avec surprise.

— Oui, dit-elle en remarquant son étonnement, je suis moi-même surprise de me voir changer comme cela d'un jour à l'autre.

— Tu veux dire d'heure en heure.

— Et toi ?

— Moi aussi, je change.

— Tu es content ?

— Oui. Et je ne le serais pas que ça n'aurait pas d'importance.

— Rien n'a aucune importance, n'est-ce pas ?

— Si.

Élisabeth éteignit la lumière.

— Nous pouvons rouvrir le tombeau, dit-elle. Gräber ouvrit la fenêtre. Aussitôt une bouffée d'air frais souleva les rideaux de mousseline.

— Voici la lune, annonça Élisabeth d'un air comiquement solennel.

Le disque roux apparaissait en effet au-dessus d'un toit déchiqueté. On aurait dit la tête d'un monstre en train de dévorer la maison à belles dents. Gräber prit deux verres à eau et les remplit à moitié de cognac. Il en tendit un à Élisabeth.

— Et maintenant, buvons. Le vin n'est pas fait pour l'obscurité.

La lune continuait à monter. Elle se dorait peu à peu et devenait presque majestueuse. Ils se turent un moment, couchés côte à côte. Élisabeth tourna la tête.

— Je me demande parfois si nous sommes heureux ou malheureux, dit-elle.

Gräber réfléchit.

— Nous sommes l'un et l'autre à la fois. C'est sans doute inévitable. Aujourd'hui il n'y a guère que les vaches qui soient heureuses. Et encore ! Les pierres, oui, peut-être.

— Ça non plus, ça n'a pas d'importance, n'est-ce pas ? dit Élisabeth.

— Aucune, répondit Gräber les yeux perdus dans la lumière dorée qui emplissait la pièce progressivement.

— Qu'est-ce qui a encore de l'importance, selon toi ?

— Que nous ne soyons plus morts, dit-il. Et aussi que nous ne soyons pas encore morts.

XVI

Le dimanche matin Gräber retourna rue Haken. Il constata que quelque chose avait changé dans l'aspect de la maison en ruine. La baignoire avait disparu ; ce qui restait de l'escalier également. Un étroit passage avait été pratiqué le long du mur pour parvenir dans la cour intérieure de la maison. Une équipe de déblaiement avait dû commencer à travailler ici.

Gräber s'engagea dans le sentier, traversa la cour et entra dans une pièce à moitié pleine de gravats dans laquelle il reconnut l'ancienne buanderie de la maison. Un corridor obscur attira son attention. Il gratta une allumette et y fit quelques pas.

— Qu'est-ce que vous faites là ? cria soudain une voix derrière lui. Sortez immédiatement !

Il se retourna. Comme il ne voyait rien dans l'obscurité, il revint sur ses pas. Un homme l'attendait dehors. Il avait des béquilles sous le bras et une capote de soldat jetée sur un complet civil.

— J'habite ici, dit Gräber. Et vous ?

— C'est moi qui habite ici, et personne d'autre ! Qu'est-ce que vous venez faire ? Piller, hein ?

— Ne vous énervez pas comme ça, dit Gräber calmement, en voyant les béquilles et la capote. Mes parents habitaient ici avant les bombardements. Moi aussi avant d'être mobilisé. Ça vous suffit ?

— C'est facile à dire !

Gräber prit l'infirme par les épaules, l'écarta doucement et sortit. Dehors il vit venir à lui une femme avec un enfant. Un homme les suivait, une pioche sur l'épaule. Ils l'entourèrent.

— Qu'est-ce qui se passe, Otto ? demanda à l'infirme l'homme à la pioche.

— J'ai surpris ce monsieur en train de rôder par ici. Il prétend que ses parents ont habité cette maison.

L'homme à la pioche eut un rire ironique.

— Et quoi encore ?

— Rien de plus, dit Gräber.

— C'est tout ce que tu trouves à dire, alors ? — Il leva sa pioche. — Disparais ! Je compte jusqu'à trois. Après je cogne. Un...

Il n'eut pas le temps de compter deux. Le poing de Gräber l'atteignit en pleine figure. Il tomba en arrière. Gräber prit la pioche.

— J'aime mieux ça, dit-il. Et maintenant, appelez la police, si vous voulez. Mais je parie que ça ne vous dit rien, hein ?

L'autre se releva lentement et passa le revers de sa manche sur sa figure en sang.

— Ne recommence pas, ça vaudrait mieux, dit Gräber. Les Prussiens m'ont formé au corps à corps. Et maintenant, dites-moi ce que vous faites ici.

La femme avança.

— Nous habitons dans cette maison. C'est un crime peut-être ?

— Non. Et moi je suis venu parce que mes parents y ont habité. C'est un crime, ça ?

— La preuve ? dit l'infirme.

— Pas besoin de preuve. Je ne vois pas ce qui reste à voler.

— Il y a toujours assez pour ceux qui n'ont rien.

— Pas pour moi, je suis en permission et je repars sur le front dans quelques jours. Vous avez vu le message devant la porte ? Celui qui recherche ses parents, c'est moi !

— C'est toi ? demanda l'infirme.

— Oui, c'est moi.

— Alors c'est différent. Tu comprends qu'on soit méfiant, camarade. Nous sommes sinistrés et nous nous abritons ici. Il faut bien se mettre quelque part, pas vrai ?

— C'est vous qui avez tout déblayé ici ?

— En partie. On nous a aidés.

— Qui ?

— Des amis qui ont des outils.

— Vous avez trouvé des morts ?

— Non.

— Sûrement pas ?

— Non, non ; en tout cas, pas nous. Peut-être qu'on en avait enlevé avant nous, mais nous, nous n'avons rien trouvé.

— C'est tout ce que je voulais savoir, dit Gräber.

— C'était pas une raison pour casser la figure d'un autre, dit la femme.

— C'est votre mari ?

— Ça ne vous regarde pas. Ce n'est pas mon mari, c'est mon frère. Maintenant il saigne !

— Du nez seulement.

— Et aussi des dents.

Gräber leva la pioche.

— Et ça ? Qu'est-ce qu'il voulait en faire ?

— Il ne vous aurait pas frappé.

— Chère madame, dit Gräber, j'ai appris qu'il valait mieux ne jamais attendre que les menaces deviennent des réalités.

Il lança la pioche loin sur les décombres. Les autres la suivirent des yeux. L'enfant s'élança pour aller la chercher, mais sa mère le retint. Gräber regardait autour de lui. Il retrouva la baignoire déposée près du hangar. L'escalier avait dû être débité comme bois à brûler. Des boîtes de conserve vides, des portemanteaux, des casseroles cabossées, des lambeaux d'étoffe et des meubles mutilés gisaient pêle-mêle sur les tas de gravats. La famille s'était installée, avait dressé le hangar, et considérait visiblement comme bien acquis tout ce qu'elle avait trouvé d'utilisable dans les ruines de la maison. Il n'y avait rien à dire à cela. La vie continuait. L'enfant avait l'air de bien se porter. Les ruines étaient à nouveau habitées. Il n'y avait qu'à s'incliner.

— Vous avez travaillé rudement vite, dit Gräber.

— Il fallait faire vite, dit le mutilé. Quand on n'a plus de toit sur la tête...

Gräber allait partir.

— Vous n'avez pas vu un chat ? demanda-t-il encore. Un petit chat, noir et blanc ?

— Notre petite Rosa, dit l'enfant.

— Non, répondit brutalement la femme. Nous n'avons pas vu de chat.

Gräber s'éloigna. Il devait y avoir d'autres familles dans ce hangar. Le travail n'aurait pas été aussi rapide, sans cela. À moins qu'une équipe de déblaiement les ait aidés. Souvent on envoyait maintenant des colonnes de déportés du camp de concentration travailler dans la ville.

Il pressa le pas. Sans trop savoir pourquoi, il se sentait brusquement appauvri.

Il parvint dans une rue complètement intacte. Les grandes vitrines des magasins n'avaient même pas été brisées. Il allait, la tête un peu vide, lorsqu'il s'arrêta soudain interdit. Quelqu'un marchait à sa rencontre, et il s'aperçut que c'était sa propre image renvoyée par la glace latérale d'un magasin de confection. Il eut l'impression étrange de se trouver face à face avec lui-même, et de menacer sa propre existence d'un anéantissement définitif, s'il faisait le mouvement de côté qui effacerait cette image.

Il s'arrêta et regarda son pâle sosie dans la glace ternie et tavelée. Ses orbites faisaient deux taches sombres sur son visage qu'on aurait dit sans yeux. Une angoisse froide et comme étrangère à lui l'envahit tout à coup. Ce n'était pas une panique physique, le cri atavique de l'existence rassemblant toutes ses énergies pour la fuite, la défense ou l'attente vigilante ; c'était une peur calme, insinuante, presque impersonnelle, une peur impalpable qui ne donnait prise à aucun effort pour la maîtriser, qui ouvrait en lui un vide dont la succion paralysait le sang et la vie de sa chair. L'image n'avait pas bougé ; pourtant il s'attendait à ce qu'elle s'effaçât, à ce que ses contours devinssent flous, à ce que la pompe invisible qui travaillait en lui l'arrachât à la forme limitée et éphémère qui s'appelait pour un court moment Ernst Gräber et la livrât aux limbes qui n'étaient pas seulement la mort, mais bien davantage encore, la fin du moi, la dissolution, la dispersion dans le tourbillon dément des atomes, le néant.

Il s'attarda. Que resterait-il ? pensa-t-il. Que resterait-il après sa disparition ? Rien. Rien qu'un souvenir fragile dans l'esprit de quelques personnes, de ses parents, s'ils vivaient encore, de deux ou trois camarades, d'Élisabeth peut-être — et pour combien de temps ? Ses yeux ne quittaient pas le miroir. Il lui semblait être devenu plus léger déjà, une silhouette de papier, fine, transparente, menacée par un simple coup de vent, une enveloppe vidée de son contenu. Que resterait-il ? Où trouver un point d'appui, où jeter une ancre, que faire de durable pour laisser une trace de lui-même ?

— Ernst, dit quelqu'un derrière lui.

Il sursauta et se retourna. Un unijambiste, planté sur des béquilles, le regardait. Gräber songea tout d'abord au mutilé de la rue Haken ; puis il reconnut Mutzig, un ancien camarade de classe.

— Karl ! dit-il, c'est toi ? Je ne m'attendais pas à te voir ici !

— Il y a longtemps que je suis rentré. Presque six mois.

Ils se regardèrent.

— Ça aussi c'est inattendu, hein ? dit Mutzig.

— Quoi donc ?

Mutzig leva ses béquilles et les reposa sur le sol.

— Ça.

— Toi, au moins, tu es tiré d'affaire. Je suis obligé d'y retourner.

— Tout dépend du point de vue auquel on se place. Si la guerre dure encore quelques années, alors oui, j'ai eu de la chance. Si tout est fini dans six semaines, j'ai eu une déveine de tous les diables.

— Pourquoi veux-tu que tout soit fini dans six semaines ?

— Je ne sais pas, c'était une simple hypothèse.

— Dans ce cas, tu as raison.

— Pourquoi ne viens-tu pas nous voir ? Bergmann est avec nous. Amputé des deux avant-bras.

— Où êtes-vous ?

— À l'hôpital municipal. Salle des amputés. Tâche donc de passer à l'occasion.

— D'accord, j'irai.

— C'est sûr ? Tout le monde dit ça et personne ne vient.

— Si, si, je t'assure.

— Ça nous fera plaisir. Tu verras, on ne s'ennuie pas. En tout cas, pas dans ma chambrée.

Ils continuaient à se regarder, mais tout avait été dit de ce qui pouvait l'être.

— Allez, bon courage, Ernst.

— Toi aussi, Karl.

Ils se serrèrent la main.

— Tu sais que Sieber est mort ? demanda Mutzig.

— Non, je ne savais pas.

— Il y a six semaines. Et Leiner ?

— Non plus, je ne savais pas.

— Leiner et Lingen. Ils ont été tués le même matin. Brüning en est devenu fou. As-tu entendu dire que Hollmann est porté disparu ?

— Non.

— C'est Bergmann qui me l'a rapporté. Allez, au revoir, Ernst, et n'oublie pas de venir nous voir.

Mutzig s'éloigna sur ses béquilles. Il paraissait trouver une certaine satisfaction à parler de leurs camarades tués, pensa Gräber. Ça le console peut-être. Il le suivit des yeux. Sa jambe était amputée à hauteur de la cuisse. Mutzig était autrefois le meilleur sprinter de la classe. Gräber ne savait s'il fallait le plaindre ou l'envier. Mutzig avait raison, tout dépendait de l'avenir.

Élisabeth était assise sur le lit dans un peignoir blanc lorsqu'il entra. Elle avait roulé une serviette en turban autour de sa tête, et elle attendait, calme et recueillie, comme un grand oiseau immaculé qui serait entré par la fenêtre et s'accorderait un peu de repos avant de reprendre son vol.

— J'ai usé toute l'eau chaude de la semaine, expliqua-t-elle. Une vraie débauche. Mme Lieser va faire un beau tapage !

— Laisse-la crier, elle peut se passer d'eau chaude. Les vraies national-socialistes ne se baignent pas. La propreté est une tare de ploutocrate juif.

Il s'approcha de la fenêtre et regarda dehors. Le ciel était gris et la rue silencieuse. En face un homme en bretelles, aux avant-bras velus, prenait le frais en bâillant. D'une autre fenêtre provenaient les accords d'un piano qui accompagnait les vocalises d'une voix de femme. Gräber observait l'entrée déblayée d'un abri. Il songeait à la peur glacée qui l'avait saisi tout à l'heure devant le magasin de confection et il frissonna à nouveau. Que resterait-il de lui ? Il fallait laisser quelque chose ici, une ancre qui le retiendrait et l'aiderait à revenir. Mais quelle ancre ? Élisabeth ? Lui appartenait-elle déjà ? Il la connaissait depuis si peu de temps ! Et déjà il allait repartir pour des années peut-être. N'allait-elle pas l'oublier ? Comment faire pour l'attacher à lui, pour s'attacher à elle ? Il se retourna.

— Élisabeth, dit-il. Nous devrions nous marier.

— Nous marier ? — Elle rit. — Mais voyons, Ernst, à quoi bon ?

— Parce que c'est absurde. Parce que nous ne nous connaissons que depuis quelques jours et que nous allons nous quitter dans quelques jours ; parce que nous ne savons pas si nous sommes faits pour vivre ensemble et que nous ne pouvons pas le savoir en si peu de temps. Pour toutes ces raisons.

Elle le regarda.

— Tu veux dire parce que nous sommes tous les deux seuls et sans espoir et que nous n'avons rien d'autre ?

— Non.

Elle se tut.

— Pas seulement pour cela, dit-il.

— Alors pourquoi ?

Il la regardait. Il la voyait respirer et elle lui paraissait tout étrangère soudain. Ses seins se soulevaient et retombaient, ses yeux étaient différents des siens, ses mains différentes des siennes, ses pensées, toute sa vie… Jamais elle ne le comprendrait, et d'ailleurs pourquoi donc fallait-il qu'elle le comprît ? Il ne savait plus très bien tout à coup d'où venait ce besoin d'être compris.

— Lorsque nous serons mariés, tu n'auras plus rien à craindre de Mme Lieser, dit-il. En tant que femme de soldat, tu te trouveras sous la protection de la loi.

— Tu crois ?

— Oui. — Son regard posé sur lui le gênait. — En tout cas, tu auras droit à une allocation.

— Ce n'est pas une raison. Quant à Mme Lieser, j'en viendrai bien à bout toute seule. Nous marier ? Mais il faut pour ça un tas de papiers, des autorisations, des certificats d'aryenneté, un examen prénuptial, est-ce que je sais ! Nous n'en aurions pas seulement le temps. Ça demande des semaines !

Des semaines, pensa Gräber, comme elle dit cela avec légèreté !

— Les mariages de guerre sont très rapides. Il ne faut que quelques jours. J'ai appris ça à la caserne.

— C'est là que cette idée t'est venue ?

— Non, elle m'est venue ce matin seulement. Mais on parle beaucoup de cela à la caserne. Beaucoup de soldats profitent de leur permission pour se marier. Pourquoi pas nous ? Quand un soldat du front se marie, sa femme a droit à une allocation mensuelle, deux cents marks, je crois. Pourquoi en faire cadeau à l'État ? Quand on est soumis à toutes les vexations, pourquoi ne pas profiter au moins de ce à quoi on a droit ? Tu en as besoin et c'est l'État qui dépense cet argent à ta place. C'est vrai, non ?

— Vu sous cet angle, c'est vrai, évidemment.

— C'est bien comme cela que je l'entends, dit Gräber avec soulagement. Je crois même qu'il existe un prêt de mariage pour les jeunes couples. Dans les mille marks. Tu n'aurais plus besoin d'aller à la fabrique.

— Si, ça n'a rien à voir. Qu'est-ce que je ferais toute seule, toute la journée ?

— C'est vrai.

Gräber sentit le désespoir le gagner. Qu'est-ce qu'on fait de nous ? pensa-t-il. Nous sommes jeunes, nous devrions être heureux ensemble. Que nous importent les guerres de nos parents ?

— Nous allons être bientôt seuls, dit-il. Mais quand on est marié, on est moins seul.

Élisabeth secoua la tête.

— Tu ne veux pas ? demanda-t-il.

— Nous ne serions pas moins seuls, dit-elle, nous le serions davantage.

Gräber entendit à nouveau la voix de la cantatrice. Elle avait renoncé à ses vocalises et était passée à un autre exercice. Elle poussait de longs cris subitement interrompus auxquels seul leur écho répondait.

— Si c'est ça qui te fait peur, le mariage n'est rien d'irrévocable, dit-il. On peut divorcer quand on veut.

— Alors pourquoi se marier ?

— Pourquoi faire des cadeaux à l'État ?

Élisabeth se leva.

— Tu n'étais pas comme ça hier, dit-elle.

— En quoi ai-je changé ?

Elle eut un faible sourire.

— N'en parlons plus, veux-tu ? Nous sommes ensemble, pourquoi vouloir autre chose ?

— Alors tu ne veux pas ?

— Non.

Il la regarda. Il y avait en elle quelque chose de résolu et d'hostile.

— Ah ça ! dit-il, je t'assure que mes intentions étaient les meilleures du monde !

Élisabeth sourit encore.

— Justement, dit-elle, il y a des cas où il ne faut pas avoir de trop bonnes intentions. Il reste quelque chose à boire ?

— Oui, la bouteille de Slivovitz.

— Ça vient de Pologne, n'est-ce pas ?

— Oui.

— Nous n'avons plus que du butin à boire ?

— Il doit y avoir encore une bouteille de kummel. C'est un produit allemand.

— Alors donne-m'en un verre.

Gräber alla dans la cuisine chercher la bouteille. Il était furieux contre lui-même. Il s'attarda un instant devant les plats et les cadeaux de Binding, dans la pénombre qui sentait les victuailles. Il était fatigué, vidé, à bout de ressources. Il revint dans la chambre.

Élisabeth était accoudée à la fenêtre.

— Comme il fait gris, dit-elle. Il va pleuvoir. Quel dommage !

— Pourquoi ?

— C'est notre premier dimanche. Nous aurions pu sortir. La campagne est en fleurs autour de la ville.

— Tu voudrais partir ?

— Non. Pour moi, il me suffit que Mme Lieser ne soit pas là. Mais pour toi, ce serait autre chose que de rester assis ici toute la journée.

— Pas du tout, tu sais. J'ai suffisamment vécu dans la nature, je peux m'en passer quelques jours. En fait de nature, je ne rêve plus que d'une petite chambre confortable dont tous les meubles tiennent encore debout. Celle-ci par exemple. C'est pour moi l'aventure la plus sensationnelle qui puisse m'arriver. Mais si tu veux sortir, nous pouvons aller au cinéma.

Élisabeth secoua la tête.

— Alors ne bougeons pas, restons ici. Si nous sortons, la journée va s'effriter et passer très vite. Ici, les heures seront plus longues.

Gräber alla vers elle et la prit dans ses bras. Il s'aperçut qu'elle avait les larmes aux yeux.

— Je t'ai fait de la peine tout à l'heure ?

— Mais non, Ernst.

— Pourtant il faut que j'aie été maladroit puisque tu pleures.

Par-dessus son épaule, il apercevait la rue. L'homme en bras de chemise avait disparu. Quelques enfants jouaient à la guerre dans la tranchée qui permettait d'accéder à la cave de la maison détruite.

— Ne soyons pas tristes, dit-il.

La chanteuse reprit ses exercices. Elle attaqua une mélodie de Grieg. *Je t'aime, je t'aime !* hurlait-elle d'une voix suraiguë, *je t'aime, malgré le temps qui fuit et les revers de la vie !*

— Non, ne soyons pas tristes, dit Élisabeth.

La pluie se mit à tomber dans l'après-midi. Il fit sombre très tôt, et le ciel se chargea de nuages noirs. Ils étaient étendus sur le lit, sans lumière, la fenêtre ouverte sur le rideau liquide et mouvant de la pluie.

Gräber écoutait le bruissement monotone. Il songeait qu'en Russie avait dû commencer la période où tout disparaît peu à peu sous un linceul de boue liquide. Dans quelques jours il irait s'y ensevelir.

— Il ne vaudrait pas mieux que je parte ? demanda-t-il. Mme Lieser ne va sûrement plus tarder.

— Laisse-la venir, murmura Élisabeth paresseusement. Il est déjà si tard ?

— Je ne sais pas, mais la pluie va peut-être la faire rentrer plus tôt.

— Ou plus tard, dit Élisabeth en cachant son visage dans le creux de son épaule.

— Et si elle se faisait écraser par une voiture ? Ce serait trop beau !

— Tu n'es guère charitable.

Gräber avait les yeux fixés sur le rectangle gris de la fenêtre.

— Si nous étions mariés, je pourrais rester tranquillement, dit-il.

Élisabeth ne bougea pas.

— Pourquoi veux-tu m'épouser ? demanda-t-elle. Tu me connais à peine.

— Je te connais depuis bien assez de temps.

— Depuis combien de temps ? Quelques jours.

— Pas depuis quelques jours. Depuis plus d'un an. C'est assez, je pense.

— Pourquoi depuis un an ? Il ne faut pas tenir compte de notre enfance, c'est trop lointain.

— Je n'en tiens pas compte. J'ai trois semaines de permission environ pour deux années de front. Il y a presque deux semaines que je suis ici. Ça correspond donc à quinze mois de front. Je te connais ainsi depuis plus d'une année, l'équivalent de presque deux semaines de permission.

Élisabeth ouvrit les yeux.

— Je n'y avais pas pensé.

— C'est une idée que je viens d'avoir. On pense mieux quand il fait noir et qu'il pleut.

— Le noir et la pluie sont indispensables ?

— Non, mais ça aide.

— Et maintenant, à quoi penses-tu ?

— Je pense que c'est merveilleux de pouvoir se servir de ses mains et de ses bras pour autre chose que pour tirer et lancer des grenades.

Elle le regarda.

— Pourquoi ne m'as-tu pas dit cela cet après-midi ?

— L'après-midi, on a des idées plus pratiques.

— Des idées d'allocation et de prêt aux jeunes mariés.

Gräber leva la tête.

— Mais c'était la même chose, Élisabeth, simplement les mots étaient différents.

Elle murmura quelque chose qu'il ne comprit pas.

— Les mots sont souvent très importants, dit-elle ensuite. Tout au moins dans ce genre d'affaire.

— J'en ai perdu l'habitude, mais je vais apprendre, tu verras. Laisse-moi un peu de temps.

— Du temps ? — Elle soupira. — Nous en avons si peu !

— Oui. Hier nous en avions encore beaucoup, et demain nous regretterons tout le temps qui nous reste aujourd'hui.

Il se tut. La tête d'Élisabeth était posée sur son bras. Ses cheveux faisaient une tache sombre sur l'oreiller et l'ombre de la pluie se mouvait sur son visage.

— Tu veux m'épouser, murmura-t-elle, sais-tu au moins si tu m'aimes ?

— Comment veux-tu que nous le sachions ? Est-ce qu'il ne faut pas vivre très longtemps ensemble pour cela ?

— Sans doute, mais alors, pourquoi veux-tu m'épouser ?

— Parce que je ne conçois plus la vie sans toi.

Élisabeth se tut un instant.

— Tu ne crois pas que ce qui t'est arrivé avec moi aurait très bien pu t'arriver avec une autre ? demanda-t-elle ensuite.

Gräber continuait à observer la grise tapisserie que la pluie tissait dans la fenêtre.

— Peut-être que ça aurait pu m'arriver aussi avec une autre, dit-il. Qui peut le dire ? Seulement, maintenant que c'est arrivé avec toi, je ne peux plus imaginer quelqu'un d'autre à ta place.

Élisabeth remua la tête contre son bras.

— Tu as appris quelque chose. Tu parles autrement que cet après-midi. C'est qu'il fait nuit. Crois-tu que toute ma vie il faudra attendre la nuit pour te parler ?

— Non, j'apprendrai à parler aussi le jour. Et j'éviterai les allusions aux allocations familiales.

— Pourtant nous ne les mépriserons pas, n'est-ce pas ?

— Quoi donc ?

— Les allocations.

Gräber retint sa respiration un instant.

— Alors tu veux bien ?

— Il le faut bien, puisque nous nous connaissons depuis plus d'un an. Et d'ailleurs, on peut toujours divorcer après, n'est-ce pas ?

— Non.

Elle se serra contre lui et s'endormit. Lui resta longtemps éveillé. Il écoutait la chanson grise de l'eau et il savait maintenant tous les mots qu'il aurait pu lui dire.

XVII

— Tu es chez toi, Ernst, prends tout ce que tu veux, dit Binding à travers la porte.

— Merci, Alfons.

Gräber s'allongea voluptueusement dans la baignoire. Ses effets militaires gisaient sur une chaise, dépouille grise, verte et salie de taches. Sur un cintre le complet civil que Reuter lui avait prêté l'attendait comme une promesse de métamorphose.

La salle de bains de Binding était vaste, carrelée de dalles vertes et de porcelaine, tout étincelante d'appareils nickelés — un paradis en comparaison des douches pleines d'odeurs de la caserne. Le savon venait de Paris, les serviettes formaient une pile immaculée, et il y avait de l'eau chaude à volonté. Il y avait même une bouteille de sels aromatiques en jolis cristaux améthyste.

Gräber s'abandonnait à la douce torpeur qui l'envahissait en vagues chaudes et heureuses. Il avait appris que les satisfactions les plus simples sont celles qui déçoivent le moins — la chaleur, l'eau, un toit, le pain, le calme et la confiance en son propre corps. Il tendit un bras, repoussa la chaise de l'uniforme et versa dans sa main une poignée de sels qu'il fit tomber lentement autour de lui. Une poignée de luxe et de paix, comme la nappe immaculée du *Germania,* le vin et les petits plats qu'il avait goûtés avec Élisabeth.

Il s'essuya et commença à s'habiller sans hâte. Comme le complet civil lui paraissait fin et léger après la laine épaisse de l'uniforme ! Fin prêt, il avait encore l'impression d'être en chemise et en caleçon pour n'avoir à traîner ni son ceinturon, ni ses bottes, ni ses armes. Il eut du mal à se reconnaître devant la glace. Un garçon grandi trop vite le regardait avec étonnement.

— Tu ressembles à un premier communiant, lui dit Alfons. Plus de soldat ! Qu'est-ce qui t'arrive ? Tu te maries ?

— Oui, répondit Gräber surpris. Ça se voit ?

Alfons éclata de rire.

— C'est que tu ne ressembles plus à un pauvre chien qui cherche un os dont il a oublié la cachette. C'est vrai que tu te maries ?

— Parfaitement.

— Ça par exemple ! Tu as bien réfléchi à ce que tu faisais ?

— Non.

Binding regarda Gräber sans comprendre.

— Il y a longtemps que je n'ai plus le temps de réfléchir à rien, dit Gräber.

Alfons ricana. Puis il leva la tête et renifla bruyamment.

— Hein ? — Il renifla encore. — C'est toi qui sens comme ça ? Ça doit être les sels de bain. Tu en as mis dans ton eau ? Tu sens comme vingt cocottes.

Gräber approcha ses mains de son nez.

— Je ne sens rien.

— Toi non, mais moi ! C'est un produit sournois : au début c'est sans effet et brusquement ça vous transforme en une corbeille de fleurs. On m'a rapporté ça de Paris. Nous allons combattre le fléau avec un cognac.

Binding alla chercher une bouteille et deux verres.

— À la tienne, Ernst ! Alors tu te maries ? Toutes mes félicitations ! Quant à moi, je reste célibataire. Est-ce que je connais ta future femme ?

— Non.

Gräber vida son verre. Il s'irritait d'avoir laissé échapper son secret. Binding l'avait pris au dépourvu.

— Encore un, Ernst ! On ne se marie pas tous les jours !

Binding reposa son verre. Il paraissait ému.

— Si tu as besoin de quoi que ce soit, Ernst, tu sais que tu peux toujours compter sur moi.

— Pourquoi aurais-je besoin de quelque chose ? C'est tout simple de se marier.

— Pour toi, oui. Tu es un soldat, tu as tous les papiers qu'il faut.

— C'est un mariage de guerre ; toutes les formalités sont simplifiées.

— Ta femme aura besoin des pièces habituelles, je crois. Enfin, tu verras bien. Si les choses traînent en longueur, on pourra toujours donner un coup de pouce. J'ai assez de relations à la Gestapo.

— À la Gestapo ? Que viendrait-elle faire dans un mariage de guerre ? Ça ne la regarde pas.

Alfons rit avec un air de supériorité.

— Ernst, il n'existe rien qui échappe à la Gestapo ! Tu es un soldat et c'est une chose qui t'importe peu. D'ailleurs tu n'as pas besoin de t'en faire. Tu n'as pas l'intention d'épouser une juive ou une ennemie de l'État. Néanmoins il y aura certainement une petite enquête. Simple formalité, bien sûr.

Gräber ne répondit pas. Il était mortellement inquiet. Une enquête ferait fatalement ressortir le fait que le père d'Élisabeth se trouvait dans un camp de concentration. Il n'y avait pas songé.

— Tu es sûr de ce que tu dis, Alfons ?

Binding remplit à nouveau les verres.

— À peu près, oui. Mais tu n'as aucune inquiétude à avoir. Tu ne te proposes pas de souiller ton sang d'aryen avec une créature inférieure ou une ennemie de la nation ? — Il ricana. — Ça ne fait rien : tu as été bien pressé de chausser les pantoufles conjugales !

— Oui.

— Allons, à la tienne ! Il n'y a pas si longtemps, je t'ai présenté ici à des gens de la Gestapo. Si ça traîne, ils mettront un peu du leur. Ce sont des monstres sacrés, surtout Riese, le maigre à lorgnons.

Gräber fixait la pointe de ses souliers jaunes. Élisabeth s'était rendue le matin même à la mairie pour demander ses papiers. Il avait insisté pour qu'elle ne tarde pas davantage. J'ai fait du propre, pensait-il. Jusqu'ici on l'a laissée tranquille, mais quelle folie d'attirer sur elle l'attention des autorités ! N'était-ce pas une loi vieille comme le monde qu'il faut faire le mort en cas de danger ? Le premier fonctionnaire venu pouvait l'envoyer dans un camp sous prétexte que son père était détenu. Il sentait ses mains devenir moites. Et si on rassemblait des renseignements à son sujet ? Auprès de la très patriotique Mme Lieser, par exemple ?

Il se leva.

— Qu'est-ce qui se passe, Ernst ? lui demanda Binding. Tu n'as même pas vidé ton verre ! Le bonheur rend distrait.

Il rit très fort de sa plaisanterie. Gräber le regardait tout à coup avec d'autres yeux. Quelques minutes auparavant, il ne voyait en lui qu'un ancien camarade plein de bonne volonté et auquel ses faciles succès professionnels avaient un peu tourné la tête ; il était brusquement devenu le représentant d'une puissance aveugle et redoutable.

— À la tienne, Ernst ! Bois encore un coup. C'est du cognac Napoléon !

— À ta santé, Alfons.

Gräber reposa son verre.

— Alfons, dit-il, veux-tu me rendre un service ? Donne-moi deux livres de sucre de ta provision. Dans deux paquets différents.

— Du sucre en poudre ou du sucre en morceaux ?

— Ça m'est égal. Du sucre.

— D'accord. Mais pour quoi faire ? Tu trouves que ton existence n'est pas assez sucrée comme ça ?

— C'est pour corrompre quelqu'un.

— Corrompre ? Mais ce n'est pas la peine, Ernst ! Il vaut beaucoup mieux menacer. C'est plus facile et plus efficace. Je m'en charge, si tu veux.

— Pas dans ce cas. En réalité, ce n'est pas une véritable corruption. C'est pour obliger quelqu'un dont j'attends un service.

— Comme tu voudras. Mais tu fêteras ton mariage chez moi, pas vrai ? Alfons est le meilleur témoin de mariage qui soit !

Un quart d'heure plus tôt, Gräber aurait refusé sous un prétexte quelconque. Maintenant il n'osait plus.

— Je ne crois pas que nous fassions beaucoup de frais, dit-il faiblement.

— Remets-t-en à moi ! Tu couches ici ce soir, hein ? Tu ne vas pas remettre ton uniforme pour retourner à la caserne, tout de même ? Je vais te donner une clé. Tu reviendras quand tu voudras.

Gräber hésita un instant.

— D'accord, dit-il.

Binding était radieux.

— Voilà qui est raisonnable ! Nous allons enfin pouvoir passer la soirée ensemble et bavarder gentiment. C'est la première fois que ça nous arrivera. Viens, je vais te montrer ta chambre.

Il rassembla les effets militaires de Gräber. Ses yeux tombèrent sur les décorations.

— Il faudra aussi que tu me racontes comment tu as récolté tout ça. Tu as dû faire pas mal de choses là-bas ?

Gräber leva les yeux. Il surprit sur le visage de Binding l'expression de curiosité cruelle qu'il avait le jour où Heini ivre avait fait étalage de ses souvenirs du SD.

— Il n'y a rien à raconter, dit-il. Ça vient tout seul avec le temps.

*

Mme Lieser ne reconnut Gräber en civil qu'au bout d'un instant.

— C'est vous ? Mlle Kruse n'est pas ici à cette heure de la journée, vous le savez bien.

— Je le sais, madame.

— Et alors ?

Elle fixait sur lui un regard inquisiteur. Sur son tablier marron brillait une broche à croix gammée. Elle avait à la main un balai qu'elle tenait comme une hallebarde.

— J'apporte un paquet pour Mlle Kruse, dit Gräber. Auriez-vous l'amabilité de le déposer dans sa chambre ?

Mme Lieser hésita un instant, puis elle prit le paquet qu'il lui tendait.

— J'ai là un autre paquet, ajouta Gräber. Mlle Kruse m'a raconté le dévouement dont vous faites preuve pour le bien général. C'est une livre de sucre dont je ne sais que faire. Comme je sais que vous avez un enfant, je voulais vous demander si ça vous ferait plaisir.

Le visage de Mme Lieser revêtit une expression officielle.

— Nous n'avons pas besoin du marché noir. Nous sommes fiers de nous contenter de ce que le Führer nous accorde.

— Votre enfant aussi ?

— Mon enfant aussi.

— C'est de l'honnêteté et du civisme, dit Gräber, si tout le monde était comme vous, les soldats du front auraient souvent plus de cœur au combat. Toutefois, ce sucre ne provient pas du marché noir. Il faisait partie du paquet que le Führer donne aux permissionnaires pour qu'ils en fassent profiter leur famille. Mes parents ont disparu. Donc vous pouvez accepter sans scrupule.

Le visage de Mme Lieser s'adoucit quelque peu.

— Vous venez du front ?

— Bien sûr.

— De Russie ?

— Oui.

— Mon mari se bat aussi en Russie.

Gräber feignit un intérêt soudain.

— Dans quel secteur se trouve-t-il ?

— Dans le corps d'armée du centre.

— Dieu merci, il est au repos pour le moment !

— Au repos ? Il n'y a pas de repos. Le corps d'armée du centre est en pleine offensive et mon mari se bat en première ligne.

En première ligne, pensa Gräber. Comme s'il y avait encore une première ligne ! Il fut tenté un instant d'expliquer à Mme Lieser ce que recouvraient en réalité les discours officiels et les grands mots patriotiques. Mais il s'en garda.

— Espérons qu'il aura bientôt une permission, dit-il.

— Il viendra en permission quand son tour viendra. Nous, nous ne demandons aucun privilège !

Gräber sentit la moutarde lui monter au nez.

— Je n'ai profité d'aucun privilège, dit-il sèchement, au contraire ! J'ai attendu ma permission deux ans.

— Vous êtes resté tout ce temps au front ?

— Tout le temps, sauf quand j'étais blessé.

Gräber regarda la harpie fanatisée. Quel besoin ai-je de me justifier aux yeux de cette créature ? pensa-t-il. Je ferais mieux de lui décharger mon revolver dans le ventre, comme son mari — qui doit faire partie du SD — doit fusiller les moujiks pour créer de l'espace vital au peuple allemand.

L'enfant des Lieser sortit de la pièce où se trouvait le bureau. C'était une fille frêle aux cheveux décolorés.

— Pourquoi êtes-vous en civil aujourd'hui ? demanda Mme Lieser.

— Mon uniforme est chez le teinturier.

— Ah bon ! Je croyais...

Gräber ne put savoir ce qu'elle croyait. Il vit tout à coup qu'elle lui souriait de toutes ses dents et il eut presque peur.

— Très bien, dit-elle. Je ferai profiter ma fille de ce sucre.

Elle emporta les deux paquets, et Gräber remarqua qu'elle en comparait les poids respectifs dans ses deux mains. Il savait qu'elle ouvrirait celui destiné à Élisabeth dès qu'il aurait le dos tourné. C'est d'ailleurs ce qu'il espérait. Elle aurait la surprise de n'y trouver que du sucre.

— Très bien, madame, au revoir.

— *Heil Hitler !*

Elle le regardait avec sévérité.

— *Heil Hitler*, dit Gräber.

Il sortit. Dans la rue, il croisa le chef de centre du quartier, un petit homme en uniforme de SA, ciré et botté, avec une poitrine de coq au-dessus d'un ventre rond. Gräber aussitôt s'arrêta. Ce grotesque aussi pourrait être dangereux à l'occasion, pensa-t-il.

— Beau temps aujourd'hui, dit-il.

Il tira un paquet de cigarettes de sa poche et lui en tendit une. Le chef de centre grogna un remerciement et se servit.

— Démobilisé ? demanda-t-il en regardant le complet de Gräber.

Gräber secoua la tête. Il se demanda s'il n'allait pas dire quelques mots au sujet d'Élisabeth ; il n'en fit rien cependant. Il valait mieux ne pas attirer l'attention sur elle.

— Je repars dans une semaine, dit-il. Pour la quatrième fois.

Le bonhomme acquiesça avec indifférence. Il retira la cigarette de sa bouche, la considéra avec mépris et cracha quelques brins de tabac.

— Pas bonne ? demanda Gräber.

— Si, si, répondit le chef de centre, seulement je fume surtout des cigares.

— Ça se fait rare un bon cigare, de nos jours.

— Plutôt, oui.

— J'ai un ami qui doit en avoir encore quelques boîtes. À la prochaine occasion, je lui en demanderai quelques-uns. De très bons cigares.

— Des cigares d'importation ?

— Probablement. Je n'y entends rien. Ils ont une bague.

— La bague ne prouve rien. N'importe quelle cochonnerie peut avoir sa bague.

— Mon ami est *Sturmführer* dans la SA. Ça m'étonnerait qu'il fume de mauvais cigares.

— *Sturmführer* dans la SA ?

— Oui. Alfons Binding.

— Vous connaissez Binding ?

— C'est mon meilleur ami, un camarade d'école. Je viens justement de chez lui. Il était avec Riese de la SS. Nous avons fait nos études ensemble.

Le chef de centre regardait Gräber. Gräber comprit son regard ; il se demandait pourquoi le Dr Kruse était en camp de concentration avec de pareilles relations.

— Il y a eu bien des malentendus, dit Gräber avec indifférence. Ça va s'arranger très vite. J'en connais qui seront bien étonnés. Il ne faut jamais se hâter de juger, n'est-ce pas ?

— Jamais ! répéta le chef de centre avec conviction.

Gräber consulta sa montre.

— Je me sauve. Je penserai aux cigares.

Il poursuivit son chemin. Bon début dans la corruption, pensa-t-il avec satisfaction. Mais l'inquiétude le reprit bientôt. Peut-être faisait-il fausse route. Ses manœuvres lui paraissaient puériles tout à coup. Il aurait mieux valu faire le mort sans doute. Il s'arrêta et baissa les yeux sur son complet. Cette livrée civile ! C'était elle qui était responsable de tout. Il avait voulu échapper à l'étreinte de la discipline militaire pour se sentir un homme libre, et il se trouvait maintenant précipité dans l'univers de peur et d'insécurité des civils.

Il se demandait ce qu'il convenait de faire. Impossible d'atteindre Élisabeth. Il maudit la hâte avec laquelle il l'avait poussée à demander ses papiers. La protéger ! pensa-t-il. Hier je prétendais la protéger en l'épousant, et voilà que déjà je l'ai mise en danger !

— Qu'est-ce que c'est que cette bouffonnerie ? cria une voix furieuse à côté de lui. Vous vous moquez de l'armée maintenant ?

Gräber regarda un instant sans comprendre le petit capitaine qui venait de surgir devant lui. Enfin il songea qu'il avait dû le saluer en oubliant qu'il se trouvait en complet civil.

— Une erreur, s'excusa-t-il, je ne l'ai pas fait exprès.

— Vous n'êtes pas soldat et vous vous permettez des plaisanteries aussi stupides ?

En regardant mieux le petit capitaine, Gräber se souvint qu'il avait dû avoir affaire à lui, un soir qu'il rentrait avec Élisabeth.

— Un planqué de votre espèce devrait rentrer sous terre au lieu de faire le malin, continuait le bonhomme furieux.

— Vous feriez mieux de regagner votre caisse à naphtaline, vous allez attraper froid, répondit Gräber en souriant.

Le capitaine s'empourpra.

— Je vais vous faire arrêter, vous faire fusiller ! balbutia-t-il.

— Vous savez très bien que vous n'en avez pas le pouvoir, dit Gräber, et maintenant fichez-moi la paix.

— Je vais... je vais...

Mais le capitaine interrompit brusquement sa phrase. La narine dilatée, il s'approcha de Gräber avec une grimace de dégoût.

— Ah ! je comprends ! s'exclama-t-il. C'est pour cela que vous n'êtes pas en uniforme ! Une tapette ! Quelle saleté ! Et parfumé avec ça ! Arrière, putain !

Il cracha, passa sa main sur sa moustache grisonnante et s'éloigna d'un pas rapide après avoir lancé à Gräber un regard chargé de mépris. C'est un effet des sels aromatiques, pensa Gräber en approchant ses mains de son nez. Il en percevait maintenant l'odeur douce et tenace. Une putain ? Ce n'est pas si mal trouvé. Ce que la peur peut faire d'un homme ! Mme Lieser, le chef de centre, — de quoi suis-je devenu capable !

Il était en face de l'immeuble de la Gestapo. La sentinelle faisait les cent pas devant la porte en bâillant. Plusieurs jeunes officiers SS sortirent en riant. Puis Gräber vit approcher timidement un homme âgé. Il s'arrêta, sortit un papier de sa poche et leva peureusement les yeux vers les fenêtres de la maison. Il jeta un dernier regard vers le ciel et aborda la sentinelle. Le SS examina la convocation avec indifférence et laissa entrer le vieillard.

Gräber regarda à son tour les fenêtres de l'immeuble. De nouveau la peur le prit, plus lourde, plus étouffante qu'auparavant. Il connaissait toute une gamme de peurs, les peurs aiguës, les peurs obscures, celles qui coupent le souffle et paralysent les muscles, et aussi la grande peur suprême de la créature vivante devant la mort ; mais celle qu'il éprouvait maintenant était différente de toutes les autres, c'était une peur rampante, une menace imprécise, une étreinte poisseuse, comme celle d'une glaire invisible et dissolvante, la peur de l'impuissance et du désespoir, la peur corruptrice qu'engendrent les dangers subis par d'autres, otages innocents ou persécutés sans défense, la peur en face de l'arbitraire, de la violence et de l'inhumanité systématique. La grande peur de notre temps.

Il se détourna en proie à une nausée. Hirschland, pensa-t-il tout à coup, Hirschland avait connu cette peur ! Hirschland engagé volontaire pour tenter de protéger sa famille et qui était de toutes les missions dangereuses dans l'espoir qu'une décoration sauverait son père de l'enfer concentrationnaire. Hirschland à qui il avait promis d'aller voir ses parents.

Il s'arrêta. Où avait-il mis son adresse ? Il lui paraissait soudain inconcevable de retarder cette visite, fût-ce de quelques heures, comme si le sort d'Élisabeth y était lié et que tout en dépendît. C'était puéril certes, mais la foi dans les rencontres extraordinaires faisait partie des habitudes du front. Il fouilla toutes ses poches. Finalement il retrouva dans son livret militaire le carré de papier que lui avait donné Hirschland.

La maison était étroite et se composait de trois étages. Il monta au troisième et sonna. Il fallut sonner deux fois encore pour que la porte s'ouvrît peureusement. Un pâle visage de femme apparut.

— Je voudrais parler à Mme Hirschland.

— C'est moi-même.

La femme le regardait fixement de ses grands yeux sombres.

— Je suis de la même compagnie que votre fils, dit Gräber.

Elle continuait à le regarder. C'était l'attente vigilante d'un animal farouche prêt à la fuite ou au combat.

— Votre fils m'a chargé de vous transmettre son affectueux souvenir, dit Gräber. Je suis ici en permission, c'est pourquoi je suis en civil.

La porte s'ouvrit tout à fait.

— Oui, entrez, je vous prie, monsieur…

— Gräber, Ernst Gräber.

La femme le précéda dans la pièce commune. Elle marchait légèrement et sans aucun bruit. Une chaise longue occupait le fond de la pièce. Elle était couverte entièrement par une couverture dont l'extrémité supérieure était rabattue sur le montant de la chaise longue. Gräber voulut s'y asseoir, mais Mme Hirschland le retint, et approcha une chaise.

— Vous seriez mieux sur cette chaise, dit-elle. Nous n'avons que cette pièce. Nous couchons sur la chaise longue.

Gräber s'assit sur la chaise. La pièce était propre et bourgeoisement meublée. Quelques tableaux étaient suspendus au-dessus de la chaise longue et au mur d'en face.

— Il y a quinze jours, je me trouvais encore avec votre fils, commença Gräber.

Mme Hirschland ne s'était pas assise. Son regard avait toujours cette fixité un peu farouche. Ses mains ne cessaient de trembler.

— Vous voudriez peut-être... je pourrais vous... Voulez-vous prendre quelque chose ?

Gräber remarqua qu'il avait très soif.

— Merci bien, dit-il, un verre d'eau fraîche si vous voulez.

— Mais oui, bien sûr. — Elle jeta un regard autour d'elle. — Je vais aller dans la cuisine, si vous voulez patienter un instant, je reviens tout de suite.

Elle partit. Arrivée à la porte, elle se retourna une dernière fois Qu'est-ce qu'elle a donc ? pensa Gräber. Il était habitué à rencontrer de la méfiance chez les gens, mais l'attitude de cette femme dépassait tout ce qu'il avait vu à ce jour.

Il se leva et examina les tableaux suspendus aux murs. C'était des reproductions. L'une représentait un marronnier en fleurs, une autre un profil de jeune Florentine. Au-dessus de la chaise longue était suspendue une eau-forte. Il s'approcha pour mieux la voir. Il sentit alors que son pied avait heurté quelque chose de mou placé sous la chaise longue et masqué par la couverture. Il se baissa pour voir s'il n'avait rien renversé et souleva le bord de la couverture.

Il découvrit deux longues boîtes de carton qui obstruaient l'espace compris entre le bas de la chaise longue et le plancher. L'une d'elles avait été déplacée par son pied. Il la remit en place, mais il eut le temps d'apercevoir entre les deux boîtes une main de femme. Quelqu'un était étendu sous le meuble, les bras le long du corps. Gräber laissa retomber la couverture et regagna sa chaise.

Mme Hirschland revint de la cuisine avec un plateau où étaient posés un petit verre de vin rouge et deux tranches de pain.

Gräber but une gorgée. Le vin était sucré et épais.

— Votre fils va très bien, expliqua-t-il. Quand je suis parti, la compagnie était au repos. Votre fils est très aimé de ses camarades.

— Il allait bien ? répéta Mme Hirschland mécaniquement.

— Aussi bien que possible au front. D'ailleurs je me suis aperçu que la vie était presque aussi dangereuse ici que là-bas.

Il attendit un moment. Mais Mme Hirschland ne lui posa aucune des questions habituelles sur la nourriture, les conditions de vie et les dangers du front. Elle doit être inquiète à cause de la personne qui est cachée ici, pensa Gräber.

— C'est tout ce que je voulais vous dire, conclut-il en se levant. Votre fils et moi, nous sommes des amis. Voulez-vous que je lui fasse parvenir quelque chose, une lettre, un paquet ? Je vais repartir dans une semaine environ.

— Non, murmura Mme Hirschland d'une voix presque imperceptible en le reconduisant.

Gräber la regarda stupéfait. Il crut un instant qu'elle ne croyait pas ses paroles et il tira son livret militaire.

— Regardez mes papiers, je ne suis en civil que provisoirement.

Elle leva la main comme pour repousser le livret, mais sans l'effleurer.

— Il est mort, murmura-t-elle dans un souffle.

— Mort ?

Elle acquiesça.

— C'est incroyable, c'est le dernier camarade avec qui j'ai parlé avant mon départ…

— Mort, répéta-t-elle. La nouvelle est arrivée, il y a quatre jours.

Elle secoua vivement la tête en voyant que Gräber allait lui poser d'autres questions.

— Non, je vous en prie, excusez-moi, merci d'être venu, je ne peux pas. Des lettres de lui continuent d'arriver. Il y en a eu une nouvelle aujourd'hui, non merci…

La porte se referma. Gräber descendit l'escalier. Il essaya de rassembler les souvenirs qu'il avait conservés de Hirschland. Il ne savait presque rien de lui. Pas même son prénom. Il pensa aux cigarettes qu'il lui avait données avant de partir. Il regretta de ne pas s'être davantage soucié de lui. Un regret de plus parmi tant d'autres ! La courte vie de Hirschland avait été misérable. Sa mère était seule maintenant et cachait son dernier enfant, né peut-être d'un second mariage et que son taux de sang juif désignait au camp de concentration. Il s'attarda dans la pénombre du palier, soudain désemparé. S'il fallait cacher ainsi une enfant innocente, pensa-t-il, quelles menaces ne devaient pas peser sur Élisabeth !

Il était à la fabrique bien avant la sortie des ouvrières. Ne voyant pas Élisabeth parmi les premières qui sortaient, il se persuada aussitôt qu'elle avait déjà été arrêtée. Enfin il l'aperçut. Elle fut stupéfaite de le trouver en civil.

— Comme tu as l'air jeune ! lui dit-elle en riant.

— Je ne me sens pas jeune du tout. J'ai l'impression d'avoir cent ans.

— Il y a du nouveau ? Tu es rappelé prématurément ?

— Non, non, tout va bien.

— Tu te sens vieux parce que tu es en civil ?

— Je ne sais pas, mais il me semble que ce maudit complet a attiré sur moi tous les ennuis du monde. Tu as fait quelque chose pour tes papiers ?

— Tout est en ordre, répondit-elle radieuse, j'ai même profité de l'arrêt de midi. Toutes les demandes sont faites.

— Tout ? dit Gräber avec accablement. Donc c'est trop tard.

Élisabeth le regarda avec étonnement.

— Trop tard pour quoi ?

— Pour rien. J'ai eu peur tout à coup. Ce que nous faisons est peut-être une erreur. Ça pourrait te nuire.

— À moi ? Comment cela ?

Gräber hésita.

— J'ai entendu dire que la Gestapo prenait ses renseignements souvent. Il aurait peut-être mieux valu ne pas bouger.

Élisabeth s'arrêta.

— Qu'est-ce qu'on t'a dit d'autre ?

— Rien, j'ai eu peur, voilà tout.

— Tu penses qu'on pourrait m'arrêter parce que je veux me marier ?

— Non, bien sûr.

— Alors ? Tu crois qu'ils pourraient découvrir que mon père est en camp de concentration ?

— Ça non plus, tu penses bien qu'ils le savent.

J'ai pensé qu'il aurait été plus prudent de ne pas attirer l'attention sur toi. La Gestapo a des réactions imprévisibles. Il suffit d'un fonctionnaire de mauvaise humeur. Tu sais bien qu'il ne faut compter ni sur le bon droit ni sur la logique avec eux.

Élisabeth se tut un instant.

— Alors, que faire ? demanda-t-elle ensuite.

— J'y ai réfléchi toute la journée. Je pense qu'il n'y a plus rien à faire. Si nous annulions la demande, nous nous ferions remarquer encore davantage.

Élisabeth acquiesça et le regarda d'un air étrange.

— On peut peut-être essayer tout de même.

— C'est trop tard, Élisabeth. Il n'y a plus qu'à attendre en assumant les risques.

Ils continuèrent à marcher. L'usine dressée sur une petite place était parfaitement visible. Gräber l'observa attentivement.

— Vous n'avez pas encore été bombardés ?

— Pas encore.

— La bâtisse est pourtant très exposée et facilement reconnaissable.

— Nous avons des caves spacieuses.

— Elles sont solides ?

— Je crois, suffisamment.

Gräber leva les yeux. Élisabeth marchait à côté de lui sans le regarder.

— Comprends-moi bien, Élisabeth, dit-il, moi je n'ai rien à craindre, c'est uniquement pour toi que j'ai peur.

— Tu n'as pas besoin de t'en faire pour moi.

— Tu n'as pas peur ?

— J'ai eu toutes les peurs possibles et imaginables. Je n'ai pas assez d'imagination pour en inventer de nouvelles.

— Moi, si, dit Gräber. Quand on aime quelqu'un, on découvre toutes sortes de peurs nouvelles dont on n'avait pas idée auparavant.

Élisabeth se tourna vers lui, toute souriante. Il la regarda et sourit à son tour.

— Je n'ai pas oublié ce que je t'ai dit avant-hier, dit-il. Crois-tu que pour bien savoir qu'on aime il faut toujours avoir peur ?

— Je ne sais pas, mais au début ça doit aider un peu.

— Ce sale complet ! Demain je remettrai mon uniforme. Et moi qui enviais le sort des civils !

Élisabeth rit.

— Pauvre complet ! C'est lui qui est responsable de tout ?

— Non, dit-il soulagé. Ça vient surtout de ce que je me suis remis à vivre. C'est pour ça que j'ai peur ! J'ai eu affreusement peur toute la journée. Maintenant ça va un peu mieux. Et au fond il n'y a rien de nouveau. C'est étrange comme la peur se nourrit de peu !

— L'amour aussi, dit Élisabeth, Dieu merci !

Gräber la regardait marcher libre et légère à ses côtés. Comme elle s'est transformée ! pensa-t-il. Avant c'était elle qui avait peur, c'était moi qui la rassurais. Maintenant c'est l'inverse.

Ils traversèrent la place Adolf Hitler. Un gigantesque crépuscule embrasait le ciel derrière l'église.

— Qu'est-ce qui brûle encore ? demanda Élisabeth.

— Rien, c'est le coucher du soleil.

— Le coucher du soleil ! On n'y pense même plus !

Le crépuscule empourprait la rue et les passants. Les mains et les visages en étaient étrangement teintés. Gräber voyait les gens avec des yeux nouveaux. Chacun d'eux était un être humain qu'accompagnait un destin particulier. Comme c'est facile de condamner et d'être fort quand on n'a rien ! pensa-t-il. Quand on a quelque chose, le monde est changé. Tout devient plus facile et plus difficile à la fois, la vie paraît même impossible à supporter quelquefois, et c'est alors que tout commence. Le courage prend un autre sens, remplit une fonction plus grave, plus humaine. Il aspira profondément. Il avait l'impression d'avoir regagné son abri après une mission dangereuse accomplie en territoire ennemi… Le danger était toujours là, mais on avait un moment de répit.

— C'est bizarre, dit Élisabeth, ça doit être le printemps. Dans cette rue détruite et déserte, j'ai l'impression qu'il flotte une odeur de violettes…

XVIII

Böttcher empaquetait ses affaires. Tous ses camarades l'entouraient.

— Alors, vraiment, tu l'as retrouvée ? demanda Gräber.

— Oui, mais...

— Où ?

— Dans la rue, dit Böttcher. Elle se trouvait tout bonnement rue Keller au coin de la rue Bier, à côté de l'ancienne boutique de parapluies. Sur le moment, je ne l'avais pas reconnue.

— Où se trouvait-elle auparavant ?

— Dans son camp près de Erfurt. Alors, écoutez ça ! Elle est près du magasin de parapluies et je ne la vois pas. Je passe à côté d'elle et elle m'appelle : « Otto ! Tu ne me reconnais pas ? » — Böttcher observa un silence et parcourut des yeux le cercle de ses auditeurs. — Les gars, comment voulez-vous qu'on reconnaisse une femme qui a perdu quarante kilos ?

— Comment s'appelle le camp où elle se trouvait ?

— Je ne sais plus, le camp de la forêt, je crois. Je pourrai lui demander. Mais écoutez donc la fin, bon Dieu ! Moi je la regarde et je dis : « Alma ! C'est toi ! — C'est moi ! » qu'elle dit. « Je me doutais vaguement que tu étais en permission ! C'est pour ça que je suis revenue. » Moi je continuais à la regarder. Une pauvre fille efflanquée comme un cheval de fiacre, cinquante-cinq kilos, peut-être cinquante même, un squelette avec des vêtements qui flottent autour comme sur un échalas.

Böttcher fit un soupir douloureux.

— Combien mesure-t-elle ? lui demanda Feldmann intéressé.

— Quoi ?

— Combien mesure ta femme ?

— Environ un mètre soixante. Pourquoi ?

— Alors elle a retrouvé son poids normal.

— Son poids normal ! Qu'est-ce que c'est que cette histoire ! — Böttcher fixait Feldmann les yeux exorbités. Très peu pour moi les poids normaux ! Ma femme s'est transformée en aiguille à tricoter, voilà la vérité ! Je veux qu'elle redevienne comme autrefois, une belle femme avec un cul sur lequel on peut casser des noix, au lieu du pauvre grain de café qui lui en tient lieu. Pourquoi je me bats ? Pour un grain de café ?

— Tu te bats pour notre Führer bien-aimé et pour la patrie qui nous a donné le jour — pas pour le cul de ta femme, dit Reuter. Tu devrais commencer à le savoir au bout de trois ans de front.

Böttcher faisait peine à voir. Il se tournait vers chacun de ses camarades pour les prendre à témoin à tour de rôle.

— Je me bats... je me bats... pour ce qui me plaît, pour ma vie à moi, et quant au reste je m'en...

— Halte ! — Reuter leva la main dans un geste de conjuration. — Bats-toi pour ce que tu veux, mais ne le dis à personne ! Et réjouis-toi d'avoir retrouvé ta femme saine et sauve.

— Bien sûr, je me réjouis, mais qu'est-ce qui l'empêche d'être en vie et d'être grasse et belle comme autrefois ?

— Mais mon vieux, dit Feldmann, ça se répare, ces petits malheurs ! Mets-la à l'engrais.

— À l'engrais ! Facile à dire ! Avec quoi ? Avec nos cartes d'alimentation ?

— Débrouille-toi pour trouver autre chose.

— Merci pour les bons conseils, dit Böttcher amer et ironique. Il ne me reste que trois jours de permission. Comment voulez-vous que je la fasse engraisser en trois jours ? En admettant même qu'elle baigne toute la journée dans l'huile de foie de morue et qu'elle fasse six repas par jour, c'est tout juste si elle prendra un ou deux kilos. Ah ! je suis dans une fichue situation !

— Pourquoi après tout ? Tu as encore la grosse fille de salle pour te consoler.

— C'est justement ! Je me promettais bien de ne plus la revoir dès que j'aurais retrouvé ma femme. Je suis un père de famille, moi, pas coureur du tout. Seulement, maintenant je préfère encore la fille de salle.

— La vérité, c'est que tu es une nature essentiellement superficielle, décréta Reuter.

— Je ne suis pas superficiel ! protesta Böttcher. Au contraire, les moindres détails m'atteignent au plus profond ! Sinon je serais heureux. Mais ça, ça vous dépasse, tous autant que vous êtes !

Il leur tourna le dos et jeta ses dernières affaires dans son sac.

— Tu as trouvé à te loger avec ta femme ? lui demanda Gräber. Ou bien peux-tu retourner dans ton ancienne maison ?

— Évidemment non ! Nous sommes sinistrés. Mais j'aimerais mieux coucher dans une cave que rester un jour de plus ici. Le seul malheur, c'est que ma femme ne me dit plus rien. Je l'aime toujours, bien sûr, ce serait pas la peine d'être marié, seulement telle qu'elle est, elle ne me plaît plus. Je n'y peux rien, pas vrai ? Que faire ? Naturellement, elle s'en est aperçue.

— Pour trois jours, tu peux bien faire un peu semblant.

— Au lit, une femme peut faire semblant, pas un homme, énonça tranquillement Böttcher. Croyez-moi, il aurait mieux valu que je reparte au front sans l'avoir revue. Cette rencontre, ça n'a servi qu'à nous faire de la peine à tous les deux.

Il balança son sac sur son épaule et s'éloigna. Reuter le suivit des yeux. Puis il se tourna vers Gräber.

— Et toi ? Qu'est-ce que tu deviens ?

— Je vais aller au bureau du bataillon. Il me faut peut-être des papiers spéciaux pour me marier.

Reuter ricana.

— La déveine de ton camarade Böttcher ne t'impressionne pas, on dirait ?

— Non. J'ai d'autres sujets de crainte.

— Ça chauffe, dit le secrétaire du bureau du bataillon. Ça chauffe sur le front. Tu sais ce qu'on fait, quand ça chauffe ?

— On se planque, répondit Gräber. C'est enfantin. Mais je suis déjà planqué puisque j'ai une permission.

— *Tu crois* que tu as une permission, rectifia le secrétaire. Et si je te montrais les ordres qui viennent d'arriver ?

— Vas-y toujours.

Gräber tira de sa poche un paquet de cigarettes et le posa sur la table. Il sentait son estomac se contracter peu à peu.

— Ça chauffe, répéta le secrétaire. Les pertes sont considérables. On exige des renforts immédiats. Les permissionnaires qui n'ont pas de raison majeure de rester doivent repartir immédiatement. Ça te suffit ?

— Oui. Qu'est-ce qu'on appelle des raisons majeures ?

— Décès de proches parents, règlement d'affaires de famille, maladie grave, énuméra le secrétaire.

Les cigarettes glissèrent dans le tiroir du bureau.

— Alors, disparais, fais le mort. Si personne ne peut te retrouver, personne ne te renverra sur le front. Évite la caserne comme la peste. Terre-toi n'importe où jusqu'à la fin de ta permission. À ce moment-là reviens. Qu'est-ce qui peut t'arriver ? Qu'on te punisse pour n'avoir pas laissé d'adresse ? De toute façon, tu retournes au front, alors ?

— Je me marie, dit Gräber. C'est une raison majeure ?

— Tu te maries ?

— Oui, c'est même pour ça que je suis ici. Je voulais savoir si j'ai besoin d'autre chose que de mon livret militaire.

— Un mariage. C'est peut-être une raison majeure. Je dis *peut-être*.

Le secrétaire alluma une cigarette.

— C'est peut-être une raison, mais pourquoi courir

ce risque ? En tant que soldat, ton livret militaire te suffit pour te marier. Si tu avais tout de même besoin d'autre chose, reviens me voir, je te ferais ça en douce. Tu n'as rien de mieux à te mettre ? Tu ne vas pas te marier en costume de tranchée ?

— On peut changer sa tenue ici ?

— Va au magasin d'habillement, dit le secrétaire. Dis à l'habilleur que tu te maries et que tu viens de ma part. Tu n'as pas encore quelques bonnes cigarettes ?

— Pas sur moi, mais je peux peut-être aller en chercher.

— Ce n'est pas pour moi, c'est pour l'habilleur.

— Je vais voir. Sais-tu si la femme a besoin de papiers spéciaux pour un mariage de guerre ?

— Aucune idée, mais ça m'étonnerait. Tout est simplifié. — Le secrétaire consulta sa montre. — Va tout de suite au magasin, l'habilleur doit encore y être.

Gräber gagna l'aile de la caserne où se trouvait le magasin d'habillement. Il fallut monter jusque sous les toits. L'adjudant d'habillement était un gros homme dont les yeux étonnaient par le contraste de leur couleur. Le gauche était d'un bleu artificiel tirant sur le violet, le droit brun clair, couleur de noisette.

— Ne me fixez pas comme un veau, gronda-t-il aussitôt. Vous n'avez jamais vu un œil de verre ?

— Si, mais jamais de cette couleur.

— Idiot, il n'est pas à moi ! — L'adjudant posa le doigt sur son œil violet. — C'est un gars qui me l'a prêté. J'ai laissé tomber le mien hier sur les pavés de la cour. C'est trop fragile, ces trucs-là ! On devrait les faire en celluloïd.

— C'est une matière inflammable, fit remarquer Gräber.

L'adjudant sourit en voyant les décorations de Gräber.

— C'est juste. Seulement je n'ai pas d'uniforme à vous donner. Navré. Tous ceux que j'ai en magasin sont pires que le vôtre.

Il fixait Gräber de son œil étincelant. L'œil noisette paraissait distrait en comparaison. Gräber posa une boîte de cigarettes de Binding sur la table. L'œil noisette manifesta un intérêt visible. L'adjudant fit demi-tour et revint bientôt avec une vareuse.

— C'est tout ce que j'ai pour le moment.

Gräber ne toucha pas à la vareuse. Il tira de sa poche une petite bouteille plate de cognac qu'il avait apportée à tout hasard et la posa près des cigarettes. L'adjudant disparut et rapporta cette fois un pantalon presque neuf. Gräber examina tout d'abord le pantalon. En le retournant il s'aperçut que l'adjudant l'avait plié de façon à masquer une tache sombre large comme la main. Gräber regarda sans rien dire la tache, puis le cognac.

— Ce n'est pas du sang, expliqua l'adjudant, c'est de l'huile d'olive de première qualité. Son propriétaire revenait d'Italie. Un petit coup de benzine et il n'y paraîtra plus.

— Si c'était si facile, pourquoi l'a-t-il échangé au lieu de le nettoyer lui-même ?

L'adjudant découvrit son dentier.

— Bien répondu. Le bonhomme voulait un uniforme qui sente le front. À peu près comme celui que vous portez. Il avait passé deux ans dans un bureau à Milan, et dans toutes les lettres qu'il envoyait à sa fiancée il lui racontait ses combats. Il ne pouvait pas rentrer chez lui avec un pantalon neuf sur lequel n'était tombé qu'un saladier. C'est ce que j'ai de mieux à vous offrir, ma parole !

Gräber n'en croyait pas un mot, mais il n'avait plus rien sur lui à offrir à l'adjudant. Pourtant il secoua la tête.

— Allons bon, dit l'adjudant. J'ai une proposition à vous faire : emportez cet uniforme et gardez le vôtre. Ça vous en fera deux. D'accord ?

— Vous n'avez pas besoin du vieux pour que le nombre des pièces en magasin reste le même ?

L'adjudant fit un geste vague.

— Il y a longtemps que le nombre des uniformes en magasin ne correspond plus à celui qui est porté sur les livres. Vous connaissez quelque chose qui corresponde encore à ce qui devrait être ?

— Non.

— Alors, vous voyez !

En passant devant l'hôpital municipal, il s'arrêta. Il venait de se rappeler qu'il avait promis d'aller voir Mutzig. Il hésita un instant, puis il entra. Il cédait à la croyance superstitieuse qu'une bonne action améliorerait peut-être son propre destin.

Les amputés étaient installés au premier étage. Le rez-de-chaussée était occupé par les blessés graves incapables de se lever et par les opérés de fraîche date ; en cas d'alerte, il était ainsi plus facile de les transporter dans les abris. Les amputés pouvaient à la rigueur se débrouiller sans l'aide du personnel. Un cul-de-jatte pouvait se faire aider par deux manchots pour descendre l'escalier.

Mutzig s'extasia en voyant arriver Gräber.

— J'étais bien persuadé que tu ne viendrais pas !

— Moi aussi, répondit Gräber, mais me voilà tout de même.

— Ça, c'est rudement gentil. Stockmann est justement ici. Vous n'étiez pas ensemble en Afrique ?

— Si.

Stockmann avait perdu le bras droit. Il était en train de jouer aux cartes avec deux autres invalides.

— Tiens, Gräber ! s'exclama-t-il. Qu'est-ce qui t'est arrivé ?

Son regard cherchait instinctivement la blessure qui expliquerait le retour de son ancien camarade.

— Rien, répondit Gräber.

Tous le regardaient du même regard que Stockmann. « En permission », ajouta-t-il à voix presque basse comme s'il se sentait coupable.

— Je croyais que tu avais suffisamment trinqué en Afrique pour qu'ils te renvoient définitivement dans tes foyers.

— Non, tu vois. Ils m'ont raccommodé pour m'expédier en Russie.

— Tu as eu de la veine tout de même. Tous les copains sont en captivité. On n'a pas pu les rapatrier par avion.

L'un des joueurs abattit ses cartes sur la table.

— Alors, on joue ou on bavarde ? demanda-t-il grossièrement.

Gräber vit qu'il n'avait plus de jambes. Il lui manquait aussi deux doigts de la main droite et il n'avait pas de cils. Ses paupières qui avaient dû brûler étaient roses et brillantes.

— Continuez à jouer, dit Gräber, je n'en ai pas pour longtemps.

— Encore un tour, dit Stockmann, ce sera bientôt fait.

Gräber alla s'asseoir à la fenêtre près de Mutzig.

— Faut pas en vouloir à Arnold, murmura Mutzig, c'est un mauvais jour.

— C'est le cul-de-jatte ?

— Oui. Sa femme est venue hier. Après ses visites, il a toujours une crise.

— Qu'est-ce que tu racontes ? cria Arnold.

— J'évoque de vieux souvenirs. C'est pas permis, non ?

Arnold se replongea dans son jeu avec un grognement.

— À part ça, on s'amuse bien ici, reprit Mutzig avec un entrain forcé. Les gars sont très chic. Arnold était maçon, ce n'est pas facile de s'adapter. Et puis sa femme le trompe, c'est sa mère qui le lui a dit.

Stockmann lança son jeu sur la table.

— Quelle guigne ! J'étais sûr de mon brelan d'as !

Arnold ricana et se mit à battre les cartes.

— On se demande souvent ce qu'il y a de moins grave quand on veut se marier : un bras ou une jambe de moins, reprit Mutzig. Stockmann prétend que c'est un bras. Mais comment veux-tu tenir une femme dans ton lit avec un seul bras ? Et il faut bien la tenir, tout de même !

— Ce n'est pas si important, l'essentiel c'est de vivre.

— Oui, mais c'est une consolation qui a des limites, vois-tu. Après la guerre, les points de vue changent. Tu étais un héros, tu deviens un infirme.

— Je ne crois pas, et d'ailleurs il y a des prothèses merveilleuses.

— Je ne parle pas du travail, dit Mutzig.

— La vérité, c'est qu'il faut gagner la guerre, cria

tout à coup Arnold qui avait écouté. Si tous les planqués y allaient, on ne serait pas obligé de battre tout le temps en retraite.

Gräber ne répondit pas. Impossible de discuter avec des amputés ; quand on a perdu un membre, on a toujours raison. On peut discuter avec un blessé des poumons ou du cœur, avec un homme dont la vie sans cesse menacée n'est qu'une longue souffrance, mais, chose étrange, on ne discute pas avec un amputé.

Arnold se remit à jouer.

— Qu'est-ce que tu en penses, Ernst ? demanda Mutzig au bout d'un moment, j'avais une amie à Münster ; on continue à s'écrire. Elle croit que j'ai une simple blessure à la cuisse. Je n'ai pas encore osé lui dire la vérité.

— Attends tranquillement et réjouis-toi de ne pas avoir à repartir.

— C'est bien ce que je fais, Ernst, mais ça ne peut pas durer éternellement.

— Ah ! vous m'écœurez, tous autant que vous êtes ! s'écria tout à coup l'un des blessés assis en rond autour des joueurs. Vous n'avez qu'à boire et à être des hommes !

Stockmann éclata de rire.

— Qu'est-ce qui te prend ? lui demanda Arnold.

— J'imaginais comme ça ce qui se passerait si nous attrapions cette nuit une bombe de gros calibre, — au beau milieu de la chambre, qui nous réduirait tous en bouillie. Ç'aurait été bien la peine de faire tous ces discours !

Gräber se leva. Il s'aperçut que le blessé qui voulait boire et être un homme n'avait plus de pieds. Une mine ou bien le froid, pensa-t-il machinalement.

— Que font nos avions ? gronda Arnold. Il vous les faut tous sur le front ? On n'en voit presque plus ici.

— Sur le front non plus on n'en voit presque pas.

— Quoi ?

Gräber s'aperçut qu'il avait commis une maladresse.

— Sur le front, nous attendons tous les armes secrètes, ajouta-t-il. On nous dit qu'elles feront des miracles.

Arnold le fixait avec fureur.

— Qu'est-ce que tu racontes, nom d'un chien ! On croirait à t'entendre que la guerre est perdue ! Jamais, tu m'entends, jamais ! Tu t'imagines que j'ai envie de me promener dans un chariot et de vendre des allumettes comme les mutilés de l'autre guerre ? Nous avons des droits. Le Führer nous a fait des promesses !

Il lança ses cartes sur la table.

— Allons, allume la radio, dit l'homme sans pieds, un peu de musique !

Mutzig tourna le bouton. Une volée de phrases glapissantes sortit de l'appareil. Mutzig tendit à nouveau la main vers l'appareil.

— Laisse ça ! ordonna Arnold.

— Pourquoi ? C'est encore un discours.

— Laisse ça, je te dis ! C'est un discours politique. Si tout le monde les écoutait régulièrement, ça irait peut-être un peu mieux.

Mutzig se résigna. Une série de *Sieg-heil* retentit dans la pièce. Arnold écoutait, les dents serrées. Stockmann fit un signe à Gräber et haussa les épaules. Gräber s'approcha de lui.

— Au revoir, vieux, lui dit-il, il faut que je file.

— Tu as mieux à faire, hein ?

— Non, mais il faut que je parte.

En sortant, il sentit les regards des autres peser dans son dos. Il avait l'impression d'être nu ; il s'efforça de ralentir le pas pour n'avoir pas l'air de fuir. Mutzig le rejoignit en sautillant.

— Reviens nous voir, lui dit-il dans la lumière fanée du corridor. Aujourd'hui tu es mal tombé, d'habitude l'atmosphère est toute différente ici.

Gräber se retrouva dans la rue. Déjà le crépuscule tombait. D'un seul coup, la peur le reprit. Toute la journée il était parvenu à y échapper, mais dans la lumière incertaine de cette fin de journée, elle paraissait monter vers lui de toutes parts.

Il retourna chez Pohlmann. Le vieil homme lui ouvrit tout de suite. Il paraissait attendre quelqu'un d'autre.

— C'est vous, Gräber ? dit-il.

— Oui, je ne vous dérangerai pas longtemps, je voulais simplement vous poser une question.

Pohlmann s'effaça devant lui.

— Entrez, dit-il, il vaut mieux ne pas rester dehors.

Ils allèrent dans la pièce éclairée au pétrole. Gräber sentit une odeur de cigarette fraîche. Pohlmann n'avait pas de cigarette à la main.

— Qu'est-ce que vous voulez me demander, Gräber ?

Gräber jeta les yeux autour de lui.

— C'est la seule pièce dont vous disposez ?

— Pourquoi ?

— Il est possible que j'aie à cacher quelqu'un pendant quelques jours. Puis-je compter sur vous ?

Pohlmann se tut.

— Ce n'est pas quelqu'un qu'on recherche, expliqua Gräber. Je vous pose la question à tout hasard. Il est probable que ça ne sera pas nécessaire. J'ai peur pour quelqu'un. Je me fais peut-être des idées.

— Pourquoi vous adressez-vous à moi ?

— Je ne connais personne d'autre.

Gräber n'aurait pu dire exactement les raisons qui le poussaient à cette démarche. Il avait simplement éprouvé le besoin de s'assurer une cachette en cas de danger.

— De qui s'agit-il ?

— C'est une jeune fille que je vais épouser. Son père est arrêté. J'ai peur qu'on l'arrête, elle aussi. Elle n'a rien fait. Je m'inquiète peut-être à tort.

— On n'a jamais tort de s'inquiéter, dit Pohlmann, et il vaut mieux prendre le maximum de précautions. Vous pouvez disposer de cette pièce quand vous voudrez.

Gräber sentit une vague de reconnaissance l'envahir.

— Merci, dit-il, merci infiniment.

Pohlmann sourit. Il paraissait tout à coup plus grand, plus fort.

— Merci, répéta Gräber. J'espère que je n'en aurai pas besoin.

Ils étaient tous deux près des rayons chargés de livres.

— Emportez-en un ou deux, dit Pohlmann doucement. Ça aide souvent à passer une soirée difficile.

Gräber secoua la tête.

— Moi, ça ne m'aiderait pas, dit-il. Mais je voudrais savoir quelque chose : comment ces deux univers sont-ils conciliables, d'une part ces livres, ces ouvrages d'histoire, cette philosophie, d'autre part l'inhumanité des SA, les camps de concentration, les crimes massifs perpétrés sur des innocents ?

— Ces deux univers ne sont pas conciliables, ils existent simultanément et indépendamment l'un de l'autre, voilà tout. Si les auteurs de ces livres vivaient encore, ils seraient tous probablement dans les camps de concentration.

— Probablement.

Pohlmann regarda Gräber.

— Vous voulez vous marier ?

— Oui.

Le vieil homme tira un livre des rayons.

— Je n'ai rien d'autre à vous donner, emportez ça. Il n'y a rien à lire, ce sont des images, rien que des images. Il m'est arrivé de regarder des images des nuits entières, quand je ne pouvais plus lire. Des images et des poèmes — aussi longtemps qu'il me restait du pétrole. Ensuite, dans l'obscurité, il ne reste plus que la prière.

— Oui, dit Gräber sans conviction.

— J'ai beaucoup pensé à vous, et aussi à ce que vous m'aviez dit lors de votre visite. Il n'y a pas de réponse à vous donner. — Pohlmann fit un silence et ajouta à voix basse. — Une seule réponse : la foi. La foi, il ne nous reste que cela.

— La foi en quoi ?

— En Dieu. Et en ce qu'il y a de bon dans l'homme.

— Vous n'en avez jamais douté ?

— Si, répondit le vieil homme. Souvent. Sinon, comment aurais-je la foi ?

Gräber se dirigea vers la fabrique. Le vent s'était levé et des nuages effilochés couraient au-dessus des toits. Une section de soldats traversait la place au pas. Ils étaient en tenue de campagne et gagnaient la gare, le front... Je devrais me trouver parmi eux, pensa Gräber. Il leva les yeux vers la noire silhouette du tilleul dressée contre la maison détruite. Il sentit soudain, comme la première fois qu'il voyait l'arbre, une étrange allégresse gonfler sa poitrine. C'est curieux, pensa-t-il, j'ai pitié de Pohlmann et je n'ai rien à attendre de lui ; mais chaque fois que je vais le voir, je sens une vie nouvelle et plus profonde me soulever joyeusement...

XIX

— Vos papiers ? Attendez un instant.

L'employé chaussa ses lunettes et regarda Élisabeth. Puis il se leva lentement et passa derrière la cloison de bois qui séparait les guichets des bureaux.

Gräber le suivit des yeux et se retourna. La voie vers la sortie n'était pas libre.

— Va à la porte, dit-il à voix basse. Là, attends. Si tu me vois enlever mon calot, va immédiatement chez Pohlmann. Ne t'occupe pas de moi, va vite, je te rejoindrai plus tard.

Élisabeth hésita.

— Va vite, répéta-t-il avec impatience. Ce vieil âne est peut-être parti chercher quelqu'un. Nous n'avons aucun risque à courir. Attends dehors.

— Il est peut-être simplement parti chercher les papiers.

— On verra bien. Je lui dirai que tu ne te sentais pas bien et que tu es sortie prendre l'air. Va vite !

Debout au guichet, il la suivit des yeux. Elle fit demi-tour, lui sourit et disparut dans la foule.

— Où est Mlle Kruse ?

Gräber tressaillit. L'employé était revenu.

— Elle va revenir. Tout est en ordre ?

L'employé acquiesça.

— Quand voulez-vous vous marier ?

— Le plus tôt possible, je n'ai plus beaucoup de temps. Ma permission tire à sa fin.

— Vous pouvez vous marier tout de suite, si vous voulez, les papiers sont prêts. Pour les soldats, c'est très rapide.

Gräber vit les papiers entre les mains de l'employé. Le bonhomme souriait. Gräber se sentit très faible tout à coup. La sueur l'envahit.

— Alors, tout est prêt ? répéta-t-il en enlevant son calot pour s'éponger le front.

— Tout est prêt, confirma l'employé. Où est Mlle Kruse ?

Gräber posa son calot sur l'accoudoir du guichet. Il cherchait Élisabeth dans la foule. C'est alors qu'il remarqua son calot posé devant lui. Il avait oublié leur signal convenu.

— Une seconde, dit-il très vite, je vais la chercher.

Il se fraya un chemin parmi les gens. Peut-être pourrait-il la rattraper dans la rue. Mais il la découvrit derrière un pilier avant d'avoir atteint la sortie. Elle attendait tranquillement.

— Dieu merci, te voilà ! s'exclama-t-il. Tout est réglé, Élisabeth.

Ils revinrent ensemble. L'employé donna ses papiers à la jeune fille.

— Vous êtes la fille du Dr Kruse ? lui demanda-t-il.

Gräber retint sa respiration.

— Oui.

— Je connais votre père, dit l'employé.

Élisabeth le regarda.

— Vous avez de ses nouvelles ? demanda-t-elle au bout d'un instant.

— Pas plus que vous, sans doute. Vous savez quelque chose ?

— Non.

L'employé retira ses lunettes. Il avait des yeux bleus clairs et myopes.

— Espérons que tout cela se terminera pour le mieux, dit-il en tendant la main à Élisabeth. Je me suis chargé moi-même des démarches. Vous pouvez vous marier dès aujourd'hui. Tout de suite, si vous voulez.

— D'accord, tout de suite, dit Gräber.

— Cet après-midi, dit Élisabeth. À deux heures, ça va ?

— Je vais m'en occuper, dit l'employé. Il faudra aller à la salle de gymnastique, c'est là que se trouve maintenant le bureau d'état civil.

— Merci.

Ils s'arrêtèrent devant la porte.

— Pourquoi pas tout de suite ? demanda Gräber. Je ne me sentirai rassuré que quand ce sera fait.

Élisabeth sourit.

— Il me faut le temps de me préparer, Ernst. Tu ne comprends pas ça ?

— À moitié seulement.

— À moitié suffit. Viens me prendre à deux heures moins le quart.

Gräber hésita.

— Comme c'était simple, finalement, dit-il ensuite. Et moi qui craignais le pire ! Je me demande bien pourquoi, maintenant ! Tu as dû me trouver bien ridicule, n'est-ce pas ?

— Non.

— Si, un peu tout de même.

Élisabeth secoua la tête.

— Mon père trouvait déjà ridicules les gens qui le mettaient en garde. Nous avons eu de la chance, voilà tout, Ernst.

Quelques rues plus loin, il trouva une boutique de tailleur. Un homme qui ressemblait à un kangourou y était assis, un uniforme de soldat sur les genoux.

— Est-ce que je peux vous donner un pantalon à nettoyer ? demanda Gräber.

Le bonhomme leva les yeux.

— Je ne suis pas teinturier, je suis tailleur, dit-il.

— Je vois bien, mais je voudrais aussi faire repasser mes affaires.

— Celles que vous avez sur le dos ?

— Oui.

Le tailleur se leva en marmonnant. Il se pencha vers la tache du pantalon.

— Ce n'est pas du sang, c'est de l'huile d'olive, expliqua Gräber. Ça partira très bien avec de la benzine.

— Faites-le donc vous-même, puisque vous vous y connaissez si bien ! La benzine n'y fera absolument rien.

— C'est possible, vous devez le savoir mieux que moi. Vous n'auriez pas quelque chose que je pourrais mettre en attendant ?

Le tailleur disparut derrière un rideau et revint avec un pantalon à carreaux et une veste blanche.

— Il y en a pour combien de temps ? demanda Gräber. J'ai besoin de mon uniforme pour me marier.

— Une heure.

Gräber se changea.

— Alors, à dans une heure !

Le kangourou le regarda d'un air méfiant. Il s'était attendu visiblement à ce que son client attendît dans la boutique.

— Mon uniforme vous servira de gage, dit Gräber, vous n'avez pas à craindre que je disparaisse.

Le tailleur eut un sourire inattendu.

— Votre uniforme appartient à l'État, jeune homme. Mais vous pouvez partir. Et faites-vous couper les cheveux. Ce ne sera pas du luxe, si vous vous mariez.

— Ça, c'est vrai !

Gräber entra dans la boutique d'un coiffeur. Une femme tout en os s'affairait autour des clients.

— Mon mari est sur le front, dit-elle. En attendant, c'est moi qui le remplace. C'est pour la barbe ?

— Une coupe. Vous savez aussi couper les cheveux ?

— Dieu du ciel ! Si je sais couper les cheveux ! Je commence à ne plus savoir faire autre chose. Je peux aussi vous laver la tête. J'ai encore du très bon shampooing.

— Allons-y pour le shampooing.

La coiffeuse travaillait de toute son énergie. Elle coupa les cheveux de son client en un clin d'œil et lui massa vigoureusement le cuir chevelu sous une mousse abondante.

— Vous voulez de la brillantine ? C'est un produit de Paris.

Gräber tressaillit en s'apercevant dans la glace. Ses oreilles se décollaient de ses tempes rasées de près.

— De la brillantine ? répéta la femme avec autorité.

— Qu'est-ce qu'elle sent ? demanda Gräber qui se souvenait des sels d'Alfons.

— Elle sent la brillantine, qu'est-ce que vous voulez d'autre ?

Gräber approcha le pot de son nez. La brillantine ne sentait que la graisse rancie. L'ère des victoires fructueuses était déjà loin. Il passa sa main sur son crâne. Un épi de cheveux rebelles se dressait sur son occiput.

— D'accord, dit-il, mais pas trop.

Il paya et sortit.

— Vous arrivez trop tôt, gronda le kangourou en le voyant entrer.

Gräber ne protesta pas. Il s'assit et regarda le tailleur qui repassait son pantalon. L'air surchauffé lui donnait envie de dormir. La guerre était très loin tout à coup. Des mouches bourdonnaient, le fer sifflait sur l'étoffe humide, et la petite pièce respirait le travail paisible, accompli sans hâte.

— C'est tout ce que je peux faire.

Le tailleur présentait à Gräber son pantalon raidi et chaud. La tache avait presque complètement disparu. « Très bien », dit Gräber. Le pantalon dégageait une forte odeur de détachant. Gräber se changea rapidement sans faire de commentaires.

— Qui vous a coupé les cheveux ? lui demanda le tailleur.

— Une femme dont le mari est mobilisé.

— On dirait que vous vous les êtes coupés vous-même. Ne bougez pas.

Le kangourou fit tomber une mèche folle avec ses immenses ciseaux.

— Voilà, comme ça c'est un peu mieux.

— Qu'est-ce que je vous dois ?

— Rien du tout ou mille marks. Alors rien du tout, n'est-ce pas ? Cadeau de mariage.

— Merci bien. Savez-vous où il y a un fleuriste dans le quartier ?

— Allez donc dans la rue Spichern, vous en trouverez un.

Le magasin de la rue Spichern était ouvert. Deux femmes étaient en train de discuter avec la vendeuse le prix d'une couronne mortuaire.

— Quand il y a des pommes de pin véritables, c'est toujours un peu plus cher, expliquait la vendeuse.

L'une des deux femmes le regardait indignée. Ses grosses joues molles tremblaient.

— C'est du vol, balbutiait-elle, du vol ! Viens, Minna, nous trouverons bien ailleurs.

— Vous pouvez la laisser, dit la marchande d'un air piqué, ce n'est pas la clientèle qui manque pour le moment !

— Avec des prix pareils ?

— Parfaitement, mesdames ! Tous les soirs quand je ferme, il ne reste plus une seule couronne en magasin.

— Vous êtes une profiteuse de guerre.

Les deux dames sortirent dignement. La vendeuse prit son souffle comme pour leur lancer une dernière réplique, mais apercevant Gräber elle se tourna aussitôt vers lui.

— Et pour monsieur ? Une couronne ou des fleurs tombales ? Vous voyez, la boutique n'est pas grande, mais nous avons de très jolis arrangements en branches de sapin.

— Ce n'est pas pour un enterrement, dit Gräber.

— Ah bon ? murmura la marchande interloquée.

— Je voudrais des fleurs.

— Des fleurs ? J'ai de très beaux lys.

— Pas des lys, c'est pour un mariage.

— Mais les lys conviennent parfaitement à un mariage, monsieur ! C'est un symbole d'innocence et de virginité.

— Sans doute, mais vous n'auriez pas des roses plutôt ?

— Des roses ! En cette saison ? Vous n'y pensez pas ! Dans toutes les serres, on cultive des légumes, maintenant !

Gräber fit le tour de l'étalage et finit par découvrir un bouquet de narcisses derrière une couronne en forme de croix gammée.

— Tenez, donnez-moi ça.

La marchande balança le bouquet à bout de bras pour le faire égoutter.

— Malheureusement je vais être obligée de vous les envelopper dans du papier journal, c'est tout ce qui me reste.

— Ça ne fait rien.

Gräber paya et sortit. Il se sentit aussitôt mal à l'aise avec son bouquet à la main. Les passants paraissaient le regarder avec un étonnement désapprobateur. Il tenait son bouquet, les fleurs vers le sol. Bientôt il chercha à le dissimuler sous son bras. C'est ainsi qu'il aperçut un coin du journal qui l'enveloppait. Les fleurs se balançaient au rythme de sa marche au-dessus de la photographie d'un homme vociférant. C'était le procureur d'une haute cour de justice. Le texte mentionnait l'exécution de quatre citoyens allemands coupables d'avoir douté de la victoire de la patrie. La guillotine ayant été abolie comme étant exagérément humaine, on les avait décapités à la hache. Gräber chiffonna le journal et le jeta dans le ruisseau.

L'employé de la mairie ne s'était pas trompé : le bureau d'état civil se trouvait bien maintenant dans la salle de gymnastique de l'école communale. L'officier d'état civil était assis sous une rangée de cordes lisses et de cordes à nœuds dont les extrémités inférieures étaient clouées au mur. Un portrait de Hitler et une croix gammée avec l'aigle allemand constituaient toute la décoration de la vaste salle.

Il fallut attendre. Un soldat déjà âgé devait passer avant eux. Il était accompagné par une grosse dame dont le corsage s'ornait d'une broche en forme de bateau à voile. Le soldat paraissait vivement ému ; la femme souriait sans désemparer.

— Alors, vos témoins de mariage ? dit l'officier. Où sont vos témoins ?

Le soldat balbutiait ; il n'avait pas amené de témoins.

— Je croyais que les mariages de guerre pouvaient se faire sans témoins, finit-il par articuler.

— Il ne manquerait plus que ça ! Il faut tout de même un minimum de formalités ! s'exclama l'officier.

Le soldat se tourna vers Gräber.

— Tu veux nous servir de témoin, toi et la demoiselle ? demanda-t-il. Vous n'aurez qu'à signer.

— Bien sûr, et après vous nous rendrez le même service. Moi non plus, je n'ai pas amené de témoins.

— Comme si on avait encore la tête à ça !

— Chaque citoyen doit avoir la tête à ses devoirs civiques ! récita l'officier d'état civil qui paraissait offensé d'avoir à procéder à des mariages de guerre. Est-ce que par hasard vous iriez au front sans fusil ?

Le vieux soldat le regarda hébété.

— Mais tout de même, des témoins de mariage, c'est pas des armes ! protesta-t-il.

— Je n'ai jamais dit cela, expliqua l'officier avec condescendance, c'était une simple comparaison. Alors, où sont vos témoins ?

— Le gars et la demoiselle.

L'officier fixa sur Gräber un regard de blâme. Visiblement, une solution aussi simple le déroutait.

— Vos pièces d'identité ? demanda-t-il.

— Voilà, dit Gräber. Nous venons également pour nous marier.

L'officier prit les papiers en marmonnant quelque chose. Il inscrivit les noms et prénoms de Gräber et d'Élisabeth sur le registre.

— Signez là.

Ils signèrent tous les quatre.

— Je vous félicite au nom du Führer, prononça l'officier à l'adresse du couple. Vos témoins ? demanda-t-il ensuite à Gräber.

— Monsieur et madame, dit Gräber en désignant le vieux soldat et sa femme.

L'officier secoua la tête.

— Je ne peux autoriser que l'un des deux à être témoin, déclara-t-il.

— Pourquoi ? Nous leur avons bien servi de témoins, nous ?

— Oui, mais vous étiez encore célibataires. Eux sont mariés maintenant. Or, la loi exige que les témoins soient indépendants l'un de l'autre.

Gräber n'aurait pu dire si le fonctionnaire se moquait d'eux ou s'il obéissait à la loi.

— Il n'y a personne ici pour me servir de second témoin ? demanda-t-il. Un employé, par exemple ?

— Ce n'est pas mon affaire, dit l'officier. Si vous n'avez pas de témoins, vous ne pouvez pas vous marier.

Gräber regarda autour de lui. Il vit approcher un homme grisonnant qui paraissait avoir écouté le dialogue.

— Si vous cherchez un témoin, je suis à votre disposition, dit-il.

Il vint se placer à côté d'Élisabeth. L'officier le dévisagea sans répondre.

— Vos papiers, ordonna-t-il ensuite.

Le nouveau venu tira calmement un passeport de sa poche et le jeta sur la table. L'officier le prit d'un air dégoûté et l'ouvrit. Aussitôt il bondit sur ses pieds en glapissant : « *Heil Hitler !* Herr Obersturmbannführer ! »

— *Heil Hitler !* répondit l'*Obersturmbannführer*. Et maintenant, tâchez un peu de cesser cette comédie ridicule. Vous n'avez pas honte de vous conduire de cette façon avec des soldats ?

— Parfaitement, Herr Obersturmbannführer ! Voulez-vous avoir l'obligeance de signer ici ?

Gräber apprit ainsi que son second témoin était l'*Obersturmbannführer SS* Hildebrandt. Le premier témoin était le soldat de deuxième classe Klotz. Hildebrandt serra la main de Gräber et d'Élisabeth, puis celle de Klotz et de sa femme. L'officier d'état civil disparut dans le vestiaire et en revint avec deux exemplaires de *Mein Kampf*. Il en donna un à chacun des deux couples.

— De la part du Führer ! expliqua-t-il avec emphase. S'ils se déguisent en civil, maintenant ! gronda-t-il sur un autre ton en regardant Hildebrandt s'éloigner.

Les quatre jeunes mariés contournèrent le cheval d'arçon et les barres parallèles pour gagner la sortie.

— Quand repars-tu ? demanda Gräber à Klotz.

— Demain. — Le vieux soldat cligna de l'œil. — Il y a longtemps que nous voulions nous marier. À quoi bon faire des cadeaux à l'État ? Au moins, si je me fais casser la figure, Marie ne sera pas sur la paille, pas vrai ?

— Bien sûr.

Klotz ouvrit sa musette.

— Tu nous as rendu un fameux service, mon gars. Voilà un bon petit cervelas dont tu me diras des nouvelles ! Ne dis rien, prends ! Je l'avais apporté pour le donner à l'officier d'état civil. Tu te rends compte, cette vieille vache !

— Surtout pas pour lui ! — Gräber prit le saucisson. — Tiens prends ce livre en échange. Je n'ai rien d'autre à te donner comme cadeau de mariage.

— Mais, mon gars, il m'en a donné un aussi !

— Ça ne fait rien, tu en auras deux exemplaires, comme ça. Un pour toi, un pour ta femme.

Klotz soupesa la bible nazie.

— C'est pas du vilain papier, constata-t-il. Tu ne préfères vraiment pas le garder ?

— Je n'en ai pas besoin. À la maison, nous en avons un exemplaire relié en cuir et doré sur tranche.

— Alors, j'accepte ! Au revoir !

— Au revoir !

Gräber rejoignit Élisabeth.

— Je n'ai rien dit à Alfons Binding parce que je ne voulais pas de lui comme témoin de mariage, lui dit-il. Je ne voulais pas du nom d'un *Sturmführer*

SA sur notre livret de famille. Au lieu de cela, nous avons celui d'un *Obersturmbannführer SS !* Voilà à quoi mènent les meilleures intentions !

Élisabeth rit.

— Oui, mais tu as échangé la bible du régime contre un cervelas. Ceci compense cela !

Ils traversèrent la place du marché. On avait remis sur son socle la statue de Bismarck dont il ne restait d'ailleurs que les pieds. Un vol de pigeons entourait l'église Sainte-Marie. Gräber regarda Élisabeth. Normalement, je devrais être le plus heureux des hommes, pensa-t-il. Pourtant il éprouvait plus d'étonnement que de joie.

Ils s'étendirent côte à côte dans une petite clairière de la forêt qui bordait la ville. Une odeur de printemps flottait dans l'air. Des primevères et des violettes perçaient la mousse. Une brise douce se leva. Élisabeth se dressa soudain.

— Qu'est-ce que je vois, là-bas ? On dirait une forêt enchantée, les arbres sont garnis de cheveux d'anges ! Est-ce que je rêve ?

— Non, tu ne rêves pas, dit Gräber.

— Qu'est-ce que c'est ?

— De l'étain, ou de l'aluminium découpé en fins rubans. C'est à peu près comme le papier d'argent dont on enveloppe le chocolat.

— Oui, des arbres entiers en sont couverts. D'où cela vient-il ?

— Les avions en déversent des quantités. Ça brouille les ondes radiophoniques, je crois. C'est pour empêcher qu'on puisse les repérer, ou quelque chose de ce genre. Les rubans d'étain créent des perturbations électriques lorsqu'ils descendent lentement dans l'air. Tu sais, je n'y connais rien.

— Dommage, dit Élisabeth. On dirait des arbres de Noël. Et c'est la guerre encore ! Nous pensions en être si loin, pourtant !

Ils ne pouvaient détacher leurs yeux de l'étrange féerie. Les arbres qui bordaient la clairière agitaient doucement dans la brise de longues chevelures argentées que les rayons du soleil transformaient en buissons étincelants. Une nuit d'horreur, de hurlements déchirants, de mort et de ruines avait ainsi déposé dans les arbres ce décor silencieux et fragile qui faisait lever en eux tout un cortège de souvenirs anciens, de contes, de veillées paisibles et émues autour de la crèche.

Élisabeth se serra contre Gräber.

— Oublions la guerre, dit-elle, imaginons que ces branches ont été décorées pour nous...

Gräber tira de la poche de sa capote le livre que lui avait donné Pohlmann.

— Nous ne pouvons pas faire de voyage de noces, Élisabeth, mais Pohlmann m'a donné ça, un livre d'images sur la Suisse. Un jour nous partirons en Suisse et nous y trouverons tout ce dont nous sommes privés pour le moment.

— La Suisse ? C'est le pays de la lumière, m'as-tu dit ?

Gräber ouvrit le livre.

— Plus maintenant, je crois. J'ai entendu dire à la caserne que nous avions enjoint à la Suisse de camoufler ses lumières. Elle a dû céder.

— Pourquoi cet ultimatum ?

— Nous n'avons rien eu à objecter à l'illumination de la Suisse aussi longtemps que nous avons été les seuls à survoler ce pays. Mais les bombardiers ennemis passent maintenant par la Suisse.

Les villes suisses généreusement éclairées leur servent de points de repère.

— L'île de lumière s'est donc éteinte à son tour ?

— Oui, mais il nous reste au moins l'assurance de trouver un pays intact lorsque nous irons en Suisse après la guerre. Le pays suisse restera fidèle aux images de ce livre. Si c'était un livre sur l'Italie, la France ou l'Angleterre, il en serait tout autrement.

— Pour l'Allemagne aussi.

— Pour l'Allemagne aussi, oui.

Ils feuilletèrent l'ouvrage.

— Des montagnes, dit Élisabeth. Est-ce qu'il n'y a rien d'autre que des montagnes en Suisse ? Il n'y a pas de chaleur, de pays ensoleillés et fleuris ?

— Mais si, tiens, regarde la Suisse italienne.

— Locarno… il n'y a pas eu là une grande conférence de la paix au cours de laquelle il fut décidé de ne plus jamais faire la guerre ?

— Je crois, oui.

— Ça n'a pas duré longtemps.

— Non. Tiens, regarde Locarno, ses palmiers, ses vieilles églises, et voici le lac Majeur, des îles pleines d'azalées, de mimosas, de soleil, de paix…

— Comment s'appelle cette petite ville ?

— Porto Ronco.

— Bien, dit Élisabeth en s'étendant paresseusement, retenons cette ville pour plus tard. J'en ai assez de voyager pour le moment.

Gräber referma le livre. Il contempla un instant la forêt d'argent, puis il passa son bras sous les épaules d'Élisabeth. Il sentait sa chaude présence et celle plus proche encore du sol où les aiguilles de pin se mêlaient à l'herbe tendre. Une fleur rose s'épanouissait contre sa joue ; elle grandit, grandit, remplit tout l'horizon, et ses yeux se fermèrent.

Le vent cessa. L'obscurité tombait très vite. Un grondement roula dans le lointain. Préparation d'artillerie, pensa Gräber dans son demi-sommeil. Où suis-je ? Où est le front ? Puis, lorsque la présence d'Élisabeth l'eut délivré du cauchemar : où y a-t-il ici des pièces d'artillerie ? Ça doit être un exercice de tir.

Élisabeth se dressa.

— Où sont-ils ? murmura-t-elle. Ils bombardent ou ils s'éloignent ?

— Ce ne sont pas des avions.

Le grondement reprit. Gräber tendit l'oreille.

— Il n'y a ni bombe, ni artillerie, ni avions, Élisabeth, dit-il. C'est un orage.

— Ce n'est pas un peu tôt pour un orage ?

— Les orages n'obéissent à aucune règle.

On voyait maintenant les premiers éclairs. Ils paraissaient timides et sans force en comparaison de ceux que les hommes savaient créer. Le tonnerre aussi semblait inoffensif après les attaques en piqué des avions d'assaut.

Les premières gouttes s'écrasèrent sur le sol. Ils traversèrent la clairière en courant pour se réfugier sous les arbres. Bientôt le chuchotement de la pluie dans les feuilles les entoura comme une foule invisible. Dans la pénombre du sous-bois, Gräber s'aperçut qu'aux cheveux d'Élisabeth s'étaient mêlés des cheveux d'anges arrachés aux rameaux. Ils formaient un filet sur sa tête et le reflet des éclairs y allumait d'étranges lueurs.

Ils sortirent de la forêt et coururent s'abriter sous une station de tram couverte où se pressaient déjà plusieurs personnes. Quelques SS se trouvaient là. Ils étaient jeunes et fixaient Élisabeth avec insistance.

Il fallut attendre une demi-heure avant que la pluie ne cessât.

— Je ne sais pas où nous sommes, dit Gräber. Dans quelle direction faut-il aller ?

— À droite.

Ils traversèrent la route et s'engagèrent dans une allée ombragée. Une longue file d'hommes travaillaient dans la pénombre. Ils avaient des uniformes rayés. Gräber vit qu'ils étaient en train de poser une conduite d'eau.

Élisabeth le quitta brusquement pour s'approcher de ces hommes. Elle allait de l'un à l'autre comme si elle cherchait quelqu'un. Gräber distingua des numéros sur leurs uniformes. Ce devaient être des prisonniers du camp de concentration. Ils travaillaient en silence sans lever les yeux. Leurs têtes ressemblaient à des têtes de mort et les uniformes flottaient sur leurs membres décharnés.

— Hé, là-bas ! cria un soldat SS. Qu'est-ce que vous faites là ? C'est défendu d'approcher !

Élisabeth paraissait n'avoir pas entendu. Elle pressa le pas simplement, tout en se penchant toujours sur chacun des visages ravagés.

— Revenez immédiatement, la dame ! Bon sang, vous êtes sourde ?

Le SS accourut en jurant.

— Qu'est-ce qui se passe ? demanda Gräber.

— Ce qui se passe ? Vous êtes fou, non ?

Gräber vit arriver un second SS au pas de course. C'était un *Obersturmbannführer*. Il n'osa pas rappeler Élisabeth, il savait qu'elle ne reviendrait pas.

— Nous cherchons quelque chose, dit-il au SS.

— Quoi ? Allons, expliquez-vous !

— Nous avons perdu quelque chose, une broche ;

c'était un bateau avec des brillants. Nous sommes passés par ici hier soir. Elle a dû tomber dans cette allée. Vous l'avez trouvée peut-être ?

— Quoi ?

Gräber répéta son mensonge. Il vit qu'Élisabeth avait parcouru déjà la moitié de la file de détenus.

— Nous n'avons rien trouvé, dit le *Oberscharführer*.

— Il nous raconte des histoires, dit le SS. Vos papiers !

Gräber le dévisagea tranquillement. Volontiers il lui aurait allongé un direct. Le SS ne devait guère avoir plus de vingt ans. Steinbrenner, pensa-t-il, Heini, exactement le même type d'homme.

— Non seulement j'ai des papiers, mais d'excellents papiers, dit-il ensuite. Le *Obersturmbannführer* Hildebrandt est d'ailleurs un de mes meilleurs amis, si ça vous dit quelque chose.

Le SS éclata de rire.

— Et puis quoi encore ? Le Führer aussi sans doute ?

— Non, pas le Führer.

Élisabeth était presque arrivée au bout de la file. Gräber tira lentement de sa poche son livret de famille.

— Tenez, venez près de la lanterne. Vous voyez ça ? C'est la signature de mon témoin de mariage. Et la date ? Aujourd'hui même. Ça vous suffit ?

Le SS se pencha sur le document. L'*Oberscharführer* lisait, lui aussi, par-dessus l'épaule de son camarade.

— C'est bien la signature de Hildebrandt, dit-il, je la reconnais. Mais il ne faut pas rester ici, c'est défendu. Je suis navré pour votre broche.

Élisabeth revenait lentement.

— Moi aussi, dit Gräber. Bien entendu nous ne continuerons pas à chercher, si c'est défendu ; un ordre est un ordre.

Il voulut les quitter pour aller au-devant d'Élisabeth, mais l'*Oberscharführer* l'accompagna.

— Mais nous, nous la trouverons peut-être cette broche. Où faudra-t-il l'adresser ?

— Faites-la parvenir à Hildebrandt, c'est ce qu'il y aura de plus simple.

— Entendu, dit l'*Oberscharführer* avec respect. Vous avez trouvé quelque chose ? demanda-t-il à Élisabeth.

Elle le regarda avec égarement comme si elle sortait d'un rêve.

— J'ai parlé à l'*Oberscharführer* de la broche que nous avions perdue ici hier soir, intervint Gräber. Si ses hommes la trouvent, il la fera parvenir à Hildebrandt.

— Merci, dit Élisabeth interloquée.

L'*Oberscharführer* la dévisagea avec insistance.

— Vous pouvez nous faire confiance, nous connaissons les usages dans la SS.

Élisabeth jeta un dernier regard aux détenus. L'*Oberscharführer* s'en aperçut.

— Si un de ces salauds l'avait empochée, promit-il avec empressement, nous la lui ferions recracher, et plus vite que ça !

Élisabeth tressaillit.

— Je ne suis pas sûre que nous l'ayons perdue dans cette allée, dit-elle, elle est peut-être restée plus haut dans la forêt. Je crois même plutôt que c'est là que nous l'avons perdue.

L'*Oberscharführer* ricana.

— On ne sait jamais, dit-il.

Gräber se trouvait tout à côté du crâne rasé d'un détenu courbé vers le sol. Il glissa sa main dans sa poche, en tira un paquet de cigarettes et le laissa tomber aux pieds du prisonnier.

— Merci mille fois, dit-il à l'*Oberscharführer* en se retournant. Nous retournerons demain dans la forêt. C'est probablement là qu'elle est restée.

— De rien. *Heil Hitler !* Et toutes nos félicitations pour votre mariage.

— Merci.

Ils marchèrent en silence jusqu'à ce qu'ils eussent perdu de vue les détenus au travail. Le ciel éclairci était parcouru de longues traînées de nuages nacrés qui ressemblaient à des vols de flamants roses.

— Je n'aurais pas dû faire ça, dit Élisabeth, je le sais bien, va !

— Ça ne fait rien, nous en sommes tous là. À peine a-t-on échappé à un danger qu'on en affronte volontairement un autre.

Elle acquiesça.

— Tu nous as sauvés avec cette histoire de broche. Et avec Hildebrandt. Tu mens vraiment à merveille.

— Oui, dit Gräber, c'est même la seule chose que notre peuple a réellement apprise ces dernières années. Et maintenant, allons à la maison. J'ai le droit officiellement signé et paraphé d'habiter avec toi. J'ai renoncé à mon lit de chambrée, j'ai dit adieu à Alfons, maintenant je rentre chez moi ! Je vais me payer le luxe d'une grasse matinée demain matin, pendant que tu te lèveras courageusement pour aller gagner le pain du ménage.

— Je n'irai pas à l'usine demain, j'ai deux jours de congé pour mon mariage.

— C'est maintenant que tu me dis ça ?

— Je voulais même te faire la surprise demain matin.

Gräber secoua la tête.

— Pas de surprises, je t'en prie ! Nous n'en avons pas le temps. Nous avons besoin de chacune de nos minutes pour nous réjouir. D'ailleurs, nous allons commencer tout de suite. Est-ce qu'il reste quelque chose dans le garde-manger, ou bien faut-il que je passe chez Alfons avant de rentrer ?

— Nous avons bien assez pour ce soir et demain matin.

— Bien. Alors demain matin, nous nous permettrons de déjeuner à grand bruit. Si tu veux, nous jouerons toutes tes marches militaires l'une après l'autre. Et si Mme Lieser surgit toute vibrante d'indignation vertueuse, nous lui mettrons sous le nez, sous son sale nez de faux-jeton, notre livret de famille tout neuf avec la signature de Hildebrandt.

Élisabeth sourit.

— Peut-être qu'elle ne dira rien. Avant-hier, en m'apportant la livre de sucre que tu avais laissée, elle m'a brusquement déclaré que tu étais un jeune homme très comme il faut. Dieu sait ce qui a pu la prendre tout à coup pour qu'elle fasse volte-face !

— Je n'en ai pas la moindre idée. Un peu de corruption peut-être. C'est la seconde chose qu'on nous a enseignée à fond ces dix dernières années.

XX

Le bombardement eut lieu à midi. La matinée avait été grise et chaude, alourdie de vapeurs printanières et orageuses. Les nuages étaient bas, et les lueurs des explosions s'y reflétaient, comme si la terre renvoyait au ciel les torrents de flammes qu'il déversait sur elle.

L'arrêt de midi avait rempli les rues d'une foule affairée. Un chef d'îlot avait obligé Gräber à gagner le prochain abri. Gräber avait obéi, croyant qu'il s'agirait d'une simple alerte, mais dès que les premières explosions retentirent, il entreprit de se frayer un chemin à travers la foule vers l'issue de l'abri. La porte s'ouvrait pour laisser entrer quelques civils. Il en profita pour se glisser dehors.

— Rentrez ! cria le chef d'îlot. Personne ne doit se trouver dehors à l'exception des chefs d'îlot.

— Je suis chef d'îlot !

Il s'élança en direction de la fabrique. Il ne savait pas s'il retrouverait Élisabeth, mais comme les fabriques constituent des objectifs habituels des bombardements, il voulait au moins tenter de l'emmener ailleurs.

Il tourna au coin de la rue. À l'autre bout de la

rue, une maison s'éleva lentement dans les airs ; elle s'y dispersa en blocs qui s'effritèrent à leur tour et redescendirent en tournoyant avec une espèce de grâce que le vacarme continu faisait paraître silencieuse. Gräber s'était étendu de tout son long dans le ruisseau, les mains appliquées sur les oreilles. Le déplacement d'une seconde explosion le souleva comme une main géante et le lança quelques mètres en arrière. Des pierres tombaient autour de lui en grêle meurtrière. Elles aussi paraissaient tomber sans bruit dans le grondement général. Il se releva, tituba, se secoua avec désespoir pour sortir de l'étourdissement qui faisait tout danser autour de lui. En un instant, la rue où il avait voulu s'engager n'était plus qu'une forêt de flammes. Impossible de passer ; il fit demi-tour.

Des gens accoururent vers lui, la bouche tordue par les cris, l'épouvante au visage. Il n'entendait pas un mot de ce qu'ils criaient. Ils passèrent à côté de lui comme des sourds-muets pris de démence. Le dernier, retardé par une jambe de bois, portait sous le bras un coucou de la Forêt Noire dont les poids traînaient par terre au bout de leur chaîne. Un chien berger le suivait, l'oreille basse et la queue entre les jambes. Une fillette de cinq ans environ attendait sous un porche, un nourrisson dans les bras. Gräber s'arrêta.

— Cours au prochain abri ! cria-t-il. Où sont tes parents ? Qu'est-ce que tu fais toute seule ici ?

La fillette ne leva même pas les yeux. Elle se serrait épouvantée contre le mur. Gräber aperçut alors un chef d'îlot qui lui criait quelque chose silencieusement. Gräber cria à son tour sans rien entendre. La bouche du chef d'îlot s'ouvrit à nouveau, ses bras s'agitèrent. Gräber fit un geste de refus en montrant les deux enfants. Ils paraissaient exécuter tous deux une dramatique pantomime. Le chef d'îlot parvenu au porche tendit le bras vers les enfants. Gräber eut alors l'impression d'être soudain libéré de toute pesanteur, de pouvoir faire des bonds immenses dans la rue. L'instant d'après une main invisible et toute-puissante l'écrasait au sol. Une armoire, toutes portes ouvertes, passa lourdement au-dessus de sa tête comme un oiseau antédiluvien. Un volcan creva sous ses yeux, une gerbe dorée remplit le porche, tourna au blanc, envahit ses poumons, lui brûla la face. Il replia ses bras sur son visage et retint sa respiration aussi longtemps qu'il put. Lorsqu'il se sentit éclater, il reprit son souffle et leva la tête. Une image floue dansa un instant devant ses yeux embués de larmes ; elle se dédoubla, retrouva ses contours et s'immobilisa : un pan de mur avait croulé sur les premières marches de l'escalier de la maison ; un peu plus haut le corps de la fillette, les bras en croix, la courte jupe écossaise retroussée sur ses cuisses maigres et écartées, gisait, traversé de part en part par l'un des barreaux d'une grille de fer — et un peu plus loin le chef d'îlot, décapité, disloqué et comme doué d'articulations nouvelles, paraissait fixé dans une posture d'acrobate, les deux jambes repliées sur les épaules. Le nourrisson avait disparu, projeté sans doute par le souffle de tempête dont le reflux se faisait sentir maintenant, déplaçant toutes choses en sens inverse. Gräber entendit une voix qui criait Salauds ! Salauds ! Salauds ! il leva les yeux vers le ciel, regarda autour de lui et comprit que c'était lui qui avait crié.

Il s'élança dans la rue et prit sa course. Sans trop savoir comment, il se retrouva sur la place de la fabrique. Elle paraissait intacte ; un seul cratère béait près de l'aile droite. Les bâtiments bas et gris n'avaient pas été touchés.

Le portier de la fabrique l'arrêta au passage.

— Ma femme est là ! cria Gräber, laissez-moi entrer.

— Pas question, dit le portier, l'abri le plus proche est de l'autre côté de la place. Celui de la fabrique est interdit aux étrangers.

— Bon Dieu, mais qu'est-ce qui n'est pas interdit dans ce sacré pays ? Si vous ne me laissez pas entrer, je…

Le portier montra du doigt la silhouette trapue d'un blockhaus qui émergeait à ras de terre à l'entrée de la fabrique.

— Il y a une mitrailleuse là-dedans et deux gars qui la servent. Et maintenant essaie un peu pour voir ! Déclenche une guerre civile, imbécile ! On n'attendait que toi, tu vois.

Gräber n'eut pas besoin d'explications. La mitrailleuse du blockhaus balayait toute la place.

— Une mitrailleuse, et puis quoi encore ? Ce sont des criminels ou des femmes allemandes qui raccommodent vos capotes là-dedans ?

— Idiot, on ne raccommode pas que des manteaux à la fabrique, dit le portier avec mépris. Il y a des centaines de détenus politiques qui travaillent dans les sous-sols. Tu as compris maintenant, abruti ?

— D'accord. Les caves sont bonnes ici ?

— Je me moque bien des caves ! Moi je reste dehors, et ma femme est dans la ville.

— Mais elles sont sûres, ces caves ?

— Évidemment, on a besoin des gens qui travaillent dans la fabrique. Et maintenant, disparais ! Personne ne doit stationner près de la fabrique. Tu vas te faire repérer. On n'aime pas les saboteurs ici.

Les grosses explosions avaient cessé, mais la DCA faisait toujours rage. Gräber s'éloigna en longeant le mur de la fabrique. Il évita l'abri dont lui avait parlé le portier ; il s'accroupit dans le cratère fumant près de l'aile droite. La puanteur qui l'emplissait l'étrangla ; il ressortit et s'étendit sur la bordure de terre retournée, les yeux fixés sur la fabrique. Quel visage différent a la guerre ici ! pensa-t-il. Sur le front chacun ne craignait que pour ses propres os. C'était rare d'avoir même un frère dans sa propre compagnie. Ici chacun se sentait menacé dans chaque membre de sa famille. La guerre était multipliée par deux, par trois, par dix... Il pensa au cadavre de la fillette violée par l'explosion, il pensa à ses parents, à Élisabeth, et il sentit la haine lui tordre l'estomac comme une crampe. C'était une haine qui ne s'arrêtait pas aux frontières de son pays, une haine irraisonnée, sans rapport avec aucune exigence de justice ni de paix...

La pluie se mit à tomber. Les gouttes s'éparpillaient en essaim de larmes argentées dans l'air pesant et empoisonné. Elles éclataient au sol et étoilaient le pavé de taches sombres. C'est alors que la deuxième vague de bombardiers survola la ville.

Il eut l'impression que sa poitrine se déchirait. Le grondement s'amplifia, devint un hurlement métallique, puis l'aile gauche de la fabrique monta et éclata en débris noirs dans une apothéose vermeille.

On aurait dit qu'un géant s'amusait sous terre avec des jouets et qu'il venait de lancer l'un d'eux hors de son trou.

Gräber regarda un moment hébété les flammes blanches et vertes qui se tordaient vers le ciel. Puis il se leva d'un bond et revint à la porte de la fabrique.

— Encore toi ! s'exclama le portier. Qu'est-ce que tu veux encore ? Tu ne vois pas que la fabrique est touchée ?

— Justement ! Quelle est la section qui a été atteinte ? L'atelier de raccommodage ?

— Raccommodage ! Idiot, il est beaucoup plus loin !

— C'est sûr ? Ma femme...

— Ah ! la paix avec ta femme ! Les femmes sont toutes dans l'abri. Laisse-les tranquilles. Il y a une quantité de morts et de blessés à évacuer maintenant.

— Mais puisque les femmes sont dans l'abri, pourquoi y a-t-il des victimes ?

— Ce sont les autres, imbécile, ceux du camp de concentration. On ne les fait pas descendre dans l'abri, ceux-là, c'est évident ! Tu crois peut-être qu'ils ont leurs caves particulières ?

— Non, bien sûr !

— Ah ! tout de même ! Tu commences à comprendre. Ça ne fait rien, comme vieux soldat, tu pourrais tout de même être un peu moins nerveux. D'ailleurs ça a l'air de s'être arrêté. Ce sera peut-être tout pour aujourd'hui.

Gräber prêta l'oreille. On n'entendait plus que la DCA aboyer.

— Écoute, vieux, dit-il, je ne te demande qu'une

chose : est-ce qu'il y a des victimes parmi les ouvrières de l'atelier de capotes militaires ? Laisse-moi passer ou demande toi-même. Tu n'es pas marié, si ?

— Si, je suis marié ! Comme si je ne crevais pas de peur pour ma femme, à cette heure.

— Alors va demander. Si tu fais ça, je suis convaincu qu'il n'est rien arrivé à ta femme !

Le portier secoua la tête en ricanant.

— Toi alors ! Faut que tu sois timbré ou alors tu es le Bon Dieu !

Il entra dans sa loge et en ressortit un moment plus tard.

— J'ai téléphoné. L'atelier est intact. Il n'y a que les gars du camp qui ont trinqué. Et maintenant, file ! Il y a combien de temps que tu es marié ?

— Cinq jours.

— Il fallait le dire tout de suite, j'aurais compris.

J'ai voulu posséder quelque chose qui me fixe, qui me retienne ici, pensa Gräber en s'éloignant, j'étais loin de me douter que cela me rendrait doublement vulnérable.

C'était fini. La ville puait la mort et l'incendie, et mille feux l'habitaient. Il y en avait des rouges, des verts, des jaunes, des blancs, il y en avait qui n'étaient qu'un tremblement lumineux et rampant à la surface des ruines fumantes, d'autres qui montaient en calmes colonnes vers le ciel ; il y avait des feux qui flottaient presque gaiement aux fenêtres intactes, des feux timides qui se cherchaient en tâtonnant d'une lucarne à l'autre, mais certaines fenêtres vomissaient des torrents de flammes sanglantes et furieuses. Il y avait des murailles, des arches, des aigrettes de feu. Il y avait des morts qui brûlaient, il y avait aussi des blessés en flammes. On les voyait jaillir en hurlant des maisons, courir en cercle, puis s'écrouler, se tordre avec des cris de plus en plus rauques, tressauter en râlant et finir dans une puanteur de chair carbonisée.

— Des torches humaines, dit quelqu'un près de Gräber. Rien à faire pour les sauver. Ils brûlent vifs. La saloperie qui sort des bombes les a arrosés et leur ronge la peau, la chair et les os.

— Pourquoi ne peut-on pas les éteindre ?

— Il faudrait un extincteur pour chacun d'eux, et encore je ne sais pas si ça suffirait.

— Alors on ferait mieux de leur tirer une balle dans la tête, si on ne peut les sauver.

— Essaie voir, tu seras pendu pour meurtre ! Et d'ailleurs va donc viser des gens qui galopent comme des furieux. C'est ça qui cause le plus de mal et qui les transforme en torches. Le vent, tu comprends ! En courant ils attisent le feu, et les flammes jaillissent.

Gräber regarda son interlocuteur. Sous son casque, ses orbites faisaient deux trous noirs et plus d'une dent manquait à sa bouche.

— Tu veux dire qu'il faudrait qu'ils ne bougent pas ?

— Théoriquement, ça vaudrait mieux. Ne pas bouger, essayer d'étouffer le feu avec des couvertures ou des draps. Mais comment avoir ce qu'il faut sous la main ? Et d'ailleurs comment y penser, comment ne pas bouger quand on brûle ?

— Pas facile... Qu'est-ce que tu es au juste ? Pompier, chef d'îlot ?

— Pas du tout : ramasseur de cadavres ; de blessés, aussi, bien entendu quand on en trouve. Ah ! voilà la voiture, c'est pas trop tôt !

Gräber vit en effet s'approcher une voiture que tirait un cheval gris.

— Arrête, Gustave ! cria l'homme avec qui il venait de causer, impossible d'aller plus loin. On va les apporter ici. Tu as des civières ?

— Deux.

Gräber suivit les deux hommes. Il aperçut les morts derrière un pan de mur. Comme à l'abattoir, pensa-t-il. Non, même pas, à l'abattoir les animaux sont découpés selon les règles, soigneusement vidés, dépecés, et saignés. Ici les corps étaient écrasés, déchiquetés, carbonisés. Des lambeaux de vêtements y étaient restés collés, le bras d'un chandail de laine, une jupe à pois, la jambe d'un pantalon de flanelle, un soutien-gorge dont l'armature de métal tenait emprisonnés deux seins noircis et sanglants. Des cadavres d'enfants avaient été amoncelés en grappe dans un coin, tués tous ensemble dans une cave mal étayée. Il y avait des mains isolées, des pieds, des têtes broyées aux perruques pelées, des jambes désarticulées, et, perdus dans ce fouillis, de rares objets, une sacoche d'écolier, un panier où se tordait le cadavre d'un chat. Le corps d'un jeune garçon tout blanc comme un albinos ne portait aucune blessure apparente et paraissait sorti des limbes, attendant qu'on lui insuffle la vie. Un peu plus loin gisait un cadavre brûlé superficiellement mais de façon continue — sauf le pied droit, rougi et couvert de cloques — et l'on ne pouvait dire si c'était un homme ou une femme, le feu ayant dévoré la poitrine et le sexe. Un anneau d'or brillait d'un éclat étrange à un doigt recroquevillé.

— Les yeux, dit quelqu'un. Quand on pense que même les yeux brûlent !

Les cadavres furent chargés sur la voiture.

— Linda ! criait une femme qui suivait une civière, Linda, Linda !

Le soleil perça les nuages. Les rues détrempées brillèrent. Les arbres qui avaient été épargnés secouaient dans la brise leur feuillage rajeuni par l'ondée.

— Pas de pardon ! dit quelqu'un derrière Gräber.

Il se retourna. Une femme avec un chapeau rouge et coquet se penchait sur les enfants.

— Jamais, disait-elle, jamais, ni dans cette vie, ni dans l'autre !

Une patrouille s'approcha.

— Circulez, messieurs, dames, défense de stationner ici ! Allons, circulez !

Gräber s'éloigna. Pourquoi, pas de pardon ? pensa-t-il. Après cette guerre, il y aurait une infinité de choses impardonnables qu'il faudrait bien pardonner tout de même. Une seule vie n'y suffirait pas. Il avait vu bien d'autres enfants tués, partout, en France, en Hollande, en Pologne, en Afrique, en Russie, et tous avaient une mère qui les pleurait, pas seulement les enfants allemands — lorsque du moins elle n'avait pas été déjà liquidée par les SS. Mais de quel droit, ces sereines pensées ? N'avait-il pas lui-même une heure auparavant crié : salauds, salauds ! vers le ciel plein d'avions ?

La maison d'Élisabeth n'avait pas été atteinte directement, mais une bombe incendiaire était tombée une maison plus loin et les flammes rabattues par le vent menaçaient la toiture.

Le chef de centre regardait assis sur le bord du trottoir.

— Pourquoi n'essaie-t-on pas d'éteindre le feu ? demanda Gräber.

Le bonhomme fit un geste vague vers la ville.

— On n'essaie nulle part, vous voyez.

— Il n'y a pas d'eau ?

— Il y a bien de l'eau, mais la pression est trop faible. Ça tombe goutte à goutte. D'ailleurs, impossible d'approcher. Le toit va s'effondrer d'un instant à l'autre.

Le trottoir était encombré de sièges, de valises, de tableaux et de paquets. Il y avait aussi un chat dans une cage à oiseau. Par les fenêtres du premier, des gens, le visage trempé de sueur, faisaient basculer dans la rue des ballots informes.

— Vous croyez que toute la maison va brûler ? demanda Gräber au chef de centre.

— Il y a des chances, si les pompiers n'arrivent pas. Dieu merci, le vent est faible. Nous avons fermé toutes les portes et toutes les fenêtres, et ouvert les robinets. Il n'y a plus rien à faire maintenant. Et les cigares que vous m'aviez promis ? Ce serait le moment d'en allumer un.

— Demain, dit Gräber. Demain sans faute.

Il chercha des yeux les fenêtres d'Élisabeth. La chambre n'était pas directement menacée. Deux étages la séparaient de la toiture qui commençait à fumer. La silhouette de Mme Lieser passait et repassait devant la fenêtre voisine. Elle s'affairait autour d'un immense paquet blanc qui devait contenir de la literie. Dans la pénombre de la pièce il ressemblait à un fantôme obèse.

— Je vais, moi aussi, faire des paquets, dit Gräber, ce sera toujours ça.

Un homme à lorgnon bouscula Gräber dans l'escalier. Il paraissait succomber sous le poids d'une énorme valise.

— Excusez-moi, dit-il poliment sans le regarder. Puis il s'éloigna.

La porte de l'appartement était ouverte. Le corridor était plein de colis. Mme Lieser passa en coup de vent. Elle avait les dents serrées et les yeux embués de larmes. Gräber entra dans la chambre d'Élisabeth et referma la porte derrière lui.

Il se laissa tomber dans le fauteuil près de la fenêtre et regarda autour de lui. Une paix étrange baignait la pièce. Gräber s'attarda un moment, la tête vide. Puis il se mit à la recherche de valises. Il en trouva deux sous le lit et se demanda ce qu'il allait emporter.

Il prit d'abord quelques robes qui lui parurent pratiques. Puis il ouvrit la commode et en sortit du linge et des bas. Il cala entre les chaussures un petit paquet de lettres. Il entendit alors du bruit et des appels venant de la rue. Il se pencha par la fenêtre. Ce n'était pas les pompiers, c'était seulement des gens qui emportaient des meubles sur une remorque. Il vit une femme en manteau de fourrure assise dans un grand fauteuil de velours rouge sur le trottoir et qui serrait un coffret sur ses genoux. Ses bijoux, sans doute, pensa-t-il, et il inspecta les tiroirs pour trouver ceux d'Élisabeth. Il ne trouva qu'un mince bracelet d'or et une vieille broche ornée d'une améthyste. Après un instant d'hésitation, il se décida à emporter aussi la robe qu'Élisabeth avait portée au *Germania*. Il éprouvait à toucher les affaires d'Élisabeth une vague émotion où se mêlait un peu de honte, comme s'il violait un secret.

Il posa sur les affaires de la deuxième valise une photographie du père d'Élisabeth et la ferma. Puis il alla se rasseoir dans le fauteuil et attendit. La paix silencieuse de la pièce l'entoura à nouveau. Il songea alors qu'il ferait bien d'emporter également la literie. Il roula le matelas et les couvertures et assujettit le tout avec les draps, comme il avait vu faire Mme Lieser. Comme il poussait le ballot vers la porte, il aperçut son sac de soldat derrière le lit. Il l'avait oublié. Il le souleva, faisant tomber son casque sur le plancher avec un bruit mat. Il le regarda longuement, comme une chose étrangère, presque incompréhensible. Puis il le fit glisser du pied vers les autres affaires.

Les maisons s'affaissaient doucement dans les flammes. Les pompiers ne venaient toujours pas. Sans doute avaient-ils mieux à faire ailleurs. L'usine devait revêtir davantage d'importance à leurs yeux que ces quelques villas isolées. Au reste, tout un quartier de la ville était la proie des flammes.

Les habitants avaient sorti des maisons tout ce qui pouvait l'être. Ils se demandaient maintenant ce qu'ils allaient faire de toutes ces choses. Il n'y avait ni moyen de transport, ni abri. La rue avait été barrée à quelques mètres des maisons en flammes. À partir de là, les trottoirs et la chaussée étaient couverts de meubles et de ballots. Les gens s'étaient installés sur des sièges et des fauteuils tournés vers les maisons, et attendaient comme au spectacle. Une famille s'était rassemblée autour d'une table de cuisine comme s'ils attendaient qu'on les serve. D'autres avaient pris possession d'un coin du trottoir et invectivaient quiconque approchait. Le chef de centre dormait sur une chaise longue brodée. Le grand portrait de Hitler de Mme Lieser était appuyé contre une borne. Sa fille sur les genoux, elle était elle-même assise sur le bord d'un divan.

Gräber avait sorti de la chambre d'Élisabeth un fauteuil-crapaud et s'y reposait, entouré de toutes les affaires qu'il avait pu sauver. Il avait d'abord cherché refuge dans l'une des maisons intactes du voisinage. Deux fois, personne n'avait répondu à son coup de sonnette, bien que des visages fussent apparus aux fenêtres. Dans plusieurs autres maisons, on lui avait répondu que tout était d'ores et déjà occupé. Enfin une femme lui avait crié « Des fois que vous vous trouveriez bien ici et que vous resteriez, hein ? » Alors il avait renoncé. Lorsqu'il était revenu vers ses affaires, il avait constaté la disparition d'un paquet où il avait emballé les vivres qui restaient chez Élisabeth. Plus tard, il surprit la famille rassemblée autour de la table de cuisine en train de manger quelque chose d'un air absent et en toute hâte. Mais peut-être s'agissait-il de vivres leur appartenant et dont ils ne voulaient rien donner aux voisins.

Tout à coup il vit Élisabeth. Elle avait franchi le barrage et regardait les flammes qui l'éclairaient de reflets dansants.

— Élisabeth, je suis là ! cria-t-il en se levant d'un bond.

Elle se retourna, mais ne l'aperçut pas tout de suite. Sa silhouette était noire, seuls ses cheveux laissaient filtrer le rougeoiement des flammes.

— Là ! cria-t-il encore en faisant un grand geste.

Elle courut à lui.

— Dieu merci, te voilà !

Ils tombèrent dans les bras l'un de l'autre.

— Impossible d'aller te chercher à la fabrique, dit-il, il fallait rester ici pour surveiller tes affaires.

— J'ai cru qu'il t'était arrivé quelque chose.

— Pourquoi me serait-il arrivé quelque chose ? demanda-t-il étonné.

Elle respirait avec effort contre sa poitrine.

— Au fait, c'est vrai, dit-il, je ne suis pas invulnérable ! Je n'ai pensé qu'à toi pendant le bombardement.

Elle leva les yeux.

— Qu'est-ce qui se passe ici ?

— La maison brûle par le toit. Assieds-toi là et repose-toi.

Elle n'avait pas encore repris son souffle. Il aperçut au bord du trottoir un seau d'eau et une tasse posée à côté. Il y alla, remplit la tasse et la présenta à Élisabeth.

— Tiens, bois un peu.

— Hé, là-bas ! C'est notre eau ! cria une femme.

— Et notre tasse ! ajouta un jeune garçon d'une douzaine d'années au visage couvert de taches de rousseur.

— Bois, ne t'occupe pas d'eux, dit Gräber à Élisabeth. Il se tourna vers les gens. — Et l'air, il est aussi à vous peut-être ?

— Rends-leur l'eau et la tasse, dit Élisabeth, ou bien retourne-leur le seau sur la tête, ce sera encore mieux.

Gräber maintenait la tasse près de ses lèvres.

— Non, bois. Tu as couru ?

— Oui, sans arrêt.

Gräber retourna vers le seau. La femme qui les avait interpellés faisait partie de la famille rassemblée autour de la table de cuisine. Il remplit à nouveau la tasse, la vida d'un trait et la reposa près du seau. Personne n'osa protester. Mais dès qu'il eut reposé la tasse, le jeune garçon s'élança, la ramassa et alla la poser sur la table de sa famille. Le chef de centre ouvrit un œil. « Bande de salauds ! » cria-t-il. Et il se rendormit. Le toit de la première maison s'effondra dans une gerbe d'étincelles.

— Les affaires que j'ai évacuées de la chambre sont là, dit Gräber. Il y a presque toute ta garde-robe et aussi la photographie de ton père. J'ai sorti aussi ta literie. Si tu veux, je peux encore aller chercher les meubles, ce n'est pas encore trop tard.

— Reste ici. Laisse-les brûler. Comme ça, ce sera fini.

— Qu'est-ce qui sera fini ?

— Toute cette vie, le passé. Tous ces souvenirs ne nous servaient à rien, ils nous encombraient plutôt. Maintenant nous repartons de zéro. Le trait est tiré.

— Tu pourrais les vendre, ces meubles.

— Ici ? — Élisabeth montra la rue. — On ne peut tout de même pas organiser une vente aux enchères au milieu de la rue. Regarde ça ! Il y a beaucoup trop de meubles pour les maisons qui restent. Et cette situation n'est pas près de finir.

La pluie se remit à tomber. Des gouttes tièdes et lourdes étoilaient le macadam. Mme Lieser ouvrit un parapluie. Une femme qui avait sauvé un chapeau à fleurs neuf et qui l'avait mis sur sa tête pour plus de commodité l'enleva et le glissa sous sa jupe. Le chef de centre éternua. De grosses larmes coulaient sur les joues peintes de Hitler. Gräber détacha de son sac sa capote et sa toile de tente. Il confectionna une espèce d'abri pour Élisabeth et lui.

— Il va falloir songer à un toit pour la nuit, dit-il.

— La pluie va peut-être éteindre le feu. Et tous ces gens, où vont-ils dormir ?

— Je n'en sais rien. Cette rue paraît complètement oubliée.

— On peut toujours dormir ici, avec la literie, ta toile de tente et ta capote.

— Tu pourrais ?

— On dort n'importe où quand on est fatigué.

— Binding a une maison et une chambre libre. Mais j'imagine que tu n'as guère envie de profiter de son hospitalité ?

Élisabeth secoua la tête.

— Alors, il ne reste que Pohlmann, dit Gräber. Il a de la place dans ses catacombes. Je lui ai posé la question, il y a quelques jours. Les centres d'accueil sont surpeuplés, en admettant qu'ils existent toujours.

— Attendons toujours. Notre étage ne brûle pas encore.

La pluie tambourinait sur leur toit de fortune. Élisabeth ne paraissait nullement accablée par la situation.

— Je boirais bien quelque chose, dit-elle. Pas de l'eau, bien sûr.

— J'ai ce qu'il faut. J'ai retrouvé une bouteille de vodka derrière les livres tout à l'heure. Nous avons dû l'oublier.

Gräber dénoua le paquet de literie. Il avait caché la bouteille dans un édredon. Elle avait ainsi échappé au voleur. Un verre en coiffait le goulot.

— Tiens, la voilà. Mais buvons sans qu'on nous voie, sinon Mme Lieser va nous dénoncer pour insulte au malheur national.

— Pour ne pas se faire remarquer, le mieux est de

ne pas se cacher. J'en ai fait souvent l'expérience. — Elle prit le verre et but une gorgée. — C'est merveilleux, juste ce qu'il me fallait. On se croirait presque à la terrasse d'un café. Tu n'as pas de cigarettes ?

— J'ai pris toutes celles qui nous restaient.

— Parfait, alors nous pouvons voir venir.

— Tu ne veux vraiment pas que j'aille chercher quelques meubles ?

— Maintenant, ils ne te laisseront plus monter, et d'ailleurs nous ne pourrions rien en faire. Nous n'allons tout de même pas les traîner à l'endroit où nous passerons la nuit ?

— L'un de nous pourrait rester pour les surveiller, pendant que l'autre irait chercher un abri ?

Élisabeth secoua la tête. Elle vida son verre. Le toit de leur maison croula à son tour. Les murs parurent vaciller, puis ce furent les planchers des étages supérieurs qui crevèrent. Un murmure de colère impuissante parcourut la rue. Des torrents d'étincelles sortaient des fenêtres. Les flammes engloutissaient les rideaux par brusques flambées.

— Notre étage est encore intact, dit Gräber.

— Il n'y en a plus pour longtemps, dit un homme derrière lui.

— Pourquoi pas ?

— Pourquoi voulez-vous avoir plus de chance que nous, jeune homme ? J'ai habité cette maison vingt-trois ans. Maintenant mon appartement est en feu. Pourquoi le vôtre ne brûlerait-il pas aussi ?

Gräber regarda son interlocuteur. Il était mince et chauve.

— J'ai toujours pensé que c'était plutôt le fait du hasard que celui de la morale, dit-il.

— C'est une question de justice, mais vous ne savez peut-être pas très bien ce que c'est, la justice ?

— Pas très bien, mais ce n'est pas ma faute. — Il ricana. — Vous ne devez pas rigoler tous les jours avec des idées pareilles ! Vous voulez un verre de vodka ? Ça fait davantage de bien que l'indignation vertueuse.

— Merci, gardez votre schnaps ! Vous en aurez besoin quand ce sera le tour de votre étage.

Gräber reposa la bouteille.

— Voulez-vous parier que notre étage ne brûlera pas ?

— Hein ?

— Je vous demande si vous voulez parier.

Élisabeth éclata de rire. Le petit homme chauve les fixa avec horreur.

— Vous faites des paris à cette heure, malheureux ! Et vous, mademoiselle, vous osez rire ? Vraiment, vous êtes tombés bien bas !

— Et pourquoi ne rirait-on pas ? demanda Gräber. Ça vaut toujours mieux que pleurer, surtout quand les larmes sont aussi inutiles que le rire !

— Vous devriez prier !

La partie supérieure de la façade bascula à l'intérieur de la maison. La fumée obscurcit les fenêtres d'Élisabeth. Sous son parapluie Mme Lieser éclata en sanglots nerveux. La famille réunie autour de la table de la cuisine faisait du café sur une lampe à alcool. La femme assise dans le grand fauteuil de velours disposa des journaux sur le dossier pour le préserver de la pluie. Un enfant se mit à crier.

— Le voilà qui meurt, notre petit chez-nous de deux semaines, dit Gräber.

— C'est justice ! prononça l'homme chauve avec satisfaction.

— Vous auriez dû parier, vous auriez gagné.

— Je ne suis pas un matérialiste, moi, jeune homme.

— Alors pourquoi gémissez-vous sur votre maison ?

— C'était mon foyer. Ça vous dépasse, hein ?

— Oui, un peu. Le Troisième Reich a fait de moi un nomade depuis trop longtemps.

— Vous devriez lui en être reconnaissant. — Il passa sa main sur sa bouche et voulut cracher. — Maintenant je ne ferais aucune objection à un petit verre de vodka.

— Il faudra en faire votre deuil. Priez donc, ça vaudra mieux.

Des flammes jaillirent de la fenêtre de Mme Lieser.

— Le bureau qui brûle ! murmura Élisabeth. Le bureau de la moucharde avec tous ses papiers.

— J'espère bien ! Avant de sortir, j'ai répandu une bouteille de pétrole dessus. Alors, que faisons-nous maintenant ?

— Il faut chercher un abri ; si nous ne trouvons rien, nous passerons la nuit dans la rue.

— Dans la rue ou dans un square. — Gräber leva les yeux. — J'ai bien ma tente contre la pluie, mais ça n'est pas fameux. Après tout, nous trouverons bien un bout de toit. Qu'est-ce qu'on fait du fauteuil et des livres ?

— Laissons-les ici. Si nous les retrouvons demain, nous aviserons.

Gräber mit son sac sur son dos et balança la literie sur ses épaules. Élisabeth prit les valises.

— Donne-les-moi, dit-il. J'ai l'habitude de ce genre de déplacement.

Les étages supérieurs des deux maisons voisines s'écroulèrent. Des flammèches voltigèrent dans l'air. Mme Lieser bondit en hurlant. Un éclat enflammé venait de l'atteindre en pleine figure. Des flammes sortaient maintenant de la fenêtre d'Élisabeth. Le plafond croula.

— Nous pouvons partir, dit Élisabeth.

Gräber jeta un dernier regard à la fenêtre.

— Nous y avons passé de bonnes heures, dit-il.

— Les meilleures, sans doute. Partons.

Le visage d'Élisabeth était coloré par le reflet de l'incendie. Ils contournèrent les meubles et les ballots. La plupart des sinistrés paraissaient résignés. L'un d'eux n'avait sauvé, semblait-il, que des livres. Il était plongé dans l'un d'eux, comme étranger au monde extérieur. Deux vieilles gens enveloppés dans la même pèlerine ressemblaient à une grande et triste chauve-souris à deux têtes posée sur le bord du trottoir.

— C'est étrange, dit Élisabeth, comme on se sépare facilement de ce qu'on jugeait quelques heures avant indispensable à la vie !

Gräber se retourna une dernière fois. Le jeune garçon roux s'était déjà installé dans leur fauteuil de velours.

— Pendant que Mme Lieser hurlait, dit-il, je lui ai chipé une serviette pleine de papiers. Nous la jetterons dans le prochain incendie. Ça sauvera peut-être quelqu'un d'une dénonciation.

Élisabeth acquiesça. Elle partit sans regarder derrière elle.

Gräber frappa longtemps. Puis il secoua la porte. Personne n'ouvrit. Il revint près d'Élisabeth.

— Pohlmann n'est pas chez lui. Ou alors il ne veut ouvrir à personne.

— Il n'habite peut-être plus ici.

— Où veux-tu qu'il habite ? Il n'y a de place nulle part. Il y a trois heures que nous cherchons. Il se pourrait… — Il retourna à la porte. — Non, la Gestapo n'est pas passée par là. Il y aurait des dégâts. Où aller ? Veux-tu descendre dans une cave-abri ?

— Non. On ne peut pas s'installer quelque part ici ?

Gräber inspecta les environs. La nuit était tombée. Les sommets dentelés des ruines se découpaient sur le ciel rougeoyant.

— Il y a là un carré de plafond, dit-il. Le sol paraît sec. Je pourrais former une cloison avec ma toile et une autre avec ma capote.

Il éprouva le plafond avec la crosse de son fusil. Un peu de plâtre tomba, mais le reste tint. Il ficha dans le sol deux bouts de poutrelle qu'il trouva au milieu des ruines. Il y accrocha sa toile.

— Voilà pour un côté, dit-il. Ma capote fermera la tente. Qu'est-ce ce que tu dis de ça ?

— Je peux t'aider ?

— Non, surveille les affaires.

Il débarrassa le sol des pierres et des décombres qui le jonchaient. Puis il transporta leurs affaires dans cet abri de fortune et y installa le matelas.

— Nous avons une nouvelle maison, conclut-il. Il m'est arrivé d'être plus mal logé. Pour toi c'est différent, je pense.

— Il est temps que je m'y fasse.

Gräber déballa un réchaud et une bouteille d'alcool à brûler.

— On nous a volé le pain, mais j'ai encore quelques boîtes de conserve dans mon sac.

— Et pour faire la cuisine ? Avons-nous une casserole ?

— Ma gamelle. Il y a partout de l'eau de pluie. La bouteille de vodka est encore à moitié pleine. Avec de l'eau chaude, je vais confectionner une espèce de grog. Contre les refroidissements.

— J'aime mieux boire la vodka comme ça.

Gräber alluma le réchaud à alcool. La pâle lueur bleutée éclaira l'intérieur de la tente. Il ouvrit une boîte de cassoulet. Ils y ajoutèrent la saucisse de leur témoin de mariage, Klotz.

— Nous attendons Pohlmann, ou nous dormons ?

— Dormons, je tombe de fatigue.

— Il va falloir coucher tout habillés. Tu pourras dormir ?

— La fatigue m'y aidera.

Élisabeth retira ses chaussures qu'elle plaça à la tête du matelas pour qu'on ne les lui vole pas. Elle roula ses bas et les mit dans ses poches. Gräber la borda dans une couverture.

— Comment te sens-tu ? lui demanda-t-il.

— Comme à l'hôtel.

Il s'étendit près d'elle.

— Tu n'es pas triste à cause de ta chambre ?

— Non, je m'y attendais depuis les premiers bombardements. J'ai été un peu triste au début. Tout le temps qui a suivi m'a été donné gratuitement par la vie.

— C'est bien. Mais peut-on mettre autant de clarté dans sa vie que dans sa pensée ?

— Je ne sais pas, murmura-t-elle serrée contre son épaule. Peut-être, quand on n'espère plus rien.

Elle s'endormit. Gräber écouta longtemps sa respiration calme et régulière. Il pensait que souvent au front, lorsqu'il faisait avec ses camarades des rêves irréalisables, l'un des plus chers était une nuit paisible et abritée à côté d'une femme qu'on aime.

XXI

Il s'éveilla. Des pas furtifs faisaient craquer les plâtras. Il écarta doucement les couvertures. Élisabeth fit un mouvement et continua à dormir. Peut-être était-ce Pohlmann qui revenait ; peut-être aussi des voleurs ou la Gestapo — c'était son heure habituelle. Si c'était elle, il fallait essayer de prévenir Pohlmann afin qu'il ne se jette pas dans ses filets.

Il aperçut deux silhouettes. Il les suivit aussi silencieusement que possible. Il n'avait pas de souliers ; pourtant au bout de quelques mètres, il buta dans une brique branlante qui bascula bruyamment. L'une des deux silhouettes se retourna. Gräber se baissa aussitôt.

— Il y a quelqu'un ? demanda la silhouette.

C'était Pohlmann. Gräber se dressa.

— C'est moi, monsieur Pohlmann, Ernst Gräber.

— Gräber ? Qu'est-ce qui se passe ?

— Rien. Nous sommes sinistrés, et comme nous ne savions où aller, j'avais pensé que peut-être vous pourriez nous donner l'hospitalité pour deux ou trois jours.

— Qui, nous ?

— Ma femme et moi. Je me suis marié, il y a quelques jours.

— Bien sûr, bien sûr. — Pohlmann approcha. Son pâle visage faisait une tache blanche dans l'ombre. — Vous m'avez vu venir ?

Gräber hésita un instant. Mais pourquoi prendre d'inutiles précautions vis-à-vis d'Élisabeth et de l'inconnu qui devait être caché maintenant derrière un pan de muraille ?

— Oui, dit-il, mais vous pouvez me faire confiance.

Pohlmann passa sa main sur son front.

— Bien sûr, je vous fais confiance. — Il paraissait indécis. — Vous avez vu que je n'étais pas seul ?

— Oui.

Pohlmann parut prendre une décision.

— Bon, alors venez. Pour deux ou trois jours, dites-vous. Il n'y a pas beaucoup de place, mais ne restons pas ici.

Ils passèrent de l'autre côté du pan de muraille.

— Tout va bien, dit Pohlmann dans l'ombre.

Un homme surgit. Pohlmann ouvrit la porte de ses catacombes et s'effaça devant Gräber et l'inconnu. Puis il referma la porte derrière eux.

— Où est votre femme ? demanda-t-il.

— Elle dort dehors. Nous avons apporté un matelas et dressé une espèce de tente.

Pohlmann s'arrêta dans l'obscurité.

— Il faut que je vous dise une chose, Gräber. Ça ne serait pas sans danger pour vous qu'on vous trouve ici,

— Je le sais.

Pohlmann toussa pour s'éclaircir la voix,

— C'est à cause de moi, vous comprenez. Je suis suspect. Vous avez également songé à votre femme ?

— Oui, dit Gräber au bout d'un instant.

L'inconnu était demeuré jusque-là immobile derrière Gräber. On entendait seulement sa respiration. Pohlmann les précéda dans la pièce et alluma une petite lampe sur la table après avoir tiré les rideaux.

— Il est inutile de prononcer des noms, dit-il. C'est quand on ne sait rien qu'on a le moins de chance de parler. Ernst et Joseph. Ça suffit.

Joseph était un homme d'une quarantaine d'années avec un mince visage d'israélite. Il paraissait parfaitement calme et sourit à Gräber. Puis il tapota ses vêtements pour en effacer des traces de plâtre.

— L'endroit n'est plus très sûr, dit Pohlmann en s'asseyant. Mais il faudra que Joseph reste encore ici toute la journée. La maison où il se cachait n'existe plus depuis hier. Il faudra aviser dans l'après-midi. C'est uniquement parce que cette cachette n'est plus très sûre, Joseph.

— Je sais, dit Joseph avec une voix d'une gravité inattendue.

— Et vous, Ernst ? reprit Pohlmann. Je suis suspect, je vous le répète, et vous savez ce que ça signifie d'être trouvé la nuit chez un suspect ?

— Oui.

— Il est probable qu'il ne se passera rien cette nuit. La ville est encore toute désorganisée par le dernier bombardement. Pourtant on ne sait jamais. Voulez-vous courir ce risque ?

Gräber ne répondit pas. Pohlmann et Joseph se regardèrent.

— Personnellement, je ne risque rien, dit Gräber. Dans quelques jours, je retourne sur le front. Quant à ma femme, c'est autre chose. Elle reste ici. Je n'y avais pas songé.

— Je ne vous dis pas cela pour vous renvoyer.
— Je le sais.
— Pouvez-vous passer la nuit dehors à la rigueur ? demanda Joseph.
— Oui, nous sommes abrités contre la pluie.
— Alors restez dehors. Comme ça vous n'avez rien à voir avec nous. Demain matin vous mettrez vos affaires chez nous, je suppose que c'est ce qui vous préoccupe le plus, n'est-ce pas ? Il est vrai que vous pouvez également les mettre en garde à l'église Sainte-Catherine. Le sacristain est habitué, et il est honnête. L'église elle-même est détruite, mais la crypte est intacte. Allez y mettre vos affaires, comme cela vous serez libres de chercher un abri dans la journée.
— Je crois qu'il a raison, Ernst, dit Pohlmann. Joseph a plus d'expérience que nous.
Gräber sentit une vague de tendresse l'envahir pour le vieil homme qui venait de l'appeler par son prénom, comme bien des années auparavant…
— C'est aussi mon avis, dit-il. Je suis navré de vous avoir fait peur.
— Venez me trouver demain matin, si vous avez besoin de quelque chose. Frappez deux coups espacés, deux coups rapprochés. Inutile de frapper fort, je vous entendrai.
— D'accord, merci.
Gräber regagna la tente. Élisabeth dormait toujours. Elle gémit faiblement lorsqu'il se glissa à nouveau près d'elle, et se rendormit aussitôt.

Elle se réveilla à six heures. Une voiture à cheval passait en cahotant dans la rue.
— J'ai merveilleusement dormi, dit-elle. Où sommes-nous ?

— Sur la place Jahn.

— Bon, et où dormirons-nous la nuit prochaine ?

— Nous allons voir ça dans la journée.

Elle s'étendit à nouveau près de lui. Un rai de lumière matinale filtrait entre la toile de tente et la capote. Des oiseaux gazouillaient. Elle tendit un bras et déplaça la capote. Le ciel était doré et sans nuages.

— Une vraie vie de bohème, dit-elle. Pleine d'aventures.

— Voilà ce qui s'appelle prendre les choses par le bon côté, dit Gräber. Cette nuit, j'ai vu Pohlmann. Nous pouvons nous adresser à lui si nous avons besoin de quelque chose.

— Nous n'avons besoin de rien. Est-ce qu'il nous reste du café ? On peut faire la cuisine ici ?

— C'est sûrement défendu, comme tout ce qui est à peu près raisonnable. Mais qu'importe. Après tout, puisque nous sommes des bohémiens !

Élisabeth entreprit de se peigner.

— Derrière la maison, il y a une bassine avec de l'eau de pluie. Juste ce qu'il faut pour se laver...

Élisabeth enfila sa veste.

— J'y vais. Comme à la campagne, on se lave à la pompe. On trouvait ça romantique, autrefois !

Gräber rit.

— C'est toujours romantique, en comparaison de la vie sur le front. Tout est relatif.

Il roula le matelas dans les couvertures, alluma la lampe à alcool et y plaça sa gamelle avec un peu d'eau. Il songea tout à coup qu'il avait oublié la carte d'alimentation d'Élisabeth dans la chambre. Justement elle revenait de sa toilette, le visage frais et jeune.

— Tu as ta carte d'alimentation sur toi ? lui demanda-t-il.

— Non, elle était dans la petite table près de la fenêtre, dans le tiroir de droite.

— Ah, diable ! J'ai oublié de la prendre ! Comment n'y ai-je pas pensé ? J'avais bien le temps pourtant.

— Tu as pensé à bien d'autres choses beaucoup plus importantes, dit-elle. Par exemple à ma robe de soirée. Nous allons faire tout bonnement une demande pour avoir une nouvelle carte. Ce n'est sûrement pas la seule carte qui ait brûlé hier.

— Oui, mais ça peut durer une éternité. La fin du monde n'obligerait pas un fonctionnaire allemand à s'écarter d'un pouce du règlement.

Élisabeth rit.

— À la fabrique, je demanderai une heure de liberté pour faire les démarches. Le chef de centre me donnera une attestation selon laquelle je suis sinistrée.

— Tu retournes aujourd'hui à la fabrique ? demanda Gräber.

— Il faut bien. C'est si banal d'être sinistré.

— Ah ! je mettrais bien le feu à cette maudite fabrique !

— Moi aussi, mais alors, ils nous enverraient ailleurs et ce serait probablement encore moins gai. Je ne tiens pas à fabriquer des munitions.

— Pourquoi ne pas disparaître purement et simplement ? Qui sait ce qui aurait pu t'arriver hier ? Tu aurais pu être blessée en sauvant tes affaires.

— Il faudrait que je le prouve. La fabrique a ses médecins et sa police. Toute fraude est punie : travail supplémentaire, suppression de permission —

et si ça ne suffit pas, une cure de rééducation civique dans un camp de concentration. Ceux qui en reviennent n'ont plus envie de recommencer.

Élisabeth prit la gamelle d'eau chaude et la versa lentement sur le couvercle au fond duquel elle avait mis un peu de poudre d'ersatz de café.

— Et n'oublie pas que je viens d'avoir trois jours libres pour me marier, dit-elle. Il ne faut pas trop leur en demander.

Il savait que c'était à cause de son père qu'elle s'astreignait à cette discipline. C'était l'éternel chantage des parents de détenus.

— Cette racaille ! gronda Gräber. Voilà ce qu'ils ont fait de nous !

— Tiens, bois ton café et calme-toi. Nous n'avons pas le temps de nous lamenter.

— C'est justement, Élisabeth, que nous avons si peu de temps devant nous !

Élisabeth acquiesça.

— Je sais, je sais, ta permission tire à sa fin et nous passons le plus clair de notre temps à nous attendre l'un l'autre. Il faudrait que j'aie le courage de ne pas remettre les pieds à la fabrique jusqu'à ton départ.

— Tu as bien assez de courage, et mieux vaut tout de même attendre quelqu'un que de n'avoir personne à attendre.

Elle l'embrassa en souriant.

— Comme tu as vite appris les mots qu'il faut dire ! Mais il faut que je parte. Où nous retrouverons-nous ce soir ?

— C'est vrai, où ? Nous sommes sans feu ni lieu maintenant. Tout est à recommencer. J'irai t'attendre à la fabrique.

— Et si nous nous manquons pour une raison ou pour une autre, une alerte ou un barrage ?

Gräber réfléchit.

— Moi, je vais prendre les affaires et les porter à l'église Sainte-Catherine. Prenons-la comme second lieu de rendez-vous.

— Elle est ouverte la nuit ?

— Pourquoi la nuit ? Tu ne vas tout de même pas revenir cette nuit ?

— On ne sait jamais. Un jour nous sommes restés six heures dans la cave. Le mieux serait d'avoir quelqu'un à qui chacun de nous pourrait laisser éventuellement des nouvelles. Les rendez-vous ne suffisent plus maintenant.

— Tu veux dire au cas où il arriverait quelque chose à l'un de nous ?

— Oui.

Gräber acquiesça. Il savait maintenant comme il était facile de se perdre.

— Choisissons Pohlmann pour aujourd'hui, dit-il. — Il réfléchit. — Non, ce n'est pas non plus très sûr. Binding ! Lui ne risque rien. Je t'ai montré sa maison. Il est vrai qu'il ne sait pas encore que nous sommes mariés, mais ça ne fait rien. Je vais passer le voir pour l'avertir.

— Tu vas encore mettre sa maison à sac ?

Gräber rit.

— Je n'y pensais pas, mais il est bien vrai qu'il nous faut quelque chose à manger. Tu vois comme on devient lâche à la longue !

— Est-ce que nous coucherons encore ici cette nuit ?

— J'espère que non, j'ai toute la journée pour trouver autre chose.

Le visage d'Élisabeth s'assombrit un instant.

— Toi, oui. Moi, il faut que je parte maintenant.

— Je vais vite refaire les paquets et tout porter chez Pohlmann, et je t'accompagne à la fabrique.

— Nous n'avons plus le temps, Ernst ! Il faut que je coure. Alors à ce soir, fabrique, église Sainte-Catherine ou Binding. Quelle vie passionnante !

— Au diable la vie passionnante ! dit Gräber.

Il la suivit des yeux pendant qu'elle traversait la place. Le matin était clair et le ciel d'un bleu pur et profond. L'humidité brillait comme un voile argenté sur les ruines. Élisabeth se retourna pour lui faire signe. Puis elle reprit sa course. Gräber admira sa démarche. Ses pieds se posaient presque l'un devant l'autre, comme si elle s'appliquait à marcher dans la trace d'une roue. En Afrique, il avait vu des femmes indigènes marcher de ce pas. Elle fit signe à nouveau, puis disparut entre les maisons à l'autre extrémité de la place. C'est presque comme au front, pensa-t-il, on ne sait jamais si on se reverra. Au diable la vie passionnante !

À huit heures Pohlmann sortit de chez lui.

— Je venais voir si vous avez quelque chose à manger, dit-il. Je peux vous donner du pain.

— Merci, nous avons ce qu'il faut. Puis-je mettre les valises et la literie chez vous jusqu'à ce que je revienne de l'église Sainte-Catherine ?

— Naturellement.

Gräber transporta les affaires chez Pohlmann. Joseph demeura invisible.

— Il est possible que je ne sois pas là quand vous reviendrez, dit Pohlmann. Frappez deux coups espacés et deux coups rapprochés. Joseph vous entendra.

Gräber ouvrit une valise.

— C'est de plus en plus la vie de bohème, dit-il. Dieu sait que je ne m'attendais pas à cela en arrivant en permission !

Pohlmann sourit faiblement.

— Joseph mène cette existence depuis trois ans. Plusieurs mois il a dormi dans le tramway. Il se déplaçait ainsi tout le temps à travers la ville. Bien entendu il ne pouvait dormir qu'assis et pour un quart d'heure seulement. C'était du temps que nous n'avions pas de bombardement. Ce n'est plus possible aujourd'hui.

Gräber sortit une boîte de conserve de son sac et la donna à Pohlmann.

— Donnez ça à Joseph, je n'en ai pas besoin.

— De la viande ? Vous n'en avez vraiment pas besoin ?

— Non, donnez-la-lui. Il faut que des hommes comme lui se tirent d'affaire. Sinon, que restera-t-il en Allemagne quand le cauchemar sera fini ? Qui remettra la vie en marche ?

Le vieil homme se tut un instant. Puis il alla vers le globe terrestre posé sur l'une des étagères, et le fit tourner dans ses mains.

— Vous voyez ça, dit-il, cette petite tache ? Voilà l'Allemagne. Mon pouce suffit presque à la recouvrir. Ce n'est qu'une toute petite partie du monde.

— Sans doute, mais cette petite partie en a conquis de plus grandes ces dernières années.

— Conquises, certes, mais pas convaincues.

— Pas encore convaincues. Mais que serait-il advenu si nous avions pu conserver nos conquêtes ? Dix ans. Vingt ans. Cinquante ans ? La victoire et le succès sont des arguments terriblement persuasifs. On l'a bien vu ici.

— Nous n'avons pas vaincu.

— Ce n'est pas une preuve.

— Si, c'est une preuve, dit Pohlmann. Une preuve très profonde. — Le globe continuait à tourner entre ses mains aux veines saillantes. — Le monde... Le monde est vivant. Quand on cesse pour un temps de croire en son propre pays, il faut se tourner vers le reste du monde. Une éclipse de soleil est toujours possible, mais pas une nuit éternelle. En tout cas, pas sur cette planète. Il y a de la myopie dans le désespoir. — Il remit le globe à sa place. — Vous demandez qui remettra la vie en marche. L'Église a commencé avec quelques pêcheurs, les fidèles des catacombes et les survivants des arènes de Rome.

— Oui, et le nazisme avec une poignée de chômeurs fanatiques dans une brasserie de Munich.

Pohlmann sourit.

— Vous avez raison. Pourtant jamais une tyrannie n'a duré très longtemps. L'humanité ne progresse pas d'un mouvement continu et régulier. Son histoire est faite d'à-coups, de reculs, de bonds en avant et de rechutes. Nous avons commis le péché d'orgueil ; nous nous sommes flattés d'avoir rompu définitivement avec un passé de violence et de sang. Nous savons maintenant qu'il suffit d'une médiocre crise pour nous y faire retomber. — Il prit son chapeau. — Il faut que je parte.

— Voici votre livre sur la Suisse, dit Gräber. Il est un peu mouillé. Je l'avais perdu, mais je l'ai retrouvé.

— Il ne fallait pas le sauver du bombardement ; il ne faut jamais sauver les rêves.

— Si, dit Gräber. Que sauverait-on si on ne sauvait ses rêves ?

— Sa foi. Les rêves renaissent d'eux-mêmes.

— Heureusement, sinon j'irais me pendre sur-le-champ !

— Comme vous êtes jeune ! dit Pohlmann. Mais qu'est-ce que je dis ? C'est vrai que vous êtes jeune ! j'avais toujours imaginé la jeunesse autrement, voyez-vous.

— Moi aussi, dit Gräber.

Joseph ne s'était pas trompé. Le sacristain de l'église Sainte-Catherine acceptait de prendre en garde les affaires qu'on lui confiait. Gräber lui laissa son sac, puis il se rendit au service du logement. Il avait été déplacé et se trouvait maintenant dans la salle de sciences naturelles de l'école. Un casier de cartes et une armoire de bocaux rappelaient l'ancienne affectation de la pièce. L'employée se servait d'un certain nombre de bocaux comme presse-papiers. Des serpents, des grenouilles et des lézards, suspendus dans l'alcool, veillaient ainsi sur les dossiers des sinistrés. Un écureuil empaillé, une noisette entre les pattes, fixait Gräber de ses yeux de verre. L'employée était une vieille dame souriante à cheveux gris.

— Je vais inscrire votre nom sur la liste des sans-logis, dit-elle. Vous avez une adresse ?

— Non.

— Alors il faudra repasser pour demander si on vous a trouvé quelque chose.

— Est-ce que j'ai la moindre chance ?

— Pas la moindre. Il y a six mille personnes à loger avant vous. Tâchez de vous débrouiller seul.

Il retourna place Jahn et frappa à la porte de Pohlmann. Personne ne répondit. Il attendit un moment, puis il prit le chemin de la rue Marie pour voir ce qui restait de la maison.

Elle avait brûlé jusqu'à l'étage du chef de centre. Les pompiers étaient intervenus au dernier moment. L'eau dégouttait encore de partout. Il ne restait plus rien de l'appartement d'Élisabeth. Le siège qu'il en avait sorti avait disparu. Une paire de gants bleus trempés oubliés dans le ruisseau, c'était tout ce qui restait.

Gräber aperçut le visage du chef de centre derrière ses rideaux. Il se souvint qu'il lui avait promis des cigares. Cette promesse paraissait avec tout le reste faire partie d'un univers lointain et aboli ; mais on ne savait jamais. Il décida de se rendre chez Alfons. D'ailleurs il avait besoin de vivres pour le dîner.

Une seule maison avait été atteinte. Les jardins baignaient dans la lumière du matin ; les bouleaux faisaient miroiter leur feuillage en murmurant ; l'or des narcisses brillait mystérieusement dans l'herbe, et les premiers arbres en fleurs paraissaient recouverts par une nuée de papillons blancs et roses ; seule la maison de Binding n'était plus qu'un monceau d'ordures suspendu au-dessus d'un cratère rempli d'eau où le ciel se reflétait. Debout contre la clôture, Gräber regardait et n'en pouvait croire ses yeux. Sans trop savoir pourquoi, il avait toujours été convaincu que rien ne pouvait arriver à Alfons. Il poussa la barrière et entra. Le bain des oiseaux était en miettes. La porte d'entrée de la maison était accrochée dans un arbuste de lilas. Des bois de cerf se dressaient dans le gazon, comme si les bêtes étaient enterrées là. Un tapis flottait sur une branche comme l'étendard d'un conquérant barbare. Une bouteille de Napoléon plantée intacte et droite dans un parterre de fleurs ressemblait à une courge poussée là par hasard. Gräber la ramassa, la palpa et finalement la glissa dans la poche de sa capote. La cave a dû tenir le coup et ils ont évacué les bouteilles en oubliant celle-ci, pensa-t-il.

Il fit le tour de la maison. L'entrée de la cuisine était toujours là. Il ouvrit. Quelqu'un remua.

— Madame Kleinert, dit-il.

Un sanglot lui répondit. La gouvernante se leva et sortit.

— Le pauvre Monsieur ! Il était si bon !

— Qu'est-ce qui s'est passé ? Il est blessé ?

— Il est mort. Mort, monsieur Gräber. Lui qui aimait tant la vie !

— Mort ?

— Oui, on a peine à le croire, n'est-ce pas ?

Gräber acquiesça. On avait toujours peine à croire à la mort, même lorsqu'elle était devenue un événement aussi banal.

— Comment est-ce arrivé ? demanda-t-il.

— Il était dans la cave, mais la cave n'a pas tenu.

— Évidemment, elle n'était pas construite pour encaisser une bombe de gros calibre. Mais pourquoi n'est-il pas allé à l'abri de la place Seidel ? Ce n'est qu'à quelques minutes d'ici.

— Il croyait que ce ne serait rien, et puis... — Mme Kleinert hésita — il n'était pas seul.

— Quoi ? À midi déjà ?

— Elle était là depuis la veille. Une grande blonde. Monsieur aimait les grandes blondes. Je leur avais fait un coq au vin. À la fin du déjeuner, voilà l'alerte qui sonne.

— La dame a été tuée, elle aussi ?

— Oui, et ils n'étaient même pas convenablement habillés. Monsieur était en pyjama, et Madame en robe de chambre, une fine robe de chambre de soie. Et c'est comme ça qu'il est mort, sans son uniforme !

— Je ne vois pas très bien ce que l'uniforme aurait empêché, dit Gräber. Il avait eu le temps de déjeuner au moins ?

— Oui, très gentiment, je venais de servir une tarte à la crème comme Monsieur les aimait tant !

— Eh bien, voyez-vous, madame Kleinert, il a eu une mort merveilleuse. Je voudrais bien en avoir autant. Vous n'avez pas besoin de pleurer.

— Oui, mais pourquoi si jeune ? C'était trop tôt !

— C'est toujours trop tôt. Même à quatre-vingt-dix ans, je crois. Quand aura lieu l'enterrement ?

— Après-demain à neuf heures. Le cercueil est là. Vous voulez le voir ?

— Où est-il ?

— Ici, dans la chambre à provisions. C'est la pièce la plus fraîche. Le cercueil est déjà cloué. Cette partie de la maison est moins abîmée. Il n'y a que le devant qui est entièrement détruit.

Ils traversèrent la cuisine pour gagner la chambre à provisions. Les débris de verre avaient été rassemblés en tas dans un coin. Une odeur de vin répandu et de confitures flottait dans la pièce. Un cercueil de chêne occupait la plus grande partie de l'espace. Les rayons qui couvraient les murs étaient encombrés par une débandade de pots et de boîtes dont le contenu coulait en liquide épais sur le sol.

— Comment vous êtes-vous procuré un si beau cercueil ? demanda Gräber.

— C'est le Parti qui l'a envoyé.
— Le convoi partira d'ici ?
— Oui.
— Je viendrai.
— C'est Monsieur qui va être content !
Gräber regarda Mme Kleinert.
— Au ciel, ajouta-t-elle. Monsieur avait tant d'estime pour monsieur !
— Pour moi ? Pourquoi donc ?
— Monsieur disait que vous étiez la seule personne de sa connaissance qui ne lui avait jamais rien demandé. Et aussi parce que vous étiez tout le temps sur le front.

Gräber s'attarda un instant devant le cercueil. Il éprouvait une vague tristesse, mais rien de plus, et il avait un peu honte devant la brave femme en larmes dont la douleur paraissait si sincère.

— Qu'est-ce que vous allez faire de tout ça ? demanda-t-il avec un geste vers les rayons.

Mme Kleinert s'anima tout à coup.

— Mais que monsieur prenne donc tout ce qu'il voudra ! Ça va tomber entre des mains étrangères, après.

— Prenez donc vous-même ! Après tout, c'est vous qui avez fait tous ces pots de conserve.

— J'en ai mis déjà un peu de côté, mais je ne peux pas tout prendre. Emportez tout ce que vous pouvez, monsieur Gräber. Les gens du Parti qui sont venus ici ont déjà fait de grands yeux. Il vaudrait mieux qu'il y ait moins de choses, vous comprenez. On finirait par croire que Monsieur faisait du marché noir.

— Il y a de quoi.

— Justement, et il faut bien se dire que tout ce

qui restera sera emporté par des étrangers. Vous, vous étiez un ami de Monsieur. Il préférerait sûrement que ce soit vous qui en profitiez.

— Il n'a pas de parents ?

— Son père vit encore, mais vous savez dans quels rapports il était avec Monsieur. D'ailleurs, il trouvera bien encore ce qu'il lui faut. La seconde cave contient encore un tas de bouteilles intactes. Emportez donc tout ce qu'il vous faut.

La brave femme s'élança vers les étagères, elle en rapporta plusieurs boîtes qu'elle posa sur le cercueil. Elle allait en quérir d'autres lorsqu'elle se ravisa, rassembla son premier chargement et l'emporta à la cuisine.

— Une minute, madame Kleinert, dit Gräber. Si je dois prendre quelque chose, mieux vaut choisir avec discernement. — Il examina les boîtes. — Voici des asperges, des asperges de Hollande, nous n'en avons pas besoin. Nous pouvons également laisser ici les sardines à l'huile et les maquereaux au vin blanc.

— Vous avez raison, je perds la tête depuis hier.

Elle édifia une pile branlante sur une chaise de la cuisine.

— C'est beaucoup trop, dit Gräber, comment voulez-vous que j'emporte ça ?

— Faites un deuxième et un troisième voyage. Pourquoi laisser les autres en profiter ? Vous êtes soldat, vous y avez davantage droit que tous ces nazis qui restent bien au chaud chez eux !

C'est pourtant vrai, pensa Gräber, et Élisabeth et Pohlmann et Joseph y ont droit encore bien davantage ; je serais un âne de ne pas me servir. Alfons ne s'en trouvera ni plus mal ni mieux. Ce ne fut que plus tard, comme il s'éloignait de la maison en ruine qu'il songea au hasard auquel il devait de ne plus habiter chez Alfons et de n'avoir pas été tué en même temps que lui.

Joseph ouvrit.

— On dirait que vous m'attendiez, dit Gräber.

— Je vous avais vu arriver, dit Joseph en montrant un judas pratiqué dans le bois de la porte. Comme ça, les visiteurs ne me surprennent pas.

Gräber posa son paquet sur la table.

— Je suis passé à l'église Sainte-Catherine. Le sacristain nous a dit que nous pouvions y passer la nuit. Je vous remercie du tuyau.

— C'était le jeune sacristain ?

— Non, un vieux.

— Tant mieux que vous soyez tombé sur lui, c'est un brave homme. Pendant une semaine, il m'a fait passer pour son aide et j'ai pu habiter dans l'église. Un jour il y a eu une inspection. J'ai dû me cacher dans le grand orgue. C'était le jeune sacristain qui m'avait dénoncé. Il est antisémite. Antisémite par conviction religieuse. Ça existe, voyez-vous. Sous prétexte qu'il y a deux mille ans, nous avons crucifié Jésus-Christ.

Gräber ouvrit son paquet. Il disposa sur la table une rangée de boîtes de thon, de sardines et de pâté de foie. Il sortit aussi des bouteilles de ses poches. Joseph, le visage immobile, le regardait faire.

— Un vrai trésor, dit-il simplement.

— Nous allons partager.

— Vous êtes assez riche pour cela ?

— Vous voyez bien. J'ai fait un héritage. Ça appartenait à un *Sturmführer SA*. Ça vous fait quelque chose ?

— Au contraire, ça donne du piquant. Vous connaissez des *Sturmführer* au point qu'ils vous fassent de pareils cadeaux ?

Gräber regarda Joseph.

— Celui-là, oui, dit-il. C'était un pauvre garçon sans véritable méchanceté.

Joseph ne répondit pas.

— Ça vous paraît incompatible ? demanda Gräber.

— Et vous, vous croyez ça possible ?

— Peut-être bien. Il y en a qui ont marché avec les autres par peur, faiblesse ou manque de caractère.

— C'est comme ça qu'on devient *Sturmführer* ?

— Peut-être, oui.

Joseph sourit.

— C'est étrange, dit-il, on s'imagine qu'un criminel se comporte en criminel partout et toujours. Pourtant il suffit bien qu'un homme ne soit un criminel que par une faible partie de lui-même pour accomplir les pires atrocités. N'est-ce pas ?

— Oui, dit Gräber. Un fauve est toujours un fauve. Un homme a davantage de virtualités.

Joseph acquiesça.

— Il y a des commandants de camp de concentration qui sont pleins d'humour, des garde-chiourme SS qui font preuve entre eux de générosité et de camaraderie, et puis il y a la masse complice qui s'hypnotise sur de prétendus impératifs catégoriques et qui ferme les yeux sur les atrocités ou qui les considère comme des maux nécessaires et passagers. C'est ce qu'on appelle avoir une conscience élastique.

— Et il y a ceux qui ont peur, ajouta Gräber.

— Il y a aussi ceux qui ont peur, dit Joseph poliment.

Gräber se tut un instant.

— Je voudrais pouvoir vous aider, dit-il ensuite.

— Il n'y a pas grand-chose à faire. Je suis seul. De deux choses l'une : ou bien je suis pris, ou bien je me tire d'affaire, dit Joseph avec indifférence.

— Vous n'avez pas de famille ? demanda Gräber.

— J'en avais. Un frère, deux sœurs, mon père, ma femme, un enfant. Tous morts. Deux ont été assommés, un est mort naturellement, les autres sont passés à la chambre à gaz.

Gräber le regarda.

— Ils étaient dans un camp ?

— Dans un camp, oui, répondit Joseph d'un air glacé. Les camps sont admirablement organisés.

— Et vous avez pu leur échapper ?

— Je leur ai échappé.

— Comme vous devez nous haïr !

Joseph haussa les épaules.

— Haïr ! Qui peut encore s'offrir ce luxe ? La haine rend imprudent.

Gräber tourna les yeux vers la fenêtre comblée entièrement par les gravats de la maison détruite. La faible lueur de la petite lampe paraissait avoir encore diminué. Elle jetait un pâle reflet sur le globe que Pohlmann avait repoussé dans un coin.

— Vous retournez sur le front ? demanda aimablement Joseph.

— Oui, j'y retourne. Je vais me battre pour que les assassins qui vous donnent la chasse restent un peu plus longtemps au pouvoir. Juste assez longtemps peut-être pour vous arrêter et vous pendre.

Joseph fit un geste d'approbation silencieuse.

— J'y vais parce que sinon on me fusillerait, dit Gräber — Joseph ne répondit pas. — Et aussi parce que si je désertais, mes parents et ma femme seraient arrêtés et probablement tués. — Joseph ne disait toujours rien. — J'y vais et je sais que mes raisons ne sont pas des raisons, bien qu'elles soient celles de millions d'hommes comme moi. Vous devez nous mépriser, n'est-ce pas ?

— Pas tant d'orgueil, murmura Joseph.

Gräber le regarda sans comprendre.

— Qui parle de mépris ? demanda Joseph. Vous, vous seul ! Pourquoi attacher tant d'importance à ces questions ? Est-ce que je méprise Pohlmann ? Est-ce que je méprise les gens qui me cachent bien qu'ils risquent chaque nuit leur vie pour moi ? Est-ce que je serais encore vivant sans eux ? Comme vous êtes naïf !

Soudain il sourit, d'un sourire presque étranger à son visage.

— Nous nous écartons de notre sujet, dit-il. Et d'ailleurs nous parlons trop. Il ne faut pas parler ; il ne faut pas non plus réfléchir. Pas encore. Ça affaiblit. Les souvenirs aussi affaiblissent. Il est encore trop tôt pour tout cela. Actuellement il n'y a qu'un seul objectif à ne pas perdre des yeux : le salut. — Il fit un geste vers les boîtes de conserve. — Ça oui, ça aide. Je les accepte, merci.

Il prit les boîtes et entreprit de les ranger derrière les livres. Il avait des gestes d'une maladresse insolite. Gräber s'aperçut que les premières phalanges de ses doigts étaient recroquevillées et sans ongle. Joseph remarqua son regard.

— Un petit souvenir du camp, expliqua-t-il. Le passe-temps favori d'un *Scharführer*. Il appelait ça allumer ses bougies de Noël. Les bougies, c'étaient des allumettes taillées en pointe. J'aurais préféré qu'il s'en fût pris aux doigts de pied. Ça se verrait moins. Avec ça, on a vite fait de me repérer. On ne peut pas porter des gants tout le temps.

Gräber se leva.

— Est-ce que ça vous servirait à quelque chose d'avoir un vieil uniforme et un livret militaire ? Vous pourriez y changer ce que vous voulez. Quant à moi, je dirai qu'il a brûlé.

— Merci, c'est inutile. Je vais devenir provisoirement roumain. C'est Pohlmann qui a eu cette idée et qui a fait le nécessaire. Il est passé maître dans cet art. On ne le dirait pas à le voir, n'est-ce pas ? Ainsi, je deviens roumain, membre du *Front de Fer*, donc ami des nazis. Mon physique se prête à la transformation. Mes blessures s'expliquent aussi de cette façon. Elles m'auront été infligées par les communistes. Vous voulez emporter vos valises et le matelas tout de suite ?

Gräber sentit que Joseph voulait être seul.

— Vous restez donc encore longtemps ici ? demanda-t-il.

— Pourquoi ?

Gräber poussa vers lui une partie des boîtes qu'il avait apportées.

— Je peux vous en apporter davantage. Je vais y retourner.

— Il y en a déjà trop. Je ne peux pas emporter grand-chose. D'ailleurs il faut que je parte. Je ne peux plus attendre.

— Les cigarettes, j'ai oublié les cigarettes. Pourtant, ce n'est pas ça qui manque ! Je vous en apporterai.

Le visage de Joseph changea. Il prit tout à coup une expression de détente, presque de douceur.

— Des cigarettes ! dit-il comme s'il parlait d'un ami, ça c'est autre chose. Ça compte plus que les vivres. Alors bien sûr, je vais vous attendre.

XXII

Un certain nombre de personnes attendaient déjà sous le cloître de l'église Sainte-Catherine. Presque tous étaient assis sur des valises ou des corbeilles, ou entourés de ballots et de paquets. C'était surtout des femmes et des enfants. Une vieille femme au visage chevalin se trouvait à côté de Gräber.

— Pourvu qu'ils ne nous évacuent pas comme réfugiés ! dit-elle. Ce qu'on raconte là-dessus n'est pas gai ! Des baraques, un peu de nourriture et des paysans rapaces et hargneux.

— Moi, ça m'est égal, répondit une grande fille efflanquée. Je veux partir d'ici. Tout vaut mieux que les bombes. On doit s'occuper de nous, nous avons tout perdu. On doit s'occuper de nous.

— Il y a quelques jours, j'ai vu un convoi de réfugiés rhénans. Dans quel état ils étaient ! On les dirigeait sur le Mecklembourg.

— Le Mecklembourg ? Les paysans sont riches là-bas.

— Riches ? Les paysans ? — La vieille au visage de cheval eut un rire mauvais. — Ils vous font travailler jusqu'à ce que la chair vous tombe des os. Et pour vous donner juste de quoi ne pas mourir de faim. Le Führer devrait savoir ça.

Gräber regarda la vieille femme et la maigre jeune fille. Derrière elles le jardin de l'église apparaissait à travers la colonnade romane. Des narcisses poussaient au pied des figurines du chemin de croix ; une grive se posa sur l'épaule du Christ flagellé et chanta.

— Il faut qu'ils nous hébergent gratuitement, ceux qui ont assez, déclara la fille maigre. Nous sommes des victimes de guerre. Des victimes de guerre, répéta-t-elle.

Le sacristain survint. C'était un homme mince avec un long nez rouge et des épaules tombantes. Gräber imaginait difficilement que cet homme pût avoir le courage de cacher des gens recherchés par la Gestapo.

Le sacristain fit entrer tout le monde. À chacun il donnait une carte numérotée et plaçait sur chaque paquet une étiquette portant le même numéro.

— Ne revenez pas trop tard ce soir, dit-il à Gräber. Il n'y a pas beaucoup de place dans l'église.

— Pas beaucoup de place ? L'église est pourtant grande.

— Oui, mais on ne met personne dans la nef. On n'utilise comme abris que la crypte et les bas-côtés.

— Où dorment les gens qui arrivent trop tard ?

— Dans le cloître, ou dans ce qu'il en reste. Il y en a aussi qui s'installent dans le jardin.

— Est-ce que la crypte est un abri sûr contre les bombes ?

Le sacristain regarda Gräber avec douceur.

— Lorsque l'église a été bâtie, on ne pensait pas encore à ces choses. C'était ce qu'on appelle aujourd'hui la nuit médiévale.

Le triste visage au long nez était dépourvu de toute expression. Il ne trahissait pas la moindre trace d'ironie. Nous sommes allés très loin dans l'art de la dissimulation, pensa Gräber. Il n'est presque personne qui n'y soit passé maître.

Il traversa le cloître et entra dans l'église. Elle était très endommagée : l'une des tours s'était effondrée et la lumière du jour pénétrait à flots dans le vaisseau. Le soleil lançait d'impitoyables et larges rais de lumière dans la pénombre pieuse. Plusieurs vitraux étaient également brisés. Des moineaux se battaient au milieu des éclats multicolores. La sacristie n'était qu'un monceau de ruines ; de l'église, on entrait directement dans la cave-abri. Gräber y descendit. C'était une ancienne cave à vin ayant appartenu autrefois à l'église. Les chevalets des tonneaux étaient encore là. L'air était frais, humide et parfumé. L'odeur des vins qui avaient vieilli là durant des siècles paraissait l'emporter encore sur celle des nuits de bombardement ; au fond de l'abri Gräber aperçut plusieurs lourds anneaux scellés dans la pierre. Il se souvint alors que cette cave servait de salle de torture pour les sorcières et les hérétiques avant qu'on y entreposât les vins. On pendait les malheureux par les mains et on les pinçait avec des fers rougis jusqu'à ce qu'ils avouent. Ensuite, on les exécutait au nom de Dieu et de la charité chrétienne. Il n'y a pas grand-chose de changé, pensa-t-il. Les tortionnaires nazis ont des prédécesseurs exemplaires. Et le fils du charpentier de Nazareth a eu d'étranges disciples...

Il s'engagea dans la rue Adler. Il était six heures du soir ; toute la journée, il avait en vain cherché une chambre. Fatigué, il décida d'abandonner ses recherches.

Le quartier était complètement ravagé. Les ruines succédaient aux ruines, il marchait, le cœur serré. Soudain il s'arrêta stupéfait. Au milieu des destructions se dressait une petite maison de deux étages. Elle était ancienne et pas très droite, mais parfaitement intacte. Un jardin fleuri l'entourait. C'était comme une oasis au milieu de ce désert de ruines. Des buissons de lilas s'inclinaient sur une clôture dont pas une latte ne manquait. Vingt pas plus loin commençait le paysage lunaire. Mais cette petite maison avec son jardinet avait été épargnée par un de ces miracles qui accompagnent parfois les destructions massives. Sur un panneau au-dessus de la porte on lisait : *Auberge Witte*.

La barrière du jardin était ouverte. Gräber entra. Il ne s'étonna même pas qu'aucune vitre de la maison ne fût brisée. Il s'y attendait presque. L'attente d'un miracle n'est jamais très loin du désespoir. Un chien de chasse à longues oreilles dormait près de la porte. Des touffes de narcisses, des violettes et une corbeille de tulipes fleurissaient. Il avait le sentiment en regardant ces choses de les connaître depuis très longtemps déjà, de les retrouver après de longues années d'oubli. Peut-être les avait-il rêvées seulement. Il poussa la porte.

La salle était vide. Quelques verres sur les étagères, pas une bouteille, des robinets de cuivre étincelants, des éviers récurés et secs. Trois tables entourées de quelques chaises étaient poussées contre le mur. Un seul tableau était suspendu dans la pièce : un paysage tyrolien. Une jeune fille en costume local jouait de la cithare, cependant qu'un jeune chasseur se penchait vers elle. Le portrait du Führer n'était nulle part. Gräber savait en entrant qu'il ne l'y verrait pas.

Une femme âgée entra. Elle avait un tablier bleu délavé dont les manches étaient retroussées. Elle ne dit pas *Heil Hitler !* Elle dit simplement bonsoir — et il y avait vraiment le calme du soir dans ce salut. Après une journée bien remplie, c'était le vœu que la soirée fût douce et bonne. Comme tout cela est naturel et extraordinaire à la fois ! pensa Gräber. Il voulait d'abord boire un peu pour chasser la poussière du plâtre qu'il avait respirée tout le jour — mais il lui semblait maintenant de toute importance qu'Élisabeth et lui se retrouvent là pour passer la soirée. Il ferait bon entrer dans ce cercle magique au bord duquel s'arrêtaient la misère et la désolation de la guerre.

— Est-ce que l'on peut dîner chez vous ? demanda-t-il.

La femme le regarda avec étonnement.

— J'ai des tickets d'alimentation, ajouta-t-il très vite. Ce serait bien de passer la soirée ici, dans le jardin peut-être. C'est un de mes derniers jours de permission. Ensuite je repars sur le front. Si vous voulez nous paierons en nature, nous avons quelques boîtes de conserve.

— Nous n'avons que des lentilles ce soir. Il y a longtemps que nous ne servons plus les clients.

— Mais c'est délicieux, les lentilles ! dit Gräber. Je n'en ai plus goûté depuis la guerre.

La vieille femme sourit. C'était un sourire calme qui paraissait surgir du plus lointain passé.

— Si ça vous suffit, vous pouvez venir. Vous pourrez aussi vous asseoir dans le jardin, s'il ne fait pas trop frais.

— Oui, il fera encore assez jour. Pouvons-nous venir à huit heures ?

— Quand vous voudrez, les lentilles peuvent bien attendre.

*

Une lettre était posée au seuil de la porte. Il reconnut l'écriture de sa mère. La lettre revenait du front. Il déchira l'enveloppe. En quelques lignes hâtives, sa mère lui faisait savoir que son père et elle-même quitteraient la ville le lendemain dans un convoi de réfugiés. Elle ne savait pas le lieu de destination. Il ne fallait pas qu'il s'inquiète. C'était une simple mesure de sécurité.

Il chercha la date de l'envoi. La lettre avait été écrite une semaine avant son arrivée. Aucune allusion aux bombardements. Sa mère était prudente ; sans doute avait-elle craint la censure. Il était peu probable que la maison eût été détruite la veille de leur départ. Puisqu'on les évacuait, il fallait qu'ils fussent déjà sinistrés.

Il plia lentement la lettre et la glissa dans sa poche. Ainsi ses parents étaient vivants ! Il en était aussi certain qu'on pouvait l'être de quoi que ce fût en temps de guerre. Il regarda autour de lui, un peu ébloui. Le voile gris à travers lequel il voyait toutes choses depuis son arrivée venait brusquement de tomber. La rue Haken était une rue bombardée et détruite, ni plus ni moins. Le nuage de tristesse et d'angoisse qui entourait la maison numéro 18 s'était soudain dissipé. Il n'y avait plus là que d'inoffensifs gravats. Il aspira l'air de toutes ses forces. Il n'éprouvait aucune joie. Simplement un poids immense qui pesait sur ses épaules depuis deux semaines venait de s'évanouir, lui laissant une impression de légèreté un peu vertigineuse. Il ne songea pas un instant qu'il ne reverrait pas ses parents avant son départ. Cet espoir était enterré depuis longtemps. Il lui suffisait de savoir qu'ils vivaient. Ils vivaient : il se sentait autorisé à vivre pleinement lui-même.

La rue avait essuyé de nouveaux coups au cours du dernier bombardement. La maison dont la façade se dressait encore lors de sa dernière visite était cette fois complètement détruite. La porte couverte de messages avait été calée quelques mètres plus loin entre deux pans de mur. Gräber se demandait ce qu'était devenu le chef d'îlot fou lorsqu'il le vit traverser la rue dans sa direction.

— Tiens, le soldat ! dit le dément. Toujours là ?

— Oui, vous aussi, à ce que je vois.

— Vous avez trouvé votre lettre ?

— Oui.

— Elle est arrivée hier après-midi. On va bientôt pouvoir barrer votre nom sur la porte. La place manque, vous savez. Il y en a qui attendent !

— Pas encore, dit Gräber. Dans quelques jours.

— Il serait temps, dit le chef d'îlot avec sévérité. Notre patience a des limites.

— Vous êtes le rédacteur en chef de cette sorte de journal ?

— Un chef d'îlot doit pourvoir à tout. Il représente l'ordre. Nous avons une veuve dont les trois enfants ont disparu lors de la dernière attaque. Nous avons besoin de place pour son message.

— Alors, prenez la mienne. Le facteur paraît être habitué maintenant à déposer mon courrier devant la maison en ruine là-bas.

Le chef d'îlot détacha de la porte le message de

Gräber et le lui remit. Gräber allait le déchirer quand le chef d'îlot l'arrêta.

— Vous êtes fou, soldat ? Ça ne se déchire pas ces choses-là ! Sinon vous détruiriez votre chance de survie ! Ce message qui vous a sauvé une fois vous sauvera toujours. Vous êtes vraiment un pauvre débutant !

— Oui, dit Gräber en mettant le papier dans sa poche, et je ne demande qu'à en rester un aussi longtemps que possible. Où habitez-vous maintenant ?

— Il a fallu que je déménage. J'ai trouvé un trou confortable dans une cave. Je suis sous-locataire chez une famille de rats. C'est très plaisant.

Gräber le regarda. Son visage macéré ne reflétait rien.

— J'ai l'intention de fonder une association, déclara-t-il. Elle grouperait tous les gens ayant des parents ensevelis sous les ruines. Il faut s'unir, sinon la ville ne fera jamais rien. Par exemple, nous exigerons que les emplacements où des cadavres sont ensevelis soient bénis par un prêtre et respectés à l'égal d'un cimetière. Vous comprenez ?

— Oui, parfaitement

— Bon. Il y a des gens qui trouvent ça stupide. Enfin, vous, vous ne feriez pas partie de l'association. Vous l'avez maintenant, votre sale lettre.

Le visage tendu se décomposa brusquement. Une douleur et une colère indicibles s'y reflétèrent. Le malheureux fit demi-tour et s'éloigna à grands pas.

Gräber le suivit un moment des yeux. Puis il partit à son tour. Il décida de ne pas dire à Élisabeth que ses parents étaient encore vivants.

*

Elle sortit seule de la fabrique et traversa la place à sa rencontre. Elle paraissait toute petite et comme perdue dans le grand espace désert que le crépuscule élargissait encore.

— J'ai un nouveau congé, dit-elle hors d'haleine.

— Combien de temps ?

— Trois jours, les trois derniers.

Elle se tut, vaincue par l'émotion. Ses yeux brillaient de larmes.

— Je leur ai expliqué la situation, ils n'ont pas fait de difficulté. Il faudra peut-être que je rattrape plus tard en heures supplémentaires, mais ça ne fait rien. Tout me sera égal alors. Il vaudra même mieux sans doute que j'aie beaucoup de travail.

Gräber ne répondit pas. Il venait de comprendre dans un éblouissement douloureux qu'ils allaient se quitter dans un avenir très prochain. Il le savait depuis toujours bien sûr — mais comme l'une de ces innombrables présuppositions latentes de la vie que l'on porte sans cesse avec soi sans en avoir jamais mesuré le poids ni l'ampleur. Une multitude de projets, de craintes et d'espoirs lui avait jusque-là masqué cette échéance : elle était là maintenant, évidence solitaire et irrécusable dont l'éclat — tel un rayon X — traversait toute la grâce et la magie de l'existence pour n'en révéler que la plus rudimentaire et la plus froide nécessité.

Ils se regardèrent. Leurs sentiments étaient les mêmes, et chacun savait combien l'autre souffrait. Immobiles, il leur semblait vaciller dans une tempête. Le désespoir, devant lequel ils avaient fui tous deux venait de les rejoindre, et ils se voyaient séparés et solitaires — Gräber voyait Élisabeth, toute seule à la fabrique, dans une cave ou dans une chambre, attendant sans grand espoir — et elle le voyait retourner au danger pour une cause en laquelle il ne croyait plus. Un accès de tendresse mortel menaça de les submerger tous deux, et ils luttaient de toute leur énergie pour ne pas céder, pour ne pas se laisser emporter par cette vague qui croulait sur eux. Ils restèrent longtemps serrés l'un contre l'autre, faisant front tous deux contre la même émotion déchirante. Un temps infini parut s'écouler avant qu'elle commençât à refluer.

Gräber vit disparaître peu à peu les larmes qui emplissaient les yeux d'Élisabeth, comme si elles coulaient à l'intérieur d'elle-même.

— Ainsi, nous allons pouvoir rester ensemble plusieurs jours entiers, dit-il, lorsqu'il put à nouveau parler.

Elle sourit avec effort.

— Oui, à partir de demain soir.

— Bien. Puisque nous pensions ne disposer que de quelques soirées, c'est comme si ma permission était subitement prolongée de plusieurs semaines.

— Oui, dit-elle.

Ils se remirent à marcher. Le couchant tendait dans une fenêtre vide un lambeau de tenture vermeille.

— Où allons-nous coucher ? demanda Élisabeth.

— Nous irons dormir sous le cloître de l'église, à moins qu'il ne reste de la place dans les bas-côtés de la nef. Mais auparavant, nous allons manger un plat de lentilles.

L'auberge Witte surgit au milieu des ruines. Gräber fut surpris malgré lui de la retrouver là, tant elle semblait irréelle. Ils poussèrent la barrière.

— Qu'est-ce que tu dis de ça ? demanda-t-il.

— On dirait un coin de paix oublié par le temps, dit-elle.

— Oui, n'est-ce pas, et telle doit être la soirée que nous allons y passer.

Une bonne odeur de terre humide montait des plates-bandes. On venait sans doute d'arroser les fleurs. Le chien errait autour de la maison ; il remua faiblement la queue en les voyant entrer.

Mme Witte vint au-devant d'eux. Elle avait un tablier blanc.

— Voulez-vous rester au jardin ? demanda-t-elle.

— Oui, dit Élisabeth, mais je voudrais me laver les mains auparavant, si c'est possible.

— Bien sûr.

Mme Witte précéda Élisabeth dans la maison. Elles montèrent toutes deux au premier. Gräber passa devant la cuisine et pénétra dans le jardin. On y avait dressé une table recouverte d'une nappe à carreaux rouges et blancs.

Deux chaises et deux couverts étaient préparés. Gräber prit la carafe d'eau fraîche posée entre les assiettes et se versa un verre qu'il vida d'un trait. L'eau lui parut meilleure encore que les vins du *Germania*. Le jardin était plus grand qu'on n'aurait pu le croire de la rue. Un carré de gazon tondu de frais était entouré par des arbustes de sureau et de lilas et par quelques arbres vénérables au feuillage rajeuni par le printemps.

Élisabeth revint.

— Comment as-tu trouvé ça ? lui demanda-t-elle.

— Par hasard ; il n'y avait que le hasard qui pouvait me conduire ici.

Ils s'avancèrent sur le gazon pour palper les bourgeons des arbustes.

— Les lilas ont déjà tous leurs boutons, dit Élisabeth. Ils sont encore verts et poisseux, mais les fleurs ne sont pas loin.

— Oui, dit Gräber, elles seront là dans quelques semaines.

Elle s'approcha de lui. Elle sentait l'eau fraîche, le savon, la jeunesse.

— Comme on est bien ici ! C'est étrange, j'ai l'impression d'y être déjà venue...

— J'ai eu aussi cette impression cet après-midi.

— On dirait que tout cela a déjà eu lieu dans le passé, toi et moi dans ce jardin et les paroles que nous prononçons et les gestes que nous faisons. Et il me semble aussi qu'il s'en faut d'un rien, d'un infime détail pour que soudain le souvenir précis m'en revienne. — Elle posa sa tête sur son épaule. — Mais ce rien ne viendra jamais ; cette clé secrète du passé nous manquera toujours. Peut-être cette scène dormait-elle depuis toujours en nous, peut-être continuera-t-elle à nous hanter dans l'avenir...

Mme Witte arriva avec une soupière couverte.

— Je vais vous donner tout de suite les tickets, dit Gräber. Nous n'en avons pas beaucoup, il est vrai, tout a brûlé lors du dernier bombardement. Mais ce qui en reste suffira sans doute.

— Je ne vous en prendrai pas beaucoup, dit Mme Witte. Les lentilles sont d'avant-guerre, il n'y a que la saucisse et le beurre pour lesquels il me faut des tickets. Qu'est-ce que vous voulez boire ? J'ai encore quelques bouteilles de bière.

— Ce sera parfait. La bière est justement ce dont nous avions envie.

Le couchant achevait de mourir. Une grive invisible se mit à chanter. Gräber se souvint d'en avoir entendu une déjà dans la journée. L'oiseau s'était posé sur l'une des stations du chemin de croix dans le cloître. Bien des choses s'étaient passées depuis. Il souleva le couvercle de la soupière.

— Des saucisses, dit-il, tu te rends compte ? Et tout un plat de lentilles. Quel dîner nous allons faire !

Il remplit les assiettes et il eut un instant l'impression d'avoir une maison, un jardin, une femme, une table bien garnie, et la sécurité d'une paix assurée.

— Élisabeth, dit-il, supposons qu'on t'offre de passer les dix prochaines années de ta vie avec moi dans ce jardin entouré de ruines, que ferais-tu ?

— J'accepterais aussitôt et même pour plus de dix ans !

— Moi aussi.

Mme Witte apporta la bière. Gräber déboucha les bouteilles et remplit les verres. Ils burent. La bière était fraîche et bonne. Ils mangèrent lentement en se regardant, sans oser croire à leur bonheur.

La nuit tombait. Le pinceau lumineux d'un projecteur balaya le ciel puis disparut. La grive s'était tue.

Mme Witte revint remplir la soupière.

— Vous n'avez pas assez mangé, dit-elle, la jeunesse doit avoir de l'appétit.

— Nous avons mangé autant que nous le pouvions ; la soupière n'est pas encore vide...

— Je vais vous apporter un peu de salade et du fromage.

La lune se leva.

— Maintenant c'est parfait, dit Élisabeth. La lune, le jardin, un bon dîner derrière nous, une soirée devant nous. Tant de bonheur est presque insupportable.

— C'était pourtant la chose du monde la plus banale qui fût autrefois.

Elle acquiesça et jeta les yeux autour d'elle.

— On ne voit pas une seule ruine d'ici. Les arbres les cachent entièrement. Quand on pense qu'il y a des pays où c'est partout comme ça !

— Dès que la guerre sera finie, nous y partirons en voyage. Nous traverserons des villes intactes et tout illuminées la nuit. Nous nous promènerons le long de vitrines étincelantes, et il fera si clair que nous pourrons le soir voir enfin nos visages comme en plein jour.

— Tu crois qu'on nous laissera entrer ?

— Pour un voyage ? Pourquoi pas ? En Suisse, par exemple.

— Alors il faudra des francs suisses, comment faire ?

— Nous emporterons des appareils photo que nous vendrons là-bas. Avec ça, nous tiendrons bien quelques semaines.

Élisabeth rit.

— Des appareils photo ou encore des bijoux, ou des fourrures, bref toutes les choses chères que nous n'avons pas…

Mme Witte apporta la salade et le fromage.

— Vous vous plaisez ici ?

— Nous sommes délicieusement bien. Nous pouvons rester encore un moment ?

— Aussi longtemps que vous voudrez. Je vais encore vous apporter du café. De l'ersatz, bien entendu.

— Et maintenant du café ! Nous vivons comme des princes, dit Gräber.

Élisabeth rit encore.

— Au commencement, oui, nous avons vécu comme des princes. Avec du caviar, du foie gras et du vin du Palatinat. Ce soir, nous avons vécu comme des hommes, et c'est ainsi que nous vivrons plus tard. Ce n'est pas cela, la vie ?

— Si, Élisabeth.

Gräber ne se lassait pas de la regarder. Elle était toute pâlie et défaite de fatigue au sortir de la fabrique. Et maintenant ses yeux pétillaient de jeunesse et de vitalité. Comme elle reprenait vite le dessus et comme elle se contentait de peu !

— Ça va être bon de réapprendre à vivre, poursuivit-elle, nous en avons tellement perdu l'habitude ! C'est pour cela d'ailleurs que notre avenir est si riche. Tout ce qui paraît aux autres quotidien et sans saveur va être pour nous une merveilleuse aventure. Rien que cet air, par exemple, qui ne sent pas la fumée, ou bien un dîner sans tickets, des magasins où l'on peut acheter tout ce qu'on veut, des villes où pas une maison n'est détruite. Ou encore pouvoir parler sans se méfier des voisins, ne plus avoir peur ! Ça mettra du temps, la peur ne s'effacera que petit à petit, mais alors même qu'elle surgirait à nouveau, ce sera une joie de plus de pouvoir se dire qu'elle est sans objet. Tu ne crois pas ?

— Si, dit Gräber avec effort, si Élisabeth, de ce point de vue évidemment, un très, très grand bonheur nous attend.

Ils s'attardèrent aussi longtemps qu'ils purent.

Gräber paya l'addition et Mme Witte se retira dans sa chambre. Ils pouvaient rester seuls au jardin.

La lune s'éleva dans le ciel. L'odeur nocturne de la terre et des feuilles devint plus forte, et comme il n'y avait pas un souffle de vent, elle masquait les relents d'acide et de poussière de plâtre qui traînaient dans toutes les rues. Quelque chose remua dans le taillis. Un chat faisait la chasse aux rats. Les rats infestaient la ville ; les ruines et les cadavres les faisaient prospérer.

Ils ne se décidèrent à partir qu'à onze heures. Il leur sembla quitter une île et mettre le pied sur un continent.

— Vous arrivez trop tard, leur dit le sacristain auquel ils se présentèrent. Toutes les places sont occupées.

Ce n'était pas le même homme que le matin. Il était plus jeune, soigneusement rasé et tout raidi de dignité. Sans doute était-ce lui qui avait dénoncé Joseph.

— Nous ne pouvons pas dormir dans le jardin du cloître ?

— Dans le jardin du cloître, tous les endroits couverts sont occupés. Pourquoi n'allez-vous pas au centre d'accueil municipal ?

À cette heure avancée de la nuit, la question était stupide.

— Nous préférons nous adresser à Dieu, dit Gräber.

Le sacristain le regarda avec sévérité.

— Si vous restez ici, il faudra coucher à la belle étoile.

— Ça ne fait rien.

— Vous êtes mariés ?

— Oui, pourquoi ?

— Vous êtes dans la maison de Dieu. Les gens qui ne sont pas mariés ne doivent pas coucher ici les uns près des autres. Le cloître est divisé en deux sections, l'une pour les femmes, l'autre pour les hommes.

— Vous séparez aussi les gens mariés ?

— Parfaitement. Le cloître fait partie de l'église, l'œuvre de chair ne doit pas s'y consommer. D'ailleurs, vous n'avez pas l'air mariés, tous les deux.

Gräber exhiba son livret de famille. Le sacristain chaussa une paire de lunettes d'acier et s'approcha d'une veilleuse.

— Il n'y a pas bien longtemps, gronda-t-il.

— Le catéchisme n'impose pas de délais.

— Vous êtes mariés religieusement ?

— Écoutez bien, dit Gräber. Ma femme a travaillé toute la journée, elle est fatiguée. Maintenant nous allons dormir dans le cloître. Si vous y voyez un inconvénient, essayez de nous mettre dehors. Mais allez chercher de l'aide, parce que ça n'ira pas tout seul.

Un prêtre surgit tout à coup de l'ombre. Il avait dû approcher sans bruit.

— Qu'est-ce qui se passe donc ?

Le sacristain entreprit de le mettre au courant, mais le prêtre l'interrompit dès les premiers mots.

— Bôhmer, dit-il, ne vous prenez donc pas pour le bon Dieu. C'est assez triste que des gens soient obligés de venir s'abriter ici. — Il se tourna vers Gräber. — Si vous êtes toujours sans abri demain, venez avant neuf heures 7, rue de l'Église et demandez l'abbé Biedendieck. Ma gouvernante vous logera quelque part.

— Merci bien.

Biedendieck acquiesça et s'éloigna.

— Allez, sous-officier de Dieu ! dit Gräber au sacristain. Un gradé vous a donné un ordre. Exécution ! L'Église est la seule dictature qui ait pu se maintenir des siècles durant. Comment va-t-on au cloître ?

Le sacristain les conduisit dans la sacristie. Des ornements sacerdotaux scintillaient dans l'ombre. Il y eut une porte, un couloir et ils débouchèrent dans le jardin du cloître.

— Ne vous couchez pas sur les tombes des évêques, grogna Bôhmer. Vous devez être à plus d'un mètre l'un de l'autre. Et défense de se déshabiller.

— On peut retirer ses chaussures ?

— Les chaussures, oui.

Ils s'avancèrent à tâtons. Un concert de ronflements s'élevait sous les voûtes. Gräber étendit sa toile de tente et ses couvertures sur le gazon. Il regarda Élisabeth. Elle riait.

— Pourquoi ris-tu ?

— C'est le sacristain qui me fait rire, toi aussi d'ailleurs.

Gräber cala la valise contre le mur et fit un oreiller de son sac. Tout à coup une voix de femme s'éleva au milieu des ronflement rythmés. « Non, non ! Ohhh ! » Le cri s'éteignit dans un râle. « Silence ! » rugit une voix d'homme. Le cri s'éleva à nouveau. « Silence, nom d'un chien ! » reprit la voix furieuse. Le cri cessa brusquement comme arrêté net.

— Voilà bien la race des maîtres, dit Gräber. Nous obéissons au doigt et à la voix même dans nos rêves !

Ils s'étendirent côte à côte. Ils étaient presque seuls

contre le mur. Aux angles du mur des tas informes indiquaient la présence d'autres dormeurs. La lune couronnait le clocher en ruine. Elle faisait tomber un pâle rayon sur l'une des tombes des évêques. Celle-ci était fendue en plusieurs endroits. Ce n'était pas les bombes, c'était l'œuvre du temps. Une grande croix entourée de buissons d'églantines s'élevait au centre du jardin. Les stations du chemin de croix se devinaient de loin en loin à travers les colonnes et les arcades romanes. Devant chacune d'elles était disposé un prie-Dieu.

Élisabeth et Gräber étaient étendus entre la flagellation et le couronnement d'épines.

— Viens plus près de moi, dit Gräber. Le sacristain n'a qu'à aller au diable avec ses exigences ascétiques !

XXIII

Un vol d'hirondelles tournoyait autour du clocher mutilé. Les premiers rayons du soleil faisaient briller ce qui restait des tuiles multicolores. Gräber dressa la lampe à alcool. Ne sachant pas s'il était permis de faire de la cuisine en ces lieux sacrés, il appliquait le vieux principe militaire qui consiste à se dépêcher d'agir avant que l'interdiction ne soit prononcée. Il sortit sa gamelle de son sac et partit à la recherche d'un robinet. Il en découvrit un derrière la station de la crucifixion. Non loin de là, un homme dormait, la bouche ouverte, le menton hérissé de poils roux. Il n'avait qu'une jambe. Il avait débouclé sa prothèse qui était posée à côté de lui. Elle brillait au soleil comme une mécanique insolite. Gräber découvrait l'enfilade des allées couvertes et les colonnes régulièrement espacées. Les exigences du sacristain étaient respectées : les sexes étaient séparés, toute l'aile sud du cloître étant réservée aux femmes.

Lorsqu'il revint, Élisabeth était éveillée. Elle était fraîche et détendue, et ne ressemblait pas aux silhouettes accablées qui se dressaient une à une dans le cloître.

— Je sais où tu vas pouvoir faire ta toilette, lui dit-il. Vas-y, avant que tout le monde ne s'y précipite. Les pieux établissements n'ont jamais brillé par leurs installations sanitaires. Viens, je vais te montrer la salle de bains de l'assemblée capitulaire.

— Reste plutôt ici, dit-elle en riant, sinon, nous ne retrouverons ni le café ni la lampe. Je trouverai bien toute seule quand tu m'auras expliqué.

Elle traversa le jardin selon ses indications. Elle avait si calmement dormi que sa robe était à peine froissée. Il la suivit des yeux avec un brusque élan de tendresse.

— Alors comme ça, vous faites la cuisine dans le jardin du Seigneur ? — Le sacristain avait dû s'approcher à pas de loup. — Et en face d'une station de la Sainte Passion encore !

— Si vous avez des cuisines spéciales pour les sinistrés, j'irai bien volontiers.

— Des cuisines ! Vous êtes ici en terre bénie. Vous ne voyez pas les tombes des évêques du saint chapitre ?

— Ce n'est pas la première fois que je fais la cuisine dans un cimetière, répondit Gräber calmement. Mais peut-être y a-t-il quelque part une cantine ou une roulante ?

— Une cantine ou une roulante ? Ici ?

Le sacristain avait mâché ces mots comme des fruits pourris.

— Ce ne serait pas une mauvaise idée.

— Pour des païens de votre espèce, peut-être. Heureusement tout le monde n'est pas comme vous ! Une cantine sur la terre du Christ ! Quel blasphème !

— Pas tant que ça. Le Christ a nourri une foule immense avec quelques pains et quelques poissons, vous devriez le savoir. Il est vrai que ce n'était pas un oiseau de malheur comme vous. Et maintenez filez ! C'est la guerre, il faut sans doute vous l'apprendre !

— J'en rendrai compte à l'abbé Biedendieck !

— Ne vous en privez pas, il vous enverra au diable, sépulcre blanchi !

Le sacristain s'éloigna d'un air digne et outragé. Gräber ouvrit un paquet de café provenant de l'héritage de Binding. Il l'approcha de son nez. C'était du vrai café en poudre. Dès qu'il eut versé l'eau bouillante dans sa gamelle, l'odeur se répandit dans le cloître et eut un effet immédiat. Une tête hirsute surgit de derrière un tombeau et prit le vent. Un homme se leva lourdement et s'approcha de Gräber.

— Hé, camarade, j'en boirais bien une petite tasse.

— La paix ! dit Gräber. Nous sommes ici dans la maison de Dieu, on reçoit les aumônes, on ne les distribue pas.

Élisabeth revint. Elle marchait légère et gaie, comme si elle rentrait de promenade.

— D'où vient ce café ? demanda-t-elle étonnée.

— De chez Binding. Dépêchons-nous de le boire, sinon tout le cloître va nous tomber dessus !

Le soleil illuminait l'une après l'autre les stations du chemin de croix. Un bouquet de violettes achevait de mourir dans un vase posé au pied de la flagellation. Gräber tira du pain et du beurre de son sac. Il se mit à beurrer des tartines avec son couteau de poche.

— Du beurre frais, dit Élisabeth. C'est encore Binding ?

— Toujours Binding. C'est curieux, il n'a jamais cessé de me faire du bien et je n'ai jamais pu avoir de sympathie pour lui.

— C'est peut-être pour cela qu'il te voulait du bien. Il paraît que ça arrive.

Élisabeth s'assit sur le sac près de Gräber.

— C'est à peu près la vie dont je rêvais à l'âge de sept ans.

— Moi, je voulais être pâtissier.

Elle rit.

— Au lieu de cela, tu es devenu ravitailleur. Et de premier ordre ! Quelle heure est-il ?

— Je vais faire les paquets et te conduire à la fabrique.

— Non, restons ici au soleil aussi longtemps que possible. Ça prendrait trop de temps de faire les paquets et de les emporter, d'autant plus qu'il va falloir faire la queue pour tout descendre dans la crypte. Le cloître est déjà rempli par la foule. Tu auras tout le temps de le faire quand je serai partie.

— D'accord. Tu crois qu'on a le droit de fumer ici ?

— Sûrement pas, mais qu'est-ce que ça peut te faire ?

— Prenons-en à notre aise en attendant d'être mis à la porte, ça ne va sûrement pas traîner. Je vais essayer de trouver un abri où nous pourrons coucher ce soir autrement que tout habillés. Tu es d'accord pour que nous n'allions pas frapper chez l'abbé Biedendieck, n'est-ce pas ?

— Non, mieux vaudrait retourner chez Pohlmann.

Le soleil montait dans le ciel. Il éclaira bientôt les voûtes du cloître, et l'ombre des colonnes se projeta sur les murs. Les gens paraissaient enfermés dans une prison faite d'ombre et de lumière. Des enfants criaient. L'unijambiste remit sa prothèse en place et descendit sur elle sa jambe de pantalon. Gräber remballait le beurre, le pain et le café.

— Il est huit heures moins dix, dit-il. Il faut que tu partes. J'irai te chercher à la fabrique. En cas d'accident, prenons comme lieux de rendez-vous : d'abord le jardin de Mme Witte, ensuite le cloître.

— D'accord, dit Élisabeth en se levant. C'est la dernière fois que je te quitte pour toute la journée.

— Ce soir nous pourrons nous coucher plus tard ; à la longue nous rattraperons bien le temps perdu.

Elle l'embrassa et partit d'un pas rapide. Gräber entendit rire derrière lui. Il se retourna irrité. Une jeune femme jouait avec un petit garçon. L'enfant debout sur le mur venait de lui tirer les cheveux et les oreilles. La jeune femme n'avait certainement remarqué ni Gräber, ni Élisabeth.

Il allait au robinet pour rincer sa gamelle quand il entendit le grincement de la prothèse de l'amputé. L'infirme lui courait après.

— Hé, camarade ! Ce n'est pas toi qui buvais du café tout à l'heure ?

— Si, mais il n'en reste plus.

— Je m'en doute. — Le bonhomme avait de grands yeux bleus. — C'est le marc qui m'intéresse. Si c'est pour le jeter, autant me le donner. Je le referai cuire.

— Bien sûr.

Gräber fit tomber le marc de café dans un couvercle que lui tendait l'unijambiste. Puis il alla chercher ses affaires et les rangea avec celles des gens qui stationnaient devant la crypte. Il s'attendait à une nouvelle dispute avec le sacristain. Mais il vit arriver son confrère, le vieillard au nez rouge. Il sentait le vin de sacristie et ne dit rien.

Le chef de centre était à la fenêtre de son appartement, au premier étage de la maison dont les autres étages avaient brûlé. Dès qu'il vit Gräber, il lui fit signe de monter.

— Vous avez du courrier pour nous ? demanda Gräber en entrant.

— Oui, une lettre pour votre femme. Elle est adressée à Mlle Kruse, mais je peux tout de même vous la remettre, pas vrai ?

— Bien sûr.

Gräber prit la lettre. Il lui sembla que le chef de centre le regardait d'étrange manière. Il jeta un coup d'œil sur l'enveloppe et sentit son sang se glacer. La lettre provenait des services de la Sûreté. Il fit tourner l'enveloppe entre ses doigts. Elle était maladroitement collée, recollée plus exactement, comme si quelqu'un l'avait décachetée.

— Quand est-elle arrivée ? demanda-t-il.

— Hier soir.

Gräber examina l'enveloppe. Il était sûr que le chef de centre l'avait ouverte. Il l'ouvrit donc à son tour et lut la lettre. C'était une convocation. Élisabeth devait se présenter aux services de la Gestapo le matin même à onze heures et demie. Il consulta sa montre. Il était presque dix heures.

— Bien, dit-il. Ce n'est pas trop tôt, depuis le temps que nous attendions !

Il mit la lettre dans sa poche.

— C'est tout ce qu'il y a ?

— Ça ne vous suffit pas ? répondit le portier, les yeux plissés de curiosité.

Gräber rit.

— Vous ne connaîtriez pas un logement pour nous ?

— Non. Vous en avez besoin d'un ?

— Moi non, ma femme.

— Tiens ! dit le chef de centre sans conviction.

— Oui, je paierais un bon pas-de-porte.

— Tiens ! répéta le chef de centre.

Gräber partit. Il sentit le portier le suivre des yeux par la fenêtre. Il s'arrêta et fit semblant de considérer avec intérêt le squelette des toits. Puis il repartit à pas lents. Dès qu'il eut tourné au coin de la rue, il tira la lettre de sa poche. C'était un billet dont le texte et même la signature étaient imprimés. Seuls le nom d'Élisabeth et la date étaient tapés à la machine. La lettre A s'inscrivait toujours en saillie au-dessus de la ligne.

Il ne pouvait détacher ses yeux de ce petit rectangle de mauvais papier qui lui masquait maintenant le reste des choses. Une menace indéterminée en émanait, il sentait la mort.

Il se retrouva devant l'église Sainte-Catherine sans savoir comment il y était parvenu. « Ernst ! » murmura une voix derrière lui. Il tressaillit. C'était Joseph. Il était enveloppé dans un manteau de coupe militaire et entra dans l'église sans plus se soucier de Gräber. Gräber jeta un regard autour de lui et le suivit une minute plus tard. Il le retrouva assis sur un banc vide à proximité de la sacristie. Joseph lui fit signe d'être prudent. Gräber s'avança jusqu'à l'autel, regarda autour de lui, fit demi-tour, et alla s'agenouiller près de Joseph.

— Pohlmann est arrêté, murmura Joseph.

— Quoi ?

— Pohlmann. La Gestapo est venue le chercher ce matin.

Gräber se demanda un instant si la convocation d'Élisabeth avait quelque rapport avec l'arrestation de Pohlmann. Il regarda Joseph.

— Pohlmann aussi, alors..., dit-il.

Joseph leva les yeux.

— Qui d'autre encore ?

— Ma femme a reçu une convocation de la Gestapo.

— Pour quand ?

— Pour ce matin, onze heures et demie.

— Vous avez la convocation sur vous ?

— Oui, tenez.

Gräber donna la lettre à Joseph.

— Comment les choses se sont-elles passées avec Pohlmann ? demanda-t-il.

— Je ne sais pas, je n'y étais pas. En rentrant, j'ai trouvé une pierre disposée autrement qu'à mon départ.

Pohlmann avait dû la déplacer lorsqu'il a été emmené. C'était un de nos signaux convenus. Une heure plus tard, j'ai vu qu'on chargeait ses livres sur un camion.

— Est-ce qu'il y en avait parmi eux susceptibles de le compromettre ?

— Je ne crois pas. Tout ce qui pouvait être dangereux était caché ailleurs, y compris les conserves.

Gräber baissa les yeux sur la lettre que tenait encore Joseph.

— J'allais justement aller le trouver pour lui demander ce qu'il fallait faire, dit-il.

— C'est pour cela qu'il fallait que je vous voie. Il

est à peu près certain qu'un homme de la Gestapo est embusqué dans sa demeure. — Joseph rendit la convocation à Gräber. — Qu'est-ce que vous comptez faire ?

— Je ne sais pas. Je n'ai pas eu le temps de réfléchir. Que feriez-vous à ma place ?

— Je fuirais, répondit Joseph sans hésiter.

Gräber le regarda dans la pénombre où brillaient vaguement les autels.

— Je vais d'abord y aller moi-même pour savoir ce qu'ils veulent, dit-il.

— Si c'est à votre femme qu'ils en ont, ils ne vous diront rien.

Gräber sentit une sueur froide l'envahir. Pourtant Joseph ne faisait qu'envisager les choses en toute lucidité.

— S'ils avaient voulu arrêter ma femme, ils seraient venus la chercher, comme ils ont fait pour Pohlmann. Il doit s'agir d'autre chose. Je vais donc y aller moi-même. C'est peut-être pour une affaire sans importance, dit Gräber sans conviction. Dans ce cas, ce serait une erreur de fuir.

— Votre femme est juive ?

— Non.

— Alors c'est différent. Quand on est juif, il faut toujours fuir. Vous ne pouvez pas dire qu'elle est en voyage ?

— Non, elle travaille à la fabrique, c'est facile à vérifier.

Joseph réfléchit.

— Il est possible qu'on n'ait pas l'intention de l'arrêter. Vous avez raison, ils n'auraient eu qu'à aller la cueillir à l'usine. Avez-vous la moindre idée de la raison qui peut lui valoir cette convocation ?

— Son père est dans un camp de concentration,

et il est possible qu'elle ait été dénoncée par une femme qui a habité avec elle. Maintenant, il est également possible qu'elle ait attiré l'attention sur elle en se mariant.

— Détruisez tout ce qui vous paraîtra plus ou moins compromettant, lettres, livres, journaux, etc. Et ensuite allez-y seul. C'est d'ailleurs bien ce que vous vouliez faire ?

— Oui. Je dirai que la lettre n'est arrivée qu'aujourd'hui et que je n'ai pas pu atteindre ma femme à la fabrique.

— C'est ce qu'il y aura de mieux. Tâchez de savoir ce qui se passe. Il ne peut rien vous arriver, puisque vous allez repartir pour le front. On se gardera bien de vous retenir. Si vous cherchez une cachette pour votre femme, je vous donnerai une adresse. Maintenant, partez. Moi je reste ici jusqu'à ce soir. — Joseph hésita un instant. — Dans le confessionnal de l'abbé Biedendieck. Celui à la porte duquel il y a une pancarte *Absent*. J'aurai ainsi quelques heures de sommeil.

Gräber se leva. Après la douce pénombre de l'église, la lumière du jour le frappa avec tant de force qu'il se sentit transpercé par elle, comme par les réflecteurs de la Gestapo. Il marchait lentement à travers les rues. Il lui semblait vivre sous une cloche de verre qui rendait les choses les plus proches inaccessibles et comme étrangères. Une femme qui passait, un enfant sur le bras, devint à ses yeux un symbole de sécurité confiante et éveilla en lui un douloureux sentiment d'envie. Un homme, assis sur un banc avec un journal, personnifiait l'insouciance, et deux jeunes gens qui se parlaient en riant faisaient partie déjà d'un univers lointain et définitivement brisé. Il se sentait marqué par une lèpre invisible qui l'isolait au milieu de tous.

Il entra d'un pas ferme dans l'immeuble de la Gestapo et exhiba la convocation. Un SS le conduisit dans l'aile droite par de longs corridors. Les couloirs sentaient les vieux dossiers, les bureaux mal aérés et la caserne. Il lui fallut attendre dans une pièce avec trois autres personnes. L'une d'elles était debout près de la fenêtre et regardait la cour ; elle avait les mains derrière le dos et pianotait nerveusement dans le vide. Les deux autres regardaient droit devant elles, tassées sur leur chaise. Il y avait un homme chauve dont la main montait sans cesse vers sa lèvre fendue par un bec de lièvre ; son voisin portait une petite moustache à la Hitler et laissait pendre tristement ses grosses joues molles. Tous trois levèrent vivement les yeux à l'arrivée de Gräber, puis affectèrent d'ignorer sa présence.

Un SS à lunettes entra. Ils se levèrent. Gräber se trouvait être le plus proche des quatre.

— Qu'est-ce que vous faites ici ? lui demanda étonné le SS. Les soldats sont soumis habituellement à l'autorité du conseil de guerre.

Gräber montra sa convocation. Le SS y jeta un coup d'œil.

— Ce n'est pas vous qui êtes convoqué, c'est une demoiselle Kruse…

— C'est ma femme, nous nous sommes mariés il y a quelques jours. Elle travaille dans un atelier municipal. Je pensais que je pourrais me présenter à sa place.

Gräber présenta son livret de famille qu'il avait

eu la précaution d'apporter. Le SS se gratta l'oreille d'un air perplexe.

— Oh, et puis après tout, ça m'est bien égal, à moi... Allez au bureau 72, premier sous-sol.

Il rendit ses papiers à Gräber. Le sous-sol, pensa Gräber. C'était là, à en croire les bruits qui couraient, que la Gestapo accomplissait ses plus basses besognes.

Il descendit un escalier. Deux hommes qui le croisèrent eurent pour lui un regard d'envie. Ils avaient sans doute cru que Gräber retournait vers la liberté, alors qu'eux-mêmes ne savaient pas encore ce qui les attendait.

Le bureau 72 était une grande pièce séparée en deux par une cloison. Un employé assoupi était assis derrière une table en bois blanc. Gräber lui montra ses papiers et lui expliqua pourquoi c'était lui qui se présentait.

L'employé acquiesça.

— Pouvez-vous signer à la place de votre femme ?

— Oui.

L'employé poussa deux formulaires sur la table.

— Signez là. Écrivez au-dessous : époux d'Élisabeth Kruse, avec la date et l'indication du bureau d'état civil qui vous a marié. L'autre formulaire est pour vous.

Gräber signa lentement. Il ne voulait pas laisser voir qu'il était en train de lire le texte au-dessous duquel il signait. Cependant l'employé déplaçait ses dossiers avec impatience.

— Bon sang, où sont donc ces cendres ! finit-il par s'exclamer. Holtmann, vous avez encore tout mélangé ! Apportez donc le paquet Kruse.

Un grognement lui répondit de derrière la cloison. Gräber avait pu lire qu'il reconnaissait avoir reçu les cendres du détenu politique Bernhard Kruse. Sur l'autre formulaire était mentionnée la cause du décès : arrêt du cœur.

L'employé avait disparu derrière la cloison. Il revint bientôt avec une boîte à cigares ficelée dans un morceau de papier d'emballage trop court. On voyait encore écrit *Le Caire* sur un coin de la boîte, et le papier doré qui avait recouvert le coffret paraissait par endroits avec l'indien tenant dans ses mains les armes du fabricant.

— Voici les cendres, dit l'employé en regardant Gräber d'un air morne. Vous êtes soldat et je n'ai pas besoin de vous dire que la plus grande discrétion est de rigueur. Aucun faire-part, pas d'annonce de presse, pas de service religieux. Le silence le plus absolu, compris ?

— Oui.

Gräber prit la boîte et s'en alla.

Il décida aussitôt de ne rien dire à Élisabeth. Elle apprendrait la nouvelle de la mort de son père toujours assez tôt. Certainement la Gestapo ne se donnerait pas la peine d'un second avis. Il suffisait bien présentement qu'il fût obligé de la laisser seule ; pourquoi l'accabler doublement en lui apprenant la mort de son père ?

Il reprit à pas lents le chemin de l'église Sainte-Catherine. Les rues avaient retrouvé leur vie. La menace s'était effacée, elle s'était transformée en mort étrangère, inéluctable et inoffensive comme un fait accompli. Il était habitué à la mort des autres. D'ailleurs il n'avait vu le père d'Élisabeth que dans son enfance.

Il serrait la boîte à cigares sous son bras. Très

probablement, ce n'était pas les cendres de Kruse qu'elle contenait. Holtmann avait fort bien pu se tromper de boîte, et d'ailleurs il était peu probable qu'on se donnât beaucoup de mal au four crématoire pour séparer les cendres des cadavres qui y brûlaient par centaines, à supposer même que cela fût possible. L'un des chauffeurs devait jeter une pelletée de cendres dans chacune des boîtes sur lesquelles on écrivait ensuite les noms des cadavres incinérés. Gräber se demandait même pourquoi on prenait cette peine. C'était un mélange d'inhumanité et de bureaucratie qui rendait l'inhumanité plus inhumaine encore.

Il se demanda ce qu'il allait faire des cendres. Il aurait pu les enfouir n'importe où dans les ruines, ce n'était pas la place qui manquait. Il pouvait aussi essayer de les porter au cimetière ; mais il lui faudrait une autorisation, un emplacement défini, et Élisabeth l'apprendrait.

Il traversa l'église et s'arrêta devant le confessionnal de l'abbé Biedendieck. La pancarte *Absent* était suspendue à la porte. Il tira le rideau vert. Joseph le regarda. Il était éveillé et se trouvait assis de façon à pouvoir bousculer la personne qui viendrait le surprendre et s'élancer vers la sortie. Gräber laissa retomber le rideau et alla s'asseoir dans le banc près de la sacristie. Un instant plus tard, Joseph venait le rejoindre. Gräber lui montra la boîte.

— C'était pour me donner ça, les cendres du père Kruse.

— Rien de plus ?

— Ça suffit. Vous avez des nouvelles de Pohlmann ?

— Non.

Ils baissèrent tous deux les yeux sur le paquet.

— Une boîte à cigares, dit Joseph. Généralement, c'est un carton, une boîte de conserve ou un sac en papier. Une boîte à cigares, c'est déjà presque un cercueil. Qu'est-ce que vous allez en faire ? Vous allez l'abandonner ici ?

Gräber secoua la tête. Il venait d'avoir une idée.

— Je vais la porter au cloître, dit-il, c'est aussi une espèce de cimetière.

Joseph acquiesça.

— Puis-je faire quelque chose pour vous ? demanda Gräber.

— Vous pouvez aller voir par la porte de côté s'il n'y a rien de suspect dans la rue. Si dans cinq minutes vous n'êtes pas revenu, c'est que tout va bien. Moi, il faut que je parte. Le sacristain antisémite est de service à partir d'une heure.

— D'accord.

Gräber attendait au soleil. Quelques minutes plus tard, Joseph sortit à son tour. Il passa tout près de lui sans le regarder.

— Bon courage, murmura-t-il.

— Bon courage.

Gräber rentra dans l'église et gagna le cloître. À cette heure il était désert. Deux papillons jaunes aux ailes tachetées de rouge dansaient autour d'un buisson couvert de fleurettes blanches. Le buisson bordait la tombe du chanoine Aloysius Blümer. Gräber s'en approcha pour l'examiner. La plupart des tombes étaient fendues ; celle-ci portait à sa base une ouverture qui paraissait communiquer avec l'intérieur. La cachette était propice.

Gräber glissa sous le papier d'emballage qui enveloppait la boîte une feuille de son bloc-notes sur laquelle il avait écrit : *Cette boîte contient les cendres d'un détenu catholique*. Avec sa baïonnette il découpa un carré de gazon pour agrandir le trou. Il y poussa la boîte et remit le gazon en place. Bernhard Kruse — si c'était lui — avait trouvé place ainsi en terre bénie, aux pieds d'un haut dignitaire de l'Église.

Gräber alla s'asseoir sur le petit mur du cloître. Le soleil avait chauffé les pierres. C'est peut-être un sacrilège, pensa-t-il, ou un acte de sentimentalité inutile. Bernhard Kruse était catholique et l'Église interdisait l'incinération ; il était vrai que les circonstances inclinaient à l'indulgence. Et si la boîte contenait non les cendres de Kruse, mais celles de plusieurs autres victimes, de protestants ou de juifs par exemple, le mal ne serait pas bien considérable. Ni Jéhovah, ni le dieu des protestants, ni celui des catholiques ne pourraient raisonnablement en prendre ombrage.

Il regarda une dernière fois la tombe où il avait glissé — tel un coucou ses œufs — les cendres de son beau-père. Maintenant que tout était fini, un sentiment amer l'envahissait peu à peu. Ce mort nouveau qu'il avait transporté sous son bras prenait une signification de plus en plus vaste, devenait le symbole de Pohlmann, de Joseph, de toute la misère qu'il avait vue, de toute la guerre, de son propre sort.

Il se leva. À Paris, il était allé voir la tombe du soldat inconnu, grandiosement couronnée par l'Arc de Triomphe où s'inscrivaient les grandes victoires de la France. Il lui semblait que ce carré de gazon recollé, cette tombe crevée, cette boîte à cigares représentaient finalement quelque chose d'analogue et de plus grand peut-être — sans l'auréole de gloire et de victoires militaires.

*

— Où couchons-nous ce soir ? demanda Élisabeth. À l'église ?

— Non. Un miracle a eu lieu. Je suis retourné chez Mme Witte. Elle a une chambre libre. Sa fille est partie il y a quelques jours à la campagne. Nous pourrons y coucher et peut-être même pourras-tu y rester après mon départ. J'y ai déjà porté toutes nos affaires. Tu es en congé maintenant ?

— Oui, à partir de ce soir. Tu n'auras plus à m'attendre, maintenant.

— Dieu merci ! Nous allons fêter cela ce soir ! Nous veillerons toute la nuit et demain, nous dormirons jusqu'à midi.

— Oui, nous resterons au jardin jusqu'à ce que toutes les étoiles soient apparues. Seulement il faut maintenant que j'aille vite m'acheter un chapeau.

— Un chapeau ?

— Oui, c'est le jour ou jamais.

— Mais qu'est-ce que tu veux faire d'un chapeau ? Tu veux le mettre ce soir au jardin ?

Elle rit.

— Et pourquoi pas ? Mais ce n'est pas ça qui compte, ce qui compte c'est d'abord de l'acheter. Ce sera un acte symbolique. Un chapeau, c'est comme un étendard. On en achète un quand on est heureux ou quand on est malheureux. Tu comprends ?

— Non, mais ça ne fait rien, achetons un chapeau pour fêter ta liberté. Ça doit passer avant le dîner !

Y a-t-il encore des magasins ouverts à cette heure-ci ? Et est-ce qu'il ne faut pas des tickets de textile ?

— J'en ai, et je sais aussi où il y a des chapeaux.

— D'accord, achetons un chapeau qui aille avec ta robe du soir.

— Les robes du soir se portent sans chapeau. Non, achetons un chapeau, tout simplement, pour rien, pour bien nous signifier qu'il n'y a plus de fabrique. C'est indispensable.

Une partie de la devanture était conservée. Le reste était remplacé par des planches. Ils s'y arrêtèrent. Deux chapeaux étaient exposés. Le premier était garni de fleurs artificielles, le second de plumes de diverses couleurs. Gräber essayait vainement d'imaginer Élisabeth affublée de ces couvre-chefs. Il aperçut alors une femme à cheveux blancs qui allait fermer le magasin. « Dépêchons-nous », dit-il.

La vieille dame les conduisit dans l'arrière-boutique vivement éclairée. Une conversation à laquelle Gräber ne comprenait rien commença aussitôt entre les deux femmes. Il alla s'asseoir près de la porte sur une fragile chaise dorée. La vieille dame alluma un miroir lumineux à trois faces et alla chercher des cartons et des étoffes. La pauvre boutique se transforma soudain en grotte magique. Les fragiles petites constructions bleues, roses et blanches fleurirent sur tous les meubles, cependant que les étoffes, lamées, moirées ou vaporeuses voltigeaient autour des deux femmes. On aurait dit l'essayage d'une couronne et d'un voile pour une fête mystérieuse. Élisabeth avançait, reculait, tournait devant le miroir qui répétait à l'infini le décor irréel. Gräber assis dans l'ombre observait ébahi cette scène d'un autre monde qui concluait d'étrange façon la journée qu'il avait derrière lui. Pour la première fois il lui semblait voir Élisabeth délivrée de tout, seule avec elle-même, tout entière adonnée au jeu charmant et profond de la femme essayant avec une gravité recueillie les armes de son sexe. Il entendait sans l'écouter le dialogue obscur et monotone qui caressait son oreille comme le murmure d'une source. Élisabeth se mouvait dans un cercle lumineux qui paraissait émaner d'elle, et si grande était la force du calme bonheur qui l'entourait que Gräber ne savait plus où était le vrai, le réel, dans la mort et l'angoisse de cette journée ou dans l'éclat pailleté des brocarts.

— Une calotte, disait Élisabeth, une simple calotte enserrant entièrement la tête.

XXIV

Le rectangle de la fenêtre tout scintillant d'étoiles était entouré de vigne vierge dont les grappes pendantes se balançaient doucement comme les battants d'horloges, invisibles et silencieuses.

— Je ne pleure pas vraiment, dit Élisabeth, et même si je pleure, ne t'en occupe pas. Ce n'est pas moi qui pleure, c'est quelque chose de plus fort que moi et que je ne peux retenir. Souvent, c'est tout ce qu'on trouve à faire, et pourtant on n'est pas triste. Je suis heureuse.

Ses épaules étaient posées sur son bras, sa tête sombre se serrait contre la sienne. Le lit était un large meuble rustique en noyer dont les montants chantournés se dressaient comme des murs. L'un des coins de la pièce était occupé par une commode en noyer également, et devant la fenêtre se trouvaient une table et deux chaises. Sous un globe de verre une couronne de mariée jaunissait, et, contre le mur, un vaste miroir reflétait la lumière mouvante de la fenêtre.

— Je suis heureuse, répéta Élisabeth. Il s'est passé tant de choses ces dernières semaines que je n'arrive pas à toutes les retenir en moi. J'ai essayé, je ne peux pas. Il faudra que tu aies de la patience cette nuit avec moi.

— Si seulement je pouvais avant de partir t'emmener hors de la ville, dans un village par exemple.

— Je me moque bien de l'endroit où je serai quand tu seras parti !

— Tu as tort, les villages ne sont pas bombardés.

— Il faudra bien que les bombardements cessent un jour ou l'autre ; il n'y a presque plus une maison debout dans cette ville. D'ailleurs je ne pourrai pas partir aussi longtemps qu'il faudra que j'aille à la fabrique. Et je suis si heureuse d'avoir cette merveilleuse petite chambre et Mme Witte !

Sa respiration se calma.

— J'en ai presque fini avec moi, dit-elle, ne me prends pas pour une hystérique. Je suis heureuse, mais d'un bonheur si tremblant, si incertain. Ah ! ce n'est pas un bonheur tranquille et bovin !

— Un bonheur bovin ? dit Gräber. Qui n'en voudrait pas ?

— Je ne sais pas. Quant à moi, je crois que je m'en accommoderais pour un bon moment.

— Moi aussi. On fait les difficiles parce qu'on ne peut pas se l'offrir, ce bonheur.

— Dix ans de bonheur assuré, monotone, bourgeois, bovin — je crois même que toute une existence comme ça ne serait pas méprisable.

Gräber rit.

— C'est notre sacrée vie passionnante qui nous donne cette nostalgie de bourgeoisie. Nos ancêtres n'étaient pas de cet avis, eux qui maudissaient leur bonheur bovin et avaient soif d'aventures !

— Nous sommes redevenus des gens simples, avec des goûts simples. — Élisabeth le regarda. —

Tu veux dormir ? Une bonne nuit de sommeil ininterrompu ? Qui sait quand tu pourras dormir puisque tu pars demain soir ?

— J'en aurai bien le temps pendant le voyage. Il faudra quelques jours avant que j'arrive.

— Tu as la moindre chance de trouver un lit là-bas ?

— Pas la moindre. À partir de demain, tout ce que la chance pourra m'offrir, ce sera une planche ou une botte de paille. D'ailleurs on s'y habitue très bien, ce n'est pas grave. Et l'été approche. C'est l'hiver que la Russie est atroce.

— Peut-être qu'il faudra y passer un nouvel hiver.

— Si la retraite continue, nous serons en Pologne ou même en Allemagne l'hiver prochain. Il fera moins froid, et puis c'est un froid qu'on connaît.

Maintenant elle va me demander quand je vais revenir en permission, pensa-t-il. Comme je voudrais que tout cela soit déjà fait ! Elle va me poser des questions inévitables et je lui donnerai des réponses qu'elle connaît déjà, je voudrais bien que ce soit fini. Je ne suis déjà plus tout entier ici, et ce qui reste de moi est sensible comme un écorché vif.

Il tourna les yeux vers la vigne vierge, puis vers son reflet dans le grand miroir, et il lui sembla qu'un grand secret veillait derrière cette fenêtre, qui allait se révéler tout à coup.

C'est alors qu'ils entendirent les sirènes.

— Restons ici, dit Élisabeth. Je n'ai pas envie de m'habiller et de courir dans un abri.

— Comme tu voudras.

Gräber alla à la fenêtre. Il poussa la table et se pencha dehors. La nuit était claire et immobile. Le jardin brillait sous la lumière lunaire. La nuit portait aux rêves, et offrait des conditions de bombardement idéales. Il vit Mme Witte apparaître dans le jardin. Elle paraissait toute pâle.

— J'allais vous prévenir ! cria-t-elle dans le vacarme dès qu'elle l'aperçut.

Gräber acquiesça. — Abri. — Rue Leibniz — entendit-il encore.

Il lui fit un signe d'assentiment. Puis il la vit entrer chez elle. Il attendit une minute. Elle ne ressortait pas. Elle non plus n'allait pas dans un abri. Il n'en fut nullement étonné. La maison et le jardin n'étaient-ils pas sous la protection d'un charme mystérieux ? Il semblait que déjà une zone de silence et de calme les entourait dans le concert assourdissant de toutes les sirènes de la ville. Les arbres montaient la garde derrière l'argent pâle du gazon. Les buissons étaient figés, et même les grappes de la vigne ne tremblaient plus dans l'air immobile. La petite île de paix baignait dans la lumière bleue de la lune, entourée d'une invisible muraille où la tempête destructrice se brisait.

Gräber se retourna. Élisabeth s'était dressée sur son séant. Ses épaules avaient un reflet mat, et une ombre douce faisait paraître plus ample sa petite poitrine ferme et hardie. Sa bouche était sombre et ses yeux si clairs qu'ils semblaient transparents. Elle se tenait très droite, les poings enfoncés dans l'oreiller, comme quelqu'un qui arrive soudain d'un autre monde, et Gräber lui trouva le même mystère glacé qu'au jardin endormi sous la lune.

— Mme Witte est restée aussi, dit Gräber pour rompre le silence.

— Viens.

En passant devant la glace, il ne reconnut pas son propre visage ; c'était le visage d'un autre.

— Viens, répéta Élisabeth.

Il se pencha sur elle. Elle l'entoura de ses bras.

— Qu'importe ce qui arrivera, dit-elle.

— Il n'arrivera rien, dit-il. Pas cette nuit.

Il ne savait pas où il avait puisé l'assurance de ses mots. Sans doute dans ce jardin lunaire, dans ce miroir où nageait un visage étranger, sur les épaules nacrées d'Élisabeth, et aussi dans un grand calme qui était soudain descendu jusqu'au plus profond de lui-même.

— Il ne peut rien arriver, répéta-t-il.

Elle repoussa du bras les couvertures qui glissèrent sur le sol. Elle était nue et belle avec ses longues jambes fines et robustes, le doux vallonnement de ses épaules et de ses seins dont les lignes resserrées à la taille s'épanouissaient dans l'élargissement du bassin pour converger enfin sur le triangle du sexe. Ce n'était plus le corps d'une jeune fille, c'était celui d'une femme.

Il la sentit dans ses bras. Elle se glissa sous lui, et il lui sembla que mille petites mains le retenaient, le portaient, caressaient sa propre chair. Ce n'était plus la possession fiévreuse des premiers jours, c'était un rythme doux qui montait à chaque battement, noyant peu à peu les mots échangés, les limites de leurs corps, l'horizon plein de menaces, la conscience qu'ils avaient d'eux-mêmes…

Il leva la tête. Il lui semblait revenir de très loin. Il tendit l'oreille. Combien de temps avait duré son absence ? Dehors, pas un bruit. Il crut à une erreur de ses sens et continua à écouter. Rien, pas une sirène, pas un appel de pompier, pas une explosion. Il ferma les yeux et retomba. Puis il s'éveilla à nouveau.

— Ils ne sont pas venus, Élisabeth.

— Si, murmura-t-elle.

Ils étaient étendus l'un près de l'autre. Gräber pouvait voir les couvertures sur le plancher, le miroir, la fenêtre ouverte. Il avait cru d'abord que la nuit ne prendrait jamais fin, mais il sentait maintenant la fuite silencieuse du temps.

Les grappes s'étaient remises à se balancer dans le rectangle pâle de la fenêtre, leur reflet se balançait aussi dans la glace, et un bruit lointain arrivait de l'horizon. Il se tourna vers Élisabeth. Elle avait fermé les yeux. Sa bouche était entrouverte, elle respirait lentement et profondément. Elle n'était pas encore revenue ; lui était déjà de retour. Sa pensée s'était remise à fonctionner. Élisabeth était toujours plus longue à revenir à elle. Comme je voudrais pouvoir moi aussi m'abandonner, me perdre complètement et pour longtemps ! Il l'enviait, l'aimait et la redoutait un peu, pour cette faculté de tout quitter. Elle était absente, dans un univers inconnu où il ne pouvait la suivre, sinon pour quelques instants seulement ; c'était cela sans doute qui l'effrayait. Il se sentait très seul tout à coup et étrangement inférieur à elle.

Élisabeth ouvrit les yeux.

— Que sont devenus les avions ?

— Je ne sais pas.

Elle leva la main pour repousser ses cheveux.

— J'ai faim, dit-elle.

Gräber se leva et alla chercher quelques boîtes de conserve.

— Moi aussi. Ce ne sont pas les provisions qui manquent.

— Tiens, voilà du confit d'oie et du veau froid. Il y a même du pâté de lièvre et de la compote.

— Prenons le pâté de lièvre et la compote.

Gräber ouvrit les boîtes. Il ne lui déplaisait pas qu'Élisabeth le laissât faire, demeurât étendue sans un geste pour l'aider. Il n'aimait pas qu'une femme encore tout enveloppée de mystère et de nuit se transformât tout à coup en ménagère affairée.

— Je ne peux pas m'empêcher d'avoir un peu honte de toutes ces provisions d'Alfons, dit-il. Je n'ai pas été très chic avec lui.

— Peut-être, mais lui n'a pas dû être toujours très chic avec d'autres, tu ne crois pas ? Ça fait une moyenne. Tu es allé à son enterrement ?

— Non. Il y avait trop de membres du Parti en uniforme. Je me suis contenté du discours du *Obersturmbannführer* Hildebrandt. Il a dit qu'il fallait que tous, nous nous conformions à la vie exemplaire et à la dernière volonté d'Alfons. Il voulait parler de la lutte sans merci contre l'ennemi. Mais la dernière volonté de Binding était un peu différente. Il se trouvait en pyjama dans sa cave avec une blondinette, elle-même en chemise de nuit.

Gräber retourna les boîtes de viande et de compote dans deux assiettes que lui avait prêtées Mme Witte. Puis il coupa du pain et déboucha une bouteille. Élisabeth se leva. Elle évoluait nue dans la pièce.

— Tu n'as vraiment pas l'air d'une femme qui passe sa vie accroupie sur des capotes militaires à raccommoder. On dirait plutôt quelqu'un qui fait de la gymnastique tous les jours.

Elle rit.

— De la gymnastique ? On ne fait de gymnastique que lorsqu'on est désespéré.

— Vraiment ? C'est une idée qui ne me serait pas venue.

— C'est un très bon remède : des flexions jusqu'à épuisement, du pas de course jusqu'à ce qu'on ne tienne plus sur ses pieds, frotter le plancher et faire la chambre douze fois, se brosser les cheveux à s'arracher le cuir chevelu, etc.

— Ça guérit du désespoir ?

— Oui, mais de l'avant-dernier désespoir seulement. Quand on veut ne plus penser à rien. Contre le dernier désespoir, il n'y a pas de remède, on se laisse aller, on tombe à pic...

— Et après ?

— Il faut attendre que la vie revienne d'elle-même, peu à peu. Je veux dire, la vie qui nous fait respirer, pas celle dont nous vivons.

Gräber leva son verre.

— À mon avis, nous en savons un peu trop long pour notre âge sur le désespoir. Oublions cela.

— Oui, mais nous en savons aussi un peu trop long sur l'oubli, dit Élisabeth. Oublions aussi l'oubli.

— Par contre, dit Gräber, n'oublions dans nos vœux, ni Mme Kleinert à qui nous devons ces conserves, ni Mme Witte à qui nous devons notre chambre et le jardin !

Ils vidèrent leur verre. Le vin était frais et aromatique. Gräber remplit les verres. La lune y mettait un reflet doré.

— Mon bien-aimé, dit Élisabeth, comme c'est bon de veiller ensemble, comme il est plus facile de se parler la nuit !

— C'est vrai ; la nuit tu es une enfant de Dieu pleine de jeunesse et de vie, le jour tu es une pauvre raccommodeuse de capotes militaires. Moi, un soldat…

— La nuit, on est ce qu'on a toujours été ; le jour, on est ce qu'on est devenu.

— Peut-être. — Gräber baissa les yeux sur le pain, le vin et les assiettes. — Mais il faut alors que nous ayons toujours été des êtres bien superficiels ! Nous passons nos nuits à manger et à dormir.

— Et à nous aimer, ce n'est pas superficiel, ça.

— Et à boire.

— Et à boire, dit Élisabeth en lui tendant son verre.

Gräber rit.

— Au lieu d'être tristes et sentimentaux, de tenir des propos profonds et édifiants, nous avons dévoré un demi-pâté de lièvre, nous trouvons la vie merveilleuse et nous remercions Dieu.

— Ce n'est pas mieux, comme ça ?

— Il n'y a que ça de vrai. Quand on n'attend rien de la vie, tout ce qu'elle vous donne est un miracle gratuit.

— C'est sur le front que tu as appris ça ?

— Non, c'est ici.

— C'est un bon principe, et, en somme, on n'a pas besoin de savoir autre chose.

— Non, il ne faut plus après ça qu'un tout petit peu de chance.

— Tu estimes que nous l'avons eu, ce minimum de chance ?

— Oui, nous avons eu tout ce qu'un être humain peut souhaiter.

— Tu n'es pas triste que ce soit déjà fini ?

— Ce n'est pas fini ; simplement, ça change d'aspect. Elle le regarda.

— Je mens, ajouta-t-il. La vérité, c'est que je suis mortellement triste. Au point que je me demande si je supporterai notre séparation, demain. Seulement, quand j'essaie d'imaginer ce qu'il aurait fallu pour que je ne sois pas triste, je ne vois qu'une possibilité : que je ne t'aie pas rencontrée. Alors, oui, je ne serais pas triste ; je me sentirais vide et indifférent à tout, et je repartirais mille fois plus pauvre qu'en arrivant. Quand j'imagine cela, ma tristesse n'est plus de la tristesse, c'est une sorte de bonheur noir, l'envers du bonheur.

Élisabeth se leva.

— Peut-être ne me suis-je pas très bien exprimé, dit Gräber. Tu comprends ce que je veux dire ?

— Je comprends, et tu t'es parfaitement exprimé, on ne saurait mieux dire. D'ailleurs, je savais bien que tu dirais cela.

Elle s'approcha de lui. Il la sentit dans ses bras. Elle n'avait plus de nom tout à coup et, en même temps, elle avait tous les noms du monde. Une révélation d'une intolérable évidence s'imposa alors à lui ; tout se confondait en face de l'implacable visage de pierre de l'éternité, les départs et les retours, la présence et l'absence, la vie et la mort, le passé et l'avenir — le sol lui sembla céder sous ses pieds, il se sentit glisser dans un abîme avec Élisabeth qu'il serrait dans ses bras. Ses yeux se fermèrent et il s'abandonna avec elle et en elle.

*

C'était leur dernier après-midi. Ils étaient assis au jardin. La chatte passa comme une ombre. Elle allait avoir des petits et, comme isolée par le grand mystère de la nature, elle ne prêtait plus attention à personne.

— J'espère bien que nous aurons un enfant, dit Élisabeth tout à coup.

Gräber la regarda stupéfait.

— Un enfant ? Pourquoi ?

— Et pourquoi pas ?

— Un enfant ! À cette époque ! Tu crois que tu vas en avoir un ?

— Peut-être.

— Vois-tu, il me semble qu'il faudrait que je dise quelque chose, que je t'embrasse, que je me montre tendre et surpris. Je ne peux pas, Élisabeth ! C'est une idée trop extraordinaire pour moi. J'y avais si peu songé !

— Ce n'est pas la peine, tu sais. Au fond, ça ne te regarde pas. Et d'ailleurs je n'en suis pas sûre du tout.

— Un enfant ! Il aurait juste, pour la prochaine guerre, l'âge que nous avons pour celle-ci. Et pense à toute la misère qui entourerait sa naissance et ses premières années !

La chatte reparut. Elle se dirigeait vers la cuisine.

— Tous les jours, il y a des enfants qui naissent, dit Élisabeth.

Gräber songea aux *Jeunesse hitlérienne* et aux enfants qui avaient dénoncé leurs parents à la Gestapo.

— Pourquoi parler de ces choses ? dit-il. C'est un simple vœu, n'est-ce pas ?

— Tu ne voudrais pas être père ?

— Je ne sais pas. En temps de paix, peut-être. Je n'y ai pas encore réfléchi. Tout est si pourri et empoisonné autour de nous, qu'il faudra bien des années pour que l'atmosphère se purifie. Comment peut-on vouloir un enfant dans ces conditions ?

— Justement, dit Élisabeth.

— Pourquoi ?

— Pour l'élever contre tout ce qui nous a empoisonnés. Tout est perdu, si ceux qui sont contre le régime actuel ne veulent pas d'enfants. Si seuls les barbares en ont, qui remettra le monde en ordre ?

— C'est pour cela que tu voudrais un enfant ?

— Non, c'est une idée abstraite qui m'est venue tout à coup.

Gräber se tut. Il n'y avait rien à objecter à l'argument des barbares.

— Tu vas trop vite, je ne peux pas te suivre. Je ne suis pas encore fait à l'idée d'être mari, et déjà tu me vois père !

Élisabeth se leva en riant.

— Dans tout cela, tu négliges l'essentiel, dit-elle. C'est de toi que je voudrais un enfant, tu comprends ? Et maintenant je vais m'occuper du dîner avec Mme Witte. Il faut que ce soit un chef-d'œuvre en conserves !

Gräber resta seul au jardin. Le ciel était plein de petits nuages rougeoyants. La journée était finie. C'était une journée volée. Il avait prolongé d'autorité sa permission de vingt-quatre heures. Maintenant le soir tombait, et il allait falloir partir dans une heure.

Il était passé une dernière fois au centre d'accueil des réfugiés. Toujours pas de nouvelles de ses parents. Il avait fait tout ce qui était en son pouvoir pour Élisabeth. Mme Witte s'était déclarée disposée à garder Élisabeth chez elle. Il avait examiné la cave de la maison ; elle était de bonne construction, mais pas assez profonde pour constituer un abri sûr. Il s'était également rendu à l'abri public de la rue Leibniz. Il était aussi bon que la plupart des abris de la ville. Il se laissa aller satisfait dans le fond de son fauteuil. De la cuisine lui parvenaient des bruits de vaisselle remuée. Comme sa permission avait été longue et bien remplie ! Trois années de permission, et non trois semaines. Sans doute tout ce qu'il avait construit hâtivement lui paraissait parfois reposer sur un sol mouvant, mais il ne voulait pas y songer.

Il entendit la voix d'Élisabeth. Il se souvint alors de ce qu'elle avait dit de leur enfant. Une cloison était tombée soudain, découvrant un morceau d'avenir incertain qui ressemblait à un coin de jardin. Jamais il n'aurait eu la force ni l'audace de franchir seul cette limite. Certes il avait rêvé en arrivant de laisser après lui quelque chose qui serait bien à lui et porterait son nom — mais sa pensée ne s'était jamais aventurée aussi loin. Il leva les yeux vers les branches de lilas où le crépuscule descendait lentement. Comme cette perspective des générations futures vous entraînait vite et loin ! Il n'avait songé tout d'abord qu'à un peu de bonheur furtif, volé à la guerre, entre deux trains de permissionnaires. Et ce bonheur contenait maintenant une promesse de retour, de possession paisible et assouvie, d'avenir vierge où s'engagerait peut-être un enfant sur ses petites jambes confiantes. Une tendresse inconnue le prenait devant cette immensité pleine de mirages, et il se sentait accepter malgré lui cette misérable et trompeuse promesse d'éternité.

— Le train part à six heures, dit-il. J'ai tout réglé, il faut maintenant que je parte. Tu ne m'accompagneras pas à la gare. Je veux te quitter ici et garder l'image de ce jardin comme dernier souvenir de toi. Évitons la bousculade de la gare et la gêne des dernières minutes. La dernière fois, ma mère m'a accompagné à la gare ; je n'avais pas pu l'en dissuader. Nous en avons souffert autant l'un que l'autre. Il m'a fallu du temps pour m'en remettre, et même plus tard, c'était toujours le souvenir de la pauvre femme en larmes et en sueur regardant s'éloigner le train sur le quai qui me revenait. Ce n'était pourtant pas ainsi que j'aurais aimé la revoir en pensée. Tu comprends ?

— Oui.

— Bien, alors il ne faut pas non plus que tu me voies chargé comme un mulet, quand déjà je ne serai plus qu'un numéro militaire parmi les autres. Quittons-nous tels que nous sommes tous deux pour le moment. Prends cet argent, je l'ai conservé exprès pour toi. Je n'en aurai pas besoin là-bas.

— Je n'ai pas besoin d'argent, j'en gagne suffisamment pour moi.

— Impossible de rien dépenser là-bas. Prends-le et achète-toi une robe, une belle robe, absurde et inutile, qui ira avec la petite calotte que tu as achetée l'autre jour.

— Je t'enverrai des colis avec cet argent.

— Non, non, pas de colis, nous avons davantage à manger là-bas que vous autres ici. N'oublie pas de t'acheter cette robe. J'ai appris quelque chose en te voyant acheter ton chapeau. Promets-moi que tu t'achèteras une robe, une robe inutile, pas pour aller travailler. Est-ce que je te donne assez d'argent pour cela ?

— Oui, je pourrai même y ajouter une paire de chaussures.

— C'est merveilleux, achète-toi aussi une paire de chaussures de bal.

— D'accord, dit Élisabeth, des chaussures à très hauts talons et légères comme une plume. Je les mettrai pour courir à ta rencontre quand tu reviendras.

Gräber tira de son sac l'icône sombre et dorée qu'il destinait à sa mère.

— Tiens, voilà un souvenir que j'ai rapporté de Russie. Prends-le.

Elle recula d'un pas, le visage changé.

— Non, non, Ernst, pas ça, donne ça à quelqu'un d'autre. C'est trop... trop définitif, vois-tu. Garde-la.

Il regarda l'icône.

— Je l'ai trouvée dans une maison détruite, dit-il. Peut-être n'est-ce pas un porte-bonheur, je n'y ai jamais songé.

Il remit dans son sac l'icône qui représentait saint Nicolas entouré d'une nuée de petits anges.

— Si tu veux, j'irai la porter à l'église, proposa Élisabeth, là où nous avons dormi tous deux.

Où nous avons dormi tous deux, pensa Gräber. Hier c'était encore tout proche, aujourd'hui c'est un souvenir infiniment lointain.

— Ils n'en voudront pas, dit-il. Ce n'est pas la même religion. Les administrateurs du Dieu de l'Amour ne sont pas particulièrement larges d'esprit.

Il songea qu'il aurait pu peut-être enfouir l'icône dans la tombe du chanoine Blümer avec les cendres de Kruse. Mais sans doute eût-ce été un sacrilège de plus.

*

Il ne se retourna pas. Il s'éloigna d'un pas qui n'était ni trop lent, ni trop rapide. Son sac était lourd et la rue n'en finissait plus. Dès qu'il eut tourné au coin de la rue, la réalité qu'il laissait derrière lui se transforma en rêve. Un instant plus tôt, il se sentait encore enveloppé par le parfum des cheveux d'Élisabeth ; il n'y avait plus maintenant que la puanteur des incendies à laquelle se mêlaient des senteurs de chair en décomposition dans l'air lourd de cette fin de journée.

Il dépassa les fortifications. L'un des côtés de l'allée des tilleuls était noir et calciné, l'autre verdoyait. Le lit du fleuve était encombré de gravats, de paille, de sacs, de lits crevés et de poutres carbonisées. S'il y avait une alerte, pensa-t-il, je serais tenu d'aller dans un abri et j'aurais une excuse pour rater mon train. Que dirait Élisabeth si elle me voyait revenir tout à coup ? Il se le demanda sans trouver de réponse. Mais il était probable que tout ce qui avait été si bon entre eux deviendrait cause de nouvelles souffrances. D'ailleurs à quoi bon ces rêves ? En cas d'alerte, le train ne partirait pas et Gräber aurait le temps de le prendre après l'alerte.

Il arriva rue Bramsche. C'était de là qu'il avait fait ses premiers pas dans la ville. L'autobus qui l'avait amené l'attendait à la même place. Il s'y hissa. Dix minutes plus tard, la lourde machine s'ébranlait. La gare avait été encore déplacée depuis son arrivée. C'était maintenant un hangar en tôle ondulée, bariolée de vert et de brun. Une bâche grise fermait d'un côté la construction de fortune. Pour tromper les avions ennemis, on avait simulé une espèce de ferme en planches d'où sortait la tête d'une vache de bois. Deux vieux chevaux paissaient dans la prairie où couraient les rails.

Le train était déjà formé. Un certain nombre de wagons portaient des panneaux : *Réservé aux permissionnaires*. Une sentinelle contrôlait les papiers. Elle ne parut pas s'apercevoir que Gräber se présentait avec un jour de retard. Il monta et trouva une place près de la fenêtre. Un peu plus tard, trois hommes entrèrent dans le compartiment, un sous-officier, un caporal balafré et un artilleur qui se mit aussitôt à manger. Une roulante desservie par deux infirmières à brassard nazi fut amenée sur le quai.

— On nous apporte du café ! s'exclama le sous-officier. Tu te rends compte ?

— Pas à nous, répondit le caporal. C'est pour un convoi de jeunes recrues qui partent pour la première fois. J'ai entendu dire ça tout à l'heure. Ils auront droit aussi à un discours. Pour nous, on fait moins de cérémonie.

Un groupe de réfugiés s'aligna sur le quai en deux rangs. On fit l'appel. Ils avaient tous des bagages hétéroclites à leurs pieds. La roulante paraissait les hypnotiser. Quelques officiers SS apparurent. Avec leurs bottes vernies et leur culotte de cheval, ils ressemblaient à des cigognes. Trois nouveaux permissionnaires entrèrent dans le compartiment. L'un d'eux ouvrit la fenêtre et se pencha dehors. Une femme et un enfant attendaient debout sur le quai. Gräber regarda l'enfant, puis la femme. La femme était un petit être mince aux paupières battues et à la poitrine maigre, serré dans une robe d'été défraîchie sur laquelle étaient imprimés des moulins à vent bleus. Tout lui apparaissait avec une netteté inaccoutumée, presque inquiétante.

— Allons, c'est comme ça, Heinrich, dit la femme.

— Bon courage, Marie, embrasse tout le monde pour moi, là-bas.

— Oui.

Ils se regardèrent en silence. La clique municipale se rangea sur le quai.

— Comme c'est exaltant, dit le caporal. La jeune chair à canon a les honneurs de la clique ! Je croyais que c'était fini depuis longtemps, ces histoires-là.

— Ils pourraient bien nous donner un coup de café, dit le sous-officier. Après tout, nous aussi nous partons nous battre !

— Attends ce soir, tu auras une soupe.

On entendit des commandements retentir. Les recrues arrivèrent au pas. Presque tous étaient très jeunes. Quelques-uns cependant, plus vieux et plus robustes, faisaient exception ; ils devaient venir de la SA ou de la SS.

— Non, mais regardez-moi ces gosses, dit le caporal. Il n'y en a pas beaucoup qui ont besoin de se raser. Et c'est là-dessus qu'il faut compter pour tenir les lignes !

Les recrues évoluèrent sur le quai. Des sous-officiers glapissaient des ordres. Puis le silence se fit. Quelqu'un parlait.

— Ferme la fenêtre, dit le caporal à l'homme qui se penchait vers sa femme.

Il ne répondit pas. La voix de l'orateur s'éleva à nouveau, sèche et métallique. Gräber s'appuya au dossier de la banquette en fermant les yeux. Heinrich se penchait toujours par la fenêtre. Il n'avait pas entendu le caporal. Gêné et triste, il regardait Marie d'un air un peu niais. Marie le regardait aussi. Comme j'ai bien fait de dire à Élisabeth de ne pas venir ! pensa Gräber.

L'orateur avait terminé son discours. La clique joua le *Deutschland, Deutschland über alles*, puis le *Horst Wessellied*. Les deux hymnes furent rapidement expédiés, une strophe seulement pour chacun. Personne ne bougea dans le compartiment. Le caporal se curait le nez et examinait sans intérêt ce qu'il en sortait au bout de son index. Les recrues montèrent dans le wagon qui leur était affecté, suivies par les infirmières. Quelques minutes plus tard, on vit passer la roulante vide.

— Les putains, dit le sous-officier, nous les vieux, on peut bien crever !

L'artilleur cessa un instant de manger.

— Qu'est-ce que tu dis ? demanda-t-il.

— Je dis, les putains !

L'artilleur entama une nouvelle tartine.

— Cochon ! prononça-t-il simplement.

— Cochon ?

Le sous-officier chercha des yeux un permissionnaire qui l'approuvât. L'artilleur paraissait l'avoir déjà oublié. Heinrich occupait toujours la fenêtre.

— Embrasse aussi tante Berthe, dit-il à Marie.

— Oui.

Ils se turent à nouveau.

— Pourquoi ne partons-nous pas ? demanda quelqu'un. Il est plus de six heures, déjà.

— On attend peut-être un général.

— Les généraux voyagent par avion.

Il fallut encore patienter une demi-heure.

— Tu devrais partir, Marie, disait Heinrich de temps en temps.

— Je peux bien attendre.

— Il faut faire dîner le petit.

— Nous avons toute la soirée pour ça.

Il y eut un nouveau silence.

— Dis bien des choses à Joseph, dit encore Heinrich.

— Je n'y manquerai pas.

L'artilleur fit un pet sonore, soupira profondément et s'endormit. Comme s'il avait attendu ce signal, le train s'ébranla.

— Allez, embrasse tout le monde, Marie.

— Au revoir, Heinrich !

Le train prenait peu à peu de la vitesse. Marie courait à la fenêtre.

— Fais bien attention au petit, Marie.

— Fais attention à toi, Heinrich !

— Bien sûr, bien sûr !

Gräber voyait le visage durci de la jeune femme s'agiter à la vitre. Elle courait, comme si tout dépendait encore des quelques secondes supplémentaires pendant lesquelles elle ne perdrait pas Heinrich des yeux. Et tout à coup, il aperçut la silhouette d'Élisabeth. Elle se trouvait derrière le hangar de la station, de telle sorte qu'il avait été impossible de la voir auparavant. Il n'eut qu'une seconde de doute, puis il distingua jusqu'à son visage. On aurait dit le visage d'une morte. Il s'élança vers la fenêtre et prit Heinrich par les épaules.

— Laisse-moi voir !

Il avait tout oublié soudain. Il ne comprenait plus pourquoi il était allé seul à la gare. Il ne comprenait plus rien. Il fallait qu'il la vît à tout prix. Il ne lui avait pas dit ce qui comptait le plus à dire.

Il secouait Heinrich avec désespoir. Heinrich était penché de tout le buste par la fenêtre. Son coude gauche barrait l'espace où Gräber aurait pu s'insérer.

— Embrasse aussi Liese ! cria-t-il dans le grondement du train.

— Laisse-moi voir, bon Dieu, ma femme est dehors !

— Écris vite ! criait Heinrich.

Gräber s'acharnait en vain sur le grand corps qui lui tournait le dos. Heinrich faisait des signes d'adieu à Marie qui avait disparu. Le train s'engagea dans une courbe. Gräber aperçut Élisabeth pardessus la tête de Heinrich. Elle était toute petite déjà, toute seule près du hangar bariolé. Il agita la main au-dessus des cheveux ras de Heinrich. Elle pouvait encore le voir, sans doute, mais elle ne pouvait plus le reconnaître. Un groupe de maisons surgit et la gare disparut définitivement.

Heinrich se détacha lentement de la fenêtre.

— Espèce de sacré..., commença Gräber furieux.

Mais il se tut. Heinrich s'était retourné. De grosses larmes coulaient sur son visage. Gräber recula d'un pas.

— Ah, saloperie, murmura-t-il.

— En voilà, des histoires ! dit le caporal.

XXV

Il mit deux jours à retrouver son régiment et se présenta au bureau de la compagnie. Le sergent n'était pas là, il n'y avait que le secrétaire. Le village était situé à cent vingt kilomètres à l'ouest de celui qu'avait quitté Gräber trois semaines plus tôt.

— Comment ça va ici ? demanda-t-il.

— Une vraie saleté. Et cette permission ?

— Comme ça. Il y a du nouveau ?

— Pas mal, oui. Tu vois d'ailleurs où nous sommes maintenant.

— Où est la compagnie ?

— Il y a une section qui creuse des tranchées, une autre qui enterre les morts.

— Il y a beaucoup de changement ?

— Tu verras. Je ne me souviens plus de ceux qui étaient encore là quand tu es parti. Nous avons reçu pas mal de renfort. Des gosses. Ça tombe comme des mouches. Pas idée de ce que c'est que la guerre. Nous avons un nouveau lieutenant. Müller est mort.

— Il est monté en ligne ?

— Non, il a attrapé ça aux latrines. Il a sauté avec toute la baraque. — Le secrétaire bâilla. — Tu verras bien, répéta-t-il. Pourquoi ne t'es-tu pas offert chez toi un petit éclat de bombe dans la fesse ?

— Je me le demande. On y pense toujours trop tard.

— À ta place, je serais resté tranquillement quelques jours de plus. Personne ne s'en serait aperçu dans la pagaille.

— Encore une idée qui ne vous vient que quand on est revenu.

Gräber traversa le village. Il ressemblait à celui qu'il avait quitté. Tous ces villages détruits se ressemblaient. La seule différence notable était la disparition de la neige. Une marée boueuse l'avait remplacée. Les bottes s'enfonçaient profondément, et il fallait un effort à chaque pas pour les arracher au sol mouvant. On avait jeté des planches dans la rue principale pour pouvoir circuler. Elles basculaient sous les pieds avec un gargouillement, et lorsqu'on pesait sur l'une des extrémités, l'autre se dressait en dégouttant.

Le soleil brillait et il faisait beaucoup plus chaud qu'en Allemagne. Gräber écouta le front. Le grondement de l'artillerie s'enflait et diminuait sans jamais cesser tout à fait. Il chercha la cave que le secrétaire lui avait indiquée et jeta son sac dans un coin libre. Il se reprochait amèrement de n'avoir pas prolongé sa permission d'un jour ou deux ; personne vraiment ne paraissait se soucier de sa présence. Il s'avança jusqu'aux limites du village. Des tranchées avaient été hâtivement creusées ; elles étaient à demi pleines d'eau et les parois s'effondraient peu à peu. De loin en loin, on voyait la silhouette d'un petit bunker de béton.

Gräber revint sur ses pas. Il aperçut au milieu du

village le capitaine Rahe. Il progressait sur les planches comme une cigogne à lunettes. Gräber se présenta.

— Vous avez eu de la chance, lui dit Rahe. Les permissions ont été suspendues dès votre départ. — Ses yeux clairs se fixèrent sur Gräber. — Ça en a valu la peine, au moins ?

— Oui, mon capitaine.

— Alors, c'est parfait. Ici, nous sommes dans la crotte jusqu'au cou. Il est vrai que ces positions sont toutes provisoires. Nous allons probablement être repliés sur de nouvelles positions préparées à l'arrière. Vous les avez vues ? Vous en avez traversé en venant.

— Non, je ne les ai pas vues.

— Non ?

— Non, mon capitaine, répéta Gräber.

— Elles doivent être à une quarantaine de kilomètres d'ici.

— Il devait faire nuit quand j'y suis passé. D'ailleurs j'ai dormi pendant presque tout le voyage.

— C'est pour ça, certainement.

Rahe regarda Gräber d'un air interrogateur, comme s'il voulait en savoir davantage.

— Votre lieutenant est tombé au champ d'honneur. Müller. C'est maintenant le lieutenant Mass qui le remplace.

— Bien, mon capitaine.

Rahe toucha du bout de son stick la boue entassée sur le bord de la route.

— Aussi longtemps que le terrain sera dans cet état, les Russes auront du mal à faire progresser leurs chars et leur artillerie. Ça nous donne le temps de nous regrouper. Les choses ont toujours leur bon et leur mauvais côté, n'est-ce pas ? Je suis content que vous soyez revenu, Gräber. Nous avons besoin de vétérans pour encadrer les jeunes recrues. — La pointe de son stick traçait des figures dans la terre pourrie. — Comment vivent les civils, là-bas ?

— À peu près comme nous ici. Il y a beaucoup d'attaques aériennes.

— À ce point, vraiment ?

— Je ne sais pas ce qui se passait dans les autres villes, mais nous avions des alertes tous les deux ou trois jours.

Rahe regarda Gräber comme s'il attendait de lui davantage de détails. Mais Gräber se tut.

Les autres revinrent pour la soupe de midi.

— Tiens ! Le permissionnaire ! dit Immermann. Pourquoi diable es-tu revenu dans cette galère ? Tu ne pouvais pas déserter, non ?

— Pour aller où ?

Immermann se gratta la tête.

— En Suisse, dit-il ensuite.

— Ah ! diable, je n'y ai pas pensé, gros malin ! Et quand je songe qu'il y a chaque jour des trains de luxe qui y vont remplis de déserteurs ! Ils sont marqués de croix rouges pour que les alliés ne les bombardent pas, et toute la frontière suisse est décorée en leur honneur : Bienvenue aux déserteurs du Troisième Reich ! Tu n'as rien d'autre à me suggérer, imbécile ? Mais dis donc, depuis quand te risques-tu à tenir ce genre de discours ?

— D'abord, j'ai toujours dit ça. Tu as dû l'oublier à force d'entendre les gens chuchoter à l'arrière. Ensuite nous reculons. C'est presque la débâcle. Tous les cent kilomètres, on peut gueuler un peu plus fort.

Immermann entreprit de gratter la boue séchée qui maculait son uniforme.

— Müller est mort, reprit-il. Meinecke et Schröder sont à l'hôpital. Mücke a attrapé une balle dans le ventre. Il paraît qu'il a claqué à Varsovie. Qui y avait-il encore quand tu es parti ? Ah oui, Berning — il a perdu la jambe droite.

— Hirschland, dit Gräber.

— Hirschland ? Quoi, Hirschland ?

— Il est mort aussi, non ?

— Tu es fou, il est là, regarde-le !

Gräber se retourna. C'était vrai : Hirschland était en train de récurer sa gamelle, assis sur un vieux tonneau. Sa mère m'a pourtant affirmé qu'il était tué, pensa Gräber, il faut que je lui en parle.

Il s'approcha de lui.

— Je suis allé voir ta mère, dit-il.

— Vraiment ? Tu y as pensé ? Je n'y comptais guère.

— Pourquoi donc ?

— Parce que je n'ai pas l'habitude qu'on me rende des services.

Gräber se souvint que peu s'en était fallu qu'il oubliât cette visite.

— Comment va-t-elle ? demanda Hirschland. Tu lui as dit que j'allais bien ?

— Hirschland, ta mère croit que tu as été tué. Elle a reçu un faire-part officiel de la compagnie.

— Ça alors !

— Elle me l'a dit elle-même.

Hirschland ouvrait de grands yeux.

— Mais pourtant je lui écris presque tous les jours !

— Elle est persuadée que tu as écrit ces lettres avant d'être tué.

— Comment diable ce faire-part a-t-il pu être envoyé ! Il n'y a pourtant pas plusieurs Hirschland ici.

— Non, on a dû le faire exprès.

— Personne ne peut faire exprès une chose pareille.

— Non ? Et Steinbrenner ?

— Il est toujours là ?

— Bien sûr. Et il a été employé deux jours au bureau de la compagnie après que le caporal a été tué. Le secrétaire était malade.

— Mais c'est une ignominie !

— Je suis de ton avis.

— Rahe ne doit-il pas signer les lettres officielles ?

— Ma mère n'en sait rien. Pour elle, une signature en vaut une autre.

L'affaire paraissait de plus en plus vraisemblable à Gräber.

— Quelle saloperie ! gronda-t-il. C'est à peine croyable ! Mais pourquoi cette canaille a-t-elle fait ça ?

— Pour plaisanter, pour m'éduquer, à cause de mon sang juif. Comment ma mère a-t-elle pris ça ?

— Elle était calme. Il faut que tu lui écrives immédiatement. Parle-lui de moi, elle se souviendra de ma visite.

— La lettre va mettre du temps à arriver.

Gräber vit les lèvres de Hirschland trembler.

— Allons tout de suite au bureau, dit-il. Il faut qu'ils envoient un télégramme. Sinon nous irons tout raconter à Rahe.

— Tu n'y penses pas, non ?

— Pourquoi pas ? Nous pouvons d'ailleurs faire davantage : dénoncer Steinbrenner.

— Pas moi, je ne peux en aucun cas. Je n'ai pas de preuves, et même si j'en avais... Non, c'est absolument impossible. Tu ne comprends pas ?

— Si, Hirschland, dit Gräber sombrement. Mais rassure-toi, tout cela n'aura qu'un temps !

Il retrouva Steinbrenner après la soupe du soir. Il était d'humeur radieuse. On aurait dit un angelot gothique bronzé par le soleil.

— Le moral est bon à l'arrière ? demanda-t-il.

Gräber reposa sa gamelle.

— Au passage de la frontière, répondit-il, un capitaine SS nous a réunis et nous a fait savoir que, sous peine des sanctions les plus graves, personne ne devait dire un mot de la situation des civils.

Steinbrenner éclata de rire.

— Je suis moi-même SS, tu peux tout me dire.

— Pas si bête. Les sanctions les plus graves, ça signifie une condamnation à mort pour sabotage du moral de l'armée du Reich.

Steinbrenner devint subitement sérieux.

— À t'entendre, on se demande ce que tu as vu là-bas, je ne sais quelles catastrophes !

— Je n'ai rien dit du tout ! J'ai simplement répété les paroles du capitaine SS.

Steinbrenner observa Gräber d'un air pénétrant.

— Tu t'es marié, n'est-ce pas ?

— Tu en sais des choses !

— Je sais tout.

— Tu as appris ça au bureau, ne fais pas le malin. Tu es souvent au bureau, on dirait ?

— J'y suis aussi souvent qu'on y a besoin de moi. Je profiterai de ma prochaine permission pour me marier aussi d'ailleurs.

— Tiens ? Tu sais déjà avec qui ?

— La fille du *Obersturmbannführer* de mon pays.

— Évidemment.

Steinbrenner ne remarqua pas l'ironie de Gräber.

— La formule de croisement est de premier ordre, expliqua-t-il tout à son affaire. Je suis de Frise-Orientale et ma femme de Basse-Saxe rhénane. Nous aurons droit tous deux à l'allocation d'amélioration de la race ; les enfants, bien entendu, auront l'éducation qui leur revient, tout ce que le Parti peut offrir. Au bout de cinq ans, ma femme pourra postuler un poste de commande dans la *Reichsfrauenschaft* comme mère allemande modèle. Si entre-temps nous mettons au monde des jumeaux ou même des trumeaux, le Führer en sera le parrain. Également pour le cinquième enfant et pour ceux qui suivent. Tu vois, ma carrière est toute tracée. Tu te rends compte ?

— Je me rends compte.

— L'amélioration qualitative de la race par tous les moyens ! Il ne suffit pas d'anéantir les juifs, il faut les remplacer par des Germains pur sang. Une descendance de maîtres.

— Tu as anéanti beaucoup de juifs ?

Steinbrenner ricana.

— Si tu voyais mes états de service, tu ne poserais pas cette question. Ça, c'était du travail ! — Il se pencha confidentiellement vers Gräber. — J'ai demandé mon déplacement. Je vais être affecté à une formation SS. Il y a plus à faire et un avancement plus rapide. On voit grand là-bas. Pas besoin de ces absurdes formalités judiciaires. On exécute en masse. L'autre jour ils ont liquidé trois cents traîtres russes et polonais en un après-midi. Ça a valu la croix du mérite militaire à six hommes de troupe. Ici, c'est tout juste si on exécute de temps en temps un misérable braconnier — et jamais de décoration, bien entendu. Depuis ton départ, il n'y a pas eu plus d'une demi-douzaine d'exécutions. Les kommandos de nettoyage et le SD en ont des centaines et des centaines. L'avancement est proportionnel, naturellement.

Gräber avait les yeux perdus dans le rouge crépuscule de la grande plaine russe. Quelques corbeaux y tournoyaient comme des loques noirâtres. Steinbrenner était bien le parfait produit du Parti. Il était parfaitement sain, parfaitement entraîné à tous les exercices du corps, parfaitement dépourvu de toute pensée personnelle, parfaitement inhumain. C'était un robot pour lequel la gymnastique, l'entretien des armes et le meurtre étaient des activités du même ordre.

— C'est toi qui as envoyé le faire-part à la mère de Hirschland, hein ?

— Qui t'a dit ça ?

— Je le sais.

— Tu ne sais rien du tout. Comment le saurais-tu ?

— Je l'ai appris. Quelle bonne blague tu as faite là !

Steinbrenner éclata de rire. Il n'avait décidément pas le moindre sens de l'ironie. Son joli visage rayonnait de plaisir.

— Tu trouves, vraiment ? Quelle tête a dû faire la vieille en lisant ça ! Et il n'y a pas le moindre risque. Hirschland se gardera bien de dire quelque chose, et d'ailleurs on peut toujours se tromper, n'est-ce pas ? Ça arrive à tout le monde.

Gräber le fixa avec insistance.

— Tu as du courage, dit-il.

— Du courage ? Pas besoin de courage pour ça, de l'humour, oui.

— Si, c'est du courage. Quiconque fait une chose pareille meurt à très brève échéance. C'est bien connu.

Steinbrenner rit très fort.

— Quelle sottise ! Ce sont des contes de vieilles femmes.

— Ce ne sont pas des contes de vieilles femmes. Quiconque fait cela signe son arrêt de mort. C'est une règle qui a été vérifiée plus d'une fois.

— Allez, allez, dit Steinbrenner, tu ne crois pas un mot de ce que tu dis !

— Je le crois fermement, et tu devrais bien faire comme moi. C'est une vieille croyance germanique. Je ne voudrais pas être dans ta peau.

— Tu es fou !

Steinbrenner se leva. Il ne riait plus.

— J'ai connu deux gars qui avaient fait quelque chose de ce genre. Ils ont été tués quelques jours plus tard. Un troisième a eu davantage de chance. Une balle lui a fauché les deux testicules. Naturellement il en est sorti impuissant. Peut-être que tu t'en tireras à aussi bon compte. Bien entendu, plus question de jumeaux, ni de trumeaux. Il est vrai qu'un autre pourra les faire à ta femme. Après tout il n'y a que la pureté du sang qui compte, la personnalité du père importe peu.

Steinbrenner regardait Gräber avec horreur.

— Ce que tu peux être cynique et inhumain, toi alors ! Tu as toujours été comme ça ? D'ailleurs, tout ça, c'est des sornettes !

Il s'attarda un instant et s'éloigna à pas lents.

Gräber s'étendit sur sa planche. Le front grondait. Les corbeaux poursuivaient leur ronde funèbre. Il lui semblait tout à coup qu'il n'était jamais parti.

*

Il était de garde de minuit à deux heures et faisait le tour du village. La silhouette noire des ruines se dressait sur le feu d'artifice du front. Le ciel palpitait, flambait et s'éteignait à chaque salve d'artillerie. Les bottes gémissaient comme des âmes damnées dans la boue liquide.

La souffrance tomba sur lui brutalement et pour la première fois. Le voyage et le jour précédent s'étaient écoulés dans une torpeur sans pensée. Le désespoir venait de s'éveiller sans transition, et sa morsure le déchirait.

Il s'arrêta et attendit. Il attendait que la souffrance qui le torturait se précisât, se localisât, prît un visage et un nom sur lesquels la raison, les arguments, les consolations habituelles eussent prise. Une acceptation fataliste de tout le soulagerait peut-être alors.

Mais l'évidence d'une perte définitive, irréparable, le lucide supplice d'avoir tout possédé et tout abandonné persistaient. Les ponts étaient coupés. Il prêta l'oreille en lui. Il entendrait bien encore une voix, un écho d'espoir, un murmure de consolation... Il n'entendit rien. Il n'y avait en lui que le vide d'une indicible souffrance.

C'est encore trop tôt, pensa-t-il. Plus tard, quand la douleur se sera un peu calmée. Il rassembla toute son énergie, il luttait pour ne pas succomber au chagrin, il ne s'agissait en somme que de tenir quelque temps. Il prononça des noms, chercha à faire surgir des souvenirs. Le visage bouleversé d'Élisabeth tel qu'il l'avait vu pour la dernière fois se dessina comme dans une brume. Tous les autres visages restaient insaisissables. Il tenta de se représenter le jardin et la petite maison de Mme Witte. Mais il lui semblait plaquer des accords sur un piano muet. Qu'est-ce qui s'est passé ? pensa-t-il. Il lui est peut-être arrivé quelque chose. Elle est peut-être blessée. La maison vient peut-être de s'effondrer. Elle est peut-être morte.

Il arracha ses bottes à la terre. La boue fit un soupir mouillé. Il se sentit inondé de sueur.

— Tu vas finir par te fatiguer, dit quelqu'un.

C'était Sauer. Il s'abritait dans le coin d'une étable détruite.

— Et puis on t'entend à des kilomètres. Qu'est-ce qui te prend ? Tu fais de la gymnastique suédoise ?

— Dis-moi, Sauer, tu es marié, toi ?

— Bien sûr. Quand on a une ferme, faut bien être marié. Sans femme, pas de bonne ferme.

— Il y a longtemps que tu es marié ?

— Quinze ans. Pourquoi ?

— Comment est-ce quand on est marié depuis si longtemps ?

— Bon sang, en voilà des questions ! Comment veux-tu que ça soit ?

— Est-ce que c'est, par exemple, comme une ancre qui te retient, à laquelle tu penses, vers laquelle tu retournes ?

— Une ancre, qu'est-ce que c'est que ça, une ancre ? Bien sûr que j'y pense. Tiens, j'y ai pensé toute la journée. Il est temps de faucher les foins. Et les pommes de terre, qu'est-ce qu'elles deviennent les pommes de terre ? Ça vous rend malade des idées pareilles !

— C'est pas la ferme que je veux dire. Ta femme, tu y penses ?

— C'est la même chose. Je viens de te le dire. Sans femme, pas de bonne ferme. Mais ça t'avance à quoi ? Des soucis, voilà tout ! Et cet animal d'Immermann qui passe son temps à vous raconter que les prisonniers couchent avec toutes les femmes des soldats mobilisés ! — Sauer renifla bruyamment. — Moi, j'ai un grand lit pour deux personnes, ajouta-t-il par une étrange association de pensées.

— Immermann est un bavard.

— Il dit qu'une femme qui a appris ce que c'était qu'un homme ne peut plus s'en passer après. Qu'il lui en faut un à tout prix.

— Ah, merde ! dit Gräber pris d'une soudaine colère. Cet imbécile de communiste s'imagine que tout le monde est pareil. C'est la pire idiotie qui soit !

XXVI

Ils ne se reconnaissaient plus. Ils ne distinguaient même plus les uniformes. Seuls les casques et la langue qu'ils parlaient créaient encore un lien entre les hommes. Les tranchées s'étaient effondrées depuis longtemps. Le front n'était plus qu'une ligne irrégulière de trous d'obus et de bunkers en perpétuelle évolution. Il n'y avait plus que la nuit, le hurlement des avions, la lueur des explosions, les immenses giclées de boue et la pluie torrentielle. Le ciel avait croulé sous les coups des *Stormoviks*. Ce n'était plus qu'un déluge d'eau, de bombes et d'obus.

Les projecteurs harcelaient les nuages déchiquetés. La DCA faisait rage et l'horizon palpitait à chaque salve. Des avions en flammes sillonnaient la nuit comme des comètes. Des méduses lumineuses s'allumaient pour s'effacer aussitôt dans l'infini. Puis le feu roulant reprenait.

Il y avait douze jours que cela durait. Les trois premiers jours, les lignes avaient tenu. Les bunkers avaient essuyé le feu de l'artillerie sans trop de dommages. Mais bientôt les ouvrages les plus avancés avaient succombé. Les tanks ennemis s'étaient rués dans la brèche pour être stoppés quelques kilomètres plus loin par la défense antichars. Le lendemain matin on les avait vus brûler au petit jour, certains retournés comme de gros hannetons. Des bataillons disciplinaires étaient montés en ligne pour rétablir les liaisons téléphoniques. Ils avaient travaillé presque à découvert et perdu en deux heures plus de la moitié de leurs effectifs. Des escadrilles de bombardiers fondaient du ciel gris et pilonnaient à basse altitude les bunkers. En six jours, la moitié des bunkers étaient hors d'usage. Ils ne pouvaient plus servir que de retranchement. Le septième jour les Russes attaquèrent et furent repoussés. Puis la pluie se mit à tomber en un véritable déluge. Les hommes étaient méconnaissables. Ils rampaient dans les entonnoirs gluants, comme des limaces uniformément grises. La compagnie n'était plus appuyée que par deux mitrailleuses établies sur les ruines de deux blockhaus et renforcées par quelques mortiers. Les hommes se terraient dans les entonnoirs et derrière quelques pans de murs. Rahe commandait l'un des blockhaus, Mass l'autre.

Ils tinrent ces positions trois jours sous la pluie. Le deuxième jour les munitions étaient presque épuisées ; les Russes n'auraient eu qu'à avancer l'arme à la bretelle. Pourtant il n'y eut pas d'attaque. Le soir, profitant des dernières lueurs du jour, quelques avions allemands survolèrent les lignes et parachutèrent des vivres et des munitions. La nuit, des renforts arrivèrent.

Les bataillons disciplinaires avaient posé hâtivement des plates-formes de rondins. De nouvelles mitrailleuses et des mortiers y furent mis en batterie. Une heure plus tard eut lieu une attaque sans préparation d'artillerie qui prit les hommes au dépourvu. Une partie des grenades n'explosa pas. Les Russes se ruèrent en avant.

Gräber aperçut devant lui, à la lueur des explosions, un casque qui surmontait des yeux blancs et le trou noir d'une bouche. Un bras levé se détachait derrière la silhouette comme une branche noire et vivante. Il tira au jugé, arracha au bleu qui se trouvait derrière lui une grenade qu'il tripotait depuis un moment, et la lança vers la silhouette. Elle éclata.

— Dévisse les capsules, idiot ! cria-t-il au bleu, n'essaie pas de les arracher !

La grenade suivante n'éclata pas. Sabotage ! pensa-t-il dans un éclair, les prisonniers des usines d'armement se retournent contre nous ! Il en lança une autre et s'aplatit dans la boue en voyant arriver une grenade russe. Il perçut le déplacement d'air de l'explosion en même temps qu'une giclée de boue le recouvrait. Il se redressa en criant au bleu : « Allez ! Vite, une autre grenade ! », et ce ne fut qu'en n'entendant plus rien derrière lui qu'il se retourna et ne vit plus personne. La boue liquide au fond du trou n'était qu'une marée sanglante. Il y plongea les mains, en retira un ceinturon dont il arracha les deux grenades qui restaient. Il allait se relever lorsqu'il aperçut deux ombres se profiler au-dessus de sa tête puis sauter par-dessus l'entonnoir. Il s'accroupit à nouveau.

Prisonnier, pensa-t-il, fait comme un rat, prisonnier ! Il grimpa prudemment au bord du trou. Aussi longtemps qu'il ne bougeait pas, la boue qui le couvrait le rendait presque invisible. À la lueur d'une fusée éclairante, il distingua les restes du bleu. Son corps qui avait été déchiqueté par la grenade avait protégé Gräber des éclats.

Gräber resta étendu, la tête au ras du sol. Il vit la mitrailleuse du blockhaus de droite entrer en action, puis celle de gauche. Du moment que les mitrailleuses tiraient, il n'était pas perdu. Elles tenaient sous leur feu tout le terrain situé entre les deux blockhaus. D'ailleurs on ne voyait plus surgir de Russes. Seuls quelques isolés avaient dû franchir le barrage. Il faut que je me rapproche d'un des blockhaus, pensa-t-il. Sa tête lui faisait mal ; il était à moitié assommé. Mais à travers sa demi-inconscience une ou deux idées se dessinaient avec une clarté et une précision parfaites. C'était là toute la différence qu'il y avait entre un vétéran et un bleu. La panique s'emparait totalement des jeunes recrues et les paralysait en face du danger. Gräber savait qu'il aurait toujours la ressource de faire le mort si des Russes survenaient. Il serait bien difficile de l'apercevoir dans la boue. Pourtant, plus il approcherait d'un des blockhaus, plus il lui serait facile de rejoindre sa compagnie plus tard.

Il gagna d'un bond le trou d'obus voisin, glissa sur la terre mouillée et tomba au fond dans une mare grise. Au bout d'un moment, il reprit sa progression. Il y avait deux morts dans l'entonnoir où il s'abrita ensuite. Il attendit. Puis il entendit des grenades et vit des lueurs dans la direction du bunker de gauche. Les Russes attaquaient maintenant de deux côtés à la fois. Les mitrailleuses aboyèrent. Un peu plus tard les explosions des grenades cessèrent, mais le blockhaus tirait toujours. Gräber avança encore. Il savait que les Russes reviendraient à l'assaut. Comme ils s'attendraient à trouver des hommes dans les entonnoirs les plus vastes, mieux valait se terrer dans les plus petits. Il en atteignit un et s'y étendit. Une averse violente se déchaîna. Les mitrailleuses se turent. C'est alors que l'artillerie russe se remit à tirer. Un coup direct atteignit le blockhaus de droite qui parut s'élever lentement dans les airs. Le jour se leva, humide et tiède.

Gräber parvint à rejoindre Sauer et deux bleus derrière la carcasse d'un tank avant qu'il fasse tout à fait jour. Sauer saignait du nez. Une grenade avait éclaté tout à côté de lui. L'un des bleus avait le ventre ouvert. La pluie tombait sur ses viscères qu'il retenait d'une main. On n'avait rien pour le bander. C'eût été d'ailleurs inutile. Plus tôt il mourrait, mieux cela vaudrait pour lui. L'autre bleu s'était cassé une jambe en tombant dans un entonnoir. On se demandait comment cela avait pu arriver dans toute cette boue liquide. À l'intérieur du tank éventré, on voyait les squelettes noircis de l'équipage. Le torse de l'un d'eux pendait à demi vers le sol. Son visage n'était brûlé qu'à moitié ; l'autre moitié était boursouflée, violacée et crevée. Ses dents étaient d'une blancheur crayeuse.

Un homme de liaison arriva du bunker de gauche.

— Rassemblement au bunker ! cria-t-il. Est-ce qu'il reste des hommes dans les entonnoirs ?

— Pas idée. Est-ce qu'il y a des infirmiers ?

— Ils sont tous tués ou blessés.

L'homme s'éloigna en rampant.

— Nous allons t'amener un infirmier, dit Gräber au jeune soldat éventré. Sinon, nous allons aller te chercher des pansements. Nous revenons tout de suite.

Le blessé ne répondit pas. Il était recroquevillé, tout petit, les lèvres décolorées, dans la terre molle.

— Impossible de te tirer dans une toile de tente avec cette boue, dit Gräber au bleu qui avait la jambe cassée. Appuie-toi sur nous et tâche de sauter avec ta jambe valide.

Ils l'encadrèrent et se traînèrent de trou en trou. Ils progressaient lentement. À chaque pas, le blessé gémissait. Finalement sa jambe tourna, et il fallut l'abandonner derrière un pan de mur sur lequel ils posèrent son casque pour pouvoir le retrouver. Deux Russes gisaient près de lui ; l'un d'eux n'avait plus de tête ; l'autre était couché sur le ventre dans une mare de sang.

Ils virent d'autres Russes. Puis ils aperçurent leurs propres morts. Rahe était blessé. Il avait le bras gauche enveloppé dans un pansement provisoire. Trois blessés graves étaient roulés dans une toile de tente sous la pluie. Il n'y avait plus de pansements. Une heure plus tard un *Junker* passa en rase-mottes et laissa tomber quelques paquets. Ils tombèrent trop loin, dans les lignes russes.

Sept hommes arrivèrent encore. Les autres s'étaient rassemblés derrière le bunker de droite. Le lieutenant Mass était tué. Le sergent Reinecke prit le commandement. Il n'y avait presque plus de munitions. Les mortiers étaient hors d'usage, mais deux mitrailleuses lourdes et deux mitrailleuses légères fonctionnaient encore.

Dix hommes de la compagnie disciplinaire parvinrent jusqu'à eux. Ils apportaient des munitions, des conserves et des brancards sur lesquels ils chargèrent les blessés. On en vit deux sauter avec leur blessé au bout d'une centaine de mètres. Le feu de l'artillerie interdit toute communication avec l'arrière pendant toute la matinée.

À midi la pluie cessa. Le soleil se montra. Aussitôt il fit très chaud. La boue commença à se fendiller.

— Ils vont nous attaquer avec des tanks légers, dit Rahe. Si on n'amène pas des canons antichars, nous sommes fichus.

Le bombardement continuait. L'après-midi un *Junker* de transport apparut. Il était escorté par des *Messerschmitt*. Les *Stormoviks* attaquèrent. Deux furent presque tout de suite abattus. Puis ce furent deux *Messerschmitt* qui tombèrent en flammes. Le *Junker* dut faire demi-tour. Il lâcha ses paquets beaucoup trop loin en arrière. Les *Messerschmitt* continuèrent la lutte. Ils étaient plus rapides que les appareils russes, mais à trois contre un, ils durent également battre en retraite.

Dès le lendemain, les morts commencèrent à sentir. Gräber avait trouvé une place dans le bunker. Ils étaient vingt-deux. Reinecke avait rassemblé à peu près autant d'hommes derrière l'autre bunker. Quelques jours plus tôt, ils étaient cent vingt.

Il était assis en train de nettoyer ses armes. La boue s'était introduite dans les moindres pièces. Il ne pensait à rien. Ce n'était plus qu'une machine. Plus rien ne comptait que le sommeil, la nourriture, l'attente, les gestes de défense qui s'enchaîneraient d'eux-mêmes à l'approche du danger.

Les tanks surgirent le lendemain matin. Toute la nuit, l'artillerie, les mortiers et les mitrailleuses avaient isolé la ligne de l'arrière. Les liaisons téléphoniques sans cesse réparées étaient sans cesse coupées. L'artillerie allemande répondait faiblement au feu meurtrier des Russes. Le bunker avait été touché deux fois encore, mais il tenait toujours. À vrai dire c'était à peine encore un bunker, c'était un bloc informe de ciment qui oscillait dans la boue comme un navire dans la tempête. Une demi-douzaine de coups rapprochés l'avaient ébranlé sur ses bases. À chaque nouveau coup, on était projeté contre les murs.

Gräber avait une éraflure à l'épaule qu'il n'avait pas pu panser ; il s'était contenté de verser un peu de cognac sur la plaie. Le bunker continuait à danser en grondant. Ce n'était même plus un navire dans la tempête ; c'était un sous-marin cahotant tous feux éteints sur le fond marin. Il n'y avait plus de temps non plus. Lui aussi avait été détruit par le bombardement. On attendait, tassés dans l'obscurité. Il n'y avait plus de ville en Allemagne où l'on avait pu vivre quelques semaines plus tôt. D'ailleurs, il n'y avait jamais eu de permission, Élisabeth n'avait jamais existé. Il n'y avait eu qu'un rêve insensé entre la mort et la mort — une demi-heure de sommeil de mort dans lequel une fusée était montée et s'était éteinte. Il n'y avait plus que l'obscurité tonnante du bunker.

Les tanks légers percèrent, suivis par l'infanterie. La compagnie laissa passer les tanks et prit l'infanterie sous son feu. Les canons des mitrailleuses étaient brûlants. Ils continuaient à tirer. L'artillerie russe avait dû cesser le feu. Deux tanks firent demi-tour et s'approchèrent. En l'absence de canons antichars, la tâche était aisée. Les blindages étaient trop forts pour les mitrailleuses. On s'efforçait d'atteindre les volets ; il fallait un coup de chance pour réussir. Les tanks manœuvraient pour sortir du champ de tir des mitrailleuses et ouvraient le feu à leur tour. Le bunker tremblait. À l'intérieur, le béton craquait.

— Des grenades ! cria Reinecke.

Il en fit un paquet qu'il balança sur son épaule et se dirigea vers la sortie. Il s'échappa entre deux salves.

— Les mitrailleuses, feu sur les tanks ! commanda Rahe.

Ils s'efforçaient de couvrir Reinecke qui voulait approcher en décrivant un cercle et faire sauter les chenilles des tanks avec son paquet de grenades. L'opération était presque désespérée. On entendit les mitrailleuses des tanks entrer en action.

Pourtant au bout d'un moment, l'un des tanks cessa de tirer. Personne n'avait vu d'explosion.

— Touché ! hurla Immermann. Ce n'était plus un communiste en train de se battre contre ses compagnons, c'était une créature qui défendait sa vie.

Le tank s'arrêta. Le feu des mitrailleuses se concentra sur l'autre tank qui fit demi-tour et disparut.

— Il y en a six qui ont franchi les lignes, cria Rahe. Ils vont sûrement revenir. Feu à volonté ! Il faut arrêter l'infanterie.

— Où est Reinecke ? demanda Immermann dans une accalmie.

Personne ne répondit. Ils ne le revirent jamais.

Ils tinrent encore tout l'après-midi. Les bunker étaient peu à peu pulvérisés, mais les mitrailleuses continuaient à tirer. Plus rarement, il est vrai. Les munitions s'épuisaient. Les hommes ouvrirent quelques conserves et burent de l'eau qu'ils puisèrent dans un entonnoir voisin. Hirschland eut la main traversée par une balle.

Le soleil brûlait. Le ciel était plein de grands nuages éblouissants. Le bunker sentait la poudre et le sang. Dehors, les cadavres se gonflaient. Les hommes qui le pouvaient dormaient un peu. Personne ne savait si la retraite était coupée ou si elle restait possible.

Le soir, le feu s'intensifia, puis il cessa complètement. Les hommes se ruèrent dehors, prévoyant une attaque. Rien. Deux heures durant, le silence régna. Cette attente dans le calme les épuisa davantage qu'un combat.

Le bunker n'était plus qu'une masse informe de béton et d'acier. Il fallait l'abandonner. Ils avaient six morts et trois blessés. À trois heures du matin, ils tentèrent une sortie. Ils traînèrent une centaine de mètres l'un des blessés, puis ils l'abandonnèrent, mort.

Les Russes attaquèrent. La compagnie avait encore deux mitrailleuses. Ils les mirent en batterie sur le rebord d'un entonnoir et repoussèrent l'attaque. Puis ils se remirent à reculer. Les Russes les croyaient sans doute plus nombreux et mieux armés qu'ils n'étaient. Ce fut ce qui les sauva. À la halte suivante, Sauer tomba, atteint à la tête ; il mourut sur le coup. Un peu plus loin, comme il courait courbé vers le sol, Hirschland s'écroula en avant. Il se retourna lentement et ne bougea plus. Gräber le tira dans un entonnoir où ils roulèrent tous deux. La poitrine de Hirschland était défoncée par les balles. Gräber retira de sa poche intérieure son portefeuille trempé de sang. Ce n'était plus la peine maintenant de démentir le faire-part envoyé par Steinbrenner à Mme Hirschland.

Ils atteignirent enfin la deuxième ligne. Plus tard, ils reçurent l'ordre de poursuivre leur retraite. La compagnie était retirée du combat.

Ils se regroupèrent quelques kilomètres plus loin. La compagnie n'avait plus que trente hommes. Le lendemain des renforts portèrent son effectif à cent vingt hommes.

Gräber retrouva Fresenburg dans un hôpital de campagne. C'était une simple baraque hâtivement dressée. Fresenburg avait la jambe gauche broyée.

— Il voulait m'amputer, expliqua-t-il. Une espèce d'assistant miteux. C'est tout ce qu'il sait faire. J'ai obtenu qu'on m'évacue demain. J'aime tout de même mieux qu'un toubib expérimenté examine ma jambe avant de décider l'amputation.

Il était étendu sur un lit de camp, près d'une fenêtre d'où l'on voyait un coin de campagne. Une prairie émaillée de fleurs rouges, jaunes et bleues verdoyait à perte de vue. Dans la baraque, l'air empestait l'urine, le chloroforme et la mort.

— Que devient Rahe ? demanda Fresenburg.

— Blessé au bras. L'os n'est pas atteint.

— Il est à l'hôpital ?

— Non, il a voulu rester avec ses hommes.

— Je m'en doutais. — Fresenburg fit une grimace. La moitié de son visage sourit ; l'autre moitié resta impassible sous sa cicatrice. — Il y en a comme ça qui ne veulent pas partir. Je savais que Rahe en était.

— Pourquoi ?

— Il a renoncé. Plus d'espoir. Il ne croit plus à rien.

Gräber regarda le visage cireux.

— Et toi ?

— Je ne sais pas. Il faut d'abord régler cette histoire-là. — Il désigna sa jambe.

Un souffle tiède et parfumé arriva de la fenêtre.

— Curieux, hein ? Dans la neige, on avait fini par se persuader qu'il n'y avait jamais d'été dans ce sacré pays. Et tout à coup, le voilà, trop même !

— Oui.

— Comment est-ce chez nous ?

— Je ne sais plus. Je n'arrive plus à recoller ces deux morceaux : ma permission et le front. Au commencement, ça allait encore. Maintenant, c'est trop différent. Je ne sais plus où est la réalité.

— Qui le sait encore ?

— Je croyais le savoir. Là-bas tout paraissait clair. Ça n'a pas duré longtemps. Et puis c'est trop loin maintenant. J'étais même parvenu à me persuader que je ne tuerais plus.

— Tu n'es pas le seul.

— Non. Tu souffres beaucoup ?

Fresenburg secoua la tête.

— Cette baraque possède de la morphine. C'est à peine croyable. On m'a fait une piqûre. La douleur est toujours là, mais c'est comme si c'était un autre qui l'éprouvait. J'ai encore une heure ou deux pour réfléchir.

— Il va y avoir un train de blessés ?

— Non, une ambulance militaire. Elle va nous transporter jusqu'à la prochaine station sanitaire.

— Tu t'en vas aussi. Bientôt je resterai seul des anciens à la compagnie.

— Peut-être qu'ils vont me raccommoder et me renvoyer avec vous, dit Fresenburg.

Ils se regardèrent. Ils savaient tous deux que c'était faux.

— J'essaie de le croire, ajouta Fresenburg. Au moins pendant les heures de morphine. Une tranche de vie, c'est souvent rudement court, hein ? Et puis c'est l'inconnu. C'est la deuxième guerre que je fais.

— Qu'est-ce que tu comptes faire plus tard ? Tu as des projets ?

Fresenburg sourit faiblement.

— Il faudrait d'abord que je sache ce que les autres vont faire de moi. Pour le moment, j'attends. Je ne pensais pas en sortir, vois-tu. J'étais persuadé qu'il n'y en avait plus pour longtemps. Ils allaient m'avoir une bonne fois pour toutes, et puis fini ! Maintenant ils ne m'ont eu qu'à moitié. Il faut que je m'habitue à cette idée. C'est très compliqué. J'avais décidé que toute cette saloperie avait cessé de me concerner ; je paierais le prix et on n'en parlerait plus. Et je m'y retrouve plongé jusqu'au cou ! On s'imagine volontiers que la mort efface tout, que finalement tout revient au même, et cætera... Eh bien, c'est une blague ! Je suis fatigué, Ernst. Je vais essayer de dormir un peu avant de sentir à nouveau que je suis estropié. Bonne chance !

Il tendit la main à Gräber.

— Bonne chance, Ludwig, dit Gräber.

— Je fais la planche, c'est facile. Il n'y a qu'à se laisser porter par le courant. Le courant de l'instinct vital le plus élémentaire. Autrefois, c'était différent, tout de même. On le croyait, tout au moins. On avait toujours un petit coin caché pour l'espoir, la liberté. Ça ne fait rien. Après tout on garde toujours la faculté d'en finir volontairement. Seulement on n'y pense jamais. C'est pourtant un don qui nous a été fait en même temps que celui de la soi-disant raison.

Gräber secoua la tête.

Fresenburg sourit de son demi-sourire.

— Tu as raison, dit-il. Ce n'est pas une solution. Il vaut mieux travailler à ce que ces horreurs ne se reproduisent pas.

La tête de Fresenburg retomba sur l'oreiller. Il paraissait épuisé tout à coup. Lorsque Gräber se retourna avant de sortir, il avait déjà fermé les yeux.

Gräber regagna son village. Le crépuscule teintait faiblement le ciel. La pluie avait cessé. La boue durcissait. Des fleurs et des plantes folles envahissaient les champs abandonnés. Le front grondait. Tout paraissait étranger et sans commune mesure avec rien de familier. Gräber connaissait ce sentiment. Il l'avait souvent éprouvé la nuit lorsqu'il s'éveillait sans plus savoir où il se trouvait. Il lui semblait alors être tombé du monde et flotter seul dans les ténèbres de l'infini. L'illusion durait peu, et il retrouvait très vite un point d'appui, un point de repère ; mais chaque fois une légère angoisse subsistait, celle de ne plus pouvoir un jour revenir sur la terre.

Il n'avait pas peur ; il se recroquevillait seulement, comme un très petit enfant exposé dans une steppe immense et désolée. Il enfonça ses poings dans ses poches et regarda autour de lui. C'était le spectacle habituel, des ruines, des champs en friches, le coucher de soleil russe, et, très loin, les lueurs blêmes du front qui commençaient à paraître. Tout était là comme chaque soir, et comme chaque soir un désespoir glacé vous perçait le cœur.

Il sentit dans sa poche les lettres d'Élisabeth. Elles étaient douces et chaleureuses, tendres, parcourues par le doux émoi de l'amour. Mais c'était autant de feux follets sur un marécage, et plus il s'efforçait d'avancer vers eux pour les saisir, plus le marécage noircissait et s'enfonçait sous ses pas. Il avait allumé une lampe pour retrouver le chemin du retour ; mais il l'avait allumée avant que la maison fût bâtie. Elle brillait dans une masure en ruine qu'elle rendait plus désolée encore, bien loin de la réchauffer. Il avait travaillé trop vite, trop hâtivement il s'en apercevrait bien maintenant.

Longtemps il s'était défendu contre cette amère constatation. Finalement il fallait bien se rendre à l'évidence : ce qui devait le soutenir, l'aider à vivre, lui fournir un point d'appui, un point d'attache ne contribuait qu'à l'isoler davantage. La faible et lointaine lueur lui attendrissait le cœur, mais l'affaiblissait en même temps. C'était un pauvre petit bonheur privé et fragile, perdu dans l'immense marécage de misère et de désespoir qui l'entourait. Il déplia les lettres d'Élisabeth et les relut une fois de plus. Le couchant posa un reflet rouge sur les feuillets. Il les savait par cœur, mais il les lut encore et sa solitude pesa sur lui aussitôt d'un poids de plomb. Son bonheur avait trop peu duré, il était sans force contre la vie torrentielle qui l'avait suivi. Le temps d'une permission. Mais la vie d'un soldat se mesure en jours de combat, non en jours de permission.

Il remit les lettres dans sa poche, avec celles de ses parents qu'il avait trouvées au bureau. Fresenburg avait raison, il ne fallait pas réfléchir, il fallait modestement mettre un pied devant l'autre et ne pas se poser de questions sur la destinée, la vie et la mort. Le danger avait toujours des exigences précises et détaillées. Élisabeth, pensa-t-il. Pourquoi toujours songer à elle comme à un bien définitivement perdu ? Ses lettres sont là, elle vit !

Le village apparut. Il était vide et désolé. Tous ces villages paraissaient ne devoir jamais être reconstruits. Une allée de bouleaux menait à une grande maison blanche. Un jardin avait dû l'entourer autrefois ; çà et là quelques fleurs précieuses brillaient dans les mauvaises herbes, et une statue se dressait près d'un étang croupi. C'était le dieu Pan qui jouait de la flûte. Mais personne ne répondait à son chant agreste. Seules quelques jeunes recrues cherchaient des cerises vertes dans le verger abandonné.

XXVII

— Des guérillas !

Steinbrenner passa sa langue sur ses lèvres en regardant les Russes. Il y avait deux hommes et deux femmes. L'une des femmes était jeune. Elle avait des joues rondes et des pommettes saillantes. Ils avaient été amenés tous quatre le matin.

— On ne dirait pas des guérillas, observa Gräber.

— Ce sont des guérillas, affirma Steinbrenner. À quoi vois-tu que ce n'en sont pas ?

— Ils n'en ont pas l'air. On dirait plutôt de pauvres paysans.

Steinbrenner rit.

— À ce compte on n'arrêterait jamais les criminels.

C'est vrai, pensa Gräber. Tu en es le meilleur exemple. Il vit arriver Rahe.

— Qu'est-ce qu'on va en faire ? demanda le chef de la compagnie.

— Ils ont été faits prisonniers ici, dit le sergent. Il faut les boucler jusqu'à ce qu'il y ait des ordres.

— Comme si on n'avait pas assez d'embêtements comme ça ! Pourquoi ne pas les envoyer au régiment ?

Rahe n'attendait pas de réponse. Le régiment n'avait plus de position précise depuis longtemps. Dans l'hypothèse la plus favorable, l'état-major enverrait un responsable interroger les Russes et décider de leur sort.

— À l'entrée du village, intervint Steinbrenner, il y a une maison de maîtres avec un bûcher grillé dont la porte ferme à clé.

Rahe se tourna vers lui. Il devinait les intentions de Steinbrenner. Avec lui, les Russes feraient l'habituelle tentative d'évasion qui leur serait fatale. Hors du village, il était toujours facile de simuler n'importe quoi.

— Gräber, dit Rahe, emmenez les prisonniers. Steinbrenner vous montrera où se trouve le bûcher. Vérifiez si la porte ferme bien et s'il n'y a pas d'autre issue. Venez ensuite me rendre compte et laissez une sentinelle là-bas. Prenez des hommes de votre groupe. Je vous tiens pour responsable. Vous seul, ajouta-t-il.

L'un des prisonniers boitait. La plus vieille des femmes avait des varices ; l'autre marchait pieds nus. Dès qu'ils furent sortis du village, Steinbrenner donna une bourrade à l'un des hommes.

— Eh, toi, cours !

L'homme se retourna interloqué. Steinbrenner lui fit un signe en riant.

— Cours ! Allez ! Tu es libre !

Le Russe le plus vieux dit quelques mots dans sa langue. L'autre ne bougea pas. Steinbrenner lui lança un coup de pied.

— Tu vas courir, charogne !

— Laisse tomber, dit Gräber. Tu n'as pas entendu les ordres de Rahe ?

— On peut les laisser courir, murmura Steinbrenner. Les hommes, je veux dire. Quand ils seront à dix pas, on tire dessus. On enferme les femmes, et cette nuit on va chercher la jeune.

— Laisse-les tranquilles et disparais d'ici. C'est moi qui ai le commandement.

Steinbrenner fixait les mollets de la jeune Russe. Elle portait une courte jupe et ses jambes étaient bronzées et robustes.

— De toute façon, ils vont être fusillés, insista-t-il. Ou bien par nous, ou bien par le SD. On peut encore s'envoyer la jeune. Toi, évidemment, tu t'en fous, tu reviens de permission.

— Ferme-la et pense à ta fiancée, dit Gräber. La fille du *Obersturmbannführer*. Rahe t'a ordonné de nous montrer le bûcher, un point c'est tout.

Ils s'engagèrent dans l'allée qui menait à la maison blanche.

— C'est là, dit Steinbrenner furieux en désignant un petit bâtiment bien conservé.

Les murs étaient en pierre et la porte était renforcée par une grille forgée que l'on pouvait fermer de l'extérieur.

Gräber examina l'intérieur qui avait dû servir d'étable ou de bûcher. Le sol était cimenté. Les prisonniers ne pourraient sortir sans une aide extérieure.

Il ouvrit la porte et les fit entrer. Deux jeunes recrues les surveillaient l'arme au poing. Les prisonniers entrèrent l'un après l'autre dans l'étroit espace. Gräber ferma à clé et éprouva la serrure. Elle tenait.

— En cage, comme des singes ! ricana Steinbrenner. Des bananes ! des bananes ! Vous voulez des bananes, hé, les singes !

Gräber se tourna vers les recrues.

— Vous, vous allez rester là en faction. Vous êtes responsables de tout ce qui pourra arriver. On viendra vous relever. Est-ce que l'un d'entre vous parle allemand ? demanda-t-il aux Russes.

Personne ne répondit.

— On tâchera de vous trouver un peu de paille plus tard. Viens, dit-il à Steinbrenner.

— Va aussi leur chercher des édredons, conseilla Steinbrenner ironique.

— Allons viens ! Et vous, tâchez un peu d'ouvrir l'œil !

Il se présenta à Rahe et lui déclara qu'il répondait de l'endroit où il avait enfermé les prisonniers.

— Vous vous chargerez de les surveiller avec quelques hommes, lui répondit Rahe. Dans quelques jours, lorsque la situation se sera un peu éclaircie, on viendra certainement nous en débarrasser.

— Bien, mon capitaine.

— Est-ce qu'il vous faut plus de deux hommes ?

— Non, mon capitaine, le bûcher est très sûr. Je pourrais même en assurer la garde moi-même en passant mes nuits là-bas.

— D'accord, j'aime autant. Nous avons besoin des jeunes recrues pour les entraîner encore autant que possible au combat. Les nouvelles... — Rahe s'interrompit. — Enfin, vous savez aussi bien que moi ce qu'il en est. Vous pouvez disposer.

Gräber alla chercher ses affaires. Il ne connaissait encore que peu d'hommes de son groupe.

— Te voilà devenu garde-chiourme ? lui demanda Immermann.

— Oui, j'aime mieux ça que de faire faire l'exercice aux bleus. Au moins je vais pouvoir dormir.

— J'ai l'impression que tu n'en auras guère le temps. Tu as entendu les nouvelles ?

— Oui, ça sent mauvais.

— On en est déjà une fois de plus au combat d'arrière-garde. Les Russes percent de tous les côtés. Les langues vont bon train. Offensive de grande envergure. Ici, c'est la rase campagne. Impossible à défendre. J'ai l'impression que nous allons faire un fameux bond en arrière !

— Tu crois qu'on arrêtera les frais dès que la frontière allemande aura été franchie ?

— Et toi, tu le crois ?

— Non.

— Moi non plus. Qui veux-tu qui arrête les frais ? L'état-major, certainement pas. Il n'en prendra pas la responsabilité. — Immermann ricana. — En 18 il avait pu mettre ça sur le dos d'un gouvernement provisoire formé à la hâte pour les besoins de la cause. Ces idiots ont tendu la tête ; ils ont signé l'armistice et, huit jours après, on les accusait d'avoir trahi la patrie. Aujourd'hui pas question. Gouvernement totalitaire égale défaite totale. Il n'y a pas d'autre parti politique pour négocier.

— À part le tien, naturellement, répondit Gräber amèrement. Tu me l'as assez souvent répété. En somme, un autre gouvernement totalitaire et les méthodes restent les mêmes. Tiens, je vais me coucher. Tout ce que je demande, moi, c'est penser ce que je veux, dire ce que je veux et faire ce que je veux. Mais depuis que la droite comme la gauche sont gouvernées par des prophètes, c'est le crime le plus inexpiable.

Il s'en voulait de s'être laissé aller une fois de plus à discuter avec Immermann ; les dialogues avec lui étaient aussi vains qu'avec Steinbrenner. Il balança son sac sur son épaule et se dirigea vers la cuisine roulante. Il toucha sa louche de soupe aux haricots, une boule de pain et le saucisson auquel il avait droit. Il n'aurait pas besoin ainsi de revenir au village avant le lendemain matin.

L'après-midi fut étrangement calme. Les jeunes recrues étaient parties après avoir apporté quelques bottes de paille. Le front continuait à gronder, mais la journée s'écoula sans alerte. Un gazon retourné à l'état sauvage s'étendait devant le bûcher. Il était piétiné et crevé de trous d'obus, mais il verdoyait pourtant et des buissons de fleurs bordaient l'ancienne allée.

Gräber découvrit de l'autre côté de l'allée un petit pavillon de chasse en partie conservé d'où l'on pouvait surveiller le bûcher. Il y entra et y trouva quelques livres. C'étaient des ouvrages anciens, reliés en peau et dorés sur tranche, mais gâtés par les intempéries. Ils avaient tellement souffert de la neige et de la pluie qu'il n'en restait plus qu'un qui fût encore lisible. Gräber ne put déchiffrer le texte qui était en langue française, mais les gravures qui représentaient des paysages romantiques baignant dans une douce et mélancolique rêverie exercèrent sur lui une étrange fascination. Une nostalgie douloureuse et sans espoir l'envahit peu à peu et persista longtemps après qu'il eut refermé le livre.

Il s'engagea dans l'allée ombragée et parvint au bord de l'étang près du faune qui menait sa danse immobile au milieu des orties. Il n'avait perdu qu'une de ses petites cornes au cours des années qui avaient vu deux guerres et une révolution. Il était le contemporain des gravures du vieux livre français, témoin lui aussi d'une époque légendaire et merveilleuse que Gräber n'avait pas connue. Gräber était né pendant la première guerre, il avait grandi dans la misère de l'inflation et des troubles années qui avaient suivi ; il n'avait véritablement commencé à vivre qu'au cours de cette seconde guerre. Faisant le tour du bassin, il se rapprocha du bûcher. Il éprouva de la main la grille en fer forgé. Elle n'appartenait sans doute pas primitivement à cette construction utilitaire ; on avait dû l'y sceller plus tard. Peut-être le propriétaire de la maison et du parc avait-il lui-même attendu la mort derrière ces barreaux.

La vieille femme dormait. La jeune était accroupie dans un coin. Les deux hommes debout scrutaient le ciel. Ils regardèrent Gräber en même temps. Gräber fit demi-tour et alla s'étendre sur le gazon.

Un vol de nuages traversait lentement le ciel. Des oiseaux pépiaient dans les bouleaux. Un papillon bleu titubait d'une fleur à l'autre et au-dessus des trous d'obus. Au bout d'un moment, un autre papillon se joignit à lui. Ils jouaient ensemble et se poursuivaient. Le grondement du front s'amplifia. Les deux papillons s'accouplèrent et s'élevèrent lentement dans l'air chaud et lumineux. Gräber s'endormit.

Le soir, un bleu apporta un peu de soupe pour les prisonniers. C'était la soupe de midi étendue d'eau. Le bleu attendit que les Russes eussent terminé, puis il reprit les gamelles. Il avait apporté également à Gräber son attribution de cigarettes. Il y en avait davantage que d'habitude. C'était un mauvais signe. Quand la nourriture s'améliorait et quand les cigarettes devenaient plus nombreuses, les coups durs n'étaient jamais loin.

— Cet après-midi, nous avons écopé de deux heures d'exercice supplémentaires, dit le bleu en regardant Gräber d'un air consterné. Reptation au sol, lancer de grenades et combat à la baïonnette.

— Le chef de compagnie sait ce qu'il fait. Ce n'est pas pour vous empoisonner l'existence.

Le bleu acquiesça. Il observait les Russes comme des bêtes curieuses.

— Ce sont des êtres humains, dit Gräber.

— Oui, mais des Russes.

— Bien sûr, des Russes, et alors ? Prends ton fusil, nous allons faire sortir les femmes l'une après l'autre. — Puis il ajouta à travers les barreaux de la grille : — Tout le monde dans le coin gauche. La vieille, dehors ! Les autres sortiront après.

Le vieux Russe prononça quelques mots dans sa langue. Les prisonniers obéirent. Le bleu se tenait à quelques pas, l'arme au poing. La vieille paysanne approcha. Gräber ouvrit la porte, la fit sortir et referma derrière elle. Elle fondit en larmes, croyant qu'on allait la fusiller.

— Dites-lui qu'elle n'a rien à craindre. C'est seulement pour qu'elle aille faire ses besoins, dit Gräber au vieux Russe.

Le vieillard prononça quelques mots. Aussitôt la femme cessa de pleurer. Gräber et le bleu la conduisirent derrière un pan de mur et attendirent qu'elle revienne. Puis ils firent sortir la plus jeune.

Elle les précéda d'un pas souple et rapide. L'opération fut moins compliquée lorsqu'il s'agit des hommes. Ils les conduisirent derrière le bâtiment et les gardèrent à vue. La jeune recrue tenait gravement son fusil à deux mains, la lèvre inférieure avancée, la mine concentrée et attentive. C'est lui qui reconduisit le second prisonnier et qui referma la porte.

— Je trouve ça passionnant, dit-il en revenant près de Gräber.

— Chacun son goût. Maintenant, tu peux disposer, dit Gräber en reposant son fusil.

Il attendit que le jeune soldat ait disparu, puis il sortit ses cigarettes et en donna quatre au vieux Russe. Il gratta une allumette et la lui passa à travers les barreaux. Tous quatre fumaient. Les cigarettes faisaient quatre points rouges dans la pénombre et éclairaient vaguement les visages à chaque aspiration. Gräber voyait la silhouette de la jeune Russe. Il éprouva tout à coup le besoin douloureux de revoir Élisabeth.

— Toi... bon, prononça le vieux Russe qui avait suivi son regard.

Il avait appliqué son visage contre les barreaux.

— Guerre perdue... pour les Allemands... Toi, homme bon, disait-il à voix basse.

— Ta gueule !

— Pourquoi pas toi laisser nous sortir... et venir avec nous ? — Le visage ridé se tourna un instant vers la jeune Russe et revint vers Gräber. — Venir avec nous et avec Marusja... Nous cacher toi... Bonne cachette... vivre avec nous. Vivre..., répéta-t-il avec force.

Gräber secoua la tête. Ce n'est pas une solution, pensa-t-il. Pas ça. Mais qu'est-ce qui est une solution ?

— Vivre... pas mourir... prisonnier, murmurait le Russe. Toi non plus, pas mourir... très bon avec nous... nous innocents...

Comme c'était simple ! Gräber leur tourna le dos. Comme c'était simple dans les douces lueurs du jour finissant ! C'était peut-être vrai qu'ils étaient innocents. On n'avait pas trouvé d'armes sur eux et ils ne ressemblaient pas à des guérillas. Les deux vieux à coup sûr étaient innocents. Et si je les laissais partir ? pensa Gräber. J'aurais fait quelque chose au moins, j'aurais sauvé quelques êtres innocents. Mais je ne peux pas les accompagner, pas là-bas. Je ne veux pas retrouver ce que je cherche précisément à fuir. Il fit le tour du jardin. Il se retrouva au bord de l'étang. Les bouleaux se détachaient maintenant en silhouettes noires sur le ciel. Il revint vers le bûcher. Une dernière cigarette brillait encore derrière la grille. Le visage du vieux Russe était toujours collé aux barreaux.

— Vivre, dit-il, bon avec nous...

Gräber sortit de sa poche ses dernières cigarettes et les poussa dans la main rugueuse qui se tendait. Puis il y ajouta une poignée d'allumettes.

— Tiens, fume ça, pour la nuit.

— Vivre... toi jeune... guerre finie pour toi... toi bon... nous innocents... vivre... toi... nous... tout le monde vivre...

C'était une litanie douce et profonde. Le vieux disait *vivre* comme un trafiquant disait *beurre*, comme une prostituée disait *amour*, avec un mélange de tendre insistance et de séduction obscène. Gräber fut pris d'une rage soudaine.

— Tu vas fermer ta gueule ! hurla-t-il au vieux. Tu vas la fermer ou tu veux que j'aille te dénoncer ?

Il fit demi-tour et s'éloigna d'un pas rapide. Le roulement lointain devenait de plus en plus puissant. Les premières étoiles s'allumèrent. Sa solitude lui pesait tout à coup, et il regrettait la puanteur et les ronflements du bivouac. Il lui semblait que ses camarades l'avaient abandonné en face d'une redoutable décision à prendre.

Il s'étendit sur sa botte de paille dans le petit pavillon et s'efforça de dormir. Peut-être qu'ils vont réussir à s'évader sans que je m'en aperçoive, pensa-t-il en vain. Il savait que les Russes n'avaient aucune chance de sortir seuls du bûcher.

Le front paraissait se rapprocher d'heure en heure. Des avions invisibles passèrent en tempête au-dessus du village. On entendait distinctement le bégaiement des mitrailleuses. Puis ce furent les explosions sourdes des bombes. Gräber tendit l'oreille. Le bruit montait comme une marée menaçante. S'ils parvenaient à fuir ? pensait-il inlassablement. Il se leva et retourna au bûcher. Rien n'y bougeait. Les Russes devaient dormir. Mais il crut bientôt apercevoir le visage du vieux Russe et s'éloigna précipitamment.

Vers minuit, il ne pouvait plus y avoir de doute : une bataille violente faisait rage. L'artillerie lourde portait loin derrière les lignes. Bientôt le village se trouverait dans son champ de tir. Gräber savait à quel point les positions étaient faibles. Il suivait malgré lui l'évolution du combat. Les tanks n'allaient pas tarder à intervenir. Le feu roulant faisait maintenant trembler la terre. Le tonnerre se répercutait d'un horizon à l'autre. Il le sentait jusque dans sa moelle. Il savait que la marée qui montait lentement allait bientôt l'atteindre, et pourtant il lui semblait en même temps qu'elle tournait autour de lui, que le fragile pavillon blanc, les quatre Russes et lui-même formaient le centre de cette bataille dont le sort dépendait d'eux et d'eux seuls.

Il allait et venait, se rapprochait du bûcher, palpait la clé à travers sa poche, se tournait et se retournait sur sa botte de paille, et ce ne fut que vers le matin qu'il sombra dans un sommeil lourd et agité.

Le ciel était gris lorsqu'il s'éveilla en sursaut. Le front faisait rage. Le feu de l'artillerie arrosait déjà le village et l'arrière. Il regarda aussitôt le bûcher. La grille n'avait pas bougé. La silhouette des Russes se détachait derrière elle. Il vit alors Steinbrenner arriver au pas de course.

— Retraite ! cria Steinbrenner. Les Russes ont percé. Rassemblement dans le village. Vite ! Tout est sens dessus dessous. Prends tes affaires. — Il s'arrêta près de Gräber. — Quant aux Russes, on va les liquider en vitesse.

Gräber sentit les battements de son cœur se précipiter.

— Où est l'ordre ? demanda-t-il.

— L'ordre ? Bon sang, si tu voyais ce qui se passe au village, tu ne poserais pas cette question ! Tu n'as pas entendu l'offensive ?

— Si.

— Alors, tu sais où nous en sommes. Vite ! Tu t'imagines que nous allons traîner cette racaille avec nous ? Nous allons les liquider à travers les barreaux de la grille.

Ses yeux bleus avaient un éclat métallique. Sa mâchoire inférieure saillait brutalement. Il arma son fusil.

— Pas question, dit Gräber, c'est moi le responsable. Si tu n'as pas reçu d'ordre, tu peux faire demi-tour.

Steinbrenner éclata de rire.

— Bon, si tu veux les liquider toi-même, je te laisse ce plaisir.

— Non.

— Il faut tout de même que l'un de nous s'en charge. Si tu es trop nerveux, pars devant, je te rejoins dans une minute.

— Non, répéta Gräber, tu ne les fusilleras pas.

— Je ne les fusillerai pas ? — Steinbrenner leva les yeux. — Je ne les fusillerai pas ? répéta-t-il plus lentement. Tu sais ce que tu dis ?

— Parfaitement, je sais ce que je dis.

— Alors, moi aussi, je le sais.

Le visage de Steinbrenner changea. Il prit son revolver. Gräber épaula et tira. Steinbrenner chancela et s'écroula avec un gémissement d'enfant. Le revolver lui tomba des mains.

Gräber fixait le corps avec horreur. Un obus passa en hurlant au-dessus du village. Il se secoua, courut vers le bûcher, tira la clé de sa poche et ouvrit la porte.

— Foutez le camp ! cria-t-il.

Les Russes le regardaient sans bouger. Ils n'osaient pas obéir. Il jeta son fusil.

— Filez ! je vous dis ! cria-t-il avec impatience en montrant ses mains vides.

Le jeune Russe mit un pied hors du bûcher. Gräber se retourna, s'approcha du cadavre de Steinbrenner et dit : « Un assassin ! » sans trop comprendre lui-même ce qu'il disait. Il regardait Steinbrenner avec une sensation de vide.

Et brusquement ses pensées se remirent à courir. Une pierre s'était détachée, l'avalanche se précipitait maintenant. Il avait accompli un acte irrémédiable, il se sentait libre et sans poids. Il savait qu'il fallait faire quelque chose, mais il lui semblait aussi que s'il faisait un geste de plus, il s'envolerait dans les airs. Ses pensées flottaient dans sa tête. Il fit quelques pas dans l'allée. Il fallait faire quelque chose d'une importance infinie, mais il ne s'en sentait pas encore la force. Il se sentait trop neuf, trop faible et d'une lucidité douloureuse.

Il chercha les Russes des yeux. Ils couraient à demi courbés en avant, les femmes les premières. L'un d'eux se retourna. Il avait un fusil entre les mains. Il s'arrêta, épaula et visa. Gräber vit la bouche noire du canon le fixer. Il voulut crier, il avait tant de choses encore à dire, à crier de toutes ses forces

Il ne sentit pas la balle. Il vit tout à coup de l'herbe devant ses yeux, une ombelle gracieuse, ses fins pétales, ses étamines roses, et l'image grandit, grandit — comme une fois déjà, il ne savait plus quand. La fleur emplissait tout l'horizon de sa corolle inclinée, elle s'épanouissait sans bruit, elle faisait régner sur le ciel la paix intime de son minuscule univers, elle devenait elle-même tout l'univers — et ses yeux se fermèrent.

DU MÊME AUTEUR

Aux Éditions Mémoire du Livre

UN TEMPS POUR VIVRE, UN TEMPS POUR MOURIR (Folio n° 4403)

L'OBÉLISQUE NOIR (Folio n° 4404)

Composition Nord Compo
Impression Maury-Eurolivres
45300 Manchecourt
le 30 mai 2006.
Dépôt légal : mai 2006.
Numéro d'imprimeur : 122467.
ISBN 2-07-030941-X. / Imprimé en France.

137161